AF611663

Alexandra Fuchs ist in einem kleinen Dorf in der Nähe von Stuttgart aufgewachsen. Schon früh konnten sie Bücher in ihren Bann ziehen. Bald darauf fing sie an kleine Kurzgeschichten und Gedichte zu schreiben. Daraus wurden schließlich Geschichten, die ganze Bücher füllen konnten. Nachdem sie am Bodensee Literatur Kunst Medien studiert hat und dabei ihrer Kreativität freien Lauf lassen konnte, arbeitet sie nun bei einem Stuttgarter Verlag. Zusammen mit ihrem Hund genießt sie das Landleben und findet vor allem bei ausgiebigen Spaziergängen Inspiration für die unzähligen Geschichten, die ihr den Schlaf rauben.

ALEXANDRA
FUCHS

Erstausgabe August 2020

Made in Stuttgart with ♥

Der Fluch der Götter

ISBN 978-3-96087-201-9
E-Book-ISBN 978-3-96087-095-4

Covergestaltung: Vivien Summer
Umschlaggestaltung: ARTC.ore Design
Unter Verwendung von Abbildungen von shutterstock.com: © Pongstorn Pixs, © jantima14, © Angelo DAmico, © in freedom we trust, © Archiwiz
Lektorat: Janina Klinck
Satz: dp DIGITAL PUBLISHERS
Druck und Bindung: Books on Demand GmbH, Norderstedt

Für meine Stammtischmusen Lisa und Jenny.
Weil ihr wusstet, dass es episch wird, bevor es überhaupt existierte <3

Für dich.
Glaube immer an die Magie und greife selbst in den dunkelsten Tagen nach der Hoffnung.

Playlist

Dorian – Agnes Obel
Castles – Freya Ridings
Lonely Star – Oh Wonder
Let Me Down Slowly – Alec Benjamin
Put a Little Love On Me – Niall Horan
Myself – Post Malone
Lights Up – Harry Styles
Wildflower – 5 Seconds of Summer
everything i wanted – Billie Eilish
Mind is a Prison – Alec Benjamin
You Can't Stop the Girl – Bebe Rexha
In the Dark – Solence
Handmade Heaven – MARINA
Fraking Me Out – Ava Max
Don't Let It Break Your Heart – Louis Tomlinson

Prolog

Mitte des 14. Jahrhunderts

Schatten und Nebel umspielen die Ebene zwischen den Bäumen, während die Dunkelheit langsam über den Boden kriecht und den Tag ablöst. Mit schnellen Schritten bahne ich mir einen Weg über die Wiese und durch die Bäume zu dem kleinen Vorsprung. Die feinen Äste piksen mir in die Fußsohlen, aber ich spüre sie kaum, habe nichts anderes vor Augen als mein Ziel. Ich muss es sehen, herausfinden, ob das Schicksal sich bewahrheitet. Ob die Götter wirklich bereit sind, alles zu zerstören. Ihre Welt und die der Menschen.

Mein Blick schweift über das Tal, das unter mir liegt, und bleibt am Horizont hängen. Langsam sinkt die Sonne tiefer, bis lediglich ein feiner orangefarbener Streifen zurückbleibt, als letzter Beweis für ihre Anwesenheit. Ein Zeuge, der in absehbarer Zeit verschwunden sein wird, sobald die Dunkelheit über die Erde herrscht.

Nur noch wenige Sekunden, dann ist es soweit. Ich spüre, was geschehen wird, und halte den Atem an. Kurz bevor die Nacht den Tag ablöst, als beide in der Waage stehen, erscheint der blaue Schimmer. In Windeseile breitet er sich aus, schafft eine Brücke, die den Weg in die Götterwelt freigibt, und erschüttert damit das Gleichgewicht der Welten.

Eine Sekunde, die alles verändert. Ein Augenblick, der uns zerstören wird.

Erst nachdem das Schauspiel vorbei, der Himmel nicht länger vom göttlichen Feuer erleuchtet ist, atme ich wieder ein. Meine Knie geben nach und ich sinke zu Boden, niedergedrückt von der Unausweichlichkeit des Kommenden. Tränen bahnen sich einen Weg über meine Wangen hinab zu meinem Kinn.

Die Luft wird kälter, umspielt meine geschundene Seele und bringt Linderung. Zwar verschwindet der Schmerz nicht, doch ich kann einen klaren Gedanken fassen. Wütend balle ich die Hände zu Fäusten und erhebe mich. Es gibt keinen anderen Weg. Vor Jahren habe ich sie gewarnt. Meiner Bestimmung folgend habe ich vorausgesehen, was passieren wird. Allerdings hinderte ihre Arroganz die Götter daran, die Wahrheit zu erkennen. Nun haben sie keine andere Wahl, nun werde ich sie zwingen, sich dem Schicksal zu unterwerfen.

Koste es, was es wolle.

Kapitel 1

Willkommen im Irrenhaus

„Und da vorne ist der Mädchentrakt“, endet Mr Hendriks endlich. Seit mehreren Minuten habe ich ihm nicht mehr zugehört, sondern lediglich ab und an mit dem Kopf genickt. Ob er *‚das Refugium der weiblichen Schülerschaft‘* wohl betreten wird? Seine Wortwahl, nicht meine, versteht sich. Nach dem Vortrag über die strikte Trennung der Geschlechter bin ich mir nicht so sicher.

Er stößt die kotzgrüne Flügeltür auf, und ich bin verblüfft, wie hell es im Inneren des Korridors ist, obwohl das alte Gemäuer aus dicken Steinwänden besteht. Die Fenstervorsprünge sind mindestens dreißig Zentimeter tief, doch helles Holz auf dem Boden und weiße Farbe an den Wänden verschönern diesen Teil der Schule und lassen ihn im Gegensatz zum Rest, den ich bisher gesehen habe, richtig heimelig wirken.

Mr Hendriks räuspert sich und ich blicke ihn an. Lächelnd deutet er ans Ende des Korridors. „Dein Zimmer befindet sich ganz hinten rechts.“

„Danke für die Führung“, brumme ich und mache mich endlich auf den Weg Richtung Bett. Ob Mr Hendriks den Flügel tatsächlich grundsätzlich nicht betritt oder spürt, in welcher schlechten Stimmung ich bin und mir meinen Freiraum lassen will, weiß ich nicht und es ist mir egal. Seit Stunden wünsche ich mir kaum etwas sehnlicher, als mich unter das Bettlaken zu verkriechen und den Tränen freien Lauf zu lassen.

Schnellen Schrittes gehe ich den Flur entlang. Links scheint die Sonne durch die Fenster, während rechts Türen in verschiedene Räume abgehen. Ich drücke die Schuluniform, die man mir ausgehändigt hat, an meine Brust. Beinahe so, als könnte sie mich vor allem Unheil schützen.

Kingswood Castle wird für die nächsten zwei Jahre mein Zuhause sein, ob ich will oder nicht. Und ich will nicht. Definitiv nicht. Aber mich fragt niemand. Weder meine Tante noch das Schicksal. Alle treffen munter Entscheidungen für *mich*, zu *meinem* besten ... schon klar.

Vor der letzten Tür bleibe ich stehen. Mein zukünftiges Zimmer. Ich atme tief durch und straffe die Schultern. Dann trete ich ein, ohne zu klopfen, schmeiße die Tür hinter mir ins Schloss und warte darauf, dass mich jemand für den Ausbruch rügt. Doch es bleibt still.

Gott sei Dank.

Ich bin alleine, endlich. Leider wird das wohl nicht lange so bleiben, denn es stehen zwei Betten im Zimmer.

Scheiße, ich habe es befürchtet.

Mein Koffer und die Tasche stehen rechts neben einem der Schreibtische. Meine wenigen Habseligkeiten hat ein Angestellter auf mein Zimmer gebracht, während Mr Hendriks mir das Internat gezeigt und die Hausregeln erklärt hat.

Frustriert schmeiße ich mich auf das Bett, dessen Laken unberührt sind. Aus dieser Perspektive ist meine Lage zwar kaum besser, dennoch fühle ich mich geborgener. Das Bett versteht mich, es tröstet mich. Mein bester Freund, der mich noch nie enttäuscht hat. Sanft fahre ich mit den Fingern über die weiße Decke, als würde sie meine Gefühle erspüren.

Okay, Laurie, jetzt drehst du durch.

In dem Moment fliegt die Tür auf, was mich vor einem hysterischen Lachanfall oder einer verzweifelten Heulattacke bewahrt. Die Chancen stehen jedes Mal fifty-fifty.

„Holy shit", entfährt es der jungen Frau, die mir gegenübersteht. „Was ist denn mit dir los?"

Gute Frage, die ich lieber unbeantwortet lasse. „Ich bin Laurie", sage ich stattdessen und richte mich mühsam auf. Der Tag war zu viel. Und das vor dem Nachmittagstee.

„Samira", antwortet meine neue Zimmergenossin und schließt die Tür hinter sich. Ihr dunkles Haar fällt in leichten Wellen über ihre Schulter und blendet mich beinahe mit seinem Glanz. „Geht's dir gut? Du siehst aus wie ein Zombie."

Ihre Offenheit überrascht mich, trotzdem ist sie erfrischend und angenehm. An einer Schule, deren Schulgebühr das Jahresgehalt vieler Engländer übersteigt, habe ich mit mehr aufgesetzter Höflichkeit gerechnet.

„Das ist leider mein Gesicht, das sieht immer so aus", antworte ich trocken.

„Ach du Kacke." Sofort schlägt sie sich die Hände vor den Mund. Dann lässt sie die Finger langsam sinken. „Wie unhöflich von mir. Das tut mir leid. Also nicht dein Gesicht, sondern die Tatsache, dass mein Mund schneller ist als mein Hirn."

Ich pruste los und verschlucke mich beinahe an meinem eigenen Lachen. Das Geräusch klingt fremd in meinen Ohren und verwirrt halte ich inne.

„Ich mache es wohl nur schlimmer", stellt sie fest und schaut mich reumütig an, ich schüttle lediglich den Kopf.

„Tut mir leid. Das war ein Scherz."

„Oh, dann hab ich dich nicht beleidigt?", fragt sie vorsichtig.

„Nein." Tatsächlich fühle ich mich zum ersten Mal seit ... keine Ahnung wann frei und ausgelassen.

Samira setzt sich auf ihr Bett, das meinem direkt gegenüber steht. „Gut, ich neige leider dazu, alles auszusprechen, was mir durch den Kopf geht. Das kommt bei den meisten eher schlecht an."

„Kann ich mir vorstellen." Die Wahrheit ist schwer zu verkraften. Keiner weiß das besser als ich.

Samira mustert mich und ich tue es ihr gleich. Sie trägt die grüne Schuluniform mit dem Wappentier, dem Hirsch, daher lässt mich ihre Erscheinung kaum Rückschlüsse auf ihre Persönlichkeit ziehen.

„Wenn du magst, zeige ich dir den Mädchenflügel", sprudelt es auf einmal aus ihr hervor, und ich frage mich, ob sie Luft holt, während sie spricht.

Ich wäge einen Augenblick meine Möglichkeiten ab. Eigentlich habe ich keine Lust, mich länger zu unterhalten, und wäre lieber alleine. Doch ohne Samiras Hilfe werde ich mich hier sicher nie zurechtfinden und morgen beginnt bereits der Unterricht. Außerdem muss ich zwangsläufig mit ihr klarkommen, immerhin wohnen wir die nächste Zeit zusammen. Und das soll so unkompliziert wie möglich sein. Daher nicke ich. „Gern. Muss ich meine Uniform dafür anziehen?“ Der Internatsalltag ist mir fremd, ich habe zuvor eine öffentliche Schule in London besucht. Zumindest bis meine Tante genug von mir hatte und beschloss, dass sie zu jung sei, um ein Kind aufzuziehen. Dabei spielte es keine Rolle, dass ich fast erwachsen bin und gar keine Erziehung mehr brauche.

„Nein, ich wollte mich sowieso gerade umziehen.“ Samira springt förmlich auf und schüttelt sich den Blazer von den Schultern. Woher nimmt sie nur die Energie? Von ihrem Enthusiasmus angesteckt erhebe ich mich, streiche meinen schwarzen Rock glatt und ziehe den Hoodie, der nach oben gerutscht ist, zurecht. Ein kurzer Blick in den Spiegel an der Tür zeigt mir das ganze Ausmaß von Zombie-Laurie. Kein Wunder, dass Samira sich erschreckt hat. Der dunkelrote Lippenstift ist verschmiert und die Wimperntusche verwischt. Schnell krame ich in meinem Rucksack nach dem Kosmetiktäschchen und mache mich ... Mist, wo ist das Badezimmer?

Samira scheint meine Verwirrung zu bemerken. „Dritte Tür links.“

„Auf dem Gang?“, entfährt es mir und mir wird mit einem Schlag das Ausmaß ihrer Worte bewusst.

Gemeinschaftsduschen. Gemeinschaftstoiletten.

Oh. Mein. Gott.

„Scheiße, du dachtest wir haben unser eigenes Bad“, umreißt Samira meine Gedanken, die mir offensichtlich ins Gesicht geschrieben stehen. Ich nicke nur, unfähig das Gefühl, das mich komplett ausfüllt, zu beschreiben. Welcher Unmensch ist auf den Gedanken gekommen, Gemeinschaftsbäder zu erfinden? Privatsphäre schreibt man auf Kingswood Castle anscheinend groß.

„So schlimm ist es nicht, versprochen", tröstet Samira mich.

Obwohl ich das bezweifle, verlasse ich unser Zimmer, habe schließlich gar keine Wahl. Zombie-Laurie muss verschwinden, bevor sie noch mehr Menschen erschreckt.

Wie ferngesteuert tragen mich meine Beine drei Türen weiter und ich male mir die schlimmsten Dinge aus: Wild kreischende Mädchen, die missbilligend die Körper der anderen begutachten.

Langsam drücke ich die Klinke hinunter und trete ein. Meine Angst, mir einen Waschraum mit all den Mädchen auf dem Stockwerk zu teilen, stellt sich als unbegründet heraus. Es gibt vier Waschbecken, die sich jeweils zwei Mädchen zu teilen scheinen, denn auf jedem stehen je zwei Zahnbürstenbecher und diverse verschiedene Fläschchen und Tiegelchen. Nur eine Seite des hintersten Waschbeckens rechts ist leer, das wird dann wohl mein Platz sein.

Ein Durchgang führt in einen etwas kleineren Raum, in dem zwei separate Duschkabinen untergebracht sind. Samira hatte recht, *so* schlimm ist es nicht. Zumindest wenn wir zu unterschiedlichen Zeiten duschen. Und die Toiletten sind in einem eigenen Raum untergebracht, ein enormer Pluspunkt.

Ich sehe mich einen Moment um, überprüfe den Sauberkeitszustand (alles top, kein Schimmel) und stelle meine Kosmetiktasche dann auf das Waschbecken mit nur einer Zahnbürste. Sicher Samiras, doch eigentlich ist es egal. Ich kenne sie nicht besser als die anderen Mädchen, mit denen ich mir das Bad teile.

Kurz umklammere ich den kalten Beckenrand mit meinen Fingern und lasse den Kopf hängen. Ich atme durch und gönne mir den Moment des Alleinseins. Ich vermisse meine Eltern, meine Freunde und mein altes Leben.

Stopp, nicht zurückschauen, Laurie. Es geht nach vorne. Immer nur voraus, höre ich meine Mom im Geiste. Sie hasste es, wenn ich den Kopf in den Sand steckte, all die guten Dinge in meinem Leben vergaß und stattdessen der Dunkelheit die Oberhand ließ. Doch ehrlich gesagt fällt es mir gerade schwer, etwas Positives zu finden.

Ich drehe den Hahn auf, lasse Wasser in meine Hände laufen, die ich zu Schalen forme, und benetze dann die Augen damit. Die Kälte ist erholsam und hilft mir, meine Gedanken im Zaum zu halten. Das hier ist nicht das Ende, es ist ein neuer Anfang. Das muss es sein.

Während das Wasser von meinem Gesicht tropft, wird mir bewusst, dass ich gar kein Handtuch mitgenommen habe. Kurzerhand wische ich mir mit den Ärmeln meines schwarzen Lieblingshoodies über die Haut. Der Blick in den Spiegel offenbart mir, dass ich es damit allerdings nur schlimmer gemacht habe. Mein schwarzes Haar hängt verstrubbelt und glanzlos herunter und meine schmalen Augen mustern mich kritisch. Ich ziehe die Haarbürste hervor, doch leider hilft es nur wenig, die dicken Strähnen zu bändigen. Eindeutig die südländischen Gene meiner Mutter. Mithilfe eines Wattepads und Seife entferne ich die Reste des verbliebenen Make-ups, tusche mir dann die Wimpern und versuche die dunklen Ringe unter den Augen zu verstecken. Die letzten Nächte habe ich kaum geschlafen, aber das muss ja nicht gleich die ganze Schule wissen. Kurz überlege ich, ob ich den dunkelroten Lippenstift weglasse, dann entscheide ich mich, ihn aufzutragen. Ich fühle mich gut mit ihm, ansehnlich und normal. Wieso sollte ich darauf verzichten, nur weil hier die Uhren anscheinend noch auf Achtzehnhundert stehen? Zumindest was die strikte Trennung der Geschlechter anbelangt.

Halbwegs vorzeigbar verlasse ich das Badezimmer und gehe zurück zu Samira. Sie hat sich mittlerweile aus ihrer Uniform geschält und ist auf bequemere Klamotten umgestiegen. Ihr grauer Hoodie sitzt perfekt und ist im Gegensatz zu meinem keine zwei Nummern zu groß. Dazu hat sie eine schwarze Jeans kombiniert und ihr Haar zu einem kunstvollen Zopf geflochten.

„Besser“, kommentiert Samira mein Aussehen und beißt sich dann auf die Unterlippe.

Ich überprüfe derweil mein Outfit im Spiegel. Die dicken Wollsocken schauen aus meinen schwarzen Schnürstiefeln und ich ziehe sie zuerst ein Stück hoch, um sie dann zusammenzuraffen. Dabei fahre ich über eine Laufmasche in meiner dunklen Strumpfhose, aber sie stört mich nicht. Den Hoodie stecke ich vorne leicht in meinen schwarzen Jeansrock und schiebe die Ärmel bis zu den Ellbogen nach oben.

„Ich mag deinen Style“, kommentiert Samira und ihre Worte schmeicheln mir. Normalerweise bin ich nicht eitel, doch ich will einen guten Eindruck hinterlassen. Unter dem Radar der anderen fliegen und keinesfalls auffallen. Deswegen ist es mir wichtig, dass ich mich an meinem ersten Tag wohlfühle und der Nervosität die Stirn biete.

„Danke. Jetzt bin ich wieder vorzeigbar. Normalerweise lasse ich Zombie-Laurie nur selten raus."

Samira überlegt einen Augenblick, dann kommt sie auf mich zu, hakt sich bei mir ein und dreht uns herum. „So schlimm fand ich dein Zombie-Ich gar nicht. Ich hab mir nur Sorgen gemacht, dass du auf mein Gehirn aus bist."

„Gehirn gibt's nur an Vollmond, ich kann dich also beruhigen, du kannst dich noch einige Tage an deiner Intelligenz erfreuen", entgegne ich auf ihren Kommentar und lasse die Unbeschwertheit in mein Herz. Es sticht einen Moment, doch der Schmerz ist mir vertraut und ich heiße ihn willkommen. Seit dem Tod meiner Eltern beherrscht er mich und hält mich auf dem Boden der Tatsachen. Er ist zu einem Freund geworden, auf den ich mich bisher stets verlassen konnte.

„Los geht's." Samira greift nach meinem Handgelenk und zieht mich mit sich. Wir gehen über den Korridor, am Badezimmer vorbei, fast bis zum Treppenhaus. Eine Tür vorher hält Samira inne, und jetzt breitet sich Unbehagen in mir aus. Zwar scheint meine Zimmergenossin nett zu sein, doch ob das auf die anderen Mädchen auch zutrifft? Eigentlich spielt es keine Rolle, denn ich bin hier, um meine A-Levels zu bestehen und nicht, um Freunde zu finden. Es würde die Sache allerdings wesentlich leichter machen, wenn wenigstens alle freundlich wären. Das Herz pocht mir bis in die Ohren und ich höre nur noch Rauschen. Veränderung ist mein Feind, war sie schon immer. Deswegen drücke ich die

Fingernägel in meine Handinnenflächen und atme ruhig, bis sich mein rasender Puls beruhigt.

Als Samira sich zu mir dreht, begreife ich, dass sie etwas gesagt hat, das mir entgangen ist. „Wie bitte?"

Durch die Fenster hinter uns scheint die Sonne in den Flur und projiziert unsere Schatten an die Wand. Für September ist es ziemlich warm.

„Was bist du?", wiederholt Samira, nur ergibt die Frage ohne Hintergrund keinen Sinn.

„Was ich bin?"

„Ja, reich oder intelligent?"

„Hä?"

„Na ja, wenn man Kingswood Castle besucht, ist man entweder überdurchschnittlich intelligent, sodass man ein Stipendium bekommt, oder man hat stinkreiche Eltern, die ein Vermögen für unsere Schulbildung ausgeben", erklärt sie.

„Ich wünschte, ich könnte sagen, ich sei intelligent", antworte ich und überlasse den Rest Samiras Fantasie. Wenn sie daraus schließt, dass ich reich bin, kann ich schließlich nichts dafür, oder? Denn ich bin keins von beidem. Stattdessen hatte ich nur Glück – oder Pech, je nachdem, aus welchem Blickwinkel man es betrachtet. Für meine Tante, die mich endlich los ist, war es wohl der glücklichste Tag ihres Lebens. Für mich ... nun ja, ich kann es nicht ändern.

„Mir gehts genauso", meint Samira und stößt leicht mit ihrem Ellbogen gegen meine Rippen. „Dann gehörst du zu den Normalos, denn es gibt nur ein oder maximal zwei Stipendiaten im Jahrzehnt. Aber es könnte schlimmer sein, oder?"

„Ja“, bestätige ich mit einem aufgesetzten Lächeln und bin froh, dass sie das Thema fallen lässt.

„Also, bist du bereit?“

Ich nicke, aber die Nervosität ist mit einem Schlag zurück.

„Es sind sowieso fast alle rausgegangen, das schöne Wetter genießen, bevor morgen der Ernst des Lebens und der Unterricht beginnen. Aber ich hab ein paar Freundinnen erzählt, dass jemand Neues bei mir einzieht. Sie sind ganz gespannt.“

Na wundervoll. Allerdings verwirrt mich eine Kleinigkeit. „Wieso hattest du deine Uniform an, wenn noch kein Unterricht ist?“

„Ich war in der Kirche“, sagt sie.

Neugierig blicke ich sie an. „Glaubst du an Gott?“

„Du nicht?“

„Nein.“ Schon lange nicht mehr.

„Oh, das ist okay. Wir sind sehr offen. Du darfst an das glauben, was du magst. Keiner wird dich deswegen verurteilen.“

Verwirrt von ihrer Reaktion fahre ich mir durchs Haar.

Für meinen Geschmack viel zu bald darauf öffnet Samira die Tür zum Gemeinschaftsraum. Leise Stimmen dringen zu uns, doch Samira hatte recht, es sind kaum eine Handvoll Mädchen anwesend. An den Wänden stehen große Sofas, die wild zusammengewürfelt den Charme des Raumes ausmachen. Es ist hell und lichtdurchflutet, sogar wohnlich und nahezu gemütlich. Gardinen und frische Blumen verleihen dem Zimmer einen Hauch von Zuhause.

Das Gespräch verstummt und die Mädchen mustern mich. Aufgeregt stehen sie auf und kommen auf uns zu. Ihre Blicke sind mir unangenehm und ihre hochgezogenen Augenbrauen verraten mir ihren ersten Eindruck: Ich bin anders als erwartet. Vielleicht liegt es auch nur an meiner Lieblingsfarbe, in der nahezu all meine Klamotten sind – Schwarz.

„Leute, das ist Laurie, sie kommt ... okay, eigentlich weiß ich noch gar nichts von dir", wendet Samira sich an mich. „Vielleicht solltest du dich besser selbst vorstellen."

„Hey, ich ...", stammle ich und atme tief ein. *Beruhig dich, Laurie. Das sind nur Menschen.* „Ich bin Laurie und komme aus London."

Samira nickt zufrieden. Ich scheine die erste Hürde geschafft zu haben. War gar nicht so schwer. „Das sind Maren, Diana, Sarah und Aurora."

„Wie ..."

„Nein, sag's nicht", unterbricht mich Aurora, bevor ich den Satz beende. „Bitte, du siehst nett aus, doch wenn du jetzt Dornröschen ins Spiel bringst ..."

Ich schlucke den Vergleich herunter. „Schwere Kindheit?"

„Lass uns das Thema wechseln." Aurora streicht sich eine blonde Strähne hinters Ohr und ich nicke.

„Sie übertreibt", meint Maren lachend und reicht mir höflich die Hand.

Aurora schnaubt. „Du wirst ja auch nicht dauernd mit Dornröschen verglichen."

„Das ist ein Kompliment, Aura", entgegnet Sarah und geht zu ihrem Platz zurück. Die anderen Mädchen folgen ihr und Samira zieht mich mit. „Immerhin ist sie eine Prinzessin."

„Und unglaublich hübsch", pflichtet Maren ihrer Freundin bei.

Diana beugt sich nach vorne und mustert zuerst meine Doc Martens, dann die Socken und schließlich den kurzen Rock. Zuletzt bleibt ihr Blick an meinem roten Lippenstift hängen und ich setze ein Lächeln auf, halte ihrem Blick stand, als sie mich ertappt anschaut. „Erzähle uns was über dich, Laurie", haucht sie nach der Schrecksekunde und verschränkt die Arme vor der Brust.

Klar, gern. Vor einem Jahr sind meine Eltern bei einem Unfall ums Leben gekommen. Ich hätte ebenfalls im Auto sitzen sollen, doch das tat ich nicht. Während ich lebe, sind sie tot. Danach musste ich zu meiner Tante ziehen. Mein altes Zuhause und meine Freunde hinter mir lassen und mich neu orientieren. Zumindest bis ich meiner Tante zu viel wurde. Bis sie die Trauer und die Aussichtslosigkeit, die mich seit einem Jahr ausfüllen, nicht mehr ertragen konnte. Deswegen bin ich jetzt hier und ihr so?

Natürlich denke ich das nur und sage stattdessen: „Bis vor einem Jahr habe ich in London gelebt und bin dort zur Schule gegangen, dann musste ich leider aufs Land ziehen und schließlich bin ich in Kingswood Castle gelandet."

„Wir verbringen die Winterferien immer in London und feiern mit der ganzen Familie Weihnachten. Ich liebe die Stadt. Die Weihnachtsbeleuchtung ist einmalig", meint Maren verträumt.

„Ja, ich vermisse es sehr."

„Das Leben auf Kingswood Castle wird dir gefallen“, verspricht Samira und ich erkenne die Ehrlichkeit in ihren Augen.

Wir unterhalten uns kurz über die Herkunft der anderen, dann wenden sich die Mädchen wieder dem Gespräch zu, bei dem wir sie unterbrochen haben. Da es um den Unterricht und die Lehrer Kingswood Castles’ geht, kann ich nicht viel dazu beitragen, außerdem bin ich mir unsicher, ob meine Meinung überhaupt erwünscht ist, deswegen lasse ich meine Gedanken schweifen.

Als Lachen den Raum durchbricht, schrecke ich zusammen. Die letzten Minuten hatte ich komplett abgeschaltet. Zum Glück ist es keinem aufgefallen.

„Wieso hast du die Schule gewechselt?“, fragt Sarah mich plötzlich. Die Frage kommt so überraschend, dass mir einen Moment die Worte fehlen.

„Ähm ... ich ... wollte nicht mit umziehen, zumindest nicht aus England weg, da haben wir uns für diesen Weg entschieden“, lüge ich und es geht mir leichter über die Lippen als gedacht.

Diana sieht mich skeptisch an und ich erkenne selbst die Lücken in der Lüge. „Wie meinst du das? Sind deine Eltern ohne dich weggezogen?“ Erleichtert atme ich auf. Immerhin hat meine Wortwahl dazu geführt, dass sie annimmt, meine Eltern wären lediglich umgezogen und nicht tot.

„Ja, nach Afrika“, nenne ich den ersten Kontinent, der mir einfällt und möglichst weit weg ist.

Doch Diana bohrt weiter. „Und was führt sie dorthin?“

„Ein Job“, kommt es mir fast zu schnell über die Lippen.

Samira, die neben mir sitzt, fährt mir über den Unterarm. „Krass, da hätte ich auch nach einem Ausweg gesucht.“

Wenigstens eine scheint auf meiner Seite zu stehen und ich lächle sie dankbar an. „Komm, ich zeig dir den Rest“, meint Samira dann. „Wir können uns später weiter unterhalten.“

Die mir dargebotenen Finger ergreifend lasse ich mich von Samira auf die Beine ziehen und folge ihr auf den Korridor.

Das ist besser gelaufen als erwartet. Dennoch spüre ich die Zurückhaltung und Skepsis der Mädchen. Was daran liegen könnte, dass ich sie die meiste Zeit angelogen habe. Nicht was mich direkt betrifft, aber die Geheimnisse meiner Vergangenheit will ich um jeden Preis schützen. Wahrscheinlich merken die Mädchen meine eigene Zurückhaltung und bleiben deswegen auf Abstand. Und genau das ist es, was ich möchte. Ich will keine lästigen Fragen beantworten, niemandem vorspielen, ich würde meine Eltern nicht vermissen und wäre total glücklich mit der Situation. Solange ich beim Essen und im Unterricht Gesellschaft habe, reicht mir das vollkommen.

„Hier ist das zweite Badezimmer der Etage, die Toiletten findest du immer rechts daneben. Und wenn es Bohnen zum Essen gibt, ist das auch definitiv besser so.“ Während Samira mich weiter durch den Flügel der Mädchen führt, flüstert sie mir immer wieder geheime Informationen wie diese zu, die mich zum Lachen bringen. Wir verlassen den Korridor und gehen ein Stockwerk nach unten.

Das Treppenhaus imposant zu nennen, wäre eine Beleidigung. An den Wänden hängen unglaublich große Gemälde, die verschiedene Motive zeigen. Von Portraits über Stillleben bis hin zu Landschaftsdarstellungen. Die Stufen sind mit Teppich überzogen, und ich halte mich am Geländer fest, da ich Angst habe zu stolpern. Unten angekommen sehe ich noch mal nach oben und lasse die Schönheit einen Augenblick auf mich wirken. Ich bilde mir ein, dass der Boden vibriert und das alte Gemäuer mit mir kommuniziert. Belustigt schüttle ich den Kopf.

„Hier geht's zur Küche und in die Speisekammer. Der Gang ist absolut tabu", fährt Samira fort, doch ich habe es aufgegeben, mir zu merken, was sie erzählt. Die ersten Tage werde ich mich gnadenlos verlaufen. Beinahe erinnert mich Kingswood Castle an Hogwarts. Ob sich die Treppen hier ebenfalls bewegen?

Samira beugt sich zu mir. „Wenn allerdings Alfredo Dienst hat, gibt es immer frische selbstgebackene Muffins. Manchmal lässt er abends die Tür unverschlossen und stellt Muffins für uns bereit. Wir schleichen dann nach der Sperrstunde nach unten", flüstert sie mir eins ihrer Geheimnisse zu und ich glaube mich verhört zu haben.

„Sperrstunde?"

„Ja, um zweiundzwanzig Uhr geht das Licht aus und wir müssen alle auf unseren Zimmern sein. Am Wochenende sehen die Lehrer das etwas lockerer, da haben wir eine Stunde länger", erklärt Samira gelassen.

„Dein Ernst?"

„Eigentlich ist das sogar ziemlich gut, so haben wir einen Rhythmus."

Klar, einer, der vorgegeben ist und alles andere als selbstbestimmt. Mich zu ärgern bringt nichts. Da muss ich jetzt durch.

Wir lassen den verbotenen Korridor und meine Empörung über die Sperrstunde hinter uns, und ich bin mir sicher, dass der nächste Gang dem letzten exakt gleicht.

„War J. K. Rowling eigentlich mal hier?", frage ich Samira scherzhaft und versuche mir zumindest den Weg zurück in den Mädchenflügel zu merken.

Verwirrt dreht sie sich zu mir um. „Was? Ich glaube nicht, wieso?"

„Ach, nur so", murmle ich und lasse das Thema fallen, denn nach Samiras Reaktion habe ich Angst, dass sie mir offenbaren könnte, Harry Potter nicht zu kennen, und das würde meine Meinung von ihr unweigerlich beeinflussen.

Während es draußen immer dunkler wird, geht in den Gängen und Räumen das Licht an. Große Leuchter hängen von der Decke und verbreiten warmweiße Gemütlichkeit.

Vor einer Wendeltreppe bleibt Samira stehen. „Hier geht's aufs Dach. Wir dürfen nur unter Aufsicht nach oben, deswegen ist die Tür abgeschlossen." Ihre Augenbrauen wandern in die Höhe. „Aber manchmal vergisst ein Lehrer abzuschließen, dann treffen wir uns dort. Und dann", verschwörerisch bohrt sie mir ihren Ellbogen in die Rippen, „gibt es keine Regeln, Laurie." Leider verstehe ich nur Bahnhof. Ganz zu Samiras Missfallen.

„Jungs und Mädchen kommen sich näher als zwanzig Zentimeter, wenn du verstehst."

„Scheiße, Mr Hendriks meinte das ernst?", entfährt es mir.

Samira nickt und öffnet die Flügeltüren zum nächsten Raum. Die Regel kann nur ein schlechter Scherz sein. Im Speisesaal wird mir allerdings klar, wie falsch ich liege. Mädchen und Jungen sitzen streng voneinander getrennt an verschiedenen Tischen. Nur eine Gruppe ist gemischt. Verblüfft lasse ich meinen Blick durch den großen Saal schweifen. Lange Holztische bieten mindestens mehreren hundert Schülern Platz. Links an der Wand befindet sich die Essensausgabe, an der sich eine kleine Schlange gebildet hat. Buffetähnlich sind verschiedene Speisen in großen Behältern aufgereiht, an denen sich jeder Schüler selbst bedient. Fleisch hingegen wird von einer Köchin ausgegeben. Genau gegenüber befindet sich die Getränkebar, die ebenfalls keinen Wunsch offenlässt. Ich erkenne Wasser, Säfte und Softdrinks. Aber auch eine Kaffeemaschine und Tee. Für einen Saal dieser Größe ist es angenehm ruhig und heimelig. Weiße Stoffbahnen, die in Wellen an der Decke befestigt sind, erhellen den Raum, der durch hohe Glasfenster und rohe Steinmauern ansonsten einen rustikalen Eindruck hinterlässt.

„Ah, da sind die Mädels. Komm." Ohne zu zögern, packt Samira mein Handgelenk und zieht mich zu einem Tisch am hinteren Ende des länglichen Saals. Gekonnt manövriert sie uns durch das Labyrinth an Schülern, die mit vollbeladenen Tabletts zu ihren Plätzen eilen. Einem Kartoffelbrei an Erbsen ausweichend bleibe ich an einer Tischkante hängen und strauchle. Samira greift nach meinem Handgelenk, doch es entgleitet ihr. Bevor ich das Gleichgewicht endgültig verliere, bietet mir im letzten Moment ein weiterer Arm Halt und hilft mir, meinen Stand wiederzufinden.

Eine plötzliche Hitze durchfährt mich und ich blicke auf die Finger, die meinen Oberarm umklammern. Sofort werden sie zurückgezogen und ich reibe mir über die Stelle, an der sie Sekunden zuvor noch gelegen haben.

„Sorry", murmelt der Junge, der mir gegenübersteht, und senkt den Kopf. Sein blondes Haar fällt ihm ins Gesicht und verwehrt mir einen genauen Blick auf ihn.

„Wieso entschuldigst *du* dich denn?", frage ich verblüfft, werde aber von Samira weitergezogen. „Danke", rufe ich dem Jungen zu und stolpere hinter meiner Zimmergenossin her. Erst jetzt fällt mir auf, dass der halbe Speisesaal verstummt ist und mich mustert. Na wunderbar, mit meiner peinlichen Aktion habe ich direkt die Aufmerksamkeit aller auf mich gezogen.

Ich mustere den Boden, entgehe den Blicken und weiche ihrer Aufforderung aus, etwas über mich preiszugeben. Nur einige Sekunden später setzen die Gespräche wieder ein und ich hoffe, sie drehen sich um etwas anderes als um mich.

Aber selbst wenn ich nun Gesprächsthema Nummer eins bin, spielt es keine Rolle, denn es gibt vieles, das ich kontrollieren und ändern kann, doch die Meinung anderer gehört nicht dazu.

„Laurie", flüstert Diana mir zu, nachdem wir uns zu den anderen Mädchen aus dem Gemeinschaftsraum gesetzt haben. Neben bekannten Gesichtern sind auch unbekannte dazugekommen und Samira stellt mich kurz vor, allerdings lässt Diana sie kaum zu Wort kommen. „Gleich am ersten Tag machst du solche Sachen."

Ich zucke mit den Schultern. Kann schließlich jedem Mal passieren.

„Laurie lässt eben nichts anbrennen", meint Samira grinsend und ich sehe verwirrt zu ihr.

„Wie bitte?"

Francesca, die ich gerade kennengelernt habe, ist es, die mich aufklärt. „Lucas ist einer der mysteriösesten Typen auf der Welt. Und ein Royal." Dunkle schwarze Locken fallen ihr ins Gesicht, die nur von dem großen Brillengestell davon abgehalten werden, ihre Augen zu verdecken. Mit dem Zeigefinger fährt sie sich über die Nase und ich warte auf eine weitere Erklärung, doch leider bleibt diese aus.

„Er ist adlig?", frage ich und sehe mich gleichzeitig nach Lucas um. Er sitzt zwischen diversen Jugendlichen am Tisch und mir fällt sofort auf, was anders ist. Jungs *und* Mädchen. Das gleicht an dieser Schule nahezu einem Skandal. Ob es das ist, was alle so aus der Fassung bringt?

„Nein, er ist nicht wirklich adlig", erklärt Samira. „Obwohl es mich kaum wundern würde, käme eines Tages heraus, dass er von der königlichen Familie abstammt. Wir nennen diejenigen so, weil sie einfach alles können. Sie sind intelligent, reich und privilegiert. Sie haben sogar andere Unterrichtseinheiten."

„Sie?"

„Die Royals", haucht Diana ehrfürchtig und Aurora seufzt. Irgendwas entgeht mir hier. Dennoch spüre ich eins deutlich: Die Zurückhaltung der Mädchen mir gegenüber ist verschwunden. Aus irgendeinem Grund behandeln sie mich plötzlich nicht länger wie einen Gast. Selbst Diana hat ihre Skepsis abgelegt. Sie spricht mit mir, als wäre ich eine ihrer Freundinnen. Offensichtlich gehöre ich jetzt dazu. Ob ich will oder nicht. Und ich will definitiv nicht. Enge Freundschaft bedeutet unweigerlich enttäuscht zu werden und dafür habe ich keinen Nerv.

Der Zusammenstoß mit Lucas hat mich zu einem Mitglied dieser Gruppe werden lassen, und ich begreife beim besten Willen nicht, wieso.

„Die Royals", wiederhole ich und langsam geht mir ein Licht auf. Das sind die coolen Kids. Die, die keiner anspricht, weil alle Angst haben, mit Ignoranz gestraft zu werden. Früher habe ich ebenfalls zu ihnen gehört. Doch meine Arroganz schützte mich nicht vor all dem Leid. Und das ist der Punkt: Schmerz macht uns gleich, denn keiner kann ihn ignorieren, er fordert, gespürt zu werden. Egal ob reich, intelligent und schön oder arm, einfältig und mit krummer Nase.

Ich beuge mich nach vorne, mustere die Gruppe genauer. „Habt ihr ihnen den Namen gegeben oder woher kommt der?"

„Keine Ahnung", meint Francesca. „Sie heißen schon immer so."

Aurora beißt von einem Apfel ab, kaut kurz und spricht dann mit halbvollem Mund – so gar nicht Dornröschen-like. „Stimmt."

Am Tisch in der Mitte des länglichen Raums sitzen neben Lucas zwei weitere Jungs und drei Mädchen. Sie unterhalten sich während des Essens, nur Lucas scheint eher der schweigsame Typ zu sein. Er hält sich weitestgehend aus der Unterhaltung raus, allerdings erkenne ich, dass er dennoch zuhört, da er manchmal nickt oder leicht den Kopf schüttelt.

„Ehrlich gesagt sehen sie für mich genauso aus wie alle anderen“, sage ich und ziehe damit den Unglauben der Mädels auf mich. „Bis auf die Tatsache, dass sie sich offensichtlich über die Regel hinwegsetzen, dass Jungs und Mädchen getrennt voneinander essen müssen.“

Diana räuspert sich. „Müssen wir eigentlich nicht.“

„Und wieso tut ihr es dann?“, frage ich überrascht.

„Weil wir kaum etwas mit den Jungs gemein haben. Außerdem trauen wir uns meistens nicht, mit ihnen zu sprechen“, erklärt Sarah und ich muss grinsen. Oje, wie süß. Das Konzept der Schule funktioniert offensichtlich. „Die Royals jedoch sind ...“

„... unglaublich cool. Sie halten zusammen wie Pech und Schwefel“, unterbricht Maren sie.

„Und wir haben etwas zum Schwärmen, denn die Jungs sind einfach unfassbar heiß. Diana ist in Manuel verliebt“, flüstert Samira mir lächelnd zu.

„Gar nicht wahr“, ereifert Diana sich. „Aber er ist einfach ... na ja, schön eben.“

„Und Phil erst“, schwärmt Francesca.

Grinsend schweift mein Blick zurück zu den Royals. „Wer ist wer?“

„Der mit den blonden Locken ist Phil. Elena, seine Zwillingsschwester, sitzt links von ihm, sie haben beide das gleiche Haar, oder? Daneben siehst du Cassandra, sie ist unglaublich intelligent. Manchmal weiß sie mehr als die Lehrer“, erklärt Aurora. „Lucas kennst du bereits. Bleiben Manuel und Kira. Die beiden zoffen sich manchmal so richtig. Da fliegen die Fetzen, das sag ich dir.“

Lucas blättert in einer Zeitschrift und einer der anderen Jungs – Manuel – lehnt sich so weit zu ihm, dass er ebenfalls einen guten Blick darauf hat. Seine Lippen bewegen sich und Lucas lacht, stößt seinen Freund mit dem Ellbogen leicht an, als wolle er ihm zustimmen. Plötzlich nimmt Manuel eine seiner Pommes und wirft sie ohne Vorwarnung auf den Jungen ihm gegenüber, war es Phil? Entgegen meiner Erwartung dreht der sich zur Seite und fängt sie gekonnt mit dem Mund. Erleichtert atme ich auf. Ich hatte gar nicht gemerkt, dass ich die Luft angehalten habe. Sie lachen, während Kira sich von Manuels Teller bedient. Und obwohl er sie mit einem bösen Blick straft, hindert er sie nicht daran. Nein, im Gegenteil, er schiebt ihr seine Reste sogar entgegen. Jetzt verstehe ich, was die Mädchen meinen, die Royals haben ihre ganze eigene Ausstrahlung. Sie funktionieren wie ein gut geöltes Uhrwerk und scheinen sich ohne Worte zu verstehen. Ihre Dynamik ist unübersehbar und es passt kein Blatt zwischen die Freunde.

Mein Magen knurrt. „Lass uns zur Essensausgabe, ja?"

„So eine Erkundungstour macht hungrig, was?", meint Samira und erhebt sich.

Ich folge ihr. „Und müde."

Je näher wir den Speisen kommen, desto köstlicher riecht es. Es gibt alles, was das Herz begehrt. Von frischem angebratenem Gemüse über Nudeln und Reis bis hin zu Quinoa und Couscous. Verschiedene Salate sowie Fisch und Fleisch.

Samira reicht mir einen Teller und wir gehen am Buffet entlang. Ich schlage ordentlich zu. Neben gebratenem Gemüse und eingelegter Aubergine landet ein Haufen Nudeln und Salat auf meinem Speiseplan.

„Das Hühnchen ist unglaublich kross“, erzählt Samira, aber ich schüttle den Kopf.

„Danke, ich esse kein Fleisch.“

„Oh, bist du Vegetarierin?“

„Ja, ich versuche, soweit es geht, auf tierische Produkte zu verzichten. Meine Mom war ein großer Verfechter von guter, tierfreier Ernährung.“

Scheiße. Ich bemerke meinen Fehler zu spät.

„Wow, ich glaube das könnte ich nicht“, meint Samira und ich atme erleichtert auf. Glücklicherweise hat sie überhört, dass ich in der Vergangenheitsform von Mom gesprochen habe.

Wir gehen zurück zu unserem Tisch. Während mein Teller gnadenlos überfüllt ist, hat sie sich lediglich etwas Fleisch und einige Blätter Salat genommen.

„Ich bin so aufgewachsen, daher war es für mich keine Umstellung.“

Als wir uns setzen, haben die anderen längst aufgegessen und der Saal leert sich bereits.

„Wird hier in Schichten gegessen?“, frage ich und koste das Gemüse. Verdammt lecker.

„Nein, allerdings gibt es nur innerhalb von anderthalb Stunden etwas an der Essensausgabe. Danach wird sie geschlossen“, klärt Diana mich auf.

„Und die Jüngeren? Wo essen die?“

„Die haben ihren eigenen Speisesaal zusammen mit dem Lehrpersonal. Sie müssen noch die Tischmanieren lernen.“

Ich verkneife mir einen Kommentar und widme mich weiter dem Essen. Die Aubergine ist köstlich und ich lasse sie mir auf der Zunge zergehen. Die Mädchen quasseln während des gesamten Essens, allerdings höre ich ihnen kaum zu. Ich vermisse mein Bett, mein Zuhause und meine Freunde. Auch wenn Tante Allory mich schon vor einem Jahr aus meinem Umfeld gerissen hat, fällt mir mit jeder Veränderung auf, wie sehr ich mein altes Leben vermisse. Und wie präsent der Wunsch, die Zeit zurückzudrehen, immer noch ist. Wahrscheinlich wird er mich mein ganzes Leben begleiten.

Kauend blicke ich mich um und versuche meine Gedanken abzulenken. Verwirrt halte ich inne. Mir gegenüber an der Wand steht ein junger Mann, der mich unverhohlen mustert. Neugier steht ihm ins Gesicht geschrieben, und ich habe das Gefühl, dass unzählige ungestellte Fragen zwischen uns hängen. Seine hochgezogenen Augenbrauen sorgen für tiefe Falten auf seiner Stirn und lassen mich erschaudern. Ich lege meine Gabel ab, verschränke die Arme stattdessen vor der Brust, denn ich fühle mich plötzlich nackt. Als hätte er all die Lügen, die ich heute ausgesprochen habe, im Bruchteil einer Sekunde durchschaut. Das Atmen fällt mir schwer und Hitze durchdringt mich. Sein Blick brennt auf meiner Haut, verteilt sich über den ganzen Körper und steckt mich in Brand. Irgendetwas an ihm nimmt mich gefangen und ...

Samira zieht an meinem Arm. „Laurie? Laurie!“

Ich blinzle, sehe weg und sofort ist mir kalt. Die Hitze ist verschwunden. „Was?“, würge ich hervor.

„Alles in Ordnung?“

„Ähm ...“, beginne ich, verliere allerdings den Faden. Es fällt mir schwer, mich zu konzentrieren. Sofort wandert mein Blick zurück zu dem Typen. Das Feuer ist wieder da und ich schlucke schwer. „Wer ist denn der

Junge da drüben?", flüstere ich, aus der absurden Angst, er könnte uns hören.

Das schwarze Haar zur Seite streichend funkelt der Kerl mich weiterhin an. Ich bilde mir ein, seine Augen leuchteten golden. Doch über die Entfernung kann ich das unmöglich erkennen.

„Wer?", fragt Samira und schaut sich um. Ich deute mit dem Kopf zur Wand und der Junge erschrickt. Meine Zimmergenossin dreht sich erneut zu mir um. „Wo denn, Laurie?"

„Das Mädchen? Patricia Elcott", meint Francesca, aber ich verneine.

„Genau uns gegenüber."

„Meinst du Manuel?" Samiras Tonfall verrät ihre Verwirrung.

Manuel habe ich nicht einmal wahrgenommen, dafür kann ich endlich wieder klarer denken. Denn der Blick des Jungens droht mich nicht länger zu verbrennen, ganz im Gegenteil, er wärmt mich angenehm von innen. „Nein, dahinter. Direkt an der Wand. Jetzt geht er Richtung Tür. Schwarzes Haar, dunkle Klamotten, Hände in der Jeansjacke und geschmeidiger Gang."

Geschmeidiger Gang? Was sage ich da? Aber es stimmt, der Kerl hat etwas von einer Katze. Sein Blick war fordernd und nach Neuigkeiten gierend, trotzdem wirkte er bestimmt und überlegen. Gleichzeitig sanft, als wüsste er genau, wie ich mich fühle. Als hätte er meine Traurigkeit gespürt.

„Laurie, da ist niemand. Alle sitzen an ihren Tischen. Nur Manuel macht irgendeinen Blödsinn", holt Samira mich auf den Boden der Tatsachen zurück. „Bei dem er verdammt heiß aussieht."

Ich ignoriere Samiras Schwärmerei. „Was? Seht ihr ihn denn nicht? Da, fast am Ausgang.“ Mit jedem Wort werde ich lauter und mein Herz pocht wie wild in meiner Brust.

Maren steht auf und streckt sich. „Nein, da ist niemand.“

„Ich sehe auch keinen Jungen“, bestätigt Aurora und Diana nickt zustimmend.

„Was? Aber …“, stammle ich und versuche die Lüge in ihren Augen zu finden. Vergeblich.

Verwirrt presse ich die Lippen aufeinander und suche nach dem Jungen, der jetzt an der Tür angekommen ist. Ein letztes Mal dreht er sich zu mir und ein helles Licht legt sich in dünnen Fäden um ihn herum. Dann ist er weg. Verschwunden. Einfach so. Ich blinzle, schlucke die plötzlich staubtrockene Luft herunter und huste.

Was zur Hölle?

Ist das gerade wirklich passiert?

Unmöglich.

Doch ich hab es gesehen, mit meinen eigenen Augen.

Fuck! Tante Allory hatte recht. Die Trauer verändert mich … sie macht mich wahnsinnig. Mir wird übel und ein Kloß drückt auf meine Luftröhre, macht das Atmen unmöglich. Ich wische mir die schweißnassen Hände am Jeansrock trocken und versuche mich zu beruhigen.

„Laurie?“ Samira schüttelt mich leicht am Arm. „Alles in Ordnung?“

Nein, nichts ist in Ordnung. Ich werde verrückt. Ich bilde mir Dinge ein, die unmöglich stattgefunden haben können.

Statt die Worte auszusprechen, nicke ich. Der Appetit ist mir vergangen, deswegen schiebe ich den Teller zur

Seite und schließe die Augen einige Sekunden. Die Mädels verfallen zurück in ihr Gespräch, und ich bin froh, dass sie mich für einen Moment in Ruhe lassen.

Wieso sehe ich Menschen, die einfach verschwinden? Und warum ausgerechnet jetzt?

Das Licht blendet mich, nachdem ich die Lider öffne und den Raum nach *ihm* absuche.

Nichts.

Keine Spur, dass er je da gewesen wäre. Nicht die leiseste Andeutung. Trotzdem spüre ich immer noch seinen Blick, das Feuer in mir und es macht mich wahnsinnig. Verzweifelt vergrabe ich die Finger in meinem Haar und schlucke die Tränen runter.

Okay, Laurie, reiß dich zusammen. Du bist müde, du bist gestresst und du hast abermals dein Zuhause verloren. Da kann man sich schon mal Dinge einbilden. Das ist ganz normal. Es kommt einfach vom Stress. Genau!

„Laurie, bist du sicher, dass alles gut ist?“, fragt Francesca leise und ich nicke stumm. „Magst du dein Gemüse nicht mehr? Du hast fast die Hälfte liegen lassen.“

„Bin satt.“

„Okay, dann lasst uns gehen. Wir machen uns einen schönen Abend“, schlägt Francesca vor und erhebt sich. Ich tue es ihr gleich und hoffe, dass wir ohne Umschweife in den Mädchenflügel gehen, denn ich bin mir ziemlich sicher, den Weg bereits vergessen zu haben. Ich will in mein Bett und schlafen. Endlich alles hinter mir lassen, was heute passiert ist.

Langsam beruhigt sich mein aufgeregter Herzschlag und auch das Denken fällt mir leichter. Die Erkenntnis, dass ich mir etwas eingebildet habe, dies aber stressbedingt normal ist, lässt mich frei atmen. Trotzdem spüre ich das Rumoren in meinem Magen, der von der Theorie weniger überzeugt zu sein scheint.

Diana geht einen Schritt vor unserer Gruppe, dreht sich um und läuft rückwärts weiter. „Welchen Film wollen wir sehen?"

„Irgendwas von Disney", beschließt Aurora.

„*Wonder Woman*", ruft Francesca gleichzeitig.

Samira lacht. „Den schauen wir fast immer."

„Weil er so gut ist", verteidigt Francesca ihre Wahl und wendet sich mir zu. „Was ist dein Lieblingsfilm?"

Ich höre nur mit halbem Ohr zu, hänge immer noch bei der Szene im Speisesaal, auf der Suche, eine Lösung für dieses Rätsel zu finden.

„Laurie", erinnert mich Francesca an ihre Frage und ich vertreibe die Gedanken, ignoriere die Erinnerungen und verbanne sie aus meinem Kopf.

„Es gibt viel zu viele", murmle ich.

„Dann zähle ein paar auf, vielleicht mögen wir sie auch", ermutigt Diana mich und ich bin fast gerührt, wie sich die Mädels um mich bemühen. Doch ich will mich nicht auf sie einlassen, hab die letzten Monate zu viel verloren und ertrage keinen Schmerz mehr, den Freundschaft unweigerlich erschafft. Denn nur Menschen, die einem etwas bedeuten, können verletzend werden.

Die Tür zum Mädchenflügel erscheint und ich atme auf. „Wisst ihr was? Ich bin unglaublich müde und muss noch auspacken, bevor morgen der Alltag losgeht", entschuldige ich mich. „Deswegen würde ich lieber auf mein Zimmer gehen."

„Wir können etwas anderes machen, ein Spiel spielen oder so", meint Aurora schnell, aber ich winke ab und gehe in Richtung meines Zimmers, während sie vor dem Gemeinschaftsraum stehen bleiben.

„Nein, daran liegt es nicht. Heute war ein anstrengender Tag", fasse ich zusammen und quäle ein Gähnen aus mir heraus. „Wir sehen uns morgen."

Schnell drehe ich mich um und marschiere entschiedenen Schrittes den Korridor entlang. Ich höre das Flüstern hinter mir, dann verstummt es und eine Tür wird geschlossen. Erleichtert werde ich langsamer und kann es kaum erwarten, unter die Dusche ... Shit, ich habe die Gemeinschaftsduschen vergessen. Dennoch zögere ich nicht, ziehe, im Zimmer angekommen, ein Handtuch aus meiner Tasche, schnappe mir den Kulturbeutel und renne beinahe zurück ins Bad. Hauptsache, ich begegne niemandem. Der Raum ist leer. Ich nutze die Chance, entledige mich in Windeseile meiner Klamotten und springe unter das heiße Wasser. Die Handflächen gegen die kühlen Fliesen gelegt warte ich auf die Erlösung, klare Gedanken und das Verschwinden der inneren Unruhe, die sich seit der Begegnung mit dem Unsichtbaren in mir ausbreitet. Vergebens.

Selbst nachdem ich eine Stunde später in meinem Bett liege, den Koffer und die Reisetasche ausgepackt und alle Kleider und Habseligkeiten verstaut habe, sehe ich *ihn* immer noch vor mir. Jedes Mal, wenn ich die Augen schließe, brennt sich sein Bild in die Rückseite meiner Lider. Neben der Tatsache, dass ich ihn mir eingebildet habe, ist da noch etwas anderes, das mich gefangen hält und meinen Kopf komplett ausfüllt.

Traurig drücke ich mein I-Aah-Kuscheltier näher an mich und schlinge die Arme um uns beide. Seit dem Tod meiner Eltern ist es nachts mein ständiger Begleiter. Es spendet mir Trost, lässt das Gefühl der Einsamkeit verschwinden. Und dann verstehe ich es. Ich begreife, was den Schmerz in meiner Brust auslöst. Mit jeder Sekunde, die der Kerl mich länger angestarrt hat, hatte ich den Eindruck, dass meine Fassade ein Stückchen mehr fällt, als könne er dahinter blicken und mich sehen. Nicht das Konstrukt, das ich aufgebaut und allen präsentiert habe, sondern mich ganz allein, mit all meinen Macken und all der Trauer.

Und das ist schön und beängstigend zugleich.

Kapitel 2

Sobald du erwachsen bist, leben die Monster nicht länger im Schrank

Am nächsten Morgen weckt mich die Sonne, die mein Gesicht kitzelt. Zuerst bin ich verwirrt, dann füllt sich mein Hirn mit den Geschehnissen der letzten Tage. Meinem Schicksal ergeben lausche ich in die Stille. Ich höre die gleichmäßigen Atemzüge meiner Mitbewohnerin und ziehe mir die Decke bis zum Kinn.

Fest drücke ich die Lider aufeinander, bin noch nicht bereit, die morgendliche Ruhe und den inneren Frieden gehen zu lassen. Doch mein Herzschlag beschleunigt sich und ich sehe den Schwarzhaarigen aus dem Speisesaal vor mir. Mit jeder Sekunde, die vergeht, erscheint mir die Begegnung unwirklicher. Trotzdem brennt sein Blick weiterhin auf meiner Haut, bedrängt mich mit tausend Fragen, die zwischen uns in der Luft hängen. Es hat sich echt wahnsinnig angefühlt ...

Um mich abzulenken, schnappe ich mir mein Handy, das auf dem Nachttisch liegt, und öffne Instagram. Die Nachricht von meiner Tante klicke ich ungelesen weg. Sie schickt mir beinahe täglich Neuigkeiten, allerdings habe ich keine einzige geöffnet und gelesen, dazu ist es zu früh und meine Wut zu groß. Selbst wenn Allory wieder Frieden schließen wollen würde, bin ich dazu momentan nicht bereit.

Augenblicklich zittert meine Hand und Tränen verschleiern mir die Sicht. Heimweh macht sich breit und sitzt wie eine dicke Katze auf meiner Brust, nimmt mir die Luft zum Atmen. Dabei vermisse ich nicht Allorys kleine Wohnung, sondern unser großes Haus in der Londoner Vorstadt. Mom, Dad und den Hund, dessen Haare sich jetzt noch auf meinen Klamotten finden. Amy, Derek und Blake. Vor allem Blake, denn unsere Leben waren seit Kindertagen miteinander verwoben. Bis der Tod uns schied ... im wahrsten Sinne des Wortes, denn nach dem Unfall meiner Eltern habe ich ihn abgewiesen und den Kontakt abgebrochen. Dabei waren wir seit der Geburt, bei der sich unsere Mütter kennenlernten, befreundet. Bei Blake zu sein, verlieh mir ebenso das Gefühl, zu Hause zu sein, wie das Haus, in dem wir wohnten, die Grillpartys, die meine Eltern jeden Sommer veranstalteten, oder die Filmabende, die Tradition waren.

Wehmütig scrolle ich durch die Bilder meiner Freunde, die ich seit Monaten nicht mehr persönlich gesehen habe. Trotzdem geben mir die Fotos das Gefühl, weiterhin ein Teil ihres Lebens zu sein. Ich erkenne das Café, in dem Mackenzie und Emery sich nachmittags treffen. Weiß genau, über welchen Englischlehrer Mike sich auslässt, und fühle mit Jeremy, der Sport bei Mr Jeffreys hat und das für reine Folter hält. In meiner Brust kämpfen zwei Wesen: Traurigkeit und Hoffnung. Dieses Internat könnte eine neue Chance für mich sein. Hier weiß keiner etwas von meinem Schicksal. Niemand kennt mich. Ich kann einen

Strich unter die Vergangenheit setzen und endlich in die Zukunft sehen.

Dann wirst du sie vergessen oder wieder jemanden verlieren, flüstert eine Stimme in meinem Inneren und alles verkrampft sich.

Niemals!, schreie ich zurück. *Ich könnte sie niemals vergessen.*

Das weißt du nicht, keift die Angst und ich bleibe an einem Bild von Blake hängen. Er wirbelt Amy lachend durch die Gegend, und plötzlich steigen mir Tränen in die Augen. Ich vermisse sie unglaublich und verfluche mich, für die Situation selbst verantwortlich zu sein. Aber ich habe ihr Mitleid keine Sekunde länger ertragen.

„Guten Morgen", sagt Samira, reißt mich aus meinen Gedanken, und ich wische mir schnell die Tränen weg. „Wie hast du geschlafen? Meine Mom sagt immer, dass ein Traum, den man in der ersten Nacht in einem neuen Bett träumt, wahr wird."

Ausgelaugt setze ich mich auf, ziehe die Knie an die Brust und bin verblüfft, wie jemand direkt nach dem Aufwachen derart munter sein kann. Samira lächelt mich an und dreht sich mit ihrem ganzen Körper zu mir. Ihr Haar ist wirr und eine Strähne hängt ihr ins Gesicht. Sie streicht sie zurück und gähnt. „Oje, bist du etwa sauer auf mich? Hab ich dich gestern Abend geweckt? Ich bin extra direkt nach dem Film gegangen, aber du hast schon geschlafen ... es tut mir leid, ich wollte ..."

„Samira", unterbreche ich sie und sehne mich nach einem Kaffee. „Kein Grund zur Sorge, ich bin nur müde."

„Oh, verstehe, du bist ein Morgenmuffel."

Ich nicke, lege mein Handy weg und stehe auf. Die Schuluniform habe ich bereits gestern Abend an die Tür meines Schranks gehängt. Der Rock ist mit grünen und braunen Karos überzogen und wird nur noch von der Hässlichkeit des dunkelgrünen Pullovers übertroffen. In Brusthöhe befindet sich auf der linken Seite das Wappen. Ich höre den Hirsch beinahe röhren und seufze tief. Trotzdem ziehe ich zuerst den Rock, dann den Pulli und schließlich die Bluse vom Kleiderbügel, wechsle meine Unterwäsche und schlüpfe in die Kleidungsstücke. Samira steht ebenfalls auf und huscht mit ihrem Bademantel bewaffnet an mir vorbei ins Bad.

Vor dem Spiegel in unserem Zimmer tusche ich mir die Wimpern und überlege kurz, Lippenstift aufzulegen. Dann verwerfe ich den Gedanken, denn ich will keinen Ärger mit den Lehrern. Und sind wir mal ehrlich, an einer derart konservativen Schule ist Lippenstift sicher eine Art Ausgeburt der Hölle.

Da mir den ganzen Morgen nicht ein Mädchen begegnet, das übermäßig geschminkt ist, könnte ich mit meiner Vermutung sogar recht haben. Den Vormittag verbringe ich im Sekretariat, wo ich vom Schulleiter, später von der Schulpsychologin willkommen geheißen werde. Beide kenne ich bereits, sie waren auch bei meinem Vorstellungsgespräch anwesend. Mit Miss Henriette gehe ich meinen Stundenplan noch mal durch. Weitestgehend gibt die Schule vor, welche Kurse besucht werden müssen, nur bei einigen Ausnahmen habe ich die Wahl. So gewinnt Kunst gegen Musik und ich wähle Astronomie anstatt Psychologie. Mathe, Englisch, Physik, Französisch, Biologie und Religion sind

Pflicht. Außerdem gibt es unglaublich viele AGs und Sportkurse, zu denen mir Miss Henriette dringend rät. Nicht auszudenken, hätte ich einmal Zeit für mich und könnte diese mit Nachdenken verbringen ...

Gut, Zynismus hilft mir nicht.

Deswegen bedanke ich mich bei der Schulpsychologin dafür, dass sie sich Zeit für mich genommen hat, und mache mich auf den Weg zum Mittagessen.

„Laurie", begrüßt mich Samira und springt von ihrem Platz auf. Hüpfend kommt sie auf mich zu und legt mir einen Arm um die Schulter. Automatisch versteife ich mich, ertrage die Berührung und ihre Anhänglichkeit kaum. Schnell balle ich die Hände zu Fäusten und drücke die Nägel in die Haut. Der kurze Schmerz hilft mir, mit der unerwarteten Situation umzugehen und mich auf etwas anderes zu konzentrieren. Einen Augenblick überlege ich, mich von Samira zu lösen und zu einem anderen Tisch zu gehen. Die Besprechung des Stundenplans war anstrengend und ich hätte gern einige Sekunden für mich. Dann verwerfe ich den Gedanken. Zum einen wäre es seltsam und die Mädchen könnten es als Ablehnung auffassen. Zum anderen ist etwas Gesellschaft sicher schön.

Verstohlen blicke ich mich um und suche nach dem mysteriösen Kerl vom vorherigen Abend. Lachend schüttle ich den Kopf über mich selbst. Wie dämlich. Er wird nicht hier sein und auch nie wieder auftauchen. Zumindest hoffe ich das.

„Wie war dein erster Tag bisher?", fragt Samira und drückt mich an sich. Zusammen bahnen wir uns einen Weg zwischen hungrigen Schülern hindurch zu dem Tisch, an dem wir gestern gesessen haben. Anscheinend gibt es eine inoffizielle Sitzordnung, an die sich jeder hält. Auch die Royals sind da und besetzen ebenfalls die Plätze vom Tag zuvor.

„Ganz gut, meinen Stundenplan kann ich jetzt jedenfalls auswendig", fasse ich die letzten Stunden zusammen.

„Welche Fächer hast du? Es gibt jeweils zwei Klassen in jeder Jahrgangsstufe, vielleicht haben wir Glück und einige Kurse zusammen", meint Samira und ich begrüße die anderen Mädchen, während wir uns setzen. Francesca, Diana und Aurora lächeln mir aufmunternd zu und ich erwidere die Geste. Aura streicht eine Strähne hinter ihr Ohr und spießt eine Kartoffel auf. Mein Magen knurrt und ich freue mich auf das Essen. Immerhin tröstet mich die gute Küche etwas, denn Allorys Kochkünste ließen stets mehr als zu wünschen übrig. Tiefkühlfraß gleicht daneben einem Festmahl. Allerdings haben Mom und Dad mich verwöhnt, denn sie liebten das Kochen und probierten viele neue Dinge aus. Sogar Blake und ich halfen manchmal mit, bevor wir uns die Bäuche vollschlugen.

Mich an Samiras Frage erinnernd ziehe ich meinen Stundenplan aus der Tasche, lege ihn in die Mitte von uns und lenke damit meine Gedanken vom Heimweh ab. Die Mädels beugen sich nach vorne und mustern das zerknitterte Stück Papier.

„Mathe bei Professor Jenkins hast du mit Aura und mir", freut sich Diana.

Samira klatscht in die Hände. „Englisch und Bio haben wir zusammen."

In den nächsten Fünfzehn Minuten stellen wir fest, dass ich nahezu in keinem Kurs alleine bin, immer wird eins der Mädchen an meiner Seite sein. Ihre Begeisterung überträgt sich auf mich. Ein Lächeln schleicht sich auf meine Lippen und ich erlaube mir, das warme Gefühl im Inneren zu genießen. In meiner Brust streiten Freude über ihre Offenheit und Angst, erneut jemanden zu verlieren, miteinander. Bisher ist unklar, wer gewinnt, denn beide halten sich die Waage. Ich will keinem der Gefühle nachgeben und bin selbst noch unentschlossen, wie ich zu den Mädchen stehe. Durch den Zusammenstoß mit Lucas scheine ich jetzt ein Teil ihrer Gruppe zu sein, aber will ich das? Wahrscheinlich ist das der einzige Weg, die nächsten Schuljahre unbeschadet zu überstehen, denn jeder Mensch braucht Gesellschaft. Und solange ich darauf achte, niemanden in mein Herz zu lassen, laufe ich wohl kaum Gefahr, verletzt zu werden.

„Oje, wir haben dich vom Essen abgehalten", meint Diana plötzlich und ich sehe auf, direkt in ihre braunen Augen, die mich mitleidig mustern. Der Raum hat sich geleert und ich blicke auf meine Armbanduhr. Mist, die Zeit ist viel zu schnell vergangen und ich muss mich beeilen, wenn ich noch vor dem Gottesdienst etwas in den Magen bekommen will.

In Windeseile gehe ich zum Buffet, lade mir den Teller voll und schlinge es, zurück an meinem Platz, herunter.

Beim letzten Bissen steche ich mir mit der Gabel beinahe ein Loch ins Gesicht, da mir jemand in den Rücken fällt. Wortwörtlich, wohlgemerkt.

„Hast du sie noch alle, Erin?", echauffiert Aura sich, bevor ich die Situation in Gänze erfasst habe. Ich drehe mich um und erwarte ein zerknirscht dreinblickendes

Mädchen. Pustekuchen. Das fieseste Grinsen, das ich je gesehen habe, prallt mir entgegen und stellt sofort klar: Dieser Rempler war kein Versehen.

„Was sollte das?“ Mir platzt der Kragen und ich springe auf, stemme die Hände in die Hüfte und funkle Erin wütend an. „Willst du mich erdolchen, oder was?“

„Lediglich eine kleine Demonstration, damit du weißt, wo dein Platz ist“, flötet Erin zuckersüß und ihre Freundinnen lachen über ihre Worte. Ich weiß sofort, welche Art Mädchen sie ist. Sicher lieben die Lehrer sie für ihre Hilfsbereitschaft und Intelligenz, während sie hinter ihrem Rücken zu jedem gemein ist, der sich ihr nicht unterwirft und den Boden vor ihren Füßen küsst.

„Das hätte man höflicher und weniger gefährlich tun können“, schnauze ich und fuchtle mit der Gabel in der Luft herum. Erin ist mir unsympathisch und das, obwohl wir uns erst seit zwei Sekunden kennen.

Sie ignoriert meinen Kommentar, lacht nur und verlässt mit ihrer Entourage den Speisesaal. Es ist mir unbegreiflich, wie jemand mit ihr befreundet sein möchte.

„Das war unglaublich mutig“, haucht Francesca, als ich mich setze und die Gabel auf den Tisch lege. Der Appetit ist mir vergangen. Ich hatte angenommen, dass das Kingswood Castle sich in diesem Punkt von anderen Schulen unterscheidet und es keine Gruppe von Schülern gibt, die sich anderen überlegen fühlen. Leider lag ich falsch. Auch hier gibt es Kids, die sich für etwas Besseres halten und sich das Recht herausnehmen, andere zu schikanieren.

„Ignoriere Erin“, flüstert Samira mir zu. „Sie hat es wirklich schwer zu Hause.“

Als wäre das ein Grund, gemein zu anderen zu sein. Doch ich habe keine Zeit, auf ihren Rat zu reagieren. Die Mädchen erheben sich und ich werfe erneut einen Blick auf die Armbanduhr an meinem linken Handgelenk. Shit, jetzt kommt der Teil des Tages, auf den ich mich am wenigsten gefreut hatte – der Gottesdienst zum Schuljahresbeginn. Seit dem Unfall habe ich den Glauben an eine höhere Macht, die uns beschützt, verloren. Wie könnte sie es ertragen, meinen Schmerz und den eines jeden, der jemanden verloren hat, zu sehen?

Trotzdem schlurfe ich hinter den anderen her. Wir nehmen den Korridor zur Eingangshalle und die leeren Gänge zeugen von unserer Verspätung.

„Bist du irre, Phil? Darius bringt uns um, wenn wir zu spät kommen." Kiras Stimme klingt erhitzt, während sie um die Ecke biegt. Dicht gefolgt von Phil stößt sie beinahe mit Francesca zusammen, die geistesgegenwärtig bremst und zur Seite ausweicht.

Die Royals leben komplett in ihrer eigenen Welt, zögern nicht eine Sekunde und rauschen einfach an uns vorbei. Als wären wir Luft. Und vielleicht sind wir das für sie. Unter ihrem Niveau oder so. Nach dem Auftritt von Erin würde mich das kaum überraschen. Mein Vater sagte immer, dass die Schulzeit wie ein Schlachtfeld sei. Nur die Starken überleben es ohne Wunden. Und Narben, die jetzt entstehen, werden nie wieder ganz verheilen, sie bleiben unser Leben lang und machen uns zu dem, was wir sind. Er hatte recht. All die Erlebnisse der letzten Wochen und Monate werden mich für immer begleiten. Wer zu mir stand, wer mich im Stich gelassen hat.

Regen empfängt uns, als wir durch die große Flügeltür ins Freie treten, und ich wünschte, meine Schuluniform hätte eine Kapuze. Stattdessen ziehe ich die Schultern nach oben und versuche meinen Kopf vor dem eiskalten Nass zu schützen. Vergebens, denn die dicken Tropfen laufen mir schon nach wenigen Sekunden die Wangen hinab. Die Stufen vor dem Gebäude sind rutschig und ich halte mich am massiven Eisengeländer fest, um auf den Beinen zu bleiben. Unten angekommen werden wir schneller, bis wir schlussendlich über den Schotter zur kleinen Kapelle neben dem Schulgebäude rennen. Samira stößt die dunkle Holztür auf und wir schütteln uns das Wasser von den Uniformen. Zum Glück ist der Stoff recht dick.

Schon im Vorraum, der durch Glastüren von dem Innenschiff getrennt ist, höre ich das Stimmengewirr. Die Schüler reden alle durcheinander, tauschen Ferienerlebnisse und Neuigkeiten aus. Sie freuen sich miteinander und fallen sich glücklich in die Arme. Der Geräuschpegel ist enorm. An den hohen Steinwänden und der spitzzulaufenden Decke hallt jedes Geräusch wider. Ich rechne mit mindestens fünfhundert Schülern, doch als ich das Langhaus betrete, korrigiert sich mein Eindruck. Der Hall hatte mich in die Irre geführt. Es sind kaum hundert Mädchen und Jungen anwesend, die lachen und quatschen. Wie auch im Speisesaal herrscht hier eine strikte Sitzordnung. Rechts und links stehen lange Bänke. Allerdings sind sie zur Mitte des Raumes ausgerichtet, anstatt nach vorne zum Altar zu zeigen. Das heißt, die Anwesenden blicken einander an, wenn sie sitzen. Im vorderen Teil steht ein Tisch mit einem weißen Überwurf, darauf erkenne ich eine

Leinwand. In unserer Kirche gab es so was nicht, dort hingen überall sakrale Gemälde und Blumen. Der Altar war unfassbar groß und pompös. Hier scheint das Konzept ein anderes zu sein. Die Kapelle dient vielmehr dem schulischen Zusammenkommen als dem gemeinsamen Anbeten einer Gottheit. Direkt vor dem Pseudoaltar beginnen auf beiden Seiten die Sitzreihen der Jungs, dann folgen, durch einen schmalen Zwischengang getrennt, die der Mädchen. An den Wänden ragen Säulen in die Höhe, die in geschwungenen Bögen enden und der Halle etwas Magisches verleihen.

Beeindruckt blicke ich mich um. Meine Haut prickelt und beinahe erwarte ich den fast-kopflosen Nick durch die Luft schweben zu sehen. Ich fahre mit der Hand das kühle Holz entlang und lausche den Tropfen, die an die großen Glasfenster prasseln und das Geschnatter der Schüler untermalen.

„Wenn normaler Gottesdienst ist, wird der Altar nicht abgedeckt und das Wandgemälde dahinter ist sichtbar“, erklärt Samira und ich nicke, immer noch von der Kapelle beeindruckt. Von außen hatte sie viel kleiner und unscheinbarer gewirkt. Wir setzen uns in die zweite Reihe und ich beuge mich zu Samira.

„Alle Schüler müssen an dem Gottesdienst teilnehmen?“

„Ja, wobei um diese Uhrzeit nur die Oberstufe anwesend ist. Die jüngeren Jahrgänge hatten über den Tag verteilt ihre Willkommensfeier. Ansonsten würde die Kirche aus allen Nähten platzen.“

„Und was ist mit den Royals?“, hake ich nach, denn ich glaube kaum, dass die beiden, die wir in der

Eingangshalle getroffen haben, auf dem Weg in die Kapelle waren.

Francesca beugt sich vor und stützt ihre Arme auf die Oberschenkel. „Die natürlich nicht."

„Natürlich nicht", wiederhole ich und verdrehe die Augen. In ihrer Stimme lag so viel Ehrfurcht, wie man sie nur vor Daenerys Targaryen, der Mutter aller Drachen, haben sollte.

„Die haben jetzt Unterricht bei Mr Blackcrown", meint Diana und ich lasse mich gegen die Holzlehne der Bank sinken.

Das habe ich ganz vergessen. „Also bedeutet das, dass sie komplett anderen Unterricht haben als wir?"

„Ja", bestätigt Samira. „Sie sind super intelligent. Außerdem haben sie nicht nur ihre eigenen Lehrer, sondern auch andere Fächer und ihren eigenen Flügel. Manchmal habe ich das Gefühl, sie bereiten sich auf andere A-Levels vor."

„Wie meinst du das?"

Samira spielt mit dem Saum ihres Pullovers und ich beuge mich näher zu ihr, da sie mit jedem Wort leiser geworden ist. „Ab und an sitzen sie in der Bibliothek zusammen und da ist mir aufgefallen, dass sie andere Schulbücher haben."

„Vielleicht mussten sie die für einen Aufsatz lesen?", vermute ich. Es fällt mir schwer, Samira zu glauben. Die Mädchen bewundern diese Clique viel zu sehr, um sie objektiv beurteilen zu können. „Habt ihr sie mal gefragt, wieso sie andere Kurse besuchen?"

Francesca zieht die Augenbrauen nach oben. „Sie gefragt?"

„Ja?"

„Nein, sie sondern sich ab“, erklärt sie. „Bleiben stets unter sich.“

Diana nickt und wendet den Blick nachdenklich ab. „Habt ihr schon mal darüber nachgedacht, sie zu fragen?“

Sofort schüttelt Francesca den Kopf. „Ich nicht, dazu wirken sie zu ... keine Ahnung, anders.“

„Geht mir genauso“, stimmt Samira zu und ich mustere sie ungläubig.

„Aber ihr sprecht schon mit ihnen, oder?“, frage ich lachend, doch es bleibt mir im Hals stecken, weil Samira den Blick senkt. Scheiße, was ist nur los mit diesen Mädchen? Derartige Schüchternheit gehört eigentlich verboten. Die Royals sind nur Menschen, selbst wenn sie sich durch ihre Intelligenz oder andere Merkmale von anderen abheben. Das macht sie keineswegs zu etwas Besserem.

Einige letzte Schüler strömen in die Kapelle und ich erkenne manche Gesichter aus dem Speisesaal wieder. Andere sind mir völlig unbekannt. Erin würde ich allerdings überall ausmachen. Ihr glockenhelles Lachen hallt durch den Saal und einen Augenblick habe ich das Gefühl, selbst das Gemäuer erschaudern zu sehen.

„Seid ihr nicht neugierig?“, hake ich nach, ungläubig, welchen Satus die sechs Jugendlichen an diesem Internat haben. Beinahe habe ich das Gefühl, dass die Mädels sie verehren, als wären sie Götter oder wirklich königlichen Geblüts.

Francesca und Diana unterhalten sich mittlerweile über den neuen Lehrer, der Sport unterrichtet, und meine Frage geht an ihnen vorbei. Samira hingegen blickt mich forschend an. „Neugierig?“

„Ja, fragst du dich nie, wer sie sind, warum sie anderen Unterricht besuchen, woher sie kommen, was ihre Hobbys sind, welche Träume und Wünsche sie haben?“, sprudeln mir meine Gedanken über die Lippen.

Meine Zimmergenossin denkt einen Augenblick nach. Mittlerweile sind die Geräusche ohrenbetäubend laut. Am liebsten würde ich mich in eine ruhige dunkle Ecke zurückziehen und die Menschen, die mich einkesseln, hinter mir lassen. Stattdessen sage ich in Gedanken das Alphabet auf und beobachte die Mädchen, die mir gegenübersitzen, sauge jedes Detail in mich auf und lenke mich so ab. Minuten später, als ich schon nicht mehr damit rechne, antwortet Samira und ich beuge mich noch näher zu ihr, sodass unsere Köpfe fast zusammenstoßen. „Nein.“

Nein? Meint sie das Ernst? Interessiert mustere ich Samira und plötzlich tritt das Stimmengewirr in den Hintergrund. Das Desinteresse der Mädchen verwirrt mich und mein ganzes Gehirn ist damit beschäftigt, die Worte zu entschlüsseln, ihnen Sinn zu geben und sie zu verstehen. Wie ist es möglich, dass diese Gruppe derart unbehelligt neben den anderen her lebt und sich keiner für ihren Sonderstatus zu interessieren scheint? Vor allem an einem Internat, an dem es sonst kaum Klatsch und Tratsch gibt. Bin ich die Einzige, die das seltsam findet? Aber hier scheinen die Rollen sowieso komplett vertauscht, denn an meiner alten Schule waren die hochbegabten Schüler genau das Gegenteil von den Royals. Sie wurden gemieden, nicht bewundert.

Eine Glocke erklingt, die Gespräche verstummen und die Schüler erheben sich synchron. Na ja, bis auf meine Wenigkeit, denn der Verhaltenscodex ist neu für mich.

Peinlich berührt springe ich auf die Beine und verliere das Gleichgewicht. Samira stützt mich an meinem Ellbogen und ich lächle sie dankbar an. Plötzlich bin ich unglaublich aufgeregt und spüre meinen Herzschlag in den Ohren. Die Flügeltüren werden kraftvoll aufgestoßen und der Schulleiter kommt in einer wallenden Robe herein. Er schreitet den Mittelgang durch die Schülerscharen entlang und ihm folgt das gesamte Lehrerkollegium. Ich erblicke Mr Hendriks und Miss Henriette, beide blicken zu Boden, während sie ihrem Vordermann folgen. In den Händen halten sie Kerzen und nachdem sie sich im Altarbereich gesammelt haben, wird das Licht gedimmt. Der Schulleiter hebt die Arme und ich stelle mich auf die Zehenspitzen, um besser sehen zu können, was passiert. *God Save the Queen* hallt auf einmal durch das Gemäuer und alle Anwesenden singen die britische Hymne. Unsere Stimmen werden von den Steinmauern verstärkt und eine Gänsehaut breitet sich auf meinen Armen aus. Die Akustik hier drin ist einmalig.

Danach bedeutet uns der Schulleiter durch das Senken seiner Arme, dass wir uns setzen können. Mit Sicherheit hat er heute Abend Muskelkater von der Pose, immerhin musst er schon mindestens drei Mal für die Dauer der Hymne mit erhobenen Armen dastehen.

„Willkommen zurück“, begrüßt der Schulleiter Higgins uns und Applaus wird laut. Ich zucke zusammen, doch meine Hände bleiben auf den Oberschenkeln. Zum einen bin ich überrascht von der Geste, da ich es nicht gewohnt bin, in einer Kirche zu klatschen, zum anderen freue ich mich einfach kein Stück. Viel lieber wäre ich jetzt zu Hause bei Mom und Dad und würde mich mit ihnen vor den Fernseher kuscheln und eine Folge *Sherlock* oder *Doctor Who* schauen. Leider ist das unmöglich. Tränen schießen mir in die Augen und ich blinzle sie weg. Wird dieses Gefühl, die Enge in der Brust, wenn ich an sie denke, jemals verschwinden? Oder wird es mein ständiger Begleiter sein? Ein Schatten auf meiner Seele, der jedes Ereignis zu verdunkeln vermag.

„Dieses Jahr wird anstrengend, eure A-Levels kommen näher. Arbeitet hart, konzentriert euch auf eure Zukunft, aber vergesst nie die wichtigen Dinge im Leben. Vertrauen, Zusammenhalt und Loyalität“, zählt der Rektor auf und ich sauge jedes Wort in mich, unterdrücke damit die Tränen und schiebe der Traurigkeit einen Riegel vor.

„Nutzt die Vergangenheit für eure Gegenwart und besiegelt mit ihr eure Zukunft“, fährt er fort und die schwere seiner Worte legt sich auf meine Schultern. Sie sind zur Motivation gedacht, allerdings stimmen sie mich nachdenklich.

„Vergesst nicht, wo ihr herkommt, wo ihr seid und wo ihr hinwollt. Habt das Ziel ständig vor Augen und kämpft für euren Weg. Ihr könnt alles schaffen und jeder, der euch etwas anderes sagt, hat unrecht. Seid nett und freundlich, behandelt euer Gegenüber mit Respekt. Seid die Veränderung, die den Unterschied ausmacht. Einzigartig und wundervoll“, endet er und Jubel erfüllt die Kapelle. Seine kryptischen Worte scheinen ihre Wirkung zu erfüllen, und auch ich lasse mich mitreißen. Irgendwann werden Kerzen durch die Reihen gegeben und Samira reicht mir eine. Die Lehrer gehen durch den Mittelgang und entzünden in der vordersten

Reihe die Dochte, dann drehen sich die Schüler um und das Feuer wandert so durch die ganze Kapelle, bis schließlich der gesamte Raum durch Kerzenlicht erhellt wird. Währenddessen erklingt die Melodie eines alten englischen Schlafliedes, das meine Großmutter mir früher vorgesungen hat, und wir erheben uns. Ich erinnere mich kaum noch an den Text, aber es spielt auch keine Rolle, denn Summen schwillt an und verleiht der ganzen Szene etwas Magisches. Wärme erfüllt mich und ich spüre, wie die Schüler zusammenrücken, bis wir alle Schulter an Schulter stehen. Leicht wiegen wir uns hin und her, verlieren uns in den Klängen und dem Schein des Feuers, spüren die Worte in uns, von denen der Schulleiter zuvor gesprochen hat: Vertrauen, Zusammenhalt und Loyalität. Die Eckpfeiler des Internats, die Grundsätze, nach denen hier gelebt wird. Und tatsächlich bin ich Teil des Ganzen, vervollständige das Gesamtbild zu etwas Großartigem und werde angenommen, so wie ich bin. Deswegen stimme ich in das Summen mit ein, lasse mich von dem Zusammenhalt mitreißen.

Nachdem das Lied geendet hat, werden die Kerzen ausgepustet und einige Sekunden ist es dunkel, bis das Licht angeht. Die Lehrer verlassen die Kapelle, trotzdem bleibt es im Inneren still. Wir hängen unseren Gedanken nach, sind weiterhin in dem Moment gefangen und keiner scheint bereit, ihn loszulassen. *Vertrauen, Zusammenhalt und Loyalität*, wiederhole ich abermals im Geiste. Ein schönes Motto – sollte es denn gelebt werden.

Dann setzen leise Gespräche ein und der Bann ist gebrochen.

Samira nimmt meine Hand und zieht mich hinter sich aus der Bank in den Mittelgang. Dort hakt sie sich bei mir ein und legt einen Augenblick ihren Kopf an meine Schulter. „Ich liebe die Zeremonie."

Zu mehr als einem Nicken bin ich nicht fähig, denn einerseits bin ich immer noch berauscht von dem Gefühl, das ich während der Worte des Schulleiters und dem Singen hatte, andererseits war es beängstigend, glich fast dem Ritual einer Sekte. Ich verdränge die schlechten Gedanken und genieße es, mich zugehörig zu fühlen. Doch das Gefühl bleibt mir nicht lang vergönnt.

Ich könnte sie verlieren, schießt es mir durch den Kopf und ich spanne die Muskeln an. Sie alle. Samira, Francesca und die anderen Mädchen, für die ich jetzt schon viel zu viel Sympathie hege.

„Kommst du mit in den Gemeinschaftsraum?", fragt Francesca, während wir die Stufen zur Eingangshalle hinaufsteigen.

Ich schüttle den Kopf. „Zu müde. Das war ein aufregender Tag", lüge ich und überlege, einen Spaziergang übers Gelände zu machen. Aber vermutlich verlaufe ich mich nur und finde dann weder den Weg zurück zum Internat, geschweige denn zum Mädchenflügel.

„Verstehe ich", meint Diana verständnisvoll und die Lüge brennt in meinem Herzen. Die Wahrheit jedoch hätte die Mädchen nur verletzt und so schweige ich.

Wir trennen uns vor dem Gemeinschaftsraum und ich schlurfe zu meinem Zimmer, schnappe mir dort mein Handy und die Kopfhörer. Ich verbinde beides via Bluetooth und schmeiße mich aufs Bett. Wahrscheinlich sollte ich meine Uniform ausziehen und zusammenlegen, damit sie nicht zerknittert, denn die Wäsche muss ich selbst waschen. Das tue ich sowieso seit einigen Jahren, daher ist es kein Problem für mich, allerdings habe ich nur eine Wechselausrüstung und sollte daher pfleglich damit umgehen.

Ach, scheiß drauf. Was soll schon passieren? Ich werde wohl kaum vom Unterricht ausgeschlossen, nur weil meine Uniform zerknittert ist, oder?

Ich öffne Instagram, um mich abzulenken, scrolle durch die Posts meiner Freunde und bringe mich auf den neuesten Stand. Mittlerweile ertrage ich ihre Fotos und ihr Glück wieder. Vor einigen Wochen kochte mit jedem ihrer Grinsen die Wut in mir hoch. Womit habe ich den Tod meiner Eltern und das damit verbundene Leid verdient? Wieso dürfen sie lachen, während der Schmerz mich in meine Einzelteile zerlegt?

Darauf werde ich nie eine Antwort finden, denn es gibt keine.

Einem Impuls folgend mache ich ein Selfie von mir, will den Moment festhalten. Man sieht nur den unteren Teil meines Gesichts und das Schulwappen auf grünem Pullover. Zusammen mit meinem momentanen Lieblingssong von Alec Benjamin poste ich es in meiner Story.

Draußen wird es langsam dunkel und das helle Licht des Displays blendet mich. Deswegen sperre ich mein Smartphone, lege es zur Seite und tauche komplett in der Musik ab. Ich lasse mich tragen, schwelge in Erinnerungen und merke die Müdigkeit kaum.

Kapitel 3

Kaputtes Hirn in gute Hände abzugeben

Als ich die Augen das nächste Mal öffne, ist es finster und still im Zimmer. Verwirrt gähne ich und setze mich auf. Das Mondlicht scheint herein und erhellt den Raum soweit, dass ich Konturen erkennen kann. Samiras Bett ist weiterhin unberührt, das heißt, es ist vor zweiundzwanzig Uhr, denn dann beginnt die Sperrstunde und alle Schüler müssen in ihren Zimmern sein. Eine Stunde später wird sogar kontrolliert, ob die Lichter aus sind.

Die Musik, sie fehlt, deswegen ziehe ich mir die Kopfhörer von den Ohren und strecke mich. Verschlafen taste ich nach meinem Handy und drücke den Knopf, um es zum Aufleuchten zu bringen. Das Licht blendet mich einen Augenblick und ich kneife die Lider zusammen, damit ich die Uhrzeit erkenne. 21:03 Uhr.

Ich lasse mich zurück auf das Kissen fallen, trotzdem bin ich wach. Die Ereignisse des Tages prasseln auf mich ein und bevor sich mein Hirn zu viel darauf konzentriert, schwinge ich die Beine über die Bettkante und ziehe mich um. Meine Uniform ist leicht verschwitzt. Mist. Na ja, egal, dann werde ich morgen wohl die Waschräume aufsuchen. Mom hat mir das

Waschen beigebracht und ich benutze immer noch das gleiche Waschmittel, das sie gekauft hat, und werde es wahrscheinlich niemals wechseln können, ohne den vertrauten Geruch zu vermissen.

Zuerst greife ich nach meinem Pyjama, dann überlege ich es mir anders. Weil ich keinerlei Müdigkeit verspüre, steige ich in eine Jogginghose und schlüpfe in einen dicken schwarzen Kapuzenhoodie. Auf dem Rücken prangt ein großer Smiley, dessen Augen aus zwei X bestehen. Es ist das Logo eines meiner Lieblingssänger Louis Tomlinson. Der flauschige Stoff schmiegt sich an meine Haut und ich ziehe mir die Mütze über das verstrubbelte Haar. Meine Stiefel stehen neben der Tür und ich verzichte darauf, sie zu binden, schiebe die Schnürsenkel einfach ins Schuhinnere.

Nachdem ich mein Handy in die Hosentasche gesteckt habe, öffne ich die Tür und folge der Idee von heute Nachmittag. Ein Spaziergang beruhigt mich sicher und die frische Luft wird meine Gedanken klären. Hoffentlich gibt es keine Schulregel, die verbietet, nach zwanzig Uhr das Gebäude zu verlassen.

Egal, ich muss raus. Lieber breche ich eine Regel, als die ganze Nacht wach zu liegen und in Erinnerungen zu versinken.

Um mich nicht zu verlaufen, präge ich mir den Weg genau ein. Es gleicht einem Wunder, dass ich die Eingangshalle nach nur einem Fehlversuch finde. Vorsichtig drücke ich die Klinke der großen Holztür herunter und schiebe sie leise auf.

Kalte Luft schlägt mir entgegen und erst jetzt merke ich, wie erleichtert ich bin, dass die Tür tatsächlich aufschwingt. Ich atme tief ein und fröstle. Es ist kälter als gedacht, doch das hält mich nicht davon ab, ins Freie zu treten.

Dreißig Minuten, maximal, dann muss ich zurück sein. Ich will keinesfalls das Risiko eingehen, ausgesperrt zu werden. Bei meinem Glück erfriere ich über Nacht qualvoll. Wobei es dafür wahrscheinlich nicht einmal kalt genug ist.

Die eisigen Finger stecke ich in die Beuteltasche und wärme sie an meinem Bauch, während ich das Gesicht ins Mondlicht strecke. Ich suche nach Sternenbildern, die ich kenne, und entdecke Kassiopeia. Das W liegt auf der Seite und einer der Sterne leuchtet besonders hell. Ob Mom und Dad ebenfalls dort oben hängen und auf mich herabblicken?

Sei nicht albern, Laurie, sie sind Staub, mehr nicht, hallen die Worte von Tante Allorys Freund in meinem Inneren wider und ich schüttle sie ab, indem ich die Schultern straffe und einige Schritte gehe. Etwas Gutes hat es ja, dass ich jetzt Kingswood Castle besuche: Ich muss Allory und ihren Versager nicht mehr jeden Tag sehen. Immerhin.

Ich biege um die Ecke und halte vor dem Eingang der Kapelle inne. Das kleine Gebäude wird vom Mondlicht erhellt und ich spüre auf einmal ein Kribbeln, das meinen Rücken hinaufwandert. Ich gehe um das Bauwerk herum. Vor mir erstreckt sich eine große grüne Fläche. Sicher das Rugbyfeld – die männlichen Wesen der Schöpfung sind ganz verrückt nach dem halsbrecherischen Sport. Mein Blick wandert weiter, entdeckt einen schmalen Pfad, der in das Waldstück führt, welches das Internat vom Rest des kleinen Dorfes trennt, in dem es liegt.

Hinter mir knirscht der Kies und ich drehe mich hektisch um meine eigene Achse, finde in einem Busch das perfekte Versteck. Mein Herz schlägt schnell und ich spüre es in den Wangen pochen. Jetzt erwischt zu werden, wäre suboptimal. Ganz zu schweigen von dem Eindruck, den ich direkt in der ersten Woche hinterlassen würde. Denn ich bin mir ziemlich sicher, dass es zu einer der vielen, vielleicht auch unausgesprochenen Regeln gehört, das Schulgebäude nach Einbruch der Dunkelheit nicht mehr ohne Erlaubnis zu verlassen.

Deswegen ducke ich mich hinter einen Busch und halte die Luft an. Die Kälte ist verschwunden, stattdessen kriecht mir Hitze die Haut hinauf. Ich beuge die Knie leicht und merke sofort, dass mir die Muskeln fehlen, um diese Position lange zu halten. Das Knirschen wird lauter und der Fremde geht direkt an dem Grünzeug vorbei, hinter dem ich kauere.

Schnell knie ich mich auf den feuchten Boden und sauge so leise wie möglich Luft in meine Lunge.

Plötzlich herrscht Stille, alle Geräusche werden von dem wilden Pochen meiner Angst übertönt. Womöglich ist der Fremde schon an mir vorbei und ich habe es dank meines lauten Herzschlags verpasst. Vorsichtig strecke ich mich und spüre sofort die Anspannung meiner Muskeln. Meine Knie knacksen, protestieren gegen die Gewichtsverlagerung.

Scheiße.

Der Kerl steht keine zwei Meter von mir entfernt und hat den Kopf in den Nacken gelegt. Wie versteinert mustere ich das blonde Haar, das im Mondlicht leicht schimmert, und erkenne Lucas sofort. Ich hätte es wissen müssen. Es gibt nur eine Gruppe an dieser Schule, die sich ungeniert alles zu erlauben scheint: die Royals.

Tolle Doppelmoral, Laurie ... Der Unterschied ist, dass ich versuche unentdeckt zu bleiben, während es ihm egal zu sein scheint, wer oder was ihn beobachten könnte.

Bitte, bitte, geh weiter, bete ich und schließe die Augen. Mit jedem Atemzug beruhigt sich mein Puls, wird leiser und kontrollierter, bis meine Ohren schließlich wieder frei sind und ihre eigentliche Arbeit aufnehmen können. Erneut knirscht der Kies unter eiligen Schritten.

Gott sei Dank! Lucas verschwindet.

Ich öffne die Lider und blicke ihm hinterher. Seine Gestalt wird kleiner und verschwindet schließlich zwischen den Bäumen im Wald. Erst Minuten später traue ich der Ruhe und richte mich auf, strecke den Rücken durch und atme befreit.

Was will er hier draußen? Andererseits ... das Gleiche könnte man mich fragen. Es gibt viele Antworten. Ein Spaziergang, eine Runde joggen, etwas Unheimliches oder Verbotenes tun ... eine Leiche vergraben, ein satanistisches Ritual abhalten.

Gut, jetzt wird's absurd, allerdings ist es mir unbegreiflich, wie es sechs Jugendlichen möglich ist, sich derart von den anderen abzusondern, als seien sie etwas Besonderes. Samiras Erklärungen waren dürftig und für mich unlogisch. Wie kann es sie nicht interessieren, wieso die Schüler andere Kurse besuchen, weshalb sie nur unter sich bleiben und niemanden an sich heranlassen?

Vampire, schießt es mir durch den Kopf und ich sehe den Tisch der Cullens in *Twilight* vor mir. Wie sie sich balgen und von den anderen fernhalten. Jedoch sind die Royals weder blass noch besonders ... na ja, sie wirken ziemlich menschlich. Allerdings habe ich sie bisher nie im Sonnenlicht gesehen, wer weiß, womöglich glitzern sie.

Gut, es ist amtlich: Ich werde wahnsinnig. Vampire? Wirklich? *Laurie, come on!* Über mich selbst lachend trete ich auf den Weg und lasse meine Arme kreisen. Während meine Schultergelenke knacksen und froh sind, endlich wieder eine aufrechte Position einnehmen zu dürfen, fasse ich einen Entschluss. Es gibt nur einen Weg, mehr über die Royals herauszufinden.

Festen Schrittes folge ich Lucas. Das Mondlicht erhellt mir den Weg, zumindest bis die Bäume sich dazwischen stellen und Finsternis mich umfängt. Je näher die Äste sich kommen, desto weniger sehe ich. Trotzdem gehe ich weiter den kleinen Trampelpfad entlang. Die Neugier treibt mich an, denn ich möchte wissen, was hinter dem Sonderstatus dieser Jugendlichen steckt. Seit Jahren besuchen sie alle dieselbe Schule, trotzdem scheinen sie nebeneinanderher zu leben. Unmöglich an einer normalen Highschool. Vielleicht läuft es an diesem Internat anders, aber ich komme aus der normalen Welt, mich interessiert, wer die Royals sind und wieso sie diverse Privilegien genießen. Außerdem lenkt Lucas meine Gedanken ab, treibt mir das Heimweh aus und beschäftigt mich für eine Weile. Eine Win-win-Situation sozusagen. Na gut, eigentlich gewinne nur ich.

Auf einmal öffnet sich der Wald zu einer Lichtung, in deren Mitte sich ein kleiner See befindet. Jetzt gibt es den Mond zweimal. Am Himmel und in seiner Spiegelung. Lucas sitzt am Ufer, hat die Knie an die Brust gezogen und die Arme darum geschlossen. Ich betrachte seinen Rücken, der leicht gekrümmt ist.

Zittert er?

Weint er?

Lächerlich.

Über die Entfernung ist es unmöglich zu erkennen. Tatsächlich ist es mehr ein Gefühl, das ich habe. Seine Aura krallt sich in den Boden, schleift sich über den Lehm und schlägt sich bis zu mir durch. Dunkel greift die Einsamkeit nach mir und mir bleibt eine Sekunde die Luft weg, dann ist die Empfindung verschwunden, zurück bleibt lediglich eine Leere, die ich momentan nicht zu füllen vermag. Ich schüttle den Kopf, lege die Hände an die Schläfen und übe etwas Druck aus.

Was war das?

Meine Gefühle?

Oder seine?

„Verfolgst du mich?", hallt Lucas' Stimme zu mir und ich zucke zusammen.

Fuck. Die Gedanken rasen in meinem Kopf und ich suche eine Fluchtmöglichkeit, doch Lucas dreht sich bereits zu mir um.

Scheiße. Scheiße. Scheiße. Er hat mich gesehen.

Ertappt gehe ich zu ihm und lasse mich neben ihn ins Gras sinken, immerhin habe ich kaum eine andere Wahl. Jedenfalls nicht, wenn ich mich nicht völlig kindisch benehmen und einfach wegrennen will. Ich gebe es zu, eine Sekunde denke ich darüber nach, aber Lucas gibt mir keinen Grund, die Flucht zu ergreifen. Und möglicherweise ist das meine Chance, mehr über die Royals zu erfahren. Trotzdem kenne ich Lucas nicht, also ist Vorsicht geboten und Angriff ist die beste Verteidigung, oder? „Wieso sollte ich?“, blaffe ich daher.

„Erst brichst du mir beim Abendessen beinahe alle Knochen und nur einen Tag später lauerst du mir an meinem Lieblingsplatz auf“, fasst er die Situation zusammen und Erleichterung breitet sich in mir aus.

„Davon träumst du höchstens.“

Lucas verzieht die Mundwinkel zu einem Lächeln, dann strafft er die Schultern und streckt die Beine aus. „Ernsthaft, was machst du hier?“

Lucas hat Humor und aus der Nähe wirkt er kaum noch wie ein Vampir. Und selbst wenn, scheint er momentan satt zu sein. Zudem sind seine Pupille nicht rot oder golden, sondern dunkel wie das Wasser, das ruhig vor uns liegt. Lucas mustert mich und ich erkenne Neugier in seinem Blick. Vielleicht sitzen wir beide im selben Boot? Möglicherweise bin ich nicht die Einzige, die etwas über sein Gegenüber erfahren möchte. Daher entscheide ich mich für die Wahrheit. „Dich verfolgen“, gebe ich zu.

Sein Lachen wird breiter und er nickt. Dieses Gespräch lockert meine verkrampften Muskeln und bringt sie dazu, sich zu entspannen. Es erinnert mich an die Dynamik, die zwischen Blake und mir geherrscht hat. Wir wussten, was der andere brauchte, und lösten jede Situation mit Humor. Egal, wie schlimm es war, wir hielten zusammen. Wie Bruder und Schwester. Scheiße, ich vermisse meinen besten Freund. Und mein altes Zuhause.

Lucas legt den Kopf schief, erinnert mich damit noch mehr an Blake und eine Gänsehaut überzieht meine Arme. Wenn ich die Augen schließe, kann ich mir sogar einbilden, wirklich Blake vor mir zu haben. Sofort schmerzt mein Herz weniger, vergisst das Heimweh und suhlt sich in den Erinnerungen, die sich mit der Gegenwart vermischen.

„Wieso?", will Lucas wissen und ich zucke mit den Schultern.

„Tja, das ist eine wirklich gute Frage."

Lucas' Grinsen wird breiter. „Ich weiß."

„Brauchst du Hilfe mit deinem Ego?", meine ich nur und verdrehe die Augen. Vielleicht entgehe ich so einer Antwort.

„Nein, damit kommt ich gut alleine klar, danke."

Fröstelnd stecke ich die Hände in meine Beuteltasche. Etwas plätschert im Wasser und ich drehe den Kopf ruckartig herum, doch nichts bewegt sich. Der See liegt still und nahezu unbeweglich vor uns. Und mit einem Mal werde ich erneut von dem Gefühl innerer Leere übermannt. Wie ein Fremdkörper gräbt sie sich durch mich, nimmt unaufhaltsam jeden Zentimeter ein, bis ich vollkommen daraus zu bestehen scheine. Eine Hülle ohne Inhalt. Ich verliere den Bezug zu mir selbst, schaue wie eine andere Person auf das Gefühl, das mir in dieser Intensität fremd ist. Irgendetwas stimmt hier nicht. Die Emotionen sind so ... intensiv.

Mir bleibt die Luft weg und ich würde mich am liebsten auf dem matschigen Boden zu einem Häufchen zusammenrollen, um die Teile meines Selbst, die auseinanderzubrechen drohen, zusammenzuhalten. Keuchend atme ich ein, drücke die flachen Hände auf meinen Bauch und unterdrücke einen Würgereiz. Immerhin ist die Kälte verschwunden, denn Hitze kriecht nun meine Adern hinauf.

„Alles in Ordnung?“, schwappt Lucas’ Stimme zu mir herüber und ich schüttle den Kopf. Doch dann nicke ich, denn so schnell, wie es gekommen ist, ist das Gefühl tiefster Einsamkeit wieder verschwunden. Das Nichts in meinem Inneren ist wieder ausgefüllt.

„Keine Ahnung“, bringe ich hervor und springe panisch auf die Beine. Was war das? Einen Wimpernschlag lang fürchtete ich wortwörtlich zu zerbrechen. Es war das Schmerzvollste, das ich je erlebt habe, abgesehen von dem Tod meiner Eltern.

Ich laufe unruhig im Kreis und Lucas erhebt sich ebenfalls, greift mich an den Oberarmen und stoppt meine Bewegungen. „Atme“, befiehlt er sanft. „Ein und aus.“

Ein und aus.

Ein und aus.

Ein und aus.

Es hilft, ich beruhige mich.

„Lass uns ein Stück gehen“, sagt Lucas und zieht mich mit sich. „Dann wird es sicher besser.“

„Was war das?“

„Vermutlich dein Kreislauf“, meint Lucas, aber ich schüttle den Kopf. Es fühlte sich vollkommen anders an.

Wir gehen den Pfad tiefer in den Wald und ich kann nichts anderes tun, als neben Lucas herzulaufen. Zu sehr hänge ich noch in meinen Gedanken und in dem Schmerz, der nicht mein eigener gewesen zu sein scheint. Seit dem Unfall habe ich oft gelitten, aber diese Leere ...

Okay, Schluss. Das bringt nichts. Ich versuche mich zusammenzureißen und langsam werde ich wieder klar im Kopf. Habe ich mir das alles nur eingebildet? Auf einmal wirkt das Erlebte surreal. Wie etwas, das mir jemand erzählt, ich aber selbst nie gespürt habe. Dabei schmerzt mein ganzer Körper von dem Gefühl kaputt zu gehen. Scheiße, wird das nun zur Gewohnheit? Wieso bilde ich mir auf einmal Dinge ein, die unmöglich wirklich geschehen können? Gestern dieser Kerl und heute diese Schmerzen? Was soll das? Ist mein Hirn beschädigt?

„Laurie?" Lucas mustert mich und ich merke, dass wir fast einmal komplett um den See gelaufen sind. Wie lange war ich in meinen Überlegungen versunken?

Überrascht blicke ich auf. „Woher kennst du meinen Namen?" Ich bin davon ausgegangen, dass alles, was in Kingswood Castle geschieht, an den Royals vorbeigeht und sie in ihrer eigenen Welt leben.

„Du bist seit gestern Gesprächsthema Nummer eins."

„Was?"

„Na, weil du neu bist, ist doch logisch", meint Lucas und mustert mich mit hochgezogenen Augenbrauen.

„Logisch", murmle ich und bin froh, mich mit etwas anderem beschäftigen zu können als meinem geistigen Zustand. „Und was sagen die Leute so?"

„Du bist ein Mysterium."

„Ein was?"

„Mysterium."

Ich verdrehe die Augen. Für was hält er mich? Eine Analphabetin? „Schon klar, aber ich habe noch nie jemanden dieses Wort benutzen hören. Jedenfalls niemanden außerhalb eines Films. Oder Romans."

„Keiner weiß etwas Genaues über dich. Einige vermuten, dass du zu einer sehr wohlhabenden Familie gehörst, andere denken du seist bettelarm", erklärt Lucas und übergeht meine Bemerkung.

Ich runzle skeptisch die Stirn. Bisher ist mir nicht aufgefallen, dass mich jemand verstohlen gemustert oder hinter vorgehaltener Hand über mich geredet hätte.

„Na gut", meint Lucas plötzlich. „Keiner fragt sich das. Außer meiner Wenigkeit."

Ich haue ihm gegen den Oberarm. „Du wolltest mich austricksen."

„Ja", gibt er zu und zieht entschuldigend die Schultern nach oben. Mittlerweile sind wir an unserem Ausgangspunkt angekommen. „Aber eine Sache stimmt. Es gibt kaum Infos über dich. Und ich wollte mehr erfahren."

„Das sagt der Richtige", gebe ich zurück. „Wenn ich ein Mysterium sein soll, was bist du dann? Ein schwarzes Loch?"

„Das ist gar nicht mehr so mysteriös, davon gibt es jetzt sogar ein Foto", meint Lucas und ich strecke ihm die Zunge raus.

„Du weißt, was ich meine."

Er schüttelt den Kopf, doch ich nehme ihm die Geste nicht ab. Die Bewegung ist stockend und irgendwie nicht flüssig genug, um authentisch zu sein.

„Ihr seid wie ein umgekehrtes Einhorn. Zwar direkt vor unserer Nase, aber trotzdem unbekannt", erläutere ich und bringe Lucas damit zum Lachen.

„Ich hatte schon viele Namen, aber noch nie hat mich jemand Einhorn genannt.“

„Umgekehrtes Einhorn“, berichtige ich.

„Nichtsdestoweniger ein Einhorn.“

„Du lenkst ab.“

„Vielleicht“, gibt er zu.

„Wieso?“

Lucas zuckt nur mit den Schultern. „Es ist kompliziert.“

„Du willst also nicht darüber reden“, fasse ich zusammen, denn kompliziert ist es immer.

„Was willst du denn wissen?“ Lucas überrascht mich mit seiner Frage und ich bleibe perplex stehen.

Tausend Dinge schwirren mir durch den Kopf, allerdings will ich nicht unhöflich sein und direkt mit der Tür ins Haus fallen. Das Band, das sich gerade zwischen uns entspinnt, ist dünn. Auf der anderen Seite bin ich viel zu neugierig, wer hinter der Fassade steckt und mein Herz giert nach dem Gefühl von Heimat, das er mir vermittelt, indem er mich mit jeder Geste und jeder Bewegung an Blake erinnert. Es ist beinahe, als würden wir uns schon ewig kennen und er wäre ebenfalls Teil meiner Familie, wie Blake es war. Mein großer Bruder, der mir den Rücken stärkte, komme was wolle. Na ja, zumindest bis ich ihn von mir gestoßen habe. Noch mal werde ich den Fehler nicht machen.

„Wer bist du?“, frage ich vorsichtig und bleibe dabei vage. So überlasse ich es Lucas, die Antwort einzugrenzen.

„Ich bin ich“, antwortet er und ich ahne, dass dieses Gespräch mühsam wird, zumindest wenn er sich weiterhin alles aus der Nase ziehen lässt.

Mittlerweile stehen wir uns gegenüber und ich betrachte Lucas genau. Erkenne den nachdenklichen Ausdruck, der sein Gesicht ausmacht. Er wirkt stets etwas entrückt, als wäre er nur mit einer Hirnhälfte bei der Sache, während die zweite in einer Parallelwelt festhängt und sich mit ganz anderen Sachen befasst.

„Erzähl mir drei Dinge über dich", präzisiere ich.

Lucas wippt leicht von rechts nach links und sein Blick geht in die Ferne, bevor er mich fokussiert. „Ich bin eher der Katzentyp, liebe Jazz und habe eine Schwäche für Wimmelbücher."

„Wimmelbücher", entfährt es mir belustigt. Damit habe ich wirklich nicht gerechnet.

„*Where is Waldo?*"

„Vielleicht bist du doch weniger mysteriös, als ich dachte", sage ich und grinse.

„Jetzt du."

„Ich was?"

„Verrate mir drei Dinge über dich." Lucas dreht mir einen Strick aus dem Seil, das ich selbst gesponnen habe. Ich hasse diese Frage. Nachdenklich ziehe ich meine Unterlippe zwischen die Zähne und kaue sanft darauf herum. Erstens: Meine Eltern sind gestorben. Zweites: Es war meine Schuld. Drittens: Allory hasst mich deswegen. Statt das zu sagen, drehe ich mich etwas von Lucas weg und schaue in den Himmel.

„Das ist schwer", murmle ich und verschaffe mir damit Zeit. „Ich liebe Kaffee, vor allem Eiskaffee im Sommer. Musik ist mein Zuhause, ohne bekomme ich schlechte Laune. Und ... hm", überlege ich. Was noch? Normalerweise vermeide ich es, derart viel über mich nachzudenken. Viel lieber lenke ich mich mit anderen

Dingen ab. „Mit Wimmelbüchern kann ich nicht dienen, aber ich habe eine Schwäche für Bananen. Ich würde sogar so weit gehen zu sagen, dass sie mein Lieblingsobst sind."

„Bananen?", meint Lucas und verzieht das Gesicht.

„Ja, alles schmeckt damit besser. Selbst Kuchen mag ich dann."

„Heißt das, du isst sonst keinen Kuchen?"

Ich zucke mit den Schultern und gehe weiter, zurück Richtung Schulgebäude. Langsam kriecht die Müdigkeit in meine Glieder, macht sie schwer. Wenn ich morgen keinen bleibenden Eindruck wegen meiner kilometerlangen Augenringe hinterlassen will, sollte ich langsam ins Bett. „Marmorkuchen ist okay. Aber Sahne- und Buttercreme sind der Endgegner, davon wird mir direkt schlecht. Deswegen mag ich Torten nicht. Süße Stückchen sind lecker. Oder Waffeln, Pfannkuchen, sowas halt."

„Brownies?"

„Geht. Meist zu viel Schokolade."

Lucas schnaubt. „Zu viel Schokolade? Das ist ja, als würdest du sagen: ‚Das hast du mit zu viel Käse überbacken'."

Oje, meine nächsten Worte werden Lucas sicher schockieren. Dennoch spreche ich sie aus. „Ich esse keinen Käse."

Abrupt bleibt Lucas stehen. „Kein Käse?"

„Kein Käse", bestätige ich.

Sein Blick ist unbezahlbar und ich verkneife mir ein Lachen. „Was für einen Sinn hat dein Leben dann, Laurie? Die besten Speisen sind überbacken. Pizza,

Lasagne, Ofenkäse ... und das sind nur die ersten drei, die mir einfallen."

„Ich weiß", stimme ich ihm zu. Tatsächlich mag ich Käse unglaublich gern. Der herbe Geschmack auf der Zunge ist mit nichts anderem zu vergleichen.

„Wieso verzichtest du dann auf ihn?"

„Ich will keinem anderen Lebewesen schaden", fasse ich es kurz zusammen und hoffe, dass er es damit gut sein lässt. Veganismus ist ein Thema, das unglaublich viel Diskussionspotenzial bietet. Doch ich will meine Lebenseinstellung nicht verstecken. Sie gehört zu mir und sollte einfach akzeptiert werden.

„Das bewundere ich", meint Lucas plötzlich und ich blicke überrascht zu ihm. Noch nie hat jemand, der zur Käse essenden Front gehörte, so darauf reagiert.

Fröstelnd fahre ich mir über die Oberarme und Stille breitet sich um uns herum aus. Ob Lucas darüber sinniert, wie ein Leben ohne Käsepizza aussähe? Wir verlassen den Wald und ich kann die kleine Kapelle vor uns erkennen. Der Spaziergang war die richtige Entscheidung, er hat mir die Ruhe gebracht, die ich brauchte, um heute Nacht gut zu schlafen. Vielleicht liegt das auch ein bisschen an Lucas, der mich, ohne es zu wissen, von der Sehnsucht nach meinem Zuhause befreit hat.

„Hör mal", beginnt er auf einmal und bleibt stehen. „Wir können nicht befreundet sein."

„Was?" Die Offenbarung kommt unerwartet und ich starre ihn perplex an. Sofort kehrt das Heimweh zurück und ich weiß augenblicklich, wie Blake sich gefühlt haben muss, als ich ihn zurückgewiesen habe.

Lucas sieht betreten auf seine Schuhe und ich spüre sein Unbehagen. „Ich kann das nicht erklären …"

„Klar", unterbreche ich ihn, aber die Worte fallen mir schwer. „Ist okay. Ich verstehe das." Lüge. Seine Abweisung ergibt keinen Sinn, denn während unseres Spaziergangs hatte ich das Gefühl, einen neuen Freund gefunden zu haben. Aber womöglich ging das nur von mir aus, da ich die meiste Zeit Blake vor mir sah, ihn neben mir spürte und mich zu sehr in dem Gefühl der Geborgenheit gesuhlt habe.

„Ich glaube kaum, dass du das verstehst", flüstert Lucas und seufzt schwer. „Ich hab diesen Abend sehr genossen."

„Aber?" Nun bin ich verwirrt und trete nervös von einem Fuß auf den anderen. Seit Langem habe ich bei niemandem meine Mauern derart heruntergelassen und jetzt soll es ein Fehler gewesen sein? Wieso sagt Lucas so etwas, wo ich doch genau fühle, dass er etwas anderes möchte?

„Das ist kompliziert."

Ich lache hart auf. „Mein Gott, ich will dir nicht an die Wäsche, ich möchte bloß mit dir befreundet sein."

„Laurie, für mich ist das wirklich schwer."

„Erklär es mir."

Lucas seufzt und mir stellen sich die Nackenhaare auf. Es klingt unglaublich traurig, als läge der Schmerz einer ganzen Nation darin. Plötzlich habe ich Angst. Was verbirgt er? Ist er doch ein Vampir?

Quatsch.

Oder?

Egal, was sein Geheimnis ist, er wird es für sich behalten, das entnehme ich seinem Schweigen. „Ich dachte wir hätten einen Draht zueinander", flüstere ich und drehe mich leicht weg.

„Das hast du missverstanden", entgegnet Lucas und ich presse meine Lippen aufeinander. Das Gespräch mit ihm hat Spaß gemacht und es tut weh, jetzt seine Worte zu hören. „Ich könnte niemals mit jemandem wie dir befreundet sein", bemerkt er und macht mich damit wütend.

„Jemandem wie mir? Was soll das bedeuten? Nur weil ich nicht zu eurem elitären Club gehöre und kein Vermögen von meinem Papi erben werde?" Beleidigt mache ich auf dem Absatz kehrt und eile davon. Auf dem Weg zum Internat schüttle ich den Kopf, vor allem über mich selbst. Wie hatte er mich derart täuschen können? Dabei ist es wahrscheinlich meine eigene Schuld, denn ich bin zu ihm gegangen, habe mich auf ein Gespräch eingelassen und dann direkt erwartet, dass wir Freunde sind. Wie töricht und dumm, denn vor mir stand Lucas, nicht Blake.

Das Gefühl der Verbundenheit gehörte zu einer Freundschaft, an die Lucas mich lediglich erinnert hat und geht offensichtlich nicht von ihm selbst aus. Während ich die Stufen zur Eingangstür hinaufeile kommt mir der mysteriöse Junge vom Vortag in den Sinn und ich erwarte ihn beinahe hinter der nächsten Ecke. Seine funkelnden Augen brennen auf meiner Haut, wenn ich nur an sie denke. Als könnten sie mich im Bruchteil eines Wimpernschlags durchschauen, weil wir im Inneren aus derselben Essenz bestehen, eins sind. Wärme kriecht durch meine Glieder und ich vermisse seinen Blick auf mir, wünsche wirklich, er würde zurückkommen und den Riss kitten, den Lucas' Verhalten hinterlassen hat.

Mann, Laurie, jetzt wirst du wirklich wahnsinnig. Du hast dir den Kerl eingebildet, hör auf, ihn zu vermissen.

Ich raufe mir das Haar, erklimme die Stufen und bemühe mich leise zu sein. Allerdings pocht Lucas' Ablehnung so laut in mir, dass sie sicher meilenweit zu hören ist. Die Enttäuschung sitzt tief.

Auf einmal scheint mir dieses Internat einsam und kalt und ich sehne mich nach der Umarmung meiner Mom. Der Schmerz ist wieder präsent, deswegen entschließe ich mich dazu, ins Badezimmer zu flüchten. Ich habe keine Ahnung, wie spät es ist, doch mit Sicherheit liegt Samira in ihrem Bett und ich will ihrem forschenden Blick entgehen. Ihre Fragen zu beantworten, würde mir den Rest geben.

Kurz bevor ich die Tür aufstoße, erkenne ich am Ende des Gangs den Typ von gestern, als hätte er meinen Wunsch nach seiner Nähe gespürt. Er steht da und beobachtet mich, eine Augenbraue nach oben gezogen, die Arme vor der Brust verschränkt. Dabei wirkt er unverschämt echt für eine Einbildung, allerdings spielt es im Moment keine Rolle, was er ist. Denn allein seine Anwesenheit ist tröstlich und wirkt vertraut, wischt die Einsamkeit hinfort. Ich halte inne, dann gehe ich langsam auf ihn zu. Mit jedem Schritt spüre ich eine wohlige Wärme um mich herum, als wäre ich eingehüllt in weiche Wattewolken.

Dann ist die Gestalt weg. So plötzlich, wie sie gekommen war. Ich blinzle verwirrt, dann horche ich in mich hinein. Die Enttäuschung wegen Lucas' Abfuhr ist verraucht. Mit ihr sind auch der Schmerz und die Trauer verschwunden. Stattdessen hat der Fremde mir ein Geschenk dagelassen – Ruhe und Sorglosigkeit. Ich bin im Einklang mit mir, der Situation und meiner Umgebung.

Deswegen tue ich das einzig Sinnvolle: Ich gehe ins Bett und genieße die Stille in meinem Kopf.

Kapitel 4

Menschen, die nach dem Aufstehen Fröhlichkeit versprühen haben einen besonderen Platz in der Hölle verdient

Beim Zähneputzen bin ich mir sicher, dass alles, was gestern Abend geschehen ist, ein Traum war. Dieses Internat macht mich fertig. Es bringt mich dazu, an meiner Zurechnungsfähigkeit zu zweifeln, denn die Hälfte der Zeit bilde ich mir Dinge ein, die nicht real sind. Fehlt nur noch, dass meine Eltern auftauchen.

Als ich zusammen mit Samira den Speisesaal betrete, blickt Lucas auf. Er mustert mich und ich erkenne in seinen Augen, dass ich mich geirrt habe. Es war kein Traum. Jede Gefühlsregung war real. Das Lachen mit Lucas und die Enttäuschung seiner Ablehnung. Allerdings kommt mir meine Reaktion bei Tageslicht beinahe lächerlich vor. Ich habe überreagiert, hätte ihn weiter nach dem Grund fragen sollen und nicht so schnell aufgeben dürfen. Vielleicht steckte hinter seinen Worten etwas anderes und seine Ablehnung galt nicht mir als Person, sondern einem Umstand, der mir ohne seine Aufklärung verborgen bleibt. Der ganze Schmerz, den ich die letzten Wochen unterdrückt habe, hat sich in dem Moment seiner Zurückweisung entladen. Vor allem meine Wut auf mich selbst. Darauf, dass ich meine Freunde verloren habe, weil ihre Fürsorge zu viel für mich war. Trotzdem vermisse ich nun das Gefühl nach einem Zuhause, das Lucas mir gegeben hat. Den Wunsch nach einem Verbündeten, der ebenfalls mit dem Rücken zur Wand steht und nur nach vorne gehen kann. Mist, ich sollte mich bei Blake melden.

Nach wenigen Herzschlägen senkt Lucas verlegen die Lider. Ob ihm unsere Auseinandersetzung bei Tageslicht ebenfalls dumm vorkommt? Wahrscheinlich hätte es nur wenige Worte bedurft, um die Sache aufzuklären. Ich nehme mir einen Teller, lege zwei Scheiben Toast darauf und fülle Cashewmus in eine kleine Schale. Dann greife ich nach einer Banane und gehe hinter Samira zu unserem üblichen Tisch. Heute früh sind wir die Ersten und ich lasse mich Samira gegenüber auf die Bank plumpsen.

„Willst du auch einen Tee?", fragt meine Mitbewohnerin und ich schüttle den Kopf.

„Aber Orangensaft wäre toll."

Samira erhebt sich und ich bestreiche meinen Toast dick mit dem Mus, schneide die Banane in Scheiben und verteile sie auf dem Brot.

„Guten Morgen", flötet Francesca und ich hätte mir am liebsten die Hände auf die Ohren gedrückt.

„Wie kann man nur so fröhlich sein? Dazu ist es circa fünf Stunden zu früh", murmle ich und beiße ein Stück Banane ab.

Leider treiben meine Worte Francescas Fröhlichkeit nur weiter an und sie lacht laut. Sehr laut. Zu laut. Ich verziehe das Gesicht. Dieser Morgen bringt mich jetzt schon an meine Grenzen.

Diana setzt sich mir gegenüber und schiebt Samiras Teller einen Platz weiter. „Geht es dir gut, Süße?“

Diese Frage wurde mir in den drei Tagen so oft wie in den letzten sechs Monaten nicht gestellt. Ich nicke nur, möchte Diana nicht anlügen, dazu fehlt mir die Kraft. Die Anwesenheit des mysteriösen Kerls hatte mir Ruhe geschenkt, doch jetzt fühlt es sich an, als würde ich in ein schwarzes Loch fallen. Vieles ergibt keinen Sinn und ich vermisse mein altes Leben unglaublich.

„Hey“, empört sich Samira, die mir meinen Orangensaft hinstellt. „Da saß ich.“

Diana grinst. „Neben mir ist genug Platz für dich.“

Kauend gesellt sich Aurora zu uns. Sie hat lediglich einen Apfel in der Hand, der bereits zur Hälfte aufgegessen ist. „Lerngruppe nach dem Unterricht?“

„Ich muss zum Fechten, sorry“, meint Samira und pustet in ihre Tasse, bevor sie daran nippt.

Francesca rutscht unruhig auf der Bank herum. „Ja, ich bin dabei. Wenn meine Mathenote dieses Jahr genauso schlecht wird wie letztes, drohe ich enterbt zu werden.“

Diana räuspert sich. „Das kriegen wir hin. Was ist mir dir, Laurie?“

„Lerngruppen sind nichts für mich, da lasse ich mich zu leicht ablenken.“

Die Uhr schlägt halb acht und Unruhe breitet sich aus. In einer halben Stunde beginnt der Unterricht.

„Dann solltest du in die Bibliothek“, meint Samira und erhebt sich. „Minerva hütet die Räume wie ihren

Augapfel und sorgt dafür, dass die Integrität der Bibliothek nicht durch lästigen Lärm gestört wird.“

„Klingt himmlisch“, sage ich halb belustigt, halb sarkastisch. „Wie komme ich dahin?“

Ich krame meinen Stundenplan aus der Tasche und verabschiede mich von den anderen. Englisch habe ich zusammen mit Samira, also räume ich mein Geschirr in den dafür vorgesehenen Wagen und folge meiner Zimmergenossin in den Flur. Wir gehen den langen Gang entlang direkt zu den Schulräumlichkeiten. Eine Glastür trennt den Wohnbereich vom Lernbereich ab. Ansonsten unterscheidet sich dieser Teil nur wenig vom Rest des Internats.

Nervosität krallt sich an meinen Rücken und legt ihre Klauen um mich. Zwar war gestern mein erster offizieller Schultag, allerdings habe ich erst heute Unterricht. Ich kenne den Leistungsdruck am Internat nicht, weiß kaum etwas über die Kurse und kann lediglich Vermutungen anstellen. Doch Kingswood Castle ist keine normale Schule. Hier wird ein gewisses Maß an Intelligenz und vor allem Disziplin vorausgesetzt.

„Jeder Lehrer hat sein eigenes Unterrichtszimmer“, erklärt Samira und ich nicke. Das kenne ich von meiner alten Schule. „Mr Evans ist unglaublich engagiert und nett. Er gehört zu meinen Lieblingslehrern“, plappert Samira weiter, während wir das Englischzimmer betreten. Es ist klein, kaum zehn Doppeltische finden Platz, wobei das Lehrerpult enorm groß ist. Darauf stapeln sich Unmengen von Büchern, Papieren und ein Laptop. Eine Tafel gibt es nicht, dafür ein Whiteboard, das den gesamten Platz hinter dem Pult einnimmt.

„Komm“, meint Samira und zieht mich mit sich. „Ich hab gestern schon mit meiner Sitznachbarin gesprochen. Du kannst neben mir sitzen, wenn du magst. Penelope geht zu Peter.“

„Peter?“, frage ich verdutzt und sehe mich um. Tatsächlich, der Raum ist durchmischt mit Jungs und Mädchen. Sie sitzen nebeneinander und reden sogar miteinander. Krasse Sache. Verblüfft lasse ich meine Tasche auf den Tisch sinken. „Ich hatte angenommen ... na ja.“ Je länger ich darüber nachdenke, desto dümmer kommt mir der Gedanke vor. „Egal“, versuche ich das Thema fallen zu lassen.

Samira lacht. „Du dachtest, dass der Unterricht nach Geschlechtern getrennt ist?“

„Ja, ehrlich gesagt schon.“

„Verstehe, aber da lagst du falsch. Die Kurse besuchen wir gemeinsam und auch unsere Lernzeit verbringen wir zusammen.“

Abgesehen von den Royals natürlich. Ich denke an Lucas. Seine Abfuhr verwirrt mich noch immer, da sie im Kontrast zu der Leichtigkeit zwischen uns stand, die ich gestern Abend empfunden habe. Vielleicht kann ich ihn heute Abend erneut an dem kleinen See treffen. Das Gespräch mit ihm hat gutgetan, mich von meinen Problemen abgelenkt. Zu gerne würde ich mich entschuldigen für meinen dramatischen Abgang und ihn seine Worte erklären lassen.

„Guten Morgen“, begrüßt Mr Evans die Klasse beim Eintreten und Samira erhebt sich. Ich tue es ihr gleich, stelle mich neben meinen Stuhl und blicke zum Pult. „Danke, ihr dürft euch setzen.“ Der großgewachsene Mann mit dem hellbraunen Haar und der dicken Brille im Gesicht erinnert mich ein bisschen an einen verträumten Schriftsteller. „Willkommen im neuen Schuljahr, möge es lehrreich und erfolgreich sein. Du musst Lauren sein“, spricht er mich an und hebt wartend eine Augenbraue. Soll ich knicksen? Mich verbeugen? Auf die Knie fallen? Keine Ahnung, doch irgendwie scheint Mr Evans etwas zu erwarten. Ach ja, eine Antwort vielleicht.

Ich nicke nur.

„Schön, dich kennenzulernen. Nun gut, dann beginnen wir am Anfang aller Anfänge, mit dem einzig wahren ...“

„... Shakespeare“, antwortet die ganze Klasse und lacht.

„Mr Evans beginnt immer mit Shakespeare”, raunt Samira mir zu. „Es ist seine Passion. Er liebt die Stücke und wahrscheinlich kann er sie komplett auswendig. Aber alles in allem ist er in Ordnung und der Kurs auch“, erklärt Samira und die Stimmung im Raum spricht für sich. Die Schüler sind entspannt, lachen mit dem Lehrer und bringen ihm Respekt entgegen. Im Gegenzug hört sich Mr Evans jede Antwort genau an, geht darauf ein und gibt einem das Gefühl, ein wichtiger und wertvoller Teil der Klasse zu sein.

„Hat Miss Henriette dir die Literaturliste gegeben?“, fragt Mr Evans mich nach Unterrichtsschluss, während Samira bereits in den Flur geht.

Ich nicke. „Irgendwo in meinen Unterlagen muss sie sein.“

„Gut, die anderen haben die Liste sicher in den Ferien abgearbeitet, trotzdem kannst du den Stoff aufholen.

Solltest du Probleme damit haben, melde dich bitte bei mir."

„Danke", antworte ich und verabschiede mich dann.

„Wie viele Bücher stehen auf der Literaturliste?", frage ich Samira auf dem Gang. Wir schlagen den Weg zum nächsten Kurs ein, zwar muss ich mich nun von Samira trennen, dennoch hat sie versprochen, mir den Weg zu zeigen.

„Hundertfünfzig vielleicht? Darunter sind allerdings auch Gedichte und Kurzgeschichten."

Mir fallen beinahe meine Augenringe aus dem Gesicht, so sehr erschrecke ich mich. „Hundertfünfzig? Das ist ein Scherz, oder?"

Samira schüttelt den Kopf. „Keine Sorge, die meisten lassen sich wirklich gut lesen."

Na klar, das schaffe ich problemlos, schließlich ist Englisch ja mein einziger Kurs und ich kann mich den ganzen Tag damit beschäftigen ... ach warte, ich hab ja auch zehn andere Fächer.

Einen Gang weiter bleibt Samira stehen. „Da sind wir. Mrs Briggs Klassenraum, Sarah müsste ebenfalls hier sein. Wir treffen uns dann später beim Mittagessen. Und heute Nachmittag zeige ich dir die Bibliothek, ich habe immer etwas Zeit zwischen dem Unterricht und dem Fechtkurs."

„Danke, Samira."

„Gern. Wir sehen uns später", verabschiedet sie sich und ich betrete das Zimmer. Ich bin eine der ersten, deswegen suche ich mir einen Platz in der Mitte und ziehe mein Geografiebuch aus der Tasche.

Kapitel 5

Manchmal bist du das Rotkäppchen und manchmal der Wolf

Am Nachmittag ist mir schlecht. Ich werde schneller von dieser Schule fliegen, als ich das Wort buchstabieren kann. Natürlich denkt jeder Lehrer, dass sein Kurs der wichtigste ist und wir deswegen besonders viel Zeit zum Lernen aufwenden sollten. Mir schwirrt der Kopf und ich habe jetzt schon genug, würde am liebsten in mein Bett krabbeln und den Rest des Tages verschlafen.

Etwas Gutes haben die anstrengenden Kurse jedoch: Sie lenken mich von meinen negativen Gedanken ab. Das Lernpensum wird keinen Funken Hirnkapazität freilassen, den ich darauf verwenden könnte, über mich oder mein Leben zu sinnieren. Hätte schlimmer kommen können. Womöglich ist das sogar eine gute Entwicklung und vertreibt die Halluzinationen, die mich seit meiner Ankunft heimsuchen.

Samira wartet vor dem Speisesaal auf mich. „Wie war's?"

„Mein Schädel explodiert", gebe ich zu. „Ich werde den Rest meines Lebens in der Bibliothek verbringen müssen, wenn ich die Prüfungen bestehen will."

„Na, dann brechen wir direkt zu deinem neuen Zuhause auf", scherzt sie und hakt sich bei mir ein.

„Danke, dass du mich heute den ganzen Tag herumgeführt hast. Das weiß ich zu schätzen."

Samira winkt ab. „Kein Problem. Das mache ich gern. Ich erinnere mich noch, wie ich mich an meinem ersten Tag gefühlt habe. Es ist überwältigend, oder?"

Nickend krame ich einen Schokoriegel aus meiner Tasche und biete Samira ein Stück an. Sie nimmt ihn mir aus der Hand und beißt hinein. Nervennahrung ist immer gut, allerdings ist die Wahrscheinlichkeit hoch, dass ich nach diesem Schuljahr eher eine Delfintherapie brauche.

Der Weg zur Bibliothek ist nicht weit und ich stecke die Plastikverpackung der verputzten Schokolade in meine Rocktasche. Die schweren Holztüren, die zur Bibliothek führen, reichen bis unter die Decke. Sie erinnern mich an den Eingang der Kapelle und mit derselben Ehrfurcht drücke ich die Türen auf. Entgegen meiner Erwartung quietschen sie nicht, sondern schwingen geschmeidig nach innen auf. Stille schlägt mir entgegen, doch sie ist nicht unangenehm, ganz im Gegenteil. Sie heißt mich mit offenen Armen willkommen.

„Minerva findest du am Ende des Mittelgangs hinter dem letzten Regal. Dort hat sie einen Schreibtisch überfüllt mit Büchern", flüstert Samira mir zu. Ich zucke zusammen, hatte sie vollkommen vergessen. „Sorry, aber ich muss jetzt weiter, wir sehen uns später."

„Warte", raune ich ihr hinterher, doch sie ist bereits verschwunden. Wunderbar. Ich bin alleine in einer Bibliothek, deren Inventar wertvoller aussieht als die Lebensversicherung meiner Eltern.

Vorsichtig trete ich ein, schließe die Tür hinter mir und atme tief durch. Bereits jetzt liebe ich diesen Ort. Er hat gute Chancen mein Lieblingsplatz zu werden. Die Wände sind mindestens sechs Meter hoch und die Bücherregale reichen bis unter die Decke. In der Mitte führt ein kleiner Gang bis ans andere Ende des Saals und ich folge ihm staunend. Die Regale stehen einige Meter auseinander und bilden so kleine Separees mit Tischen für Lerngruppen. Große Glasleuchter an der Decke und den Wänden spenden ausreichend Licht, das die dunkle Einrichtung kompensiert. Rechts und links sind manche Bücher hinter Glas verschlossen. Sie scheinen nicht zu den alltäglich genutzten Standardwerken zu gehören. Vielmehr sind sie Zeugen einer längst vergangenen Zeit und ihre schweren Ledereinbände sprechen eine fremde Sprache.

Ich gehe zwischen zwei Regalen entlang, fahre mit den Fingern über das dunkle Holz, die Buchrücken und ziehe schließlich ein Werk hervor. Ehrfürchtig schlage ich es auf und fahre über eine der Seiten.

Für Natalia, lese ich die Widmung. *Mut ist deine größte Stärke, vergiss das nie.*

Jemand stapft durch den Mittelgang und ich erschrecke. Beinahe fällt mir das Buch aus der Hand, deswegen klappe ich es zu und stelle es zurück zu den anderen. Zwei Mädchen sitzen an dem Tisch in diesem Separee und ein Chaos aus Büchern liegt vor ihnen. Sie unterhalten sich flüsternd und erinnern mich daran, weswegen ich eigentlich hier bin – zum Lernen. Deswegen wende ich mich ab und ... bleibe abrupt stehen. Auf der anderen Seite, direkt an der Wand, erkenne ich ihn.

Sein dunkles Haar glänzt im Schein des Leuchters, während er aus dem Schatten tritt.

Dieses Mal bin ich mutiger und gehe direkt auf ihn zu.

Sei vorsichtig, warnt mich meine innere Stimme, aber ich kann nicht anders und setze meinen Weg fort.

Kaum einen Meter vor ihm halte ich inne und strecke die Finger nach ihm aus. Das Licht hinter ihm an der Wand flackert, dann erlischt es, aber ich laufe weiter, brauche die Helligkeit nicht, denn jede Faser meines Körpers spürt ihn, obwohl uns noch mehrere Zentimeter voneinander trennen.

Langsam gewöhne ich mich an die neuen Lichtverhältnisse und erkenne Umrisse. Seine Augen funkeln in der Finsternis. Ich habe mich geirrt, seine Iriden sind blau, nicht golden, dennoch schimmert etwas in ihnen, das mich erschaudern lässt, und ich trete einen Schritt zurück, obwohl mein Körper dagegen protestiert. Einen Moment habe ich das Gefühl, mich selbst in seinen Pupillen zu sehen, die gebrochene Gestalt, die ihr Herz mit dem Tod ihrer Eltern verloren hat. Allerdings erkenne ich auch, dass es meinem Gegenüber ähnlich geht. Er ist mein Spiegelbild. Seine eigene Angst, sein Misstrauen gegenüber der Welt verbannen ihn in die Einsamkeit. Wir sind zwei Verlorene, die keinen Weg nach oben sehen, denn der Strudel der Furcht reißt uns kontinuierlich hinab in die Tiefe. Direkt zu den Bestien des Zweifels, die ihre Krallen in uns schlagen und langsam jede Hoffnung zerstören.

„Wer bist du?“, frage ich kaum hörbar. Wie ist es möglich, dass er meiner Fantasie entspringt und sich seine Anwesenheit gleichzeitig derart real anfühlt?

„Maris“, formen seine Lippen das Wort, das ich vielmehr ablese, als es zu hören. Er dreht den Kopf zur Seite, wendet den Blick ab und mir läuft ein kalter Schauer den Rücken hinab, weil mein Spiegelbild plötzlich fehlt. Deswegen strecke ich meine Hände aus, umfasse sein Gesicht und genieße die fremde Wärme auf meiner Haut, die mir unfassbar vertraut vorkommt. Sie lässt Schmetterlinge in meinem Bauch frei und jagt Stromstöße durch meine Arme bis in mein Hirn. Sanft drehe ich Maris' Kopf so weit, dass unsere Blicke sich kreuzen. Und zum ersten Mal seit dem Tod meiner Eltern bin ich ganz. Nicht länger zerbrochen. Es ist seltsam und unterscheidet sich vollkommen von dem Gefühl, das Lucas gestern bei mir ausgelöst hat. Während Maris mich lichterloh zum Leuchten bringt und alle Nervenbahnen sich in seiner Gegenwart wunderbar anspannen, nach ihm ausrichten, hat Lucas die Gabe, mich zu beruhigen und auf den Boden der Tatsachen zu holen. Der eine gibt mir die Flügel, der andere sorgt dafür, dass ich damit nicht abhebe.

Lächelnd schwinge ich mich in die Luft und folge Maris in den Himmel voller flauschiger Zuckerwattewolken. Zumindest, bis er sich losreißt und ich mich im freien Fall Richtung Realität befinde.

Shit.

Er hastet an mir vorbei und streift mich dabei. Für einen Wimpernschlag ist es schwarz um mich herum, dann erstrahlt ein helles Geflecht aus Energie vor mir. Mit aufgestellten Nackenhaaren strecke ich die Finger danach aus, muss es berühren. Allerdings kann ich mich nur mit Mühe auf den Beinen halten, werde zu

Boden gedrückt von einer Last auf meinen Schultern, dich ich nur fühle, nicht sehe.

Sobald Maris verschwunden ist, durchbricht Helligkeit das Separee und die Lampe nimmt ihre Arbeit wieder auf. Benommen drehe ich mich um meine eigene Achse, bleibe mit dem Blick an den Mädchen mir gegenüber hängen. Sie beugen sich tief über ihre Bücher, als wäre das alles nicht gerade direkt vor ihrer Nase geschehen.

Dann kehre ich vollkommen ins Hier und Jetzt zurück. Was war das denn? Ich erinnere mich an die Leere von gestern. Auch am See hatte ich den Eindruck, etwas zu spüren, das zu jemand anderem gehört. Was stimmt nur nicht mit mir? Sind es Visionen? Bilder der Zukunft oder Gedanken anderer? Beides wäre absolut absurd.

Erst jetzt wird mir bewusst, dass ich Maris berührt habe. Ihn unter meinen Fingerkuppen fühlen konnte. So viel zu der Theorie, ich hätte ihn mir vor lauter Stress nur eingebildet. Aber wenn er nicht meinem Gehirn entspringt, was ist er dann? Woher kommt er und wieso zur Hölle ist er für andere unsichtbar?

Ich brauche knapp zwei weitere Sekunden, bis ich mich umdrehe und Maris hinterherhaste. Was auch immer hier los ist, es hängt mit ihm zusammen.

„Warte", rufe ich auf dem Flur und einige Schüler drehen sich um. Ich renne sie beinahe um, hechte an ihnen vorbei und folge Maris. „Bitte, du musst mir helfen", rufe ich und bringe ihn schließlich dazu, stehen zu bleiben. Maris dreht sich nicht um, und ich nutze den Moment, um meinen Puls zu beruhigen, den der kurze Sprint ordentlich in die Höhe getrieben hat. Mittlerweile hat sich der Gang geleert, wir sind alleine und ich hoffe, das bleibt auch so. Wie sollte ich sonst erklären, mit der Luft vor mir zu sprechen.

Ich halte Abstand zu ihm, will Maris unter keinen Umständen erneut in die Flucht treiben. „Hab keine Angst."

„Angst?", fragt er und dreht sich zu mir. Sein Lächeln hat jegliche Freude verloren und strahlt stattdessen Misstrauen aus. „Wer bist du?"

„Ich?", hauche ich verwirrt. „Laurie, ich heiße Laurie."

Maris kommt auf mich zu und sein Blick durchbohrt mich kalt, hat nichts mehr mit dem gemein, der es vermochte, mich schweben zu lassen. Plötzlich wird das Gefühl real. Eis kriecht mir durch die Adern, spießt mich auf und nimmt mir die Luft zum Atmen. Im wahrsten Sinne des Wortes, denn etwas blockiert meine Luftröhre und panisch greife ich mit den Fingern an meinen Hals. Doch da ist nicht. Nichts außer meine Haut. Keine Finger, keine Schlinge, nichts.

Die Luft geht mir aus. Scheiße, ich sterbe!

„Wer schickt dich?", fragt Maris, während ich drohe zu ersticken. „Was willst du?"

„Leben", keuche ich und verliere den Halt, sinke auf die Knie. Tränen laufen unaufhaltsam über meine Wangen, tropfen von meinem Kinn auf den Boden direkt auf Maris' Stiefel, so nah ist er mir mittlerweile. Ich hebe den Kopf, flehe um Erlösung. „Bitte", bringe ich mühsam hervor und breche damit den Bann. Mein Körper gehört wieder mir, gehorcht meinen Befehlen und saugt gierig Sauerstoff in die Lunge. Viel zu schnell, deswegen verschlucke ich mich und falle keuchend vornüber. Ich stütze mich auf meine Handflächen und huste mein halbes Innenleben auf den Boden. Sobald ich mich beruhigt habe, stehe ich auf, weiche vor Maris zurück und renne.

Shit, wollte er mich umbringen?

Was ist er? „Eine Ausgeburt der Hölle?“, flüstere ich verwirrt.

„Nahe dran“, antwortet er direkt neben mir und ich mache einen Satz zur Seite, renne beinahe gegen eine Kommode.

Einen Haken schlagend weiche ich ihm aus und stolpere die Treppen hinunter. Mein Fuß verheddert sich im Teppich, doch zum Glück kann ich den Sturz abfangen. Ich muss hier weg, mich in Sicherheit bringen. Die schwere Holztür kracht gegen das eiserne Geländer, als ich sie mit voller Kraft aufstoße und ins Freie renne.

Was stimmt nur nicht mit diesem Internat und seinen Schülern? Hexen? Dämonen? Eine Mischung aus beidem? Womöglich ist Lucas ein Werwolf und ich hätte gestern Nacht beinahe seine Verwandlung mitbekommen.

Okay, jetzt werde ich albern.

Oder doch nicht?

Es spielt im Moment keine Rolle, ich muss hier weg, das ist alles, was zählt.

Nachdem ich die Kapelle hinter mir gelassen habe, schlage ich den Weg in den Wald ein. Das Dorf liegt dahinter, bis dorthin kann ich es schaffen. Keuchend renne ich den Weg entlang, erreiche den See, an dem ich vor wenigen Stunden mit Lucas gesessen habe, und zögere nicht, setze einen Fuß vor den anderen, bis Maris so nah vor mir auftaucht, dass ich nicht mehr ausweichen kann.

Ich stoße mit ihm zusammen und reiße ihn um. Wir rollen über den Waldboden und bleiben wenige Meter weiter liegen. Schwer atmend springe ich auf, doch Maris packt mich um die Taille, drückt mich auf den Boden. Das Blut rauscht mir in den Ohren und ich trete um mich, versuche ihn von mir abzuschütteln.

„Bitte“, höre ich ihn sagen und denke zuerst, es wäre mein eigenes Flehen. „Halt still.“

„Damit du mich umbringen kannst? Vergiss es“, schreie ich und drücke seinen Oberkörper von mir.

Maris umfasst meine Handgelenke. „Es tut mir leid.“

Mit einem Mal durchfährt Ruhe meinen Körper und ich stoppe die Gegenwehr, lasse mich entspannt auf den Boden sinken. „Nein“, protestiere ich schwach.

„Hör mir zu.“

Erneut kämpfen sich Tränen an die Oberfläche und ich hasse es, ihm meine Schwäche zu zeigen, Maris auf diese Art ausgeliefert zu sein. „Ich hab doch gar keine andere Wahl“, spucke ich ihm entgegen. Meinen Geist scheint er nicht so leicht kontrollieren zu können wie meinen Körper.

„Es tut mir leid“, wiederholt er.

„*Was* tut dir leid?“

„Mein Verhalten, die Furcht, die ich dir eingejagt habe.“

Ich lache. „Sagt er, während er mich zu Boden drückt und mich dazu zwingt, still liegen zu bleiben.“

„Rennst du weg, wenn ich dich loslasse?“

„Mit Sicherheit.“

„Siehst du. Ich will nur reden, versprochen, Laurie.“

Als würde ich seinen Worten glauben ...

Anscheinend sieht er mir meine Gedanken an, denn Maris lockert den Griff zwar, hält mich aber weiterhin fest. „Ich hab mich wie ein Idiot benommen", gibt er zu. „Diese Begegnung ... Mir sind die Sicherungen durchgebrannt. Ich war davon überzeugt, dass du hinter mir her bist."

„Ich hinter dir?", rede ich mich in Rage. „Ist deine Wahrnehmung vielleicht gestört? Bist du wahnsinnig? Wer ist denn hinter wem hergerannt? Ich hab ja wohl kaum versucht dich umzubringen." Wut pulsiert durch mich.

„Du hast zu keiner Zeit in Gefahr geschwebt", versichert er mir und ich ziehe die Augenbrauen nach oben.

„Für mich hat sich das anders angefühlt", meine ich trocken. „Tut es immer noch." Ich deute mit den Augen zwischen uns hin und her.

Seufzend gibt Maris mich frei und erhebt sich von meiner Taille. „Bitte, lass es mich erklären."

Ich springe auf die Beine, allerdings erscheint mir eine Flucht aussichtslos. Maris kann sich ... keine Ahnung ... materialisieren, oder wie auch immer man das nennt, wo er will. Vor ihm wegzulaufen, macht keinen Sinn. Trotzdem blicke ich mich hilfesuchend um.

„Dir wird nichts geschehen, Laurie."

Skeptisch mustere ich Maris. „Sagt der Wolf zum Rotkäppchen."

„Sie hat überlebt. Lediglich für ihre Großmutter sah es nicht gut aus."

„Ernsthaft?"

Maris hebt abwehrend die Hände. „Schon gut."

Während er einige Schritte auf und ab geht, lasse ich meine Knochen knacken, strecke die Arme. Sie gehorchen mir wieder. Zum Glück.

„Was bist du?", fordere ich zu wissen und verschränke die Arme vor der Brust.

„Ich habe viele Namen, doch keiner von ihnen spielt eine Rolle."

„Für mich ist es wichtig. Ich muss wissen, mit was ich es zu tun habe."

„Mit mir. Maris", meint er und kommt einen Schritt auf mich zu. Ich weiche zurück und bedeute ihm, Abstand zu wahren, weshalb er die Schultern hängen lässt.

„Was bist du?", wiederhole ich.

„Ein Beschützer."

„Für wen? Mich sicher nicht. Außer es gehört zu deinem Tätigkeitsfeld, Menschen zu ermorden und sie so vor dem Leben zu bewahren."

Jetzt überwindet Maris doch die Distanz zwischen uns und nimmt meine Hände in seine. „Laurie, bitte, es tut mir so unfassbar leid. Ich hatte Angst."

„Du?", entfährt es mir. „*Du* hattest Angst?"

Maris drückt meine Finger und ich sehe in seine Augen. Der Schmerz darin ist greifbar und jetzt, da das Adrenalin langsam meinen Kreislauf verlässt, entschließe ich mich, ihm zuzuhören. Hätte er mich wirklich umbringen wollen, hätte er die Gelegenheit gehabt. Mehrmals.

„Seit Jahrtausenden bin ich keinem Menschen begegnet, der mein Schutzschild durchdringen und mich sehen konnte", erklärt er und ich vergesse einen Augenblick zu atmen. Ich entziehe ihm meine Finger.

„Jahrtausenden?“

Er nickt.

„Fuck, werde ich wahnsinnig?“

Maris lacht. „Ich erzähle dir, dass ich unsterblich bin, und du fragst, ob *du* wahnsinnig wirst?“

„Na ja, niemand sonst kann dich sehen, oder? Vielleicht bilde ich mir das alles nur ein. Womöglich sitze ich in einem sterilen Raum in einer Psychiatrie und starre an die Wand.“ Ob das so viel schlechter ist als die Situation, in der ich mich gerade befinde? Ich bezweifle es.

Eine Gänsehaut überzieht meine Arme, bestätigt mir, was ich, schon während ich die Worte sprach, fühlte: Das hier ist echt, es passiert wirklich.

Ob ich meinen Gefühlen vertrauen kann? Ich habe keine Wahl, denn sie machen mich aus und sind somit alles, was bleibt.

„Was beschützt du?“, frage ich in dem Versuch, so viel wie möglich über ihn zu erfahren. Nach dem Erlebnis mit Lucas am See traue ich der ruhigen Stimmung nicht. Die Leute hier ändern ihre Meinung wie andere ihre Mobilfunkanbieter.

Maris antwortet nicht. Stattdessen dreht er sich einmal um seine eigene Achse, streckt dabei eine Hand aus und deutet auf die Umgebung. Das Internat also.

„Wieso?“, frage ich. Jetzt zuckt er mit den Schultern. „Du weißt es nicht?“ Wieder ein Zucken. Gut, das ist eine Sackgasse.

Nachdenklich gehe ich auf einen umgefallenen Baumstamm zu und setze mich darauf. „Bist du der Einzige deiner Art?“

„Nein." Traurig schüttelt Maris den Kopf und plötzlich kehrt die Verbindung zwischen uns zurück. Seine Einsamkeit ist derart präsent, dass sie sich wie eine Decke um mich herumlegt, und ich verstehe sie mit jeder Faser meines Seins.

„Kommen wohl nicht oft zu Besuch, was?"

Laurie, hör sofort auf Mitleid mit ihm zu haben, er hat versucht, dich umzubringen!

Ich fahre mir über den Hals. „Wie hast du das gemacht, ohne mich zu berühren?"

Verwirrt blickt Maris mich an, dann versteht er. „Gedanken, ich kann sie kontrollieren. Zumindest bis zu einem gewissen Grad."

„Wie bitte?", entfährt es mir viel zu hoch und ich springe auf. Es reicht nicht, dass er meine Glieder unter seine Gewalt bringen kann, nein, es ist ihm auch möglich, meinen Geist zu beeinflussen? Wunderbar.

„Ich habe dich empfinden lassen, was ich wollte", präzisiert er.

„Weißt du auch, was ich denke?"

„Nein."

Na immerhin.

Doch dann fällt mir etwas anderes ein. Die Schmetterlinge, die Stromstöße, die Beschleunigung meines Pulses. All die Empfindungen der letzten Tage, die ich mir nicht erklären konnte. Die mich übermannten und ausfüllten, mir meine Trauer nahmen ... „Das war nie real, oder?" Verlust tropft von meinem Herz und bricht es entzwei. *Er* hat mich das fühlen lassen, mir die Empfindungen ins Hirn gepflanzt. Es war alles eine Lüge. Mit gesenktem Kopf laufe ich im Kreis. Frustriert kicke ich einen Stein zurück auf den Weg. Gibt es auch nur eine Person, die in den letzten Tagen ehrlich zu mir war?

„Was meinst du?"

„Ist auch egal", murre ich und sehne mich nach meinem Bett. Dass Maris mich auf diese Weise betrogen hat, in meinen Kopf eingedrungen ist und meine Gedanken manipuliert hat, trifft mich mehr, als sein Versuch, mich zu töten.

Plötzlich steht er mir direkt gegenüber und ich hebe den Blick. „Laurie, was ist los?"

Ich schüttle nur den Kopf, sein Betrug wiegt zu schwer. Wieso hat er das getan? „Hör auf damit, okay?", bitte ich ihn. „Ich höre dir zu, auch ohne deine Manipulation." Immerhin habe ich ja keine Wahl, denn Maris beherrscht Fähigkeiten, gegen die ich machtlos bin. Selbst wenn er meine Gedanken nicht lesen kann, sind ihm meine Emotionen und mein Körper schutzlos ausgeliefert. Allerdings bin ich nun auch neugierig, wieso Maris ausgerechnet mich all diese Dinge fühlen ließ. Oder beeinflusst er die ganze Schule?

Er mustert mich aufmerksam „Versprochen, Laurie."

Skeptisch spiele ich mit meinen Fingern, stecke sie dann in meine Beuteltasche, um die Nervosität zu verbergen.

„Du glaubst mir nicht", murmelt Maris.

„Wie sollte ich? Bisher hast du mir keinen Grund gegeben, dir zu vertrauen."

„Stimmt, ich hätte wohl kaum einen schlechteren Eindruck hinterlassen können. Wahrscheinlich habe ich meine Chance dir gegenüber vertan", meint er, dreht sich um und geht davon.

„Ist das dein Ernst?" Perplex springe ich auf. „Du lässt mich einfach stehen?"

„Ich dachte, das ist, was du wolltest."

„Im Gegenteil."

„Vielleicht ist es besser so, Laurie." Maris trifft für mich die Entscheidung und es gibt kaum etwas, das ich mehr hasse. Anstatt stehen zu bleiben und sich meinen Fragen zu stellen, marschiert er weiter.

Ich renne ihm hinterher, greife nach ihm, bekomme seinen Pulli zu fassen und ziehe ihn zu mir. Überrascht stolpert Maris rückwärts, prallt gegen mich und reißt uns beide beinahe zu Boden.

Unnatürliche Dunkelheit umfasst mich und mir wird übel. Dann sehe ich das Geflecht aus Energie wieder vor meinen Augen und bin mir nun sicher, wo es herkommt. Maris pflanzt mir die Bilder ein. Leider kann ich nichts dagegen tun, muss es geschehen lassen. Die Präsenz der Energie nimmt mich gefangen und beherrscht mich. Ehrfürchtig strecke ich die Finger danach aus, erreiche sie jedoch nicht.

Dann ist der Moment vorbei, das Sonnenlicht brennt mir in den Augen und ich kneife sie zusammen. „Maris", fluche ich und ringe nach Atem. „Lass das."

„Was denn?"

Ich öffne die Lider, funkle ihn böse an. „Verschwinde verdammt noch mal aus meinem Schädel. Keine Lügen mehr, du hast es versprochen."

Verwirrung breitet sich auf seinen Zügen aus, dann zieht er die Augenbrauen nach oben. „Was hast du gesehen?"

„Das, was du wolltest", motze ich.

Maris legt seine Hand an meinen Oberarm, Sekunden später nimmt er sie weg. „Und jetzt?"

„Und jetzt was?"

„Siehst du etwas?"

„Nein."

„Wie ist das möglich?", flüstert er, und mir wird schlagartig kalt. Irgendetwas stimmt nicht.

„Maris?"

Ich reiße ihn aus seinen Gedanken. „Das bin nicht ich, Laurie. Bei meinem Leben, ich schwöre dir, dich nur einmal geistig beeinflusst zu haben."

Verwirrt schüttle ich den Kopf, seine Worte ergeben keinen Sinn. „Was soll das heißen?"

„Keine Ahnung."

„Keine Ahnung?", wiederhole ich atemlos. Mein Kopf ist vollkommen leer, unfähig, eine Verbindung zwischen all dem, was ich heute erfahren habe, zu ziehen.

„Was hast du gesehen?", wiederholt Maris.

Ich wische mir die feuchten Hände an meinem Hoodie ab. „Energie", sage ich und merke, wie lächerlich das klingt. „Na ja, da war ein Licht, das mich anzog und irgendwie strahlte. Nicht, wie Helligkeit es sonst tut, sondern ... also ... Du lässt mich das nicht sehen?"

„Nein", verspricht Maris.

„Dann ...", beginne ich, breche jedoch direkt ab. Dann was? Ich weiß es nicht.

„Wer bist du?", flüstert Maris und legt mir eine Hand an die Wange. Ich lasse es geschehen, bin zu durcheinander und genieße die Wärme seiner Finger. Maris' Anwesenheit beruhigt mich und ich sehe ehrliche Sorge um mich in seinen Augen aufblitzen.

„Ich? Ich bin Laurie. Einfach nur Laurie."

Maris lächelt und ein bisschen meiner Angst verschwindet. „Gut, Einfach-nur-Laurie. Irgendwas geht hier vor sich und wir sollten herausfinden, was."

Nickend senke ich den Blick und atme durch. Es ist so viel passiert in den letzten zwei Tagen, dass es mir surreal erscheint.

Donner grollt zwischen den Bäumen hindurch und ich erstarre. Meine Muskeln verkrampfen sich automatisch, während mein Herz beinahe in der Brust implodiert.

„Was ist?" Maris' Stimme wird vom auffrischenden Wind davongetragen und versinkt zwischen den Blättern.

„Ich hasse Gewitter", fasse ich meine Reaktion zusammen und behalte die wichtigen Details für mich. Sie sind mein Geheimnis, das ich hüte wie einen Schatz. Der Schmerz, die Furcht und Trauer, die ich während dieser Wetterlage fühle, sind meine Strafe. Ich habe Mom und Dad umgebracht, sie sind in einem Gewitter gestorben und das werde ich mir nie verzeihen. Am liebsten hätte ich die Hände auf die Ohren gepresst und wäre zu Boden gesunken. Ein Blitz erhellt den dunklen Himmel und ich zucke zusammen.

„Bitte, lass uns gehen", flehe ich und Maris legt seinen Arm um mich. Die Angst vor ihm ist komplett verschwunden. Oder vielleicht ist sie auch einfach nur in dem Chaos der ganzen Empfindungen, die ich durchlebt habe, untergegangen.

„Wieso kann dich niemand sehen?", frage ich, um mich abzulenken und das Gewitter so gut es geht zu ignorieren. Wir verlassen den Wald und die Kapelle erscheint am Waldrand. Sobald wir im Inneren des

Internats sind, wird es besser, das weiß ich aus eigener Erfahrung. Die Geräusche sind dann weniger durchdringend und ich kann mich innerhalb der dicken Mauern verstecken.

Maris schüttelt den Kopf. „Sie sehen, was ich will."

„Wieso zeigst du dich ihnen nicht einfach?"

„Was hätte das für einen Sinn?"

Ich mustere ihn, wäge meine nächsten Worte genau ab. Ich bin mir nicht sicher, ob das Gefühl, das ich in seiner Nähe stets empfunden habe, echt war, oder ob er es mir eingepflanzt hat. Nur ... wenn das Gefühl wahr ist, dann gibt es da etwas, das uns immer verbunden hat. Etwas, das uns zusammengeschweißt hat, bevor wir uns überhaupt kannten. Ich beschließe, es darauf ankommen zu lassen. „Die Einsamkeit würde verschwinden."

Er schweigt einen Moment, als wäge er ab. Dann sagt er: „Nicht auf Dauer. Keiner würde es verstehen."

Ein weiterer Knall ertönt. Lauter und drohender. Ich bleibe stehen, drücke mich fest an Maris und warte, bis der Krach vorbei ist. Es ist, als verfluchen mich meine Eltern, machen mich mit jedem Grollen für ihren Tod verantwortlich. Jede Faser meines Körpers weiß es, spürt ihre Enttäuschung und Wut.

Kurz kehrt Stille ein, und wir können den Weg fortsetzen, bevor gleich der nächste Donnerschlag über die Erde grollt. Meine Gedanken klären sich und ich nehme den Faden wieder auf.

„Aber ... also", stottere ich. Die Schuld sitzt mir im Nacken und mein Magen dreht sich um.

Alles wird gut, Laurie, beruhige ich mich selbst.

Mörderin, spuckt mir mein schlechtes Gewissen entgegen.

Deinetwegen sind sie tot.

Ohne dich wären sie besser dran gewesen.

Die Stimmen in meinem Kopf sind laut, allerdings habe ich die letzten Monate gelernt, mit ihnen zu leben. Ich dränge sie in den Hintergrund, drücke mir mit der flachen Hand auf den Bauch und konzentriere mich ausschließlich auf die Worte, die ich sagen möchte. „Aber du könntest die anderen glauben machen, es zu verstehen, oder?"

„Das könnte ich, allerdings wäre ihr Verständnis nicht echt, nur vorgespielt." Maris' Wärme neben mir ist angenehm und für den Moment habe ich ihm seinen Versuch, mich zu töten, verziehen. Zwar bin ich weiterhin vorsichtig, dennoch ist er gerade an meiner Seite, steht mir bei und schenkt mir die nötige Ruhe, die ich brauche. Er ist unsterblich, weilt mehrere Jahrtausende auf dieser Erde und ich vermag es kaum, mir vorzustellen, was er bisher erlebt hat. Und plötzlich verstehe ich seine Reaktion, denn müsste ich etwas Wichtiges beschützen und würde plötzlich von jemandem angesprochen werden, obwohl ich eigentlich jedermanns Gedanken kontrollieren kann ... ja, womöglich hätte ich ähnlich reagiert und angenommen, dass ein anderes übernatürliches Wesen vor mir stünde. Und wahrscheinlich wäre ich dann ebenso in Panik geraten wie Maris.

Allein das Gewitter triggert mich so sehr, dass mir das Atmen schwerfällt. Jeder trägt etwas mit sich herum, das niemand sehen, niemand fühlen kann, und manchmal bedarf es nur eines Wortes, einer Bewegung und die schlimmsten Ängste und Erinnerungen dringen nach außen.

Und gerade hat er mir die wichtigste Information verraten, die ich brauche, um ihn einzuschätzen. Er hasst es, anderen etwas vorzuspielen und legt Wert auf die Wahrheit. Deswegen glaube ich ihm, dass er mich bisher nur das eine Mal manipuliert hat und sich sonst aus meinem Kopf fernhält.

Wir erreichen den Eingang, steigen die Stufen nach oben und ich presse die Lider zusammen, während der nächste Blitz durch den Himmel zuckt.

Maris reißt die Tür auf und lässt mir den Vortritt. „Ich finde es nicht erstrebenswert, Zuneigung und Vertrauen dadurch zu erlangen, indem ich etwas vorgaukle. Lieber wäre es mir, um meinetwillen gemocht zu werden“, meint er, als wir zusammen die Treppen hinaufsteigen und das Gewitter nur noch durch die dicken Steinmauern des Schlosses zu hören ist. Seine Erklärung stimmt mich versöhnlich und beruhigt mein Herz, setzt die Stromstöße erneut frei. Die Anziehung zwischen uns ist zurück und mir wird warm.

„Hast du es nie getan?“, frage ich.

„Was?“

„Jemanden an dich herangelassen.“

Maris überlegt einige Sekunden und ich merke, wie ich mich mit jedem Schritt im Inneren beruhige. „Doch, das habe ich“, offenbart er. Seine Stimme zittert leicht und die Worte hängen in der Luft, bremsen uns aus und legen sich uns wie Steine in den Weg.

„Ging nicht gut aus?“, mutmaße ich.

„Das ist die Untertreibung des Jahrtausends.“

Ich stoße ihm gegen den Oberarm. „Hast du etwa auch versucht, denjenigen umzubringen?“

„Keine gute Art, Menschen kennenzulernen?“

„Daran arbeiten wir besser noch."

Maris streckt seine Hand nach mir aus, lässt sie dann aber wieder sinken. „Heißt das, du verzeihst mir?"

„Sagen wir so, du bekommst eine zweite Chance."

„Laurie", haucht Maris, und eine Gänsehaut überzieht meine Arme. „Danke. Ich hätte es kaum ertragen, wäre dir etwas geschehen." Wahrheit spricht aus seinem Blick. Trotzdem ist mir weiterhin mulmig zumute. Maris verströmt unglaublich viel Macht, er kann Gedanken beeinflussen und weiß Gott, was noch. Ich bin eine Marionette, deren Fäden er mühelos bedienen kann. Daher muss ich darauf vertrauen, dass er diese Gabe nur zum Guten einsetzt, sie mir gegenüber nie missbraucht – und das fällt mir unglaublich schwer. Trotzdem gehe ich das Risiko ein. Ich kann nicht anders. Denn Maris ist meine einzige Möglichkeit, hinter das Geheimnis der Bilder zu kommen, die ich seit Tagen sehe. Ganz zu schweigen von den Gefühlen, die sich mir gestern Abend am See aufgedrängt haben.

„Wir sind da." Maris reißt mich aus meinen Gedanken, denn die Tür zum Mädchentrakt liegt vor uns.

„Danke, dass du mich bis hierher gebracht hast."

Er zuckt verlegen die Schultern. „Das war wohl das Mindeste, was ich tun konnte."

„Habe ich morgen alles vergessen?", frage ich und bin mir unsicher, ob ich das wirklich will.

Maris mustert mich. „Wäre das dein Wunsch?"

„Nein", gebe ich offen zu. Und das ist die Wahrheit. Der Tag war verwirrend und anstrengend – die reinste Achterbahnfahrt. Auf einige Erlebnisse hätte ich gerne verzichtet, dennoch fühlt es sich falsch an, wenn ich daran denke, dass morgen vielleicht alles aus meinem Gedächtnis verschwunden sein könnte.

„Schlaf gut, Laurie“, verabschiedet Maris sich, und ich gehe zu meinem Zimmer. Es ist leer und ich schmeiße mich direkt aufs Bett. Doch sofort ist mir klar, dass die Stille zu präsent ist. Meine Gedanken kreisen und das Gewitter, das im Hintergrund wütet, tut sein Übriges. Mir laufen Tränen über die Wangen und ich weiß nicht mal genau, worüber ich sie vergieße. Womöglich ist es der Schock über das Erlebte. Zumindest rede ich mir das ein. Deswegen packe ich meine Sachen zusammen, ein großes Handtuch, Duschgel sowie Shampoo und mache mich auf den Weg ins Badezimmer. Schnellen Schrittes renne ich beinahe über den Flur, um zu vermeiden, dass mich jemand in diesem Zustand sieht und ich mir Lügen überlegen muss. Die Wahrheit könnte ich wohl kaum jemandem verraten.

Sobald die Tür hinter mir ins Schloss fällt, schlüpfe ich aus den Klamotten und lasse mir heißes Wasser über die Haut laufen. Draußen rollt ein Donner über die Wiese, erreicht das Schloss und meine Muskeln verkrampfen sich einen Augenblick. Ich wiege mich im Takt zu einem Lied, das ich mir ausdenke, und versuche meine Empfindungen unter Kontrolle zu bringen. Heftig atmend zwinge ich mich runterzukommen. Gerade als ich denke den Kampf zu verlieren und in einer Panikattacke zu enden, ist mein Kopf auf einmal vollkommen leer. Stille kehrt ein und ich nehme nur noch das Rauschen des Wassers wahr. Keine Gedanken, die wie Schnellzüge durch mein Hirn rauschen, keine Gefühle, die meinen Puls zum Durchdrehen bringen. Wie in einer großen Blase bin ich von meiner Außenwelt abgeschottet und lehne mich an die kalten Fliesen hinter mir, schließe die Augen und strecke das Gesicht direkt unter den Wasserstrahl. Sekunden später stelle ich ihn ab, trete aus der Kabine und schlüpfe in meinen Flauschbademantel. Das Haar in einen Handtuchturban gewickelt schlurfe ich zurück in mein Zimmer, summe nur das Lied, verschwende keinen Gedanken an etwas anderes.

Als ich die Tür erneut hinter mir schließe, bin ich so unendlich müde, dass mir jeder Schritt schwerfällt. Ich zwinge meine Beine voran und lasse mich auf das Bett sinken. Keine Sekunde später bin ich eingeschlafen.

Ich renne Maris hinterher, sehe, wie eine Dunkelheit von ihm ausgeht, die in unnatürlichen Wellen auf mich zu pulsiert. Ist es Nebel? Oder Rauch? Keine Ahnung. Unter meinen Schuhen knackt ein Ast und ich gerate aus dem Gleichgewicht, dann erreiche ich die Dunkelheit. Sie umspielt mein weißes Kleid und verwandelt es in etwas Finsteres, das mich einnimmt und ausfüllt. Panik erfasst mich, ich bin blind, kann nicht mal mehr meine eigene Hand vor Augen ausmachen, so undurchdringlich ist die Schwärze. Plötzlich bleibt mir die Luft weg. Meine Brust wird zusammengedrückt und meine Lunge ist unfähig, sich erneut zu entfalten. Dann falle ich und der Schrei, der in meiner Kehle steckt, schafft es endlich an die Oberfläche.

Schweißgebadet schrecke ich zusammen und setze mich im Bett auf. Mit aufgerissenen Augen fasse ich mir an den Hals. Kein Druck, kein Gewicht, das auf mir lastet. Erleichtert blicke ich mich um. Ich bin allein, trage immer noch den Bademantel und habe den

Lichtverhältnissen zufolge kaum mehr als dreißig Minuten geschlafen. Es hat gereicht, um mir einige Dinge zu verdeutlichen. Zum einen weiß ich nun, dass ich keine Angst vor Maris habe. Jedenfalls nicht direkt. Vielmehr ist es seine Aura, die mich beunruhigt, und die Tatsache, dass ich nichts über ihn weiß. Es stehen noch zu viele Geheimnisse zwischen uns. Trotzdem fühle ich mich zu ihm hingezogen. Etwas verbindet uns und meine Visionen haben erst in seiner Gegenwart begonnen. Egal, was hier also vor sich geht, es hat mit ihm zu tun. Und wenn ich herausfinden will, was es ist, brauche ich seine Hilfe. Was habe ich schon zu verlieren?

Die Tür fliegt auf und plötzlich stehen Samira, Francesca und Aurora im Zimmer. Ein bisschen erinnern sie mich an die Powerpuff Girls. Ihr Ausdruck wirkt gehetzt und das, obwohl sie keine Schuluniformen mehr tragen, sondern sogar richtig zurechtgemacht aussehen. Während Aurora ihr Haar zu zwei Zöpfen gebunden hat, trägt Samira heute eine große rote Schleife mitten auf dem Kopf.

„Laurie, wo warst du nur?", keucht Francesca, als wäre sie einen Marathon gelaufen. „Wir suchen dich seit dem Abendessen."

Was soll ich ihnen sagen? Die Wahrheit? Nein. Keiner wird mir glauben, Maris hatte recht. „In der Bibliothek", lüge ich daher.

„Und jetzt hast du Zombie-Laurie rausgelassen?", meint Samira und kommt näher. Sie schaltet das Licht an und ich blinzle einige Male, um mich an die Helligkeit zu gewöhnen.

„Geht's dir gut?", fragt Francesca und ist sichtlich erschrocken über mein Erscheinungsbild.

Samira winkt ab. „Das ist ihr Schlafgesicht. Gib ihr einige Minuten."

Aura schnappt nach Luft. „Okay, nicht so schlimm, das bekommen wir hin." Sie kommt auf mich zu und streckt mir ihre Hand hin. „Na los, wir müssen uns beeilen."

„Beeilen?" Verwirrt schaue ich zwischen den Dreien hin und her. Was haben sie vor?

Ich ergreife Auras Hand, lasse mich auf die Beine ziehen und kreise mit den Schultern. Der Tag hat seine Spuren hinterlassen und mit Sicherheit werde ich in der nächsten Zeit noch den ein oder anderen blauen Fleck entdecken. Maris ist zwar unsichtbar, aber Körpergewicht besitzt er trotzdem – und die blauen Flecken sind der Beweis, dass er kein reines Hirngespinst sein kann. Ich reibe mir über eine schmerzende Stelle an meinem Arm und erinnere mich, wie er mich gepackt und zu Boden gedrückt hat. Angst überkommt mich, doch ich schiebe sie zur Seite. Er hatte mir nicht schaden wollen. Nicht wirklich.

Aurora schiebt mich vor den Spiegel.

Müde Augen blicken mir entgegen und es fällt mir schwer, mein Haar in dem Vogelnest auf meinem Kopf auszumachen. Ich versuche es mit den Fingern zu entwirren. Keine Chance. Dunkle Augenringe lassen mich krank erscheinen und ich hätte mich am liebsten zurück ins Bett gelegt und in den nächsten Stunden meinen Gedanken nachgehangen. „Hört mal, ich würde ..."

„Nein", unterbricht Samira mich. „Heute lassen wir keine Ausrede zählen. Wir wollen dich bei uns willkommen heißen und einen unserer traditionellen Filmabende veranstalten. Zwar ist morgen Unterricht, aber der Abend ist noch jung, für einen Film reicht es sicher."

„Laurie, bitte", schaltet sich Aura ein und ihre großen Augen flehen mich geradezu an. Jeder Welpe sieht alt gegen sie aus. Sicher bekommt sie von ihren Eltern alles, was sie sich wünscht. Wer könnte ihr etwas abschlagen? Ich nicht.

„Gut", gebe ich mich geschlagen und die drei Mädels kreischen wild durcheinander. Ihre Freude erfüllt den Raum und sie kommen auf mich zu, ziehen mich in eine Umarmung und ich versteife mich automatisch.

„Lass uns beginnen, sonst kommst du zu deiner eigenen Party zu spät." Samira tritt zurück und betrachtet mich einen Moment. „Frische Klamotten, gebürstetes Haar und Wimperntusche, voilà, schon haben wir den Zombie ausgetrieben."

„Man treibt Dämonen aus", korrigiert Aura sie. „Zombies schlägt man den Kopf ab."

Es schüttelt mich bei dem Gedanken, dass Maris mir das Gefühl gegeben hat, dem Tod wirklich nah zu sein.

„Ist doch egal, Prinzessin Besserwisserin", wischt Samira Auras Einwand weg und verdreht die Augen. „Wir verwandeln dich jedenfalls in einen Menschen, Laurie."

Trotz des anstrengenden Tages und der nervenaufreibenden Erinnerung daran schmunzle ich über Auras Schmollmund. Sie hasst es, mit einer Prinzessin verglichen zu werden.

Samira dreht sich weg und schaltet die Musikanlage auf ihrem Schreibtisch an, während Francesca meine

Hand nimmt und mich zum Kleiderschrank zieht. „Du musst dich nicht aufbrezeln. Wir lieben es nur, uns schick zu machen. Zieh an, worin du dich wohlfühlst."

Dankbar lächle ich sie an und ziehe eine schwarze Röhrenjeans aus dem Schrank. Außerdem ein dunkles Top, das unten in Spitze übergeht, und den dicken Wollcardigan, der von meiner Mutter stammt. Sie liebte gestrickte Kleidungsstücke. Nur vier Dinge liebte sie mehr: mich, Milow, unseren Hund, und Dad. Genau in der Reihenfolge, zumindest sagte sie das immer, um Dad auf die Palme zu bringen. Erneut stiehlt sich ein Lächeln auf meine Lippen und ich erschrecke über mich selbst. Seit ihrem Tod kann ich kaum mehr an meine Eltern denken, ohne unendlichen Schmerz zu fühlen. Mein Leid ist weiterhin da, doch etwas anderes mischt sich dazwischen ... ich kann es nur nicht benennen.

Schnell schlüpfe ich in die Unterwäsche und lasse dann den Bademantel fallen. Meine Haut ist noch ein bisschen feucht, daher springe ich im Takt zur Musik, um die Jeans über meinen Hintern zu bekommen, und drehe mich dann zu den Mädels. „Was habt ihr geplant?"

Francesca mustert meine nackten Arme und ich ziehe mir das Top über den Kopf. „Tut mir leid." Manchmal vergesse ich, dass Nacktheit nicht für jeden normal ist. Die Wurzeln meiner Mutter sind daran schuld. Für mich ist mein Körper nichts, für das ich mich schäme, immerhin haben wir alle anatomisch gleiche Teile.

„Muss es nicht", meint Francesca dann. „Ich hab nur dein Tattoo bewundert und war überrascht, dass du eins hast."

Allory hat mir in den ersten Wochen nach dem Tod meiner Eltern einiges durchgehen lassen. So auch das Tattoo. Zwar blieb der Schmerz über den Verlust gleich, dennoch habe ich die Hoffnung, dass ich irgendwann in guter Erinnerung auf das Bild an meinem Arm blicken kann. Denn Mom und Dad sind dadurch auf eine Art bei mir, die mir niemand nehmen kann. Sie bleiben für immer auf meiner Haut, bis zu dem Tag, an dem ich selbst diesen Körper hinter mir lasse. Unbewusst streiche ich über die Puzzleteile, die ein Herz ergeben. Sie sind nur Millimeter voneinander entfernt und dennoch getrennt für die Ewigkeit. Dad sagte immer ich sei das Puzzleteil, das Mom und ihn für immer verbinden würde. Nun bleibe nur ich, chancenlos, jemals wieder mit ihnen verbunden zu sein. Außen um das Tattoo ließ ich die Himmelsrichtungen stechen, denn meine Eltern geben mir die Richtung vor. Selbst jetzt, wo sie tot sind, beeinflussen sie mein Sein und das wird sich niemals ändern, denn sie sind mein Anfang.

„Was bedeutet es?", fragt Samira.

Sofort schrillt das Abwehrfrühwarnsystem in meinem Gehirn, behindert die Denkfähigkeit und schaltet auf Autopilot. „Es symbolisiert meine Familie", antworte ich schroff und viel zu laut. Mir ist gar nicht genau klar, wieso mich Samiras Frage derart aus dem Konzept bringt, denn ich hätte sie einfach anlügen können, wie ich es sonst mache. Doch das Tattoo ist etwas Besonderes. Ich habe es bisher vor allen verborgen. Heute war ich unaufmerksam und habe für einen Augenblick meine Mauern fallen gelassen. Ein großer Fehler. Denn eins weiß ich genau, ich will mit den

Mädels nicht über Mom und Dad sprechen. Dafür ist es zu früh.

Der Raum ist zu klein, ich bekomme keine Luft und kalter Schweiß drückt sich aus meinen Poren. Ich muss mich beruhigen. Anstatt dem ersten Impuls zu folgen und das Zimmer zu verlassen, drehe ich mich um und blicke in schockierte Gesichter. Aura presst sich an die Wand hinter sich und ihre Angst wirkt wie ein Eimer kaltes Wasser.

„Shit, tut mir leid", entschuldige ich mich und die Stimmung entlädt sich augenblicklich. Meine Wut verpufft und der Ausbruch ist mir peinlich.

Francesca ist die Erste, die sich sichtlich entspannt. „Kurz dachte ich, du saugst wirklich unser Gehirn aus."

„Aber ehrlich", meint Aura und lacht schüchtern.

„Ich habe mit dem Gedanken gespielt", gehe ich auf den Witz ein und bin froh, dass die drei mir die Szene nicht übel nehmen.

Samira steht auf, geht zu ihrem Schrank und zieht eine Packung M&Ms heraus. „Mich kannst du zuletzt essen, da ist es sowieso leer drin." Grinsend reißt sie die Tüte auf und reicht sie herum.

Müde sinke ich auf mein Bett, betrachte die bunten Kugeln in meiner Hand und schiebe sie mir dann alle auf einmal in den Mund. Die Tatsache, dass sie Milch und andere tierische Erzeugnisse enthalten, übergehe ich. Ich brauche den Zucker dringend, merke, wie mein Magen rebelliert. Bei den gelben M&Ms bilde ich mir ein, dass sie besser schmecken, weil es meine Lieblingsfarbe ist. Deswegen suche ich mir bei der nächsten Runde verstärkt Gelbe heraus. Ein Tick, der zwar dämlich ist, mich aber beruhigt.

„Es tut mir leid“, flüstere ich. „Ich wollte euch nicht erschrecken ...“

Samira unterbricht mich sofort, legt mir ihre Hand auf den Unterarm und überrascht mich damit. „Du brauchst es nicht erklären. Nur wenn du es wirklich willst. Wir haben hier an der Schule ausschließlich uns und für einige ist das die einzige Familie. Zumindest die einzige, die nicht aus Kälte und Zurückweisung besteht.“

Aura nickt und ich entspanne mich augenblicklich, schließe Samira fest in die Arme. Heute ist nicht der Tag, um meine Geheimnisse zu offenbaren, aber vielleicht bin ich irgendwann soweit, sie einzuweihen.

„Und jetzt los“, treibt Francesca uns an und ich schlüpfe in meine Stiefel. „Die anderen warten sicher schon.“

„Was wollen wir uns anschauen?“, frage ich auf dem Weg in den Gemeinschaftsraum.

Samira grinst und hakt sich bei mir ein. *„König der Löwen.“*

Offensichtlich hat sie meinen Wutausbruch gerade gut weggesteckt und bereits vergessen. Bis auf Aura machen alle einen normalen Eindruck.

„König der Löwen hab ich als Kind oft geschaut“, gebe ich zu und mustere Aurora. Sie blickt zu Boden, und ich habe den Eindruck, dass sie mir den Ausbruch nicht so leicht verzeihen kann.

Francesca nickt und öffnet die Tür zum Gemeinschaftsraum. „Wir alle, deswegen ist er einer unserer Lieblingsfilme. Mindestens einmal die Woche ist er Programm.“

Gelächter und Musik schlagen uns entgegen und es ist stickig. Trotzdem ist die Stimmung ausgelassen und lautes Lachen hallt durch den Raum. Sarah und Diana kommen uns entgegen, Maren steht bei den Sofas und unterhält sich mit einigen Mädchen, die ich zwar heute während des Unterrichts bereits kennengelernt habe, deren Namen mir allerdings entfallen sind.

„Da das Schuljahr gerade erst begonnen hat, hat uns der Direktor erlaubt, den Gemeinschaftsraum herzurichten und für uns zu reservieren", erklärt Francesca und bindet derweil ihr Haar zu einem Zopf. „Außerdem drücken die Lehrer ein Auge zu, was die Hausaufgaben betrifft. Sonst würden wir jetzt alle in unseren Zimmern sitzen und lernen. Zu besonderen Gegebenheiten genehmigt der Direktor das, und die Ankunft einer neuen Schülerin zählt definitiv dazu."

Verblüfft lasse ich den Blick durchs Zimmer wandern. Es scheinen alle Bescheid zu wissen. Und an der großen Pinnwand gegenüber der Tür hängt ein Schild.

Filmabend heute.

Das System hier ist wirklich ein bisschen wie in einer Großfamilie, mit vielen Regeln, die den Alltag der Schüler strukturieren. Zuerst habe ich das für die Pest auf Erden gehalten, aber vielleicht ist das gar kein Nachteil, sondern bietet Halt und hilft mir, die nächsten Monate bis zu meinem Abschluss durchzustehen. Danach lasse ich alles hinter mir und bin endlich frei wie ein Vogel.

„Und was ist mit den anderen?", frage ich Francesca, die immer noch neben mir steht.

„Wen meinst du?"

„Die anderen Mädchen, das können unmöglich alle sein."

„Stimmt, einige haben keine Lust auf den Film, die müssen ihren Abend anders gestalten. Wir haben abgestimmt und *König der Löwen* hat gewonnen."

„Und was ist mit den Royals?"

Francesca zuckt mit den Schultern, als wüsste sie nicht, worauf ich hinaus will. „Was soll mit ihnen sein?"

„Sind sie ebenfalls eingeladen?"

„Natürlich. Jedes Mädchen darf heute Abend hier sein. Allerdings wird keine von ihnen kommen. Sie wohnen in einem eigenen Stockwerk und haben ihren eigenen Gemeinschaftsraum."

Ich wende mich Francesca komplett zu. „Zusammen? Mädchen und Jungen?"

„Keine Ahnung." Ein gemischter Gemeinschaftsraum? In Kingswood Castle? Es fällt mir schwer, das zu glauben, denn hier ticken die Uhren anders und es gelten Regeln, gegen die Frauenrechtlerinnen bereits vor Jahrzehnten auf die Straße gegangen sind. „Ich hab sie nie gefragt", fügt Francesca hinzu und ich seufze.

„Irgendwie tun sie mir leid." Wobei ich selbst Lucas auch keine Chance gegeben habe, sein Verhalten zu erklären, sondern nur an mich gedacht habe.

„Wieso denn?"

Samira zieht die Vorhänge zu und das Licht wird gedimmt.

„Weil ihr sie ausgrenzt", erkläre ich und Francesca entgleiten die Gesichtszüge. Offensichtlich bringen sie meine Worte vollkommen aus dem Konzept.

„Wie bitte?"

„Ihr interessiert euch überhaupt nicht für sie, himmelt sie lediglich aus der Ferne an."

„Laurie, das verstehst du falsch."

„Ach ja?"

Eine Leinwand fährt vor der Pinnwand herunter und die Mädchen schieben mit vereinten Kräften die Sofas zurecht, platzieren sie so, dass jeder eine gute Sicht hat und gemütlich sitzt. Ich helfe Diana und zusammen bringen wir einen großen Sessel in Position, auf den sich Sarah und Maren quetschen. In Windeseile verwandelt sich der Raum in einen Kinosaal und ich habe vor Staunen beinahe das Gespräch über die Royals vergessen. Francesca nicht.

„Es ist genau andersherum", erklärt sie. „Sie sondern sich ab, bleiben immer unter sich und grenzen *uns* aus." Ihre Stimme zittert und ich merke, dass ihr meine Bemerkung nachhängt.

„Vielleicht geht es in beide Richtungen", flüstere ich und lasse mich neben Samira auf ein Sofa sinken. Der Beamer geht an und das Hauptmenü der DVD erscheint. Jemand drückt auf Play und das Intro beginnt. Es bringt mich direkt zum Königsfelsen.

Kapitel 6

Meine Superkraft ist ein Zombie

Mit dem Rücken an die Wand gelehnt betrachte ich das Sonnenlicht auf meiner Decke. Es verändert sich nahezu minütlich, bringt immer mehr Helligkeit in den Raum.

Billie Eilish singt derweil davon, dass sie einen Traum hatte, alles bekam, was sie sich wünschte – doch es war ein Albtraum. Kaum ein Lied würde besser passen. Nur fehlt mir die Person, die an meinem Bett sitzt und mir nach dem Aufwachen sagt, dass alles gut werden wird.

Eine Träne kullert mir über die Wange und befreit den Schmerz aus meinem Inneren. Der Abend gestern war toll. Und die Mädels haben sich unfassbar viel Mühe gegeben. Trotzdem war ich nicht bei der Sache, habe nur die Hälfte mitbekommen. Diese Schule raubt mir den letzten Nerv. Obwohl Allory und ich unsere Probleme – wirklich große unüberwindbare Probleme – miteinander haben, wünsche ich mich zurück zu ihr. Das Zusammenleben mit meiner Tante war zur Routine geworden und gab mir Halt. Hier werde ich täglich mit neuen Dingen konfrontiert, die mich vollkommen aus dem Konzept bringen.

Das Lügen ist anstrengend, dennoch fühle ich mich nicht bereit, die Wahrheit zu sagen. Jedes Mal, wenn ich es versucht habe, bin ich entweder durchgedreht oder jemand hat mich enttäuscht. Momentan ertrage ich den Schmerz gerade so, ein Fünkchen mehr könnte ein Feuer entfachen, das womöglich alles in meiner Nähe verbrennt.

Und bei all den Dingen, die mir durch den Kopf schwirren, habe ich Maris und seine Unsterblichkeit bisher vollkommen ignoriert. Denn darin bin ich gut, vielleicht sogar die Königin.

Un-sterb-lich-keit.

Egal, wie ich das Wort drehe und wende, wie ich die Silben dehne und stauche, die Bedeutung ist zu groß für mich. Mein Hirn verweigert mir, die Relevanz in Gänze zu erfassen. Wie alt ist er? Was hat er alles gesehen? Womöglich ist er auf Dinosauriern geritten, hat die Eiszeit überlebt, wurde im Mittelalter als Hexer gejagt und hat mit Marie Curie Tee getrunken.

Unfassbar.

Ich bin fasziniert und verängstigt zugleich. Seine Vergangenheit, seine Geschichte und Herkunft interessieren mich brennend. Doch die Macht, die in ihm schlummert, fürchte ich. Es hat mir gereicht, sie einmal am eigenen Leib zu spüren, ein weiteres Mal kann ich getrost darauf verzichten.

Deswegen hoffe ich, dass Maris die Wahrheit gesagt hat und es wirklich ein Versehen, ein Unfall, ein Missgeschick und Fehler war. Hätte er mich ernsthaft töten wollen, hätte wahrscheinlich ein Fingerschnippen gereicht, um mich in meine Atome aufzulösen. Außerdem habe ich das Himmelslicht quasi schon vor mir gesehen und Maris hat von mir abgelassen und sich entschuldigt. Kein Mörder würde so handeln.

Oder?

Ganz schön viele oders heute, Laurie.

Pssst, bringe ich meine Gedankenstimme zum Verstummen und konzentriere mich auf die Fakten. Was weiß ich bisher?

1. Maris ist unsterblich
2. Er beschützt Kingswood Castle
3. Seine Superkraft ist die Gedankenkontrolle
4. ...

Es gibt kein viertens. Zumindest fällt mir gerade nichts ein. Doch es gibt eine weitere Sache, derer ich mir sicher bin: Die Neugier siegt über meine Angst.

„Laurie?", fragt Samira verschlafen und ich stelle die Musik leiser.

„Ja?"

„Wieso bist du schon wach? Und wie sehr dürstet es deinen Magen nach Gehirn?"

Ich grinse. „Bin satt, Zombie-Laurie ist friedlich und wird dich heute nicht belästigen."

„Das ist gut", murmelt sie und schläft wieder ein. Es ist noch eine Weile hin, bis wir aufstehen und uns für den Unterricht vorbereiten müssen.

Ich lausche Billie Eilish, immer und immer wieder. Lasse mich von den schweren und gleichzeitig sanften Tönen tragen und mitnehmen.

Nach einer knappen Stunde klingelt der Wecker und ich stelle ihn schnell aus, um Samira die letzten Minuten des Schlafs zu gönnen. Allerdings zu spät.

„Kannst du nicht schlafen?", murmelt sie und ich drehe ihr den Kopf zu. Sie liegt auf der Seite und blickt mich an. Die Decke bis zur Nasenspitze gezogen kuschelt sie sich in ihr Kissen.

„Nein, der Tag gestern war zu aufregend."

„Verstehe, hoffentlich haben wir dich mit unserer kleinen Party nicht überfahren."

„Überhaupt nicht", meine ich sofort. „Es hat mir gefallen." Und das ist die Wahrheit. Auch wenn ich Geheimnisse vor den Mädels habe, verbringe ich gerne Zeit mit ihnen, lache über ihre Sticheleien und fühle mich sogar wie ein kleiner Teil ihrer Welt.

Samira gähnt herzhaft. „Das ist gut. Gehst du heute Nachmittag wieder in die Bibliothek? Wir treffen uns im Gemeinschaftsraum zum Hausaufgaben machen."

Ich zucke mit den Schultern, nehme mir die Kopfhörer aus den Ohren und schalte die Musik ab. In der Bibliothek habe ich Maris getroffen und womöglich wird er auch heute zwischen den Regalen zu finden sein. Meine Chance auf Antworten. „Ja, wahrscheinlich, dort konnte ich mich gut konzentrieren", lüge ich.

Dann schwinge ich die Beine aus dem Bett, gehe zu meinem Schrank und hole die Uniform hervor. Mittlerweile finde ich das Grün weniger penetrant und habe mich sogar an den braunen Hirsch gewöhnt. Eigentlich ist er ein edles Tier und die Krone über seinem Kopf lässt ihn sogar mystisch wirken.

„Du musst heute ohne mich frühstücken, ich gehe zum Gottesdienst", meint Samira, während ich mir den Pullover über den Kopf ziehe. In der Bewegung wende ich mich ihr zu.

„Ist das eine Pflichtveranstaltung?"

„Nein, aber du kannst mich gern begleiten."

„Und dafür aufs Essen verzichten? Wie unchristlich."

Samira grinst. „Danach ist noch etwas Zeit."

Ich erinnere mich genau an die Veranstaltung vor wenigen Tagen in der kleinen Kapelle. Ist es wirklich erst Tage her? Es kommt mir beinahe wie Wochen vor. Mittlerweile ist unfassbar viel passiert.

Trotzdem schüttle ich den Kopf. „Lieber nicht."

„Kein Problem, du kannst deine Meinung jederzeit ändern und meine Einladung annehmen."

„Danke."

Mir ist ein bisschen mulmig zumute, weil ich den Flur ohne meine Zimmergenossin entlanggehe. Bisher hat mich meist jemand begleitet und ich bin kaum allein unterwegs gewesen. Und das aus gutem Grund. Die Gänge sind verwirrend und ich bin mir sicher, dass sie heimlich die Richtung ändern oder Türen erscheinen, wo zuvor Durchgänge waren. Deswegen drücke ich meinen Block, die Schulbücher und Stifte an die Brust und atme erleichtert durch, als mir etwas bekannt vorkommt.

Stolz betrete ich nach nur zwanzig Minuten den Speisesaal. Es hat lediglich einen Umweg über zwei Sackgassen und ein Treppenhaus länger gedauert. Wahrscheinlich hätte ich den Weg nie gefunden, wäre mir Diana nicht begegnet, doch über diese winzige Tatsache sehe ich hinweg. Man muss schließlich die kleinen Erfolge feiern.

„Guten Morgen", flötet Aura fröhlich, nachdem wir uns zu ihr und Francesca gesetzt haben. „Wie habt ihr geschlafen?"

„Hervorragend", meint Diana und ich nicke bloß.

Lucas betritt den Raum und zu meiner Überraschung ist er allein. Er geht direkt auf das Frühstücksbuffet zu und ich fackle nicht lange. Eine Entschuldigung meinerseits steht aus, außerdem vermisse ich das Gefühl, das er mir gegeben hat.

„Mein Magen knurrt, ich brauch was zu essen“, presse ich die Worte schnell aus meinem Mund. Bevor eins der Mädchen antworten kann, habe ich unseren Tisch hinter mir gelassen.

„Hey“, sage ich und nehme mir ein Tablett, reihe mich direkt hinter Lucas ein.

Müde hebt er den Kopf. Sein Blick huscht durch den Raum, dann zurück zu mir. Er nimmt sich einen Apfel und setzt seinen Weg zu den Cornflakes fort.

So schnell wird er mich nicht los.

Lucas sieht erneut über die Schulter und ich erkenne die Hektik in seinen Bewegungen. In Sekundenschnelle füllt er sich eine Schüssel mit Müsli und kippt Milch darüber. Die Hälfte davon schwappt über den Rand und landet auf der Anrichte. „Mist.“

Ich fasse ihn am Arm, bringe ihn dazu, innezuhalten. „Hast du Angst mit mir gesehen zu werden?“

Doch anstatt mir lächelnd zu widersprechend schweigt Lucas eisern. Sofort nehme ich meine Hand von seinem Hemd und trete einen Schritt zurück. „Ernsthaft?“ Verwirrt suche ich den Schalk in seinem Blick, hoffe, den Witz verpasst zu haben. „Was ist denn los?“, murmle ich.

„Laurie, ich hab dir doch gesagt, es ist kompliziert. Lass es gut sein.“

„Keine meiner Stärken.“

„Offensichtlich“, meint Lucas gehetzt und tut mir ein bisschen leid. Die Situation – also mit anderen Worten, ich – ist ihm sichtlich unangenehm. Gleichzeitig erreicht er damit nur eins: Ich bin noch hartnäckiger, muss jetzt erst recht wissen, was sein Problem ist. Das ist keine normale Reaktion darauf, dass jemand mit einem befreundet sein will. Jedenfalls nicht auf meinem Planeten.

Ich stelle die Gedanken zurück, denn ich muss zuerst etwas anderes loswerden, bevor es mich auffrisst.

„Lucas, ich habe gestern überreagiert und möchte mich entschuldigen. Bitte verzeih mir, aber deine Beleidigung hat mich getroffen." Die Worte brennen mir seit meinem Abgang auf der Seele und ich bin erleichtert, sie endlich ausgesprochen zu haben.

Mit gesenktem Blick stellt Lucas die Müslischüssel auf sein Tablett. „Schon gut."

Zwar höre ich die gemurmelten Worte kaum, dennoch habe ich zum heute ersten Mal das Gefühl, dass er sich mir öffnet. Das ist meine Chance.

„Gibt es keine Möglichkeit für uns, befreundet zu sein?"

Lucas schüttelt den Kopf. „Triff mich heute Abend am See, gegen neunzehn Uhr", meint er und widerspricht damit seiner Geste. Schwungvoll dreht er sich um und ich bleibe verwirrt zurück.

Gibt es eigentlich jemanden an diesem Internat, der nicht nach jedem Gespräch ein großes Fragezeichen zurücklässt? Ich brauch noch nicht mal ein Ausrufezeichen, ein Punkt würde mir reichen ...

Nachdem ich mir einen Toast mit Erdnussbutter und Marmelade beschmiert habe, greife ich nach einer Banane und gehe zurück zu den Mädels. Ihr Gespräch ist verstummt und sie mustern mich mit hochgezogenen Augenbrauen.

„Laurie“, haucht Diana ehrfürchtig und ich glaube eine Mahnung herauszuhören.

„Ja?“

„Bist du mit Lucas befreundet?“, fragt Francesca misstrauisch und denkt mit Sicherheit an unsere Unterhaltung vom Vortag.

Ich schüttle den Kopf.

„Und was wolltest du dann von ihm?“

Schulterzuckend beiße ich in meinen Toast, verschaffe mir Zeit zum Nachdenken. „Hab mich nur entschuldigt“, meine ich, da ich mich entschlossen habe, die Wahrheit zu sagen. Nachdem ich allerdings selbst höre, wie unbefriedigend das klingt, schiebe ich eine kleine Lüge hinterher. „Für den Zusammenstoß neulich.“

Diana lächelt und auch die anderen scheinen zufrieden. Zumindest lassen sie mich in Ruhe frühstücken. Während ich auf meiner Banane herumkaue, stößt Samira zu uns und ich entspanne mich. Irgendwie beruhigt mich ihre Anwesenheit.

„Du bist spät dran“, meint Francesca und ich blicke auf die Uhr. In zehn Minuten beginnt der Unterricht, deswegen ziehe ich meinen Stundenplan aus der Rocktasche. Physik, mit Francesca. Wunderbar. Das Fach, in dem ich die größten Probleme habe, zusammen mit der Person, der ich gestern Abend offensichtlich zu nahegetreten bin. Meine Bemerkung, dass sie die Royals ausgrenzen, hat sie sichtlich getroffen. Wobei die Tür in beide Richtungen schwingt. Nichts ist nur schwarz und weiß.

Wir verabschieden uns von den anderen und gehen schweigend über den Flur. Ich folge Francesca und ignoriere die Spannung zwischen uns. Die Wahrheit ist nicht immer das, was andere hören wollen. Trotzdem muss sie manchmal ausgesprochen werden, um für Klarheit zu sorgen, denn Gedanken sind meist ziemlich subjektiv und ab und zu belügen wir uns damit sogar selbst.

„Ich wollte dich mit meinen Worten nicht vor den Kopf stoßen", breche ich die Stille, da ich die Anspannung keine Sekunde länger ertrage.

Francesca nickt und deutet auf einen Raum links von uns. „Wir sind da."

„Ist der Platz neben dir noch frei?"

„Nein, aber du kannst dich an den Tisch neben meinem setzen, der ist frei."

Das Zimmer ist klein und die Wände sind mit Regalen bestückt, dessen Böden sich unter dem Druck, der auf ihnen lastet, durchbiegen. Jedes einzelne Fach ist vollgestellt mit Apparaturen und dicken Wälzern.

„Laurie, hör mal", sagt Francesca und durchbricht damit meine Beobachtungen. Ich wende mich ihr zu. „Es tut mir leid, wie ich mich die letzten Stunden verhalten habe."

„Schon gut", winke ich ab, doch sie schüttelt den Kopf und zieht die Schultern nach oben.

„Nein, ehrlich, ich denke, du hast einen Nerv getroffen. Zuerst war ich wütend, weil ich deine Aussage so unfassbar absurd fand. Allerdings verstehe ich mittlerweile, was du meinst, und das hat mich verletzt, denn ich will niemanden ausgrenzen." Sie spielt mit einer Strähne, lässt sie zwischen ihren Fingern hin- und hergleiten. „Trotzdem fehlen mir irgendwie die Worte. Die Royals haben sich schon immer abgesondert. Seit ich nach Kingswood Castle gekommen bin, waren sie für sich und niemand hat sich daran gestört. Keine Ahnung, wie alles anfing."

Ich kritzle mit einem Stift auf einer freien Seite meines Blocks herum. Bisher sind wir neben einem Jungen die einzigen Schüler, die sich im Physikkurs eingefunden haben. Francescas Worte passen zu dem, was Samira in der Kapelle zu mir gesagt hat. Nur, woher kommt das Desinteresse? Wieso nehmen sie diesen Sonderstatus und das Verhalten der Gruppe einfach hin? Vielleicht entstammen diese reichen Kinder wirklich einer anderen Welt und ich bin hier der Sonderling ...

„Ich bereue sehr, dass meine Worte dich verletzt haben, Francesca", gestehe ich. „Aber womöglich können wir etwas Positives daraus ziehen und die Dinge ändern."

„Was meinst du?"

„Es ist an der Zeit, die alte Tradition aufzubrechen und eine neue einzuläuten", sage ich mit tiefer Stimme.

Verständnislos blickt Francesca mich an und ich verdrehe die Augen. Anscheinend hält sie nichts von fantastischen Epen, in denen mich jede Fee und jeder noch so kleine Kobold verstanden hätte.

„Wir fragen sie, ob sie mit uns abhängen", erkläre ich und Francesca zieht die Augenbrauen nach oben. Sie hat sich leicht zu mir gebeugt, da der Geräuschpegel deutlich angestiegen ist. Die Zahl der Schüler hat sich kaum verändert, doch drei Mädchen stecken die Köpfe zusammen und lachen lautstark über etwas.

„Glaubst du das ist eine gute Idee?"

„Wieso nicht?"

Francesca wiegt ihren Kopf hin und her. „Keine Ahnung. Es erscheint mir falsch."

„Hä?", entfährt es mir ziemlich unelegant. „Wie meinst du das?"

„Sie vermitteln kaum den Eindruck, dass sie etwas mit uns zu tun haben wollen, oder?"

„Womöglich denken sie dasselbe über euch. Oder habt ihr sie mal angesprochen?"

„Nein", gibt Francesca zu.

„Na siehst du. Was soll schon Schlimmes passieren? Sie werden sich wohl kaum in Werwölfe verwandeln und uns auffressen." Wobei mich selbst das kaum wundern würde.

„Hey, ich hab Zombie-Laurie überlebt, da nehme ich es mit einem royalen Werwolf mit links auf", sagt Francesca lachend und die angespannte Stimmung ist verflogen.

Grinsend verdrehe ich die Augen. „Schon gut, ich hab's kapiert. Zombie-Laurie im Zaum halten ... Ab sofort lege ich sie an die kurze Leine. Versprochen."

Dann wird Francesca wieder ernst. „Ja, vielleicht hast du recht." Ihre verschränkten Arme und der zweifelnde Blick zeigen allerdings deutlich, was sie wirklich von der Idee hält.

Ich weiß selbst nicht, wieso es mir so wichtig ist, zwischen den beiden Seiten zu vermitteln. Es ist ein inneres Gefühl, dem ich folgen muss. Womöglich verbinde ich mit Lucas ein so intensives Gefühl von Heimat, weil er mich derart an Blake erinnert, dass es weh tut. Er trägt dieselbe sensible Seele in sich, die er aber auf keinen Fall nach außen zeigen will. Stattdessen schweigt er die meiste Zeit und versteckt sich hinter seinem

Humor. Gleichzeitig habe ich auch die Mädchen liebgewonnen, deswegen möchte ich beide Gruppen zusammenbringen.

„Guten Morgen“, begrüßt uns der Lehrer beim Eintreten. Er schließt die Tür hinter sich und lässt einen dicken Stapel Papiere auf sein Pult fallen. Das graue Haar hängt ihm wirr ins Gesicht und der weiße Kittel, den er trägt, ist falsch zugeknöpft. Während er um seinen Tisch herumgeht und sich dann an die vordere Kante lehnt, mustert er die Klasse ernst. Die Uhr tickt laut im Hintergrund, offensichtlich traut sich keiner zu atmen. Nervös spiele ich mit meinem Stift.

„Dieser Kurs wird kein Spaß, denn hier lernen Sie etwas für den Rest Ihres Lebens. Die ganze Welt, unser gesamtes Universum besteht aus Physik, was dieses Unterrichtsfach zum wichtigsten macht, dem Sie je beiwohnen werden“, erklärt er ernst und ich hätte beinahe gelacht. Jeder Lehrer behauptet, dass sein Fach das allerwichtigste sei, und gibt uns deswegen doppelt so viele Hausaufgaben wie nötig. Das war schon meine ganze Schullaufbahn so und wird sich sicherlich nie ändern.

Ich behalte recht. Auch jeder weitere Lehrer an diesem Tag hält seinen eigenen Unterricht für ungemein wichtig und eine Bereicherung für unsere Allgemeinbildung. Deswegen quillt mein Hirn bereits zum Mittagessen über. Bis zum Nachmittag haben sich so viele Hausaufgaben angehäuft, dass ich beschließe, in die Bibliothek zu gehen. Womöglich mit dem Hintergedanken, Maris dort zu treffen. Bisher hat er sich im Verborgenen gehalten, dabei warte ich schon den ganzen Tag darauf, ihm endlich zu begegnen. Es mag absurd klingen, dennoch klopft mein Herz bereits bei dem Gedanken an ihn.

Ich setze mich an einen der Tische und versuche den Stuhl so leise wie möglich hervorzuziehen. Die Stille ist beinahe unnatürlich und ich bilde mir ein, die Bücher atmen zu hören. Ihre Rücken sind dunkel und alt. Die speckigen Ledereinbände glänzen und ich fahre sanft mit den Fingern darüber. Hinter mir geht jemand den Gang entlang und ich zucke zusammen. Beinahe habe ich erwartet, dass Minerva um die Ecke hetzt und mich zurechtweist, weil ich eins der wertvollen Bücher berührt habe.

Ich wende mich dem Tisch zu, versuche mich auf meine Hausaufgaben zu konzentrieren. Vergeblich. Stattdessen notiere ich mir Gedankenfetzen und Stichworte in mein Notizbuch.

Beschützer.

Unsterblich.

Gedankenkontrolle.

Dämon?

Andere Welt?

Versteckt sich. Nur vor wem?

Es gibt so viele Fragen, die ich mir unmöglich selbst beantworten kann. Stattdessen ziehe ich mein Smartphone aus meiner Hosentasche und blicke mich verstohlen um. Ich bin allein. Dennoch fahr ich die Helligkeit des Displays komplett herunter, lege es flach auf den Tisch und beuge mich darüber. Eigentlich dürfen wir es nur auf unseren Zimmern benutzen, doch es vermittelt mir Sicherheit, deswegen trage ich es verbotenerweise bei mir.

Nach was soll ich zuerst suchen? Dämonen? Das wird kaum etwas bringen. Und tatsächlich spuckt mir die Suchmaschine unfassbar viele Ergebnisse aus, von denen eins fragwürdiger ist als das nächste. Trotzdem lese ich den Wikipedia-Eintrag durch. Die Beschreibungen passen nicht zu dem Maris, den ich kennengelernt habe. Er hat mich bei dem Gewitter beschützt, stand mir zur Seite und hat keine Fragen gestellt. Wieso ist mir das Wort *Dämon* überhaupt eingefallen? Ach ja, weil er versucht hat, mich zu töten, und meine Gedanken kontrolliert hat.

Bei einem Wort bleibe ich hängen. Geistwesen. Ich notiere es und klicke den dazugehörigen Beitrag an. *Ein Wesen, das übermenschliche, aber begrenzte Fähigkeiten besitzt. Manchmal an materielle Objekte oder Wesen gebunden.*

Das klingt wesentlich plausibler, dennoch stimmen einige Details wieder nicht. Außerdem hat Maris gesagt, dass er Kingswood Castle beschützt. Vor was? Ich füge die Frage zu meiner Liste hinzu.

Minutenlang klicke ich mich durch ein paar weitere Artikel, bis ich auf der Seite einer esoterischen Geistheilerin lande, die behauptet, aus ihr spräche Erzengel Gabriel. Frustriert stütze ich den Kopf auf die Hände. Das bringt nichts. Auf diese Art werde ich keine Antworten finden. Zumindest keine zufriedenstellenden. Schlussendlich tippe ich eine letzte Adresse ein und lande auf der Homepage des Internats. Vielleicht erfahre ich hier etwas über die Geschichte der Schule. Das Design ist in den Schulfarben gehalten und im Header prangt unser Wappen. Obwohl die Seite schlicht und unaufdringlich gestaltet wurde, ist sie dennoch überladen mit Informationen. Ich lese mich durch das Lehrangebot, die Freizeitaktivitäten und Lehrerporträts. Versteckt zwischen den Visionen des Internats und ihren Spendenprojekten finde ich eine Kategorie über dessen Geschichte.

Der Zeitpunkt der Erbauung ist unbekannt, denn es gibt keine genauen Aufzeichnungen, die vor 1600 datiert sind. Kingswood Castle war ursprünglich der Sitz eines heiligen Ordens – welcher genau wird nicht klar, aber laut der Kingswood Castle Website waren sie streng gläubig und hatten einen direkten Draht zu Gott. Die Dorfbewohner baten sie oft um Hilfe und sie waren aufgrund ihrer Fähigkeiten auf der ganzen Insel bekannt. Kranke reisten kilometerweit an, um von ihnen gesalbt und geheilt zu werden. Leider starb der Orden aus und danach stand das Gebäude lange leer. Zur Regentschaftszeit von Queen Victoria gründeten William Kingswig und Edward Woodster diese Jungenschule, die zusammen mit Eton zu den begehrtesten Schulen des Landes gehörte.

Mein Handy vibriert und die Pushbenachrichtigung informiert mich, dass mein Instagramprofil einen Follower dazugewonnen hat. Ich blinzele verwirrt und sehe mich um. Hohe Regale voller Bücher schotten mich vom Rest der Bibliotheksbesucher ab. Für einige Minuten war ich vollkommen in die Geschichte abgetaucht und habe ganz vergessen, wo ich bin. Beinahe kann ich die Mönche – und vielleicht auch Ritter – durch die Gänge schreiten sehen. Die Söhne wohlhabender Familien. Sie stolzieren frech über den Campus und genießen ihr Geburtsrecht, erfreuen sich an ihren

Privilegien, die es zu ihrer Geburt gratis dazu gab. Ob Maris das alles miterlebt hat?

Ich stecke mein Handy zurück in meine Hosentasche, klappe mein Notizbuch zu und konzentriere mich auf die Hausaufgaben. Wenn ich mit den anderen superreichen und ambitionierten Kindern mithalten will, muss ich zumindest einen Teil meiner Aufgaben fertigstellen und mich vollkommen dem Schulstoff widmen. Ich habe schon immer gerne gelernt, denn es fiel mir nie schwer, doch ich habe das Gefühl, dass Kingswood Castle sich richtig ins Zeug legt, um es seinen Schülern schwer zu machen. Gedankenverloren fahre ich die bunten Blumen auf dem schwarzen Einband des Notizbuchs nach. Es war ein Geschenk zu meinem letzten Geburtstag, denn früher habe ich jeden Abend Tagebuch geschrieben. Manchmal fand auch ein Gedicht oder ein kleiner Slam seinen Weg aufs Papier. Mittlerweile komme ich mir dabei blöd vor.

Genervt über meine fehlende Disziplin, packe ich mein Zeug zusammen und verlasse die Bibliothek. Meine Konzentration strebt gegen Minus unendlich und der Ort lenkt mich zusätzlich ab. Denn wenn ich ehrlich bin, habe ich nur darauf gewartet, Maris wiederzutreffen und ihm einen Haufen Fragen zu stellen.

Unfassbar müde schlurfe ich zum Abendessen. Mein Hirn ist dauerbeschäftigt und Gedanken schwirren ununterbrochen hin und her. Wie Ping-Pong-Bälle schießen sie durch meinen Kopf, prallen gegeneinander und vermehren sich, sobald sie keine Antwort finden. So lange, bis mein Schädel zu platzen droht.

„Oje, wirst du krank?“, heißt mich Samira an unserem üblichen Platz willkommen. Sie klappt ihr Buch zu und mustert mich skeptisch. Bisher sind wir allein und auch sonst ist der Speisesaal recht leer. Die Stille schließt sich heilsam um mich und ich positioniere meine Arme so auf dem Tisch, dass ich den Kopf bequem darauf ablegen kann. Mit geschlossenen Lidern genieße ich den Moment der Ruhe und hoffe, dass die Ping-Pong-Bälle endlich zum Stillstand kommen.

„Schon möglich", murmle ich und fühle mich tatsächlich fiebrig. Es sind zu viele Eindrücke, die ich nicht in der Lage bin zu verarbeiten.

Samira legt mir eine Hand auf den Arm. „Soll ich dir einen Tee holen? Oder möchtest du zum Arzt?"

Ich wackle mit dem Kopf hin und her, zu mehr bin ich nicht im Stande. „Nein, ist schon okay. Mit vollem Magen sieht der Abend sicher ganz anders aus."

„Dann komm."

Lustlos erhebe ich mich und folge meiner Zimmergenossin zum Buffet.

Das Essen geht ereignislos an mir vorbei und ich beteilige mich kaum an den Gesprächen. Einmal kreuzt sich mein Blick mit Lucas' und er zieht fragend eine Augenbraue nach oben, ignoriert mich sonst jedoch.

„Mädels, ich lege mich einige Minuten hin", presse ich hervor, bevor ich den letzten Bissen meines Gemüses herunterwürge.

Samira steht auf und die anderen halten inne. „Soll ich dich begleiten?"

Ich winke ab, mein Kreislauf und mein Magen haben schon immer stark auf meine Psyche reagiert. Sicher kompensiere ich die Lage gerade darüber. Trotzdem bin ich froh, als ich endlich in meinem Bett liege und tief durchatme. Kurz bevor mich der Schlaf übermannt, stelle ich den Wecker, um die Verabredung mit Lucas nicht zu verpassen.

Schatten umringen mich und gleiten langsam an meinem Körper hinauf. Der Saum des weißen Kleides verschwindet vollkommen in ihrer Dunkelheit und ich drehe mich um meine eigene Achse, um etwas zu erkennen. Nichts, es bleibt finster. Trotzdem spüre ich eine Vibration. Ein leises Surren, das mir den Weg weist, nur darauf wartet, dass ich ihm folge. Zögerlich setze ich einen Fuß vor den anderen, erwarte einen Abgrund vor mir und strecke deswegen schützend die Arme aus. Doch je weiter ich komme, desto intensiver höre ich das Geräusch, fühle es mit jeder Faser meines Körpers und glaube, selbst zu zittern. Ich balle die Hände zu Fäusten, beiße unruhig auf meiner Unterlippe herum und versuche, nicht den Verstand zu verlieren.

Da, ein Licht.

Mit zusammengekniffenen Augen gehe ich darauf zu und je heller es wird, desto weiter ziehen sich die Schatten zurück, bis lediglich ein feiner Nebel übrigbleibt.

„Laurie?", ruft das Licht meinen Namen und schüttelt mich unruhig hin und her.

„Laurie?", sagt Samira erneut und ich schrecke aus dem Schlaf hoch. „Alles in Ordnung? Du hast gewimmert und dich herumgeworfen."

Schweißnass klebt mein Hemd an mir und ich atme in kurzen Zügen ein und aus. „Schlecht geträumt."

„Das kenne ich", tröstet Samira mich und ich überlege fieberhaft, was mich derart aus dem Konzept gebracht hat. Vergeblich, denn der Traum ist weg. Die Bilder sind verschwommen und verflüchtigen sich mit jeder Sekunde mehr. Nur noch ihr Nachhall ist zu spüren.

Davon abgesehen hat der Schlaf mir gutgetan. Mein Körper scheint mir den Stress der letzten Tage verziehen zu haben, jedenfalls quält er mich nicht länger mit Erschöpfung und Kreislaufproblemen.

„Oje", entfährt es mir beim Blick auf die Uhr und ich schmeiße Samira beinahe um, bei dem Versuch, aus dem Bett zu kommen. Wie konnte ich den dummen Wecker überhören? Ich bin spät dran und muss mich beeilen, wenn das Treffen mit Lucas heute stattfinden soll. „Tut mir leid, Samira, ich muss los", erkläre ich, während der Pulli und das Hemd auf dem Boden landen. In frischen Klamotten stürme ich aus meinem Zimmer, den Gang entlang, die Treppen hinunter, durchquere tausend Flure – verlaufe mich einmal – und stoße dann endlich die Tür ins Freie auf. Die Dämmerung heißt mich willkommen und ich atme die frische Landluft ein. Der Mond steht bereits hoch am Himmel, hat die Sonne aber noch nicht endgültig abgelöst. Stattdessen zeichnet sich ein schmaler orangefarbener Streifen am Horizont ab. Ich haste über den Kies, passiere die Kapelle und renne beinahe durch den Wald bis zum See. Lucas sitzt mit dem Rücken zu mir am Ufer, und bei dem Anblick überfällt mich ein Déjàvu. Ich bremse abrupt, verliere beinahe das Gleichgewicht, schaffe es aber, meinen Herzschlag zu beruhigen und tief durchzuatmen. Die Rennerei hat mich vollkommen fertiggemacht.

Neben Lucas gehe ich in die Hocke, spiele mit einem Stein, der in der Wiese steckt, und werfe ihn schlussendlich ins Wasser. „Hey."

„Hey."

„Wartest du lange?"

„Nein, Kira hat mich aufgehalten."

Nachdem das Adrenalin vom kurzen Sprint langsam aus meinem Körper verschwindet, sinke ich auf den Hintern. Das Gras ist warm und ich vergrabe die Finger darin. Dreckspritzer zieren das Kunstleder meiner Stiefel und die Erinnerung an das Gewitter vom Vortag kehrt zurück. Ich muss unbedingt meine Gedanken ablenken. „Warum?"

Lucas zuckt mit den Schultern.

„Heute muss ich dir wohl wieder alles aus der Nase ziehen", murre ich und lächle ihn dennoch an.

„Es ist ..."

Ich schnaube und unterbreche ihn damit. „Kompliziert ... schon klar. Dieses Internat ist wie die Büchse der Pandora. Jeder versucht zu verhindern, dass ich den Deckel öffne und hinter die Fassade schaue."

„Hoffen wir, dass sich in Kingswood Castle weniger Monster befinden als in der Büchse. Denn sonst haben wir ein großes Problem", geht Lucas auf meine Metapher ein und ich ziehe die Knie zu mir, lege den Kopf darauf ab und mustere die Spiegelung der Umgebung in der Wasseroberfläche.

Mittlerweile hat die Sonne aufgegeben und dem Mond seinen Auftritt gewährt. Trotzdem strahlt er lediglich verhalten vom Himmel, als wolle er seinen Sternen nicht die Show stehlen.

„Wieso kannst du mit niemandem wie mir befreundet sein?", frage ich nach einer Weile. „Und ich schwöre bei Gott, wenn du jetzt sagst, es sei kompliziert, sind Pandoras Monster dein kleinstes Problem."

Lucas lacht. „Hab's kapiert."

„Das glaub ich kaum."

„Es tut mir leid, dass ich diese Worte gewählt habe, Laurie, aber du warst so hartnäckig und ich dachte, du lässt sonst nicht locker", meint Lucas. „Es hat nichts mit dir zu tun. Es liegt an mir."

„Machst du gerade mit mir Schluss?", sage ich lachend, in dem Versuch, die Stimmung zu lockern.

„Ernsthaft, es tut mir leid."

„Schon okay. Wir haben beide überreagiert", gebe ich zu und Lucas seufzt.

„Weißt du, es ist nie ‚einfach nur' Freundschaft. Daran hängt so viel mehr", erklärt Lucas ernst und ich wende ihm meinen Kopf zu. „Bindungen formen Menschen, beeinflussen Entscheidungen oder Handlungen und tragen zu dem gesamten Konstrukt unserer Gesellschaft bei."

„Scheiße, das klingt wirklich kompliziert."

Lucas blickt mich belustigt an. „Sag ich ja."

„Kannst du das bitte für Dummies erklären?"

„Es ist so: Ich finde dich nett, trotzdem reicht das nicht."

„Um Freunde zu werden?"

Er nickt.

„Du vermeidest doch jede Möglichkeit, mich kennenzulernen."

„Weil du niemals verstehen wirst, was es bedeutet, ich zu sein."

Dieses Gespräch ist mühsam und führt ins Nichts. Zumindest, wenn Lucas sich weiterhin vor mir verschließt. Er spricht in Rätseln und will kaum etwas preisgeben.

„Wie sollte ich?“

Plötzlich ist eine Mauer zwischen uns und ich habe das Gefühl, dass Francesca doch recht hat. Die Royals wollen nichts mit den Normalsterblichen, weniger intelligenten Schülern zu tun haben. Sie separieren sich, bleiben unter sich und sind damit glücklich. Mein Vorhaben ist zum Scheitern verurteilt.

Die Erkenntnis trifft mich mit voller Wucht, schmeißt mich aus der Kurve, wie einer von Super Marios Schildkrötenpanzern.

Traurig wende ich den Blick ab. Gestern hatte ich wirklich gedacht, dass Lucas und mich etwas verbindet, doch anscheinend lag ich falsch. Trotzdem kommt mir das seltsame Gefühl wieder in den Sinn, das ich in seiner Nähe hatte, und auf einmal wird mir kalt. Ist Lucas womöglich ebenfalls nicht menschlich? Besitzt er Kräfte, die meine Vorstellungskraft übersteigen? Wie Maris? Ich mustere ihn von der Seite, betrachte das blonde Haar, das sich leicht kräuselt und ihm ihn die Stirn hängt. Die grauen Augen, die Kälte und Wärme gleichzeitig versprühen, und das Grübchen auf seiner rechten Wange. Die Aura, die ihn umgibt, ist düster und verschlossen, trotzdem erscheint sie mir nichts mit Maris’ gemein zu haben. Es sind keine Fakten, die mich von Lucas’ Menschlichkeit überzeugen, sondern mein Bauchgefühl. Unschlüssig lasse ich meinen Blick über den See schweifen, versuche in der klaren Flüssigkeit eine Antwort zu finden.

Vielleicht wäre es dennoch klüger, den Rücktritt anzutreten. Lucas wollte weder mein Freund sein noch sich für den Rest der Schülerschaft öffnen. Und auf einmal weiß ich kaum noch, wieso es mir derart wichtig war, die Kluft zwischen den Royals und den anderen zu überbrücken. Wenn ich ehrlich bin, ist der Grund ein egoistischer. Denn obwohl ich mir vormache, niemanden zu brauchen, und mich, aus Angst verletzt zu werden, von den Mädchen distanziere, war Lucas eine Chance. Er erinnert mich an Blake, gibt mir das Gefühl, einen großen Bruder zu haben. Jemanden, auf den man sich verlassen kann. Deswegen wollte ich unbedingt mit ihm befreundet sein. Da habe ich vor wenigen Stunden Francesca vorgeworfen, sie wolle die Royals gar nicht kennenlernen, dabei war ich bisher nur so hartnäckig, weil Lucas mir ein Stück Zuhause vorgegaukelt hat. Ich bin vermutlich die größte Heuchlerin von allen.

„Es gibt einen Pakt", erklärt Lucas auf einmal und ich horche auf. Scheiße, was, wenn ich mich geirrt habe, und er ist ebenfalls unsterblich? Schaudernd wende ich ihm den Kopf zu. „Meine Freunde und ich haben uns geschworen, nur mit unseresgleichen abzuhängen."

„Euresgleichen?", flüstere ich und verschränke die Finger ineinander, knete nervös meine Hände.

„Hochintelligente."

„Was?" Ist das sein Ernst? Erleichtert, aber verwirrt atme ich auf. Von den Stimmungsschwankungen der letzten Minuten ist mir schlecht.

„Menschen mit einem überdurchschnittlichen IQ."

„Ja, das hab ich verstanden."

„Wieso fragst du dann?"

„Weil ich etwas anderes erwartet habe."

Verblüfft schielt Lucas zu mir. „Und was?"

„Etwas Übernatürliches", gebe ich zu und lache über meine Dummheit. Nur weil Maris ein Unsterblicher ist, bedeutet das nicht, dass auch alle anderen Bewohner von Kingswood Castle besondere Fähigkeiten haben oder gar selbst übernatürliche Wesen sind.

„Tut mir leid, dich zu enttäuschen. Allerdings ist es durchaus möglich, dass ich in der Zukunft der nächste Tony Stark werde“, witzelt Lucas und ich strecke ihm die Zunge raus.

„Davon träumst du wohl.“

„Was denn, ich bin reich und intelligent. Was braucht es mehr?“

„Oh, und dein Ego ist auch auf einem guten Weg, Tonys Konkurrenz zu machen“, gebe ich augenverdrehend zurück. Mir fällt ein Stein vom Herzen. Denn Lucas ist genauso menschlich wie ich, sonst hätte er mit Sicherheit ertappt gewirkt, als ich vor wenigen Sekunden das Übernatürliche erwähnt habe. Außerdem ist das Eis zwischen uns erneut gebrochen und mir wird klar, dass Lucas zwar nicht Blake ist, dennoch habe ich ihn gern, vielleicht auch genau deswegen. Die Leichtigkeit ist zurück und es scheint mir, als würden wir uns bereits seit meiner Geburt kennen. Vielleicht hat Lucas recht, Freundschaft ist nicht schwarz oder weiß, es gehört mehr dazu, und wahrscheinlich werde ich die Strukturen am Internat nicht innerhalb eines Tages auflösen können. Trotzdem habe ich neuen Mut gefasst, will hinter die Fassade blicken und den Deckel der Büchse heben. Womöglich warten dort gar keine Monster, sondern Hoffnung.

„Von Kindertagen an bin ich der sonderbare Lucas. Der, der nicht mit den anderen Kindern spielt, sondern lieber in einer Ecke sitzt und Zeit mit sich selbst verbringt. Später habe ich unfassbar viel gelesen, naturwissenschaftliche Bücher verschlungen. Während meine Mitschüler mit Matsch um sich warfen oder zockten, habe ich mir Videos von Ted Talks angesehen und Gespräche mit Erwachsenen fielen mir leichter als mit Gleichaltrigen." Er fährt sich durchs Haar. Der Wind frischt auf und verbreitet eine angenehme Kühle. Ich lehne mich zurück, strecke die Beine aus und stütze mich auf meine Hände. „Mit sechs kam ich hierher und erfuhr zum ersten Mal, was es bedeutet, Freunde zu haben. Nicht länger gemobbt und verspottet zu werden, sondern gemocht und akzeptiert. Es gab hier drei weitere Kinder, die dem besonderen Programm der Schule angehörten und wenige Wochen später waren wir zu sechst. Wir hatten alle Ähnliches erfahren und schworen uns, dass wir es nie wieder so weit kommen lassen wollten. Es ist nicht so, dass wir uns mit Absicht von den anderen distanzieren, es ist eine reine Vorsichtsmaßnahme. Wir besuchen härtere Kurse, sind mit dem Unterricht auf einem höheren Level und leben irgendwie in unserer eigenen Welt."

Lucas sackt in sich zusammen, die Erklärung hat ihn ausgelaugt und ich lasse seine Worte in mein Hirn sickern. Tropfen für Tropfen löscht es die Lüge, die bisher abgespeichert war. Denn das Bild, das ich von den Royals hatte, ist falsch. Sie sind nicht die coolen Kids, zumindest nicht auf die Art, die ich vermutet hatte, nachdem Francesca und die anderen von ihnen geschwärmt hatten. Ich habe mit Abschlussballköniginnen und verwöhnten Prinzen gerechnet, jedoch niemals mit verletzlichen Jugendlichen, die sich zurückziehen, um sich selbst zu schützen.

„Ihr seht so zufrieden und glücklich aus“, meine ich nachdenklich. Ihr ganzes Auftreten steht im Kontrast zu Lucas’ Worten. Wie ist es möglich, dass ich die Situation derart falsch eingeschätzt habe? Wahrscheinlich liegt es an dem bescheuerten Namen, den die anderen ihnen gegeben haben. Er drückt genau das aus, für das ich sie gehalten habe, legt somit den Grundstein aller Vorurteile, bevor man die Menschen hinter den Royals überhaupt kennt. Und selbst ich bin darauf reingefallen, habe mich täuschen lassen. Meine Vorstellung von den Royals stand von vornherein fest und hätte ich Lucas nicht zufällig getroffen, würde ich vermutlich immer noch daran festhalten.

Lucas versteift sich und mir wird klar, wie falsch meine Aussage für ihn klingt. Ohne den Rest meiner Gedanken war das ziemlich gemein. „Wir sind zufrieden und glücklich“, presst er hervor und ich hebe beschwichtigend die Hände.

„Ach, Lucas, das hab ich nicht so gemeint. Also, schon, aber ...“ Wie kann ich ihm meinen Fehler erklären? „Es ist so“, starte ich einen neuen Versuch. „Ihr wirkt kaum wie schüchterne Nerds, sondern eher so selbstbewusst wie die *Avengers*. Das war alles. Mein eigener Eindruck von dir und deinen Freunden passt null zu dem, was du gerade erzählt hast. Das muss ich erst mal verarbeiten. Tut mir leid, wenn dich meine unbedachte Äußerung verletzt hat.“

Lucas erhebt sich, greift nach einem Stein und lässt ihn über das Wasser springen. Er schafft es beinahe bis zur Hälfte des Sees. „Mach dir keinen Kopf, so geht es jedem.“

„Wurdet ihr hier im Internat ebenfalls gemobbt?“

Er schüttelt den Kopf. „Nein, oder vielleicht haben wir es auch nie mitbekommen, denn wir schlossen direkt unseren Pakt."

„Wie alt wart ihr damals?"

„Ich war sieben."

„Und dann habt ihr euch in die Hände gespuckt und einen geheimen Handschlag entwickelt?", witzle ich, um die Stimmung zu lockern.

„So ähnlich. Es gab eine Zeremonie und wir aßen so viel Süßigkeiten, dass ich mich in der Nacht dreimal übergeben habe." Er lacht und schüttelt den Kopf über eine Erinnerung, die ihn nie wieder verlassen wird.

„Was passiert, wenn man den Pakt bricht?"

„Man verwandelt sich in einen Brokkoli."

„Was?"

„Und muss für ewig in der Gestalt des meist gehassten Gemüses leben."

„Ernsthaft?"

„Ja, wir waren sieben", erklärt er lachend und bringt erneut einen Stein zum Hüpfen.

„Brokkoli wird unterschätzt. Meine Mom hat den besten veganen Käse-Brokkoli-Auflauf der Welt gemacht."

„Anscheinend weiß deine Mutter, wie man kleine Kinder austrickst."

Ich drehe mein Gesicht zur Seite, presse die Lider zusammen und ignoriere das Gefühl in meinem Inneren, das mich zerreißt. „Das wusste sie."

„Es wird nichts geschehen, Laurie. Ich werde weder ein gestaltwandelnder Brokkoli noch ziehen Plagen übers Land oder eine Flut sucht uns heim. Dennoch würde es meine Freunde kränken und ich könnte sie verlieren."

Erneut wende ich ihm meinen Blick zu, mustere ihn und erkenne die Ernsthaftigkeit in seinem Ausdruck. Er denkt sich das nicht nur aus, er befürchtet wirklich, dass es passiert. „Du übertreibst."

Lucas schüttelt den Kopf und spielt mit einem Stein in seiner Hand. „Sie sind meine Familie, wir haben viel zusammen durchgemacht und ich brauche sie. Deswegen darf ich sie unter keinen Umständen enttäuschen."

„Lucas, ihr habt diesen Pakt geschlossen, da wart ihr Kinder. Keiner von ihnen kann es dir ernsthaft übelnehmen, wenn du dich mit jemand anderem anfreundest."

Der Stein landet im Wasser. Dieses Mal springt er vorher nicht über die Oberfläche, sondern taucht lautstark in das kühle Nass ein.

„Laurie, bitte, du hast mir keine Wahl gelassen, außer mit dir zu reden. Jetzt hast du, was du wolltest, eine Erklärung, wieso wir keine Freunde sein können. Du musst es nicht verstehen, noch nicht einmal gut finden, aber du musst es akzeptieren."

Er hat recht. Diesen Pakt zu verurteilen steht mir nicht zu. „Es tut mir leid. Mein Verhalten war unangebracht. Trotzdem fällt es mir schwer, die Tatsache, dass wir deswegen keine Freunde sein können, zu akzeptieren", gebe ich zu. „Als ich dich zum ersten Mal hier am See habe sitzen sehen, da dachte ich einen Augenblick ..." Ich stoppe, bin mir auf einmal unsicher, ob ich die Worte wirklich aussprechen soll. Damit würde ich etwas von mir offenbaren, das ich unbedingt geheim halten wollte. Mein Bauch entscheidet erneut. Anscheinend kann er Lucas gut leiden. „Es fühlte sich an, als würdest du den gleichen Schmerz fühlen, der sich in mir festgebissen hat. Als könntest du nur hier draußen du selbst sein, weil du da drinnen im Gebäude eine Maske aufsetzt und allen etwas vorspielst."

Lucas dreht sich zu mir, lässt den Stein aus seiner Hand fallen und mustert mich. Sein Blick ist forschend, doch seine gestrafften Schultern und die nervös zuckenden Finger verraten mir, dass er einen inneren Kampf führt. Es gibt etwas, das er verbirgt, genau wie ich, und er kann sich ebenso wenig entscheiden, ob er es mir offenbaren will.

Eine Ente landet auf dem See und das Wasser spritzt in die Höhe. Die anderen Tiere schwimmen aufgeregt zu dem Neuankömmling, nehmen ihn in ihre Gruppe auf und gleiten übers Wasser. Der Hohn der Enten schwappt mit jeder Welle zu uns rüber und ich muss lachen. *Seht ihr, so macht man das, ihr komplizierten Menschen*, schnattern sie. Und sie haben recht. Trotz dessen, dass ich gerade den ersten Schritt gemacht und Lucas etwas von mir offenbart habe, gibt es Dinge, die ich für immer bewahren werde. Denn meine Geheimnisse beschützen mich, geben mir Sicherheit und sorgen dafür, dass die Schatten meiner Vergangenheit mich nicht verschlingen. Gleichzeitig machen sie einen Menschen aus mir, den ich kaum noch kenne. Ich verberge derart viel, dass ich nicht mehr weiß, welcher Teil von mir echt ist und welchen ich nur vorgebe zu sein. Und auch, wenn mir das Lügen mittlerweile in Fleisch und Blut übergegangen ist, hasse ich es. Abgrundtief. Denn nichts ist schwarz oder weiß, es gibt immer beide Seiten, die betrachtet werden müssen. So schützen mich die Geheimnisse zwar, allerdings behindern sie mich auch, halten mich davon ab,

Freundschaften zu schließen. Der Tod meiner Eltern hat mir nicht nur das Wichtigste im Leben genommen, nein, er hat mir etwas anderes gegeben, das mich für immer verändert hat – Schmerz. Unerträglichen, alles umfassenden Schmerz.

„Du hast recht", gibt Lucas zu. „Ich verberge etwas. Keiner weiß davon."

„Deine Freunde?"

Er schüttelt den Kopf. „Niemand, denn solange ich es für mich behalte, existiert es lediglich in meinen Gedanken."

„Das ist allerdings eine Lüge. Ich erzähle sie mir selbst gern", meine ich und fahre mir durchs Haar. „Die Monster leben in uns, Lucas. Aber wenn du deine Ängste mit jemandem teilst, werden sie kleiner."

Großartig, Laurie, du gibst Ratschläge, die du selbst nicht befolgst. Innerlich verdrehe ich die Augen über mich selbst, während Lucas einen weiteren Stein aufhebt, ihn betrachtet und zwischen den Fingern dreht.

„Ich hab mich in das falsche Mädchen verliebt", offenbart er. „Wir kennen uns seit fast zehn Jahren, sind zusammen aufgewachsen und haben viel durchgemacht. Leider hassen sich unsere Familie. Eine Beziehung ist aussichtslos."

Beinahe hätte ich gelacht, allerdings verkneife ich es mir, da es bei Lucas sicher falsch angekommen wäre. „Diese Schule macht mich fertig. Ihr seid alle wirklich im achtzehnten Jahrhundert stecken geblieben, oder? Liebe kennt keine Montagues oder Capulets", sage ich und bringe Shakespeares *Romeo und Julia* ins Spiel. Mr Evans wäre stolz auf diesen Vergleich. „Liebe ist Liebe, Lucas."

„In deiner Welt vielleicht."

„Ach, Lucas, komm schon. Es ist niemals aussichtslos, wenn es um wahre Gefühle geht."

„Was ist anders an mir?", wechselt Lucas plötzlich das Thema, und ich verstehe – er will nicht länger darüber reden.

Verständnislos schüttle ich den Kopf. „Was?"

„Du verbringst zwar Zeit mit den Mädels aus deinem Flügel, hältst dich aber zurück, stehst immer auf der Bremse und gehst nie aufs Ganze. Du bist lieber allein, als den Abend mit ihnen zu verbringen, und lernst in der Bibliothek statt in ihrer Lerngruppe."

„Woher weißt du das?"

„Ich habe Augen im Kopf, Laurie. Wieso ist dir unsere Freundschaft so wichtig?" Mit jedem Wort ist Lucas leiser geworden und ich erhebe mich, gehe auf einen großen Stein zu und setze mich darauf. Meine Muskeln verlieren ihre Kraft. Seit Wochen habe ich kein Gespräch geführt, das mir derart viel abverlangt hat.

„So leicht bin ich also zu durchschauen?", meine ich grinsend. Er hat recht, ich wollte dieses Jahr einfach nur hinter mich bringen und habe versucht, nicht an allem kaputtzugehen. „An diesem Abend habe ich Ablenkung gesucht und vielleicht war unsere Begegnung ein Zeichen. Du wirktest einsam, ich war es ebenfalls. Das Gespräch zwischen uns fühlte sich vertraut an, hat mich an zu Hause erinnert und mir das Heimweh genommen. Ich wollte lediglich etwas Ruhe und dann ... hast du dich so sehr gegen diese Freundschaft gewehrt. Das hat mich zunächst wütend gemacht, aber dann hat es meine Neugier geweckt, und endlich konnte ich über etwas anderes nachdenken als über ..." Ich stocke.

Beinahe hätte ich ihm vom Tod meiner Eltern erzählt. Der Kloß in meinem Hals verhindert es und ich schlucke ihn mühsam herunter, spüre ihn schmerzhaft im Magen und verschränke die Arme vor der Brust.

„Ich bin selbst schuld", flüstert Lucas, und ich sehe zu ihm. Er lacht steif.

„Na ja", entgegne ich. „Es wäre wahrscheinlich so oder so darauf hinausgelaufen. Wenn ich mir etwas in den Kopf gesetzt habe, kann ich ziemlich verbissen sein."

„Offensichtlich."

Die Anspannung löst sich in Luft auf und wird vom nächsten Windstoß davongetragen. Endlich. Lucas kommt auf mich zu und setzt sich neben mich.

„Sie dürfen es nicht erfahren, Laurie", murmelt Lucas und knetet nervös seine Hände.

„Weil du nicht zu Brokkoli werden willst?", frage ich lachend.

„Nein, steht nicht auf meinem Fünf-Jahresplan."

„Versprochen, ich lasse dich im Internat in Ruhe. Niemand wird merken, dass wir uns kennen."

„Gut, ich verlasse mich drauf."

„Sollen wir ebenfalls einen Pakt schließen? Wir könnten in die Hände spucken und dann einschlagen oder so."

„Urgh, das ist ekelhaft, Laurie", meint Lucas und verzieht das Gesicht.

„Wir sind eben keine sieben mehr, heutzutage gehört mehr zu so einem Versprechen als Brokkoli." Ich stehe auf, gehe einige Schritte vor ihm hin und her. „Gehen wir spazieren?" Lucas nickt. „Wieso hast du dich dazu entschieden, nachzugeben?"

„Weil ich gemerkt habe, dass du es nicht tun wirst. Egal, wie ich mich entscheide, du hättest Ärger gemacht“, erklärt er und ich sehe auf. Er meint es ernst und ich verenge die Augen.

„Nett“, murre ich, doch er hat recht. Nach diesem Gespräch hätte ich noch viel weniger lockergelassen. Lucas will insgeheim mit mir befreundet sein, das habe ich gespürt.

„Aber, Laurie, du musst mir eins versprechen.“

„Ja?“

„Versuche nicht, gegen den Pakt zwischen meinen Freunden und mir zu rebellieren. Ich weiß, er missfällt dir. Aber es ist mein Leben, nicht deins.“

„Ich werde mich beherrschen. Freunde enttäuschen einander nicht, oder?“, sage ich und bin mir unsicher, ob der letzte Satz *ihn* beruhigen sollte oder mich selbst. Ich bin dabei, Lucas für mich zu gewinnen, habe erreicht, was ich wollte, und trotzdem durchfließt mich die Angst. Angst, erneut verletzt zu werden. Denn ich fürchte mich, jemanden an mich heranzulassen, den ich am Ende wieder verlieren könnte. Durch meine eigene Schuld.

Das darf nicht passieren. Niemals.

Lucas hat mir ein Geheimnis anvertraut, während ich meins zurückhalte, jetzt liegt es an mir, ihm zu zeigen, dass ich das Vertrauen wert bin.

Kapitel 7

Am Ende des Regenbogens wartet manchmal kein Topf voll Gold, sondern ein kleiner Italiener in roter Uniform

Es ist Freitag, endlich. Wie sehr habe ich diesen Tag herbeigesehnt. Seit zwei Wochen besuche ich Kingswood Castle und weiß langsam nicht mehr, wo mir der Kopf steht. Selbst am Anfang des Schuljahres dreht sich mein ganzes Leben um den Unterricht. Ich lese Romane, erarbeite Formeln und bereite Referate vor. Nach verdammten zwei Wochen ... An meiner alten Schule würden wir immer noch Spiele spielen, um die neuen Lehrer besser kennenzulernen und gemeinsam herauszufinden, wie fortgeschritten unser Wissensstand ist.

Das Wochenende lassen sie uns immerhin. Wir dürfen unsere Freizeit gestalten, wie wir möchten, doch tatsächlich geben uns die Lehrer derart viele Hausaufgaben auf, dass man unter der Woche kaum von Freizeit sprechen kann. Und selbst am Samstag lernen die meisten Schüler. Nur wenige fahren außerhalb der Ferien nach Hause, auch wenn es generell an freien Tagen erlaubt ist. Viele wohnen zu weit weg.

„Gehen wir am Sonntag in die Stadt?“, fragt Aurora beim Abendessen und ich kaue gierig auf meiner Paprika herum. Das Mittagessen musste ich ausfallen lassen, da ich vergessen hatte, die Biologiehausaufgaben zu erledigen.

Samira wischt sich mit ihrer Serviette über den Mund. „Lasst uns das spontan entscheiden. Wenn gutes Wetter ist, könnten wir in den Garten und die Sonnenstrahlen genießen.“

Die Royals betreten den Raum und einige Sekunden herrscht andächtige Stille. Ihr Auftreten ist unfassbar selbstsicher, und ich kann immer noch nicht glauben, dass Lucas mir offenbart hat, sie seien die Nerds und alle anderen die coolen Kids. Ihre Freundschaft hat ihnen eine Selbstsicherheit gegeben, von denen andere ihr ganzes Leben lang träumen, und das Gefühl von Verbundenheit, das sie stark macht. Keiner von ihnen muss Angst haben, alleine zu sein, und diese Gewissheit spürt man in jedem ihrer Schritte.

„Gute Idee“, meint Francesca, und ich senke den Blick auf meinen Teller, spieße eine Nudel auf und schiebe sie mir in den Mund. Zwar sind Lucas und ich jetzt Freunde, doch irgendwie gehen wir beide wie auf Glas, befürchten ständig, dass dieses Band zwischen uns zerbricht, wenn wir dem anderen etwas anvertrauen. Wahrscheinlich liegt es auch daran, dass wir uns seit letzter Woche erst einmal abends am See getroffen haben. Dieses Internat verlangt einem viel ab und Zeit ist kostbar.

„Laurie, kommst du mit?“, fragt Samira und ich konzentriere mich wieder auf das Gespräch an unserem Tisch.

„Was? Wohin?“

„Am Sonntag in die Stadt oder in den Garten.“

„Welcher Garten?“

„Na, hier am Internat“, meint Aura verwirrt und zieht eine Augenbraue hoch.

„Du meinst die Wiese hinter dem Gebäude?“

Sie schüttelt den Kopf. „Wenn du rechts an der Kirche vorbei gehst, grenzt ein kleiner Garten mit einem Pavillon an.“

„Ernsthaft? Das ist mir bisher nicht aufgefallen“, gebe ich zu. Und das, obwohl ich oft an dieser Kirche Richtung Wald unterwegs war. Nur eben immer auf der anderen Seite. „Klar, ich bin dabei.“

Francesca erhebt sich, nimmt ihren Teller und räumt ihn weg. „Kommt, Miss Whitedrop wartet wohl kaum auf uns.“

Sie hat recht, Miss Whitedrop ist ein ungeduldiger Mensch und wenn sie etwas hasst, dann ist es Unpünktlichkeit. Sie hat uns letzte Woche Freitag schon ins Wochenende geschickt und wird das auch für den Rest des Schuljahres tun, denn sie ist unsere Hausmutter.

Wir betreten den Gemeinschaftsraum und ergattern das letzte freie Sofa. Während Samira, Aura und ich es uns auf den weichen Polstern bequem machen, setzen sich Francesca und Diana vor uns auf den Boden. Maren und Sarah gehen noch kurz auf ihr Zimmer und kehren erst Sekunden, bevor Miss Whitedrop eintritt, zurück. Glück gehabt.

„Guten Abend, Kinder“, begrüßt uns die Hausmutter und lehnt sich an den Fensterrahmen, sodass sie uns alle im Blick hat. „Wie war eure Woche? Gibt es etwas, das ihr ansprechen wollt?"

Zuerst bleibt es still, doch seit letzter Woche weiß ich, dass das nicht lange der Fall sein wird. Jedes Mädchen in unserem Flügel muss etwas erzählen. Es geht darum, unsere Leistung wertzuschätzen, Erfolge gemeinsam zu feiern und Misserfolge mit anderen zu teilen, um sie nicht allein durchstehen zu müssen. Dabei spielt es keine Rolle, wie klein oder unbedeutend die Dinge sind, über die wir reden wollen. Es dient vielmehr dazu, das Gemeinschaftsgefühl zu stärken. Und ich denke, Miss Whitedrop will uns zeigen, dass wir jemanden haben, der uns zuhört und für uns da ist, auch wenn unsere Familien weit entfernt sein mögen.

„Ich hab diese Woche die Chemiehausaufgaben geschafft, ohne in Tränen auszubrechen", gesteht Victoria und lächelt in die Runde. „Allerdings nur mit Hilfe von Maren."

„Das ist großartig. Und jemanden um Unterstützung zu bitten, ist keine Schande. Im Gegenteil, es zeugt von Größe", meint Miss Whitedrop, und Maren legt ihren Arm um Victorias Schulter, zieht ihre Freundin zu sich und drückt sie fest an sich. Zwar kenne ich die Mädchen noch nicht besonders gut, dennoch habe ich gemerkt, dass Samiras Worte keine leeren Hülsen waren. Wir sind eine Familie, teilen uns diesen Flügel, unsere Zimmer und halten zusammen, egal was kommt. Natürlich gibt es auch Streitereien, aber ich scheine Glück mit meinem Flügel gehabt zu haben, denn alle Mädchen sind unglaublich nett. Kaum vorzustellen, wäre Erin mit uns im Gemeinschaftsraum ...

„Wie kommst du mit Shakespeare zurecht, Aurora?", fragt Miss Whitedrop.

Aura zuckt die Schultern und ich lächle. Zum Glück hat unsere Hausmutter Auroras Wutausbruch am Vorabend nicht miterlebt. Wahrscheinlich wäre sie in Ohnmacht gefallen, hätte sie mit anhören müssen, wie Aura einem der bekanntesten englischen Schriftsteller aller Zeiten die Pestbeulen an den Hals gewünscht hat. Wenn es eins gibt, was unsere kleine Prinzessin wirklich hasst – neben ihrem Kosenamen –, dann ist es alte englische Literatur.

„Er hat sicher wesentlich zur Prägung des Begriffs Drama beigetragen", antwortet Aura und Gelächter wird laut.

Samira richtet sich neben mir auf. „Ich frage mich, wieso du dich dann nicht mit ihm verbunden fühlst."

„Hey", meint Aura und verpasst Samira einen leichten Stoß. „Dafür hab ich mich endlich für eine Sportart entschieden", lenkt sie das Thema geschickt um, und ich bin gespannt. Ich selbst habe meine Wahl noch nicht getroffen, auch wenn die Entscheidung bis nach dem Wochenende feststehen muss. Die ersten zwei Wochen durften wir das ganze Sportprogramm durchtesten, doch ab Montag ist diese Zeit vorbei. Neben Tennis und Rugby werden auch Langlauf und Fechten angeboten. Außerdem gibt es einen Basketballkurs und das klassische Fußballteam. Die Möglichkeiten sind wirklich vielfältig.

„Tennis", sagt Aura und Miss Whitedrop klatscht in die Hände.

„Das wird dir sicher gefallen."

Im Gegensatz zu mir ist Aura in jeder Sportart gut und weniger eine Gefahr für sich und andere, sobald sie einen Schläger oder etwas Ähnliches in den Händen hält. Deswegen werde ich mich vermutlich für Langlauf entscheiden. Zwar lässt meine Kondition bisher zu wünschen übrig, doch mit Musik im Ohr ist es tatsächlich eine gute Art, um den Kopf freizubekommen.

Es geht weiter und jeder erzählt etwas. Auch ich. Die Freitagabende erinnern mich an früher. Als Mom, Dad und ich zusammen mit der Flauschkugel auf unserem Sofa lagen, Popcorn aßen, Filme schauten und währenddessen über die Woche sprachen. Die Stimmung war ausgelassen, manchmal ernst, aber immer fühlte ich mich geborgen. Genau wie jetzt. Das Gefühl macht mir Angst, denn diese Zeit hatte irgendwann ein Ende und ich verlor alles, was mir etwas bedeutete. Sogar den Hund, der wie ein Bruder für mich war. Traurig drehe ich den Kopf zur Seite, schaue an Samira vorbei aus dem Fenster. Die Sonne verschwindet am Horizont und tüncht den Himmel in ein zartes Orangerot.

„Denkt an unsere Hausregeln. Keine Drogen, kein Alkohol und nichts, das nur verheiratete Leute tun“, rattert Miss Whitedrop ihren wöchentlichen Spruch herunter. Ich konzentriere mich auf ihre Worte, ignoriere den Schmerz im Inneren und verdränge die Trauer. Irgendwann wird der Kummer besser, das wird er immer. Zwar verschwindet er nicht, doch die Seele gewöhnt sich daran. Es ist wie mit einem ekligen Geruch. Zuerst ist er übermächtig, droht einen zu überwältigen und in die Knie zu zwingen. Nach einiger Zeit hat man sich daran gewöhnt, nimmt ihn nur noch unterschwellig wahr. „Letzteres führt zu einem direkten Rausschmiss, Mädchen. Seid wachsam, seid stark und lasst euch nicht verführen“, fährt die Hausmutter fort. „Seid, wer ihr sein wollt. Tut, was ihr tun wollt, und lasst euch niemals einreden, ihr könntet etwas nicht schaffen. Seid wild und wunderbar.“ Miss Whitedrop schreitet durch den Raum, hat ihre Hände vor ihrem Bauch ineinandergelegt und lässt den Blick durch den Raum schweifen. „Vergesst nie, wer ihr seid und wofür es sich zu kämpfen lohnt – Vertrauen, Zusammenhalt und Loyalität. Mit anderen Worten: Freundschaft und Familie. Und darum soll es auch morgen gehen.“

Mist, das habe ich fast vergessen. Mir wird übel bei dem Gedanken daran: morgen ist Besuchstag. Den Schülern ist es zu Beginn des Jahres erlaubt, ihre Eltern zu empfangen und ihnen das Internat zu zeigen. Es ist eine einmalige Ausnahme, denn der Unterricht und unsere Ausbildung stehen über allem – auch über der Ablenkung durch die Familie.

Die Gefahr ist bei mir ziemlich gering. Niemand wird kommen. Und wenn sich Allory dazu herablassen sollte, dann sicher nur, um zu sehen, dass ich auch wirklich weg bin.

Miss Whitedrop bleibt vor mir stehen. Sie kennt meine Situation und ich schüttle leicht den Kopf. *Bitte geh weiter, lass mich in Ruhe,* bete ich innerlich. *Lass mir mein Geheimnis.* Fünf bange Herzschläge später tut Miss Whitedrop mir den Gefallen und geht zurück zur Fensterbank und lehnt sich dagegen.

„Zusammenhalt“, wiederholt sie. „Wir sind eure zweite Familie.“

Tränen drücken in meinen Augen. Ich blinzle, verbiete mir die Trauer und kämpfe gegen die Schatten in meinem Herz an.

Plötzlich beugt sich Samira zu mir, als würde sie meinen inneren Kampf spüren, und lehnt ihren Kopf an meine Schulter. „Mami und Papi haben dieses Jahr keine Zeit. Ich werde mich schrecklich langweilen." Bedauernd verzieht sie die Lippen und ich versteife mich, während Aura sich zu uns dreht.

„Meine Familie ist ebenfalls verhindert. Wahrscheinlich ist ihnen der Besuchstag nach drei Jahren in Folge zu unbedeutend."

„Dabei gibt's Miss Higgins' selbstgemachten Schokopudding. Allein dafür lohnt sich die Anreise", schwärmt Samira, und ich kann es kaum erwarten, ihn zu kosten, denn seit Tagen dreht sich die Hälfte der Gespräche um den Pudding.

„Stimmt, deswegen kommt meine große Schwester", gibt Francesca zu und schiebt ihre Brille zurecht. „Seit sie in Deutschland studiert, haben wir uns nicht mehr gesehen. Aber Miss Higgins Schokopudding hat sie überzeugt." Francesca lacht und ich erkenne die Vorfreude darin.

„Und bei dir, Laurie? Hast du Geschwister?", fragt Samira.

Ich schüttle den Kopf, höre die Gespräche lediglich gedämpft, als hätte jemand einen Filter über die Tonspur gelegt und ihr die Intensität genommen. Oder bin ich in ein anderes Universum gefallen? Hoffentlich eins ohne Schmerz.

„Aber deine Eltern kommen?", dringt Francescas Stimme durch.

Ein weiteres Kopfschütteln, zu mehr bin ich nicht fähig.

„Wunderbar", freut sich Samira und zappelt neben mir herum. Überrascht wende ich ihr den Kopf zu und mustere sie. Dann wird mir klar, dass sie nichts vom Tod meiner Eltern weiß. Für sie gehöre ich einfach zum Club der vernachlässigten Kinder. „Dann lasst uns einen Filmmarathon machen. Alle *Avengers* hintereinander."

Aura trommelt begeistert auf ihre Oberschenkel. „Oder Animationsfilme."

„Mann", seufzt Diana. „Jetzt würde ich die Zeit lieber mit euch verbringen und Vater sitzen lassen."

Sofort sind meine Gedanken wieder dunkel und qualvoll. Wie kann sie so etwas sagen? Der Raum ist mir plötzlich zu eng, die Anwesenheit, die Vertrautheit der Mädels zu viel. Dieser eine unbedachte Satz drückt mein Herz zusammen. Deswegen entschuldige ich mich bei den anderen und folge Miss Whitedrop auf den Gang. Leise schließe ich die Tür und beobachte, wie die Hausmutter ins Treppenhaus und nach unten verschwindet. Ich stütze meine Arme auf die Oberschenkel und atme tief ein. Mein Kreislauf kippt und ich gleite neben der Tür zu Boden, lehne den Oberkörper an die Wand und lasse den Kopf nach unten hängen. Gegen den Schwindel atmend schließe ich die Augen und fülle meine Lunge zwanghaft mit Luft. Wie Sand brennt sie sich durch mein Inneres und verstopft es von Sekunde zu Sekunde mehr. So lange, bis ich nicht mehr atmen kann. Panik überkommt mich, dringt in jede Faser meines Körpers und füllt mich aus. Ich reiße die Lider auf und sehe schwarze Punkte. Sie tanzen vor mir auf und ab, versperren mir die Sicht und vermischen sich mit den Tränen zu einem undurchdringlichen Dickicht.

Geräusche scheuchen mich auf und ich drehe mein Gesicht blind Richtung Treppenhaus, befürchte Miss Whitedrops Rückkehr. Allerdings klickt die Tür nicht. Blinzelnd formen sich Schemen in meinem Sichtfeld, werden zu Umrissen und nehmen schließlich eine Gestalt an. Jemand ist im Treppenhaus. Der selbstsichere Gang, die Gewissheit, unentdeckt zu bleiben ... Maris. Seit unserem Zusammenstoß in der Bibliothek war er verschwunden und ich hatte keine Gelegenheit, ihm die tausend Fragen, die sich in meinem Notizbuch sammeln, zu stellen. Er hält vor der Tür kurz inne, tritt allerdings nicht ein. Mir scheint, als würde er mir die Entscheidung überlassen, wie ich mich verhalte. Ob ich nach unserem letzten Zusammenstoß noch mal mit ihm reden möchte oder nicht. Dennoch fühle ich seine Anwesenheit, sie ist präsent in meinen Kopf, und eins wird mir sofort klar: Maris will, das ich seine Anwesenheit wahrnehme. Er beeinflusst meine Emotionen und es ist ihm wichtig, dass ich mir dessen bewusst bin. Meine Gedanken werden klarer und die Ohnmacht rückt etwas in den Hintergrund. Maris muss meine Aufgewühltheit spüren und schenkt mir etwas Ruhe, und in dem Moment bin ich dankbar dafür, denn er hilft mir, die Situation zu bewältigen. Ich hieve mich hoch und einen Augenblick nehme ich nichts wahr außer das Rauschen in den Ohren. Es überdeckt alles andere, bis auf den Wunsch nach Ablenkung und die Gelegenheit, Antworten zu bekommen. Deswegen zwinge ich die Füße voran, und mit jedem Schritt beruhigt sich meine Lunge. Ich folge Maris die Wendeltreppe hinauf bis unters Dach, einen Gang entlang und durch eine Tür hinaus ins Freie. Luft streift meine Haut und es scheint, als würde sie auch die letzten Nachwehen meines Zusammenbruchs mit sich nehmen.

„Danke“, flüstere ich.

„Gern.“ Maris steht einige Schritte entfernt, hat mir den Rücken zugewandt und den Kopf in den Nacken gelegt. Es scheint beinahe, als würde er mir die Führung unseres Zusammentreffens überlassen. Denn er drängt mich zu nichts, die Entscheidung, ob ich ihm folge oder mich zurückziehe, liegt bei mir.

„Sei vorsichtig“, weist er mich zurecht.

„Wo sind wir?“ Gegenüber von uns befindet sich eine weitere Tür. Zwischen uns und dem Durchgang befindet sich eine Art Betonbrücke, auf der wir gerade stehen. Es gibt nur ein kleines Geländer und ich bin mir sicher, dies ist nicht die Terrasse, von der Samira mir bei meiner Ankunft erzählt hat.

Maris dreht sich zu mir. „Dies ist der Übergang in einen anderen Flügel. Er wurde nachträglich erbaut, um das Schloss mit dem Neubau zu verbinden. Nur das Lehrpersonal hat einen Schlüssel.“

„Und du.“

„Nein, ich brauche keinen“, belehrt mich Maris und ich nicke, verstehe jedoch nur Bahnhof. Dann hebt er die Hand, dreht sie ein kleines Stück und die Tür uns gegenüber schwingt auf.

„Eine Handbewegung reicht“, fasse ich zusammen und versuche damit meine Überraschung zu überspielen.

Maris wirkt so menschlich, dass ich einen Moment vergessen habe, wer er ist. Oder besser gesagt, was er ist. Ehrfurcht erfüllt mich, und die Erinnerungen an unsere letzte Begegnung kehren zurück. Erneut spüre ich seine Macht und fasse mir an den Hals.

„Eigentlich hätte der Gedanke gereicht, um die Tür zu öffnen, aber das wäre ziemlich unspektakulär gewesen, oder?“, sagt er lächelnd und sofort verschwindet der Anflug von Ehrfurcht und ein Grinsen stiehlt sich auf mein Gesicht.

„Idiot.“

Hinter mir fällt die Tür ins Schloss und ich zucke zusammen.

„Wo gehst du hin?“, will ich wissen und laufe Maris hinterher. Trotz der Geländer links und rechts zieht der Wind heftig an meinen Klamotten.

„Willst du mich begleiten?“, fragt Maris und hebt seine Hand, fährt mir sanft über die Wange. Seine Berührung ist kaum zu spüren, wie eine Feder, die mir unabsichtlich über das Gesicht geflogen ist. Trotzdem geht Wärme von seinen Fingerspitzen aus, überzieht die Haut darunter und durchdringt meinen Körper. Ich bin ruhig und aufgedreht zugleich, könnte rennen und möchte mich nie wieder bewegen, für immer in der Konstellation innehalten. „Geht's dir besser?“, fragt Maris und lässt seine Finger sinken. Am liebsten würde ich danach greifen und sie zurücklegen.

„Nur der Kreislauf“, murmle ich ausweichend, will den Moment festhalten. „Ist es nicht verboten, so spät hier herumzuschleichen?“

Ernst mustert er mich und durchschaut meine Halblüge. Wir wissen beide, dass es nicht nur mein Kreislauf war, der schlapp gemacht hat, immerhin hat er mir dabei geholfen, meine Gefühle und meinen Körper wieder in den Griff zu bekommen, allerdings belässt Maris es dabei. „Es ist immer verboten, sich an diesem Ort aufzuhalten, die Uhrzeit spielt keine Rolle“, antwortet er stattdessen. „Das macht es doch so aufregend.“

„Na ja, wenn wir erwischt werden, wirst du einfach unsichtbar. Damit hat sich das Problem für dich gelöst.“

„Stimmt“, gibt Maris zu. „Na komm.“

Wir durchschreiten die zweite Tür und betreten ein Treppenhaus. Es ist dunkel, deswegen kneife ich die Augen zusammen, erkenne die Stufen dennoch nur schemenhaft. Sekunden später gewöhne ich mich an die Dunkelheit. Maris geht nur eine Handbreit vor mir und ich bilde mir ein zu spüren, wie sein Oberkörper sich unter seiner Atmung bewegt. Er ist mir so nah, dass sein Duft zu mir weht, und ich inhaliere die blumige Note tief ein. Mit geschlossenen Augen versuche ich den Geruch zu benennen, aber es ist etwas vollkommen Neues. Frisch und süß, gleichzeitig leicht und unaufdringlich, beinahe wie Sonnenblumen. Nachdem ich die Lider wieder öffne, ist er mir noch näher und uns trennen nur wenige Zentimeter.

Der Teppich auf den Stufen dämpft unsere Schritte und ich klammere mich ans Geländer, um nicht zu stolpern.

„Was hast du vor?“, frage ich, weil mich die Neugier übermannt. Die Steinmauern sind fensterlos und beinahe scheint es, als würden wir in den Keller hinuntergehen. Doch ich weiß es besser, wir haben höchstens ein Stockwerk hinter uns gebracht und befinden uns somit genau gegenüber unserem Flügel.

Maris stößt eine Tür auf und lässt mir den Vortritt. Ich hatte recht. Der Flur ähnelt dem im Mädchentrakt. Durch die Fenster dringt Mondlicht ins Innere und ich blicke Maris fragend an. „Du wirst mich nicht umbringen, oder?“

Er lacht. „Dazu hätte ich die letzten zehn Minuten tausend Gelegenheiten gehabt.“

„Was?“, krächze ich. „Du kannst mich wohl kaum vor allen anderen abmurksen.“

Maris legt seinen Kopf schief. „Ich bin unsichtbar und wäre verschwunden, bevor dein Körper den Boden berührt.“

„Beruhigend“, hauche ich. „Punkt für dich.“

„Nein, Laurie, ich habe nicht vor, dich zu töten.“

Eigentlich habe ich Erleichterung erwartet, doch sie bleibt aus, denn um ehrlich zu sein, war ich nie wirklich beunruhigt. Vielleicht – also ganz bestimmt – ist das unfassbar leichtsinnig, allerdings setzt mein Verstand in Maris’ Nähe offensichtlich aus und ich werde von etwas anderem getrieben. Ich trete ans Fenster, blicke hinaus auf die Wiese und erkenne den Mond am Himmel. Eine Wolke verdeckt ihn zur Hälfte und verleiht der Szene etwas Mystisches.

Maris tritt hinter mich. Ich höre ihn nicht, dennoch spüre ich seine Anwesenheit, ohne dass er mich berührt. Gänsehaut wandert meinen Rücken hinauf und ich ziehe automatisch die Schultern nach oben. Der Wunsch, dass Maris die Arme um mich legt, seine Wärme meine Haut einhüllt, ist übermächtig und ich drehe mich hektisch herum. „Tut mir …“, beginne ich, stoße jedoch an Maris’ Nase und plötzlich bewegt sich alles in Zeitlupe. Ich weiche zurück, stoße gegen den

Fenstersims und verliere das Gleichgewicht. Dann fallen die Körner der Zeit mit einem Schlag durch die Engstelle im Glas und zurück in ihre eigene Umlaufbahn.

„Laurie", flüstert Maris und ich bemerke, dass er mich festhält.

Mit wild pochendem Herzen zwinge ich mich, ruhig zu atmen. „Danke."

Lächelnd nickt Maris und lässt mich los. „Wir sind fast da. Komm."

Ich konzentriere mich auf meine Atmung, kreise mit den Händen und lasse die Knöchel knacksen. Das Geräusch beruhigt mich, und ich folge Maris, verwirrt und überrumpelt von der Tatsache, dass alleine seine Berührung mich derart aus dem Konzept bringt. Kopfschüttelnd dränge ich die Gedanken an seine Finger auf meiner Haut in einen Raum, sperre sie ein und werfe den Schlüssel weit weg.

„Bevor wir ankommen, sollten wir noch eine Frage klären", meint Maris und durchbricht die Stille. Er bleibt vor einer Tür stehen, legt die Hand auf die Klinke und wendet mir den Oberkörper zu.

„Was denn?"

„Regenbogen-Boulevard, Discodrom oder Shy Guys Wasserfälle?"

Einen Augenblick verstehe ich nur Bahnhof, dann rattert mein Gehirn los und ich bin mir sicher, die Orte schon einmal gehört zu haben. Doch mir fällt nicht ein, wo. In einem Roman? Einer Serie? *Supernatural*? Nein, zu ... süß. Etwas aus meiner Kindheit. Möglich. Trotzdem verschließt sich mir die Erinnerung. Deswegen zucke ich nur mit den Schultern, und Maris schnaubt. „Bist du bereit, etwas zu entdecken, das dich überwältigt? Das wird die beste Nacht deines Lebens", verspricht er und öffnet die Tür.

Ich halte die Luft an und fürchte mich, hindurchzugehen. Es muss ein magisches Portal sein, das mich in eine andere Welt bringt. „Wenn ich mich entscheiden darf, würde ich den Regenbogen-Boulevard wählen", meine ich schnell. Es klingt am ungefährlichsten.

„Gute Wahl", sagt Maris und bedeutet mir mit einer Geste, endlich einzutreten.

Ich straffe die Schultern und gehe voran. Es ist dunkel, ich kann nichts erkennen und blinzle angestrengt. Die Tür fällt ins Schloss und ich zucke zusammen, dann erhellt sich der Raum und ich stoße die Luft aus.

„Was?", entfährt es mir enttäuscht. Wir stehen in einem Gemeinschaftsraum. Sofas, eine Kinoleinwand und Regale mit Büchern, Spielen und Krimskrams.

„Oje, du siehst aus, als hättest du gerade auf eine von Bertie-Botts-Bohnen mit Popelgeschmack gebissen", stellt Maris fest und ich mustere ihn entgeistert.

Ich schüttle den Kopf. „Wo sind wir?"

„Im Gemeinschaftsraum."

„Schon klar, Sherlock. Aber wessen?"

„Der Royals."

„Mädchen oder Jungs?"

„Jungs."

Ich schnaube. „Dann haben sie also tatsächlich getrennte Zimmer?"

Maris nickt und streckt etwas in die Luft, das ich zuerst nicht erkenne. „Lust, eine Runde *Mario Kart* zu spielen?" Er wackelt lockend mit dem Controller.

Lachend falle ich neben ihm aufs Sofa und das Adrenalin, das in den letzten Sekunden meinen Körper beherrscht hat, entweicht. „Und ich dachte, wir landen wirklich auf einem Regenbogen, blicken über England und sammeln am Ende den Topf voll Gold ein."

„Vielleicht beim nächsten Date, ich wollte die Messlatte nicht zu hoch setzen", meint Maris, und ich wähle vor Schreck einen Charakter aus, der Katzenohren trägt.

„Date?"

„Stimmt, eigentlich war es eher eine Verfolgungsjagd", fasst er zusammen und switcht durch die Fahrzeuge. Ich entscheide mich für ein Gefährt, das von zwei Pferden gezogen wird. Selbst wenn ich damit nicht gewinne, bin ich die Coolste auf der Strecke.

„Du dramatisierst."

„Und du kennst *Mario Kart* nicht, sonst hättest du keinen echten Regenbogen erwartet. Was ist wohl schlimmer?", zieht Maris mich auf und ich verziehe das Gesicht.

Natürlich kenne ich *Mario Kart*, doch jede Widerrede würde ihn nur bestätigen, deswegen setze ich mich aufrecht hin und mache mich für den Start bereit. „Kann ja nicht jeder so ein Geek sein wie du."

Die Uhr zählt nach unten und das Rennen beginnt. Wir brausen über den Regenbogen-Boulevard und meine Katzen-Peach legt sich in die Kurve, sammelt Münzen und wird von Schildkrötenpanzern beschossen. Gerade, als ich in der letzten Runde über die Ziellinie rase, rinnen die Farben von der Leinwand über den Boden auf mich zu. Erschrocken ziehe ich die Knie an den Körper. Die einzelnen bunten Ströme verdichten sich, bilden eine Form und plötzlich sitze ich nicht länger auf dem Sofa, sondern auf einem Regenbogen.

„Maris“, keuche ich erschrocken, während die bunten Farben wie kleine Wellen um mich her wabern. Ich strecke vorsichtig die Hand danach aus und fasse in ein Meer aus Blau, Rot, Orange und Gelb, das meine Finger umspielt.

„Was machst du?“

„Deine Erwartungen erfüllen.“

„Nein“, sage ich und schüttle den Kopf. Ich befreie mich von dem Schock, versuche stattdessen mich auf die Situation einzulassen.

Maris’ Grinsen erstirbt und er legt die Stirn in Falten. „Nicht?“

„Nein, du übertriffst sie bei Weitem.“

Erleichterung überzieht sein Gesicht und ich lehne mich zu ihm, schmiege meinen Kopf an seine Schulter und beobachte den Regenbogen, der unter uns Wellen schlägt. Dieser Abend hat furchtbar begonnen, doch dank Maris hat er sich um hundertachtzig Grad gedreht. Denn er hat mir eine Erinnerung geschenkt, die ich niemals vergessen werde.

Maris’ Wärme hüllt mich ein, gibt mir das Gefühl von Sicherheit. Im Hintergrund läuft die Musik des Spiels und ich schließe die Lider, lasse mich tragen von der Geborgenheit und der bunten Flut. Ein wenig ist Maris wie Schall und Rauch. Er ist da, wie ein normaler Internatsbewohner, und gleichzeitig so surreal unmenschlich, dass er verschwommen wirkt. Meine Augen sehen ihn, dennoch weiß mein Hirn nicht, wo es seine Worte und Taten einordnen soll.

„Wieso tust du das?“, frage ich und stelle mir vor, auf dem Regenbogen aus dem Zimmer zu verschwinden.

„Du hast es dir gewünscht.“

„Und das reicht?"
„Ja."
„Warum ich?"
„Weil du mich sehen kannst."
Anscheinend bin nicht nur ich abhängig von Maris' heilsamer Anwesenheit, die es heute sogar geschafft hat, mich von meiner Trauer abzulenken.
Du wirst ihn verlieren, flüstert eine Stimme in mir.
Wie denn, er ist unsterblich!, schreie ich ihr entgegen und bringe sie damit zum Schweigen. Innerlich strecke ich ihr die Zunge heraus und kuschle mich enger an Maris, denn er schafft es, meine Ängste verschwinden zu lassen. Dann öffne ich die Augen, sauge die Farbpracht erneut in mich auf, um sie nie wieder zu vergessen.
„Wie machst du das?", frage ich fasziniert und gleite mit den Fingern durch die Wellen.
„Mit meinen Gedanken. Ich stelle es mir vor und es geschieht. Ein bisschen ist es wie Laufen. Du sagst deinem Körper, er soll die Beine bewegen, und dann passiert es von allein", erklärt er und spielt ebenfalls mit der flüssigen Farbe. Sie rinnt ihm über die Hand, die Haut hinab und tropft schlussendlich wieder ins kunterbunte Meer.
„Es kostet dich keine Anstrengung?"
„Kaum."
„Wie fies", schmolle ich.
Bevor Maris antworten kann, wird hinter uns die Tür aufgerissen. Ich schieße hoch, halte die Luft an und mein Herzschlag hämmert wild durch meinen Körper.
Manuel betritt den Raum, flitzt zu einem der Sessel und greift nach etwas, das ich nicht erkenne.

Ich blicke zwischen uns hin und her, berechne die Chance, dass er mich übersieht. Verschwindend gering. Trotzdem stehe ich steif da und warte. Manuel wendet sich wieder der Tür zu, hält dann jedoch inne. Er mustert die Leinwand und kneift die Augen zusammen, als versuche er etwas zu entdecken, das ihm verborgen bleibt.

Nervös zapple ich mit den Fingern, denn ich stehe direkt in seinem Blickfeld. Ich will schon etwas sagen, eine Entschuldigung stammeln, da wendet er sich ab und verschwindet aus dem Raum.

„Was zum ...?“, entfährt es mir verwundert und ich atme stoßweise ein und aus. Meine Lunge giert nach Luft.

„Dachtest du wirklich, ich lasse dich ins offene Messer laufen, Laurie?“, meint Maris enttäuscht und beginnt eine neue Runde auf der Rennstrecke. Der Countdown zählt runter, doch es ist mir egal. Langsam drehe ich mich um und falle erschöpft in die Sofakissen. Der Regenbogen ist weg und ich bin wieder in der Realität angekommen. Was ist gerade geschehen? Wieso ist Manuel einfach wieder gegangen?

Maris schielt zu mir. „Er konnte dich nicht sehen.“

„Aber wie ist das möglich?“

„Was meinst du?“

Verwirrt strecke ich die Finger aus, halte sie mir vors Gesicht und mustere meine Haut. Ganz normal. „Ich bin ein Mensch, ich werde wohl kaum einfach unsichtbar.“

„Natürlich nicht, ich sagte ja auch mit keinem Wort, dass du dich unsichtbar gemacht hast.“ Wut klingt aus seiner Stimme.

„Du bist sauer."
„Ja."
„Tut mir leid, ich ..."
„Lass das", unterbricht Maris mich. „Dich trifft keine Schuld, ich habe es selbst zu verantworten. Ich habe dich verletzt, dir Schmerzen zugefügt und dir einen Schrecken eingejagt, der dich vermutlich die nächsten Jahre begleiten wird." Er drückt den Pausenknopf und das Auto bleibt mitten auf der Strecke stehen. Dafür finden seine Augen die meinen und Hitze steigt mir in die Wangen. Endlich fallen die Groschen und ich hätte mir am liebsten mit der flachen Hand gegen die Stirn geschlagen.
„Du hast mich beschützt", flüstere ich und spiele mit dem Bändchen meines Hoodies.
„Natürlich, schließlich bin ich dafür verantwortlich, dass du hier bist." Maris starrt auf seinen Controller, dreht ihn zwischen den Händen hin und her.
„Ich mache es dir nicht zum Vorwurf, dass du mich bei unserem ersten Zusammentreffen beinahe erwürgt hast", stelle ich klar und weiß in dem Moment, dass es die Wahrheit ist. „Du hattest Angst, dachtest ich wäre ein Feind, der dein Leben bedroht."
Er nickt, mustert das Gerät zwischen seinen Händen. „Trotzdem tut es mir leid. Ich hab die falsche Entscheidung getroffen."
„Stimmt, aber jeder macht Fehler und du hast deinen eingesehen. Das zeugt von Größe."
„Danke", murmelt Maris. „Noch eine Runde?"
„Wirst du mir meine Fragen beantworten?", stelle ich die Gegenfrage. Denn jetzt, nachdem Maris mir seine Macht erneut demonstriert hat, brennen sie mir unter

der Haut, auf der Zunge und in meinen Hirnwindungen.

„Du lässt sowieso nicht locker, oder?“

Ich schüttle den Kopf.

„Gut, wenn du gewinnst, darfst du deine Fragen stellen“, schlägt er vor und ich schnaube.

„Das ist unfair. Wie oft spielst du das?“

„Jeden Abend.“

„Jeden Abend“, echoe ich. „Siehst du. Ich hab keine Chance.“

„Dann gibst du auf?“

„Niemals, eher hoffe ich auf ein Wunder.“

Maris öffnet das Menü und startet eine neue Runde. Ich wähle wieder die Katzenlady und dieses Mal das passende rosa Gefährt mit Schnurrbarthaaren. Wenn ich verliere, dann in Würde und mit der Gewissheit, mein Bestes gegeben zu haben.

„Piste?“, fragt er und zappt durch die Level.

„Du wählst.“

Die Uhr zählt runter und ich beschleunige, gehe in die Kurve ... und knalle direkt gegen eine Kuh. „Scheiße“, fluche ich und drehe die Katzenlady einmal um sich selbst. Zum Glück habe ich keinen Führerschein. Sonst müsste ich ihn mir jetzt selbst abnehmen, so schlecht, wie ich fahre.

Auch die zweite Rennstrecke im Meer ist nicht besser, stattdessen verliere ich unter Wasser immer wieder die Orientierung, trotzdem kann ich in den letzten beiden Runden etwas aufholen und schaffe es schlussendlich auf Platz vier durchs Ziel. Ich grinse, obwohl ich verloren habe, denn bisher war das mein bestes Rennen. Dennoch wird Maris mir keine Frage beantworten.

Enttäuscht lehne ich mich zurück, lasse den Kopf auf die Lehne fallen und starre an die Decke.

„Du warst gut", meint Maris, und ich lache.

„Ja, nur nicht gut genug."

„Stell mir eine Frage, Laurie."

„Was? Wieso?", entfährt es mir.

Maris grinst. „Ist das wirklich deine Frage?"

„Nein, vergiss das." Hektisch krame ich in meinem Gedächtnis. Ich habe für den Moment nur diese eine Gelegenheit, etwas mehr aus Maris herauszubekommen. Mir schwirren tausend Möglichkeiten durch den Kopf. Es gibt so viel, das ich wissen möchte, zu viel, das nach einer Antwort schreit. Mein Hirn überhitzt und ist gleichzeitig leergefegt. Wie soll ich entscheiden, welche Information die wichtigste ist?

Maris legt seinen Controller auf die Armlehne und dreht sich zu mir. „Eigentlich hatte ich erwartet, dir würde direkt etwas einfallen."

„Das Problem ist, mir fällt nicht nur eine Sache ein, die ich wissen will, sondern Tausende", murmle ich und verschränke nachdenklich die Arme vor der Brust. Es spielt keine Rolle. Auch wenn er mir diese eine Frage beantwortet, bleiben tausend weitere unbeantwortet. Daher höre ich auf meinen Bauch und denke an das Erste, das mir in den Sinn kommt. Der Besuchstag, er geistert immer noch haltlos durch mein Bewusstsein. „Was ist mit deiner Familie?"

„Kein gutes Verhältnis", schießt es aus Maris heraus und ich warte auf eine Erklärung. Vergeblich.

„Ach, komm schon, das war keine Antwort. Wie ist deine Familie so? Hast du Geschwister? Gibt es sowas bei euch ... Unsterblichen überhaupt?"

„Laurie, das ist kompliziert."

„Ja, das verstehe ich, ehrlich. Allerdings ist alles, was dich betrifft, kompliziert. Du bist kein Mensch, unsichtbar, unsterblich und unfassbar mächtig." Dieses Mal werde ich nicht aufgeben, denn mittlerweile habe ich keine Angst mehr vor Maris. „Versuche es wenigstens zu verdeutlichen", flehe ich.

Blaue Augen mustern mich, sehen mir erneut bis auf den Grund der Seele, und hätte ich nicht bereits die Arme vor meiner Brust verschränkt, würde ich es jetzt tun. Denn ich fühle mich nackt … und entblößt. Trotzdem halte ich den Blickkontakt, auch wenn es sich anfühlt, als würden mir tausend kleine Viecher über die Haut schwirren und diese angenehm prickeln lassen. Ich schaudere und bereue, nach seiner Familie gefragt zu haben. Ich würde eigentlich viel lieber wissen, was Maris von mir denkt. Ob sich seine Nervenbahnen ebenfalls nach mir ausrichten? Ob sie von mir angezogen werden? Ob er die Stromstöße, die zwischen uns knistern, spürt?

Während all der Zeit mustert er mein Gesicht unverwandt. Dieses Mal bin ich stark und halte dem Blickduell stand. Ich kann es hinter Maris' Gesicht beinahe rattern sehen. Wie viel steht für ihn auf dem Spiel? Was beschützt er? Und schützt er uns vor irgendetwas oder irgendetwas vor uns?

„Du kannst mir vertrauen", versichere ich ihm und lächle sanft. Das Letzte, das mir in den Sinn käme, wäre ihn zu verraten oder ihn zu gefährden. Deswegen greife ich nach Maris' Hand, verschränke meine Finger mit seinen und genieße die Wärme auf der Haut. Und plötzlich wird mir klar, wie viel Maris und ich gemein haben und wieso ich mich von ihm derart angezogen fühle. Er versteht mich ohne Worte, denn es ergeht ihm wie mir, nur auf eine andere Art. „Wir sind wie Geister. Keiner kennt uns wirklich und würden wir verschwinden, fiele es nicht einmal auf. Aber vielleicht werden wir zusammen sichtbar? Zumindest füreinander?"

Maris drückt meine Hand und ich mustere unsere Finger. Erst jetzt wird mir klar, wie sehr ich mich selbst belogen habe. Ich habe die ganze Zeit gedacht, ich könnte mit all den Geheimnissen und all den kleinen Halbwahrheiten leben. Die Schule absolvieren und dann vor meiner Vergangenheit fliehen. Alles hinter mir lassen und ein neues Leben beginnen. Ich lag falsch. Egal, wo ich hingehe, die Trauer wird immer ein Teil von mir sein. Die Schatten werden nicht verschwinden, sondern haben sich bis in alle Ewigkeit um mein Herz gelegt.

Maris löst unsere Finger und steht auf. Sofort vermisse ich die Wärme auf meiner Haut. Er holt eine Packung Studentenfutter aus einer Kommode an der Wand, reißt sie auf und streckt sie mir entgegen. Dankbar greife ich hinein und picke mir zuerst alle Haselnüsse heraus. Die mag ich am wenigsten, daher esse ich sie zuerst und kann mir die guten Sachen für den Schluss aufsparen.

Dann sinkt Maris wieder auf seinen Platz und kaut selbst auf einer Nuss herum. „Eltern kenne ich nicht, denn es gab nie einen Vater oder eine Mutter, die sich um mich sorgten. Ich wurde erschaffen und war schon immer da. Deswegen hatte ich keine Kindheit oder Ähnliches. Meine Aufgabe ist klar definiert, darin besteht mein Lebensinhalt. Das ist alles."

Die zerkaute Nuss schlucke ich mühsam herunter. „Aber es gibt einen Erschaffer?"

„Ja."

„Dann hast du jemanden."

Maris schüttelt traurig den Kopf. „Auch sie hat ihren Auftrag und der ist um ein Vielfaches bedeutender als meine Existenz."

Traurig lehne ich mich gegen Maris. „Du bist nicht allein", verspreche ich und hoffe, es halten zu können. Jemanden zu verlieren, ist das schlimmste, das es gibt, allerdings muss es genau so tragisch sein, nie die Liebe einer Familie gekannt zu haben.

„Danke", flüstert Maris und ich höre das Zittern seiner Stimme. „Woher kommst du nur?"

„London."

Er lacht. „Das meine ich nicht. Wer hat dich geschickt?"

„Niemand", versichere ich.

Maris nimmt eine Rosine aus der Packung, dreht sie zwischen den Fingern und schiebt sie sich schließlich in den Mund. Auf der Leinwand läuft das Intro von *Mario Kart* zum tausendsten Mal ab. Erneut streckt Maris mir die Nusspackung entgegen und ich greife hinein.

„Was ist mit dir, Laurie? Kommen deine Eltern morgen oder sind sie verhindert?"

Schlagartig wird mir übel. Mit dieser Frage hätte ich rechnen müssen, trotzdem überrumpelt sie mich, da ich in meinen Gedanken viel zu sehr mit Maris' Schicksal beschäftigt war. Mir bleibt die Luft weg, sie steckt zwischen Mund und Lunge fest, hat sich verlaufen und einen falschen Gang genommen.

„Das ist ebenfalls kompliziert", presse ich hervor, um mir Zeit zu schaffen. Ich muss mich beruhigen und ehrlich antworten, denn Maris hat mir sein Vertrauen geschenkt, das sollte ich erwidern. *Du schaffst das, Laurie. Du kannst es ihm sagen. Gib den Schatten keine Macht mehr über dich.*

„Sie sind gestorben", dringen die Worte zum ersten Mal seit dem Unfall aus meinem Inneren.

Maris dreht sich zu mir, doch ich lehne mich weiter an ihn, schaffe es nicht, ihm in die Augen zu sehen.

„Das tut mir leid", flüstert er.

„Mir auch." Tränen suchen sich ihren Weg meine Wangen hinab, und Maris schließt die Arme um mich. Seine Anwesenheit beruhigt mich und der Schmerz verteilt sich auf unser beider Körper, ich trage ihn nicht länger alleine.

„Wie waren sie?", will er nach einer Weile wissen, und ich schließe die Lider.

„Krame die schönste deiner Erinnerungen hervor. Jetzt kippst du sie in eine Tasse heißer Schokolade und streust Mini-Marshmallows darüber. Spürst du die Wärme? Das Gefühl, dass dir nie etwas Schlimmes passieren kann? So war es, mit ihnen zusammen zu sein."

„Sie müssen unglaubliche Menschen gewesen sein."

„Ja, sie brachten Licht in jeden Raum, nahmen die Sonne überall mit hin und haben immer das Gute in allem gesehen. Ihre Liebe war grenzenlos und sie hätten alles für mich getan." Ich räuspere mich, versuche meine Stimme weniger zittern zu lassen, scheitere allerdings. Stattdessen beginnen auch meine Arme und schließlich mein ganzer Oberköper zu schlottern. „Seit sie tot sind, sehe ich die Farben nur noch wie durch einen Filter. Sie haben alles mit sich genommen. Freude, Liebe und Freundschaft."

„Nein", widerspricht Maris. „Du musst lediglich lernen, Menschen wieder an dich heranzulassen. Es ist nicht deine Außenwelt, die sich verändert hat, du bist es. Und das ist vollkommen okay. Irgendwann wirst du bereit sein, dich erneut auf jemanden einzulassen, die schönen Momente zurück in dein Herz zu lassen, und dann kehren die Farben und das Licht zurück."

„Versprochen?", hauche ich müde und öffne die Lieder.

„Versprochen!"

Erneut erleuchtet ein Regenbogen den Raum, bunte Wattewolken schweben um uns herum und kleine farbenfrohe Tiere springen über die Wiese. Sonnenstrahlen wärmen meine Haut und schenken mir etwas Frieden. Ein blaues Eichhörnchen hoppelt auf uns zu, hält vor mir inne und legt seinen gelbgepunkteten Kopf an meinen.

„Danke, Maris", sage ich, während das Tier das Weite sucht.

„Immer und jederzeit", antwortet er, und die Worte brennen sich in mein Herz, klingen wie ein Versprechen, das ich zu gern glauben möchte.

„Vielleicht kommt meine Tante morgen", meine ich nach einer Weile, in der ich Maris' Anwesenheit in vollen Zügen ausgekostet habe.

„Hast du bei ihr gelebt?"

Ich nicke. „Sie ist Dads jüngere Schwester und ich bin nach dem Tod meiner Eltern bei ihr eingezogen, aber die Situation, ihr eigener Verlust sowie meine Anwesenheit haben sie vollkommen überfordert."

„Deswegen bezweifelst du, dass sie dich morgen besuchen kommt?“

„Ja, sie hasst mich.“

„Wieso?“

„Weil ich ihr Leben zerstört habe.“

Maris schnaubt. „Das kann ich mir kaum vorstellen.“

Ich drehe mich in seiner Umarmung. Wie sehr habe ich dieses Gefühl vermisst. Monatelang habe ich niemanden an mich herangelassen, keine menschliche Nähe ertragen und alle Versuche meiner Freunde abgeblockt. Doch jetzt, in diesem Moment, ist es genau das, was ich brauche. Geborgenheit und Wärme.

„Du hast Allory nicht erlebt. Bei meiner Abreise hat sie beinahe einen Freudentanz veranstaltet. Und mit Sicherheit gab es eine Party, als ich endlich aus dem Haus war“, vermute ich und beobachte die Tierchen, die zwischen den Wolken hindurchhüpfen.

„Kein gutes Verhältnis, was?“

„Eigentlich war sie immer meine Lieblingstante. Gut, auch die Einzige, aber ich habe es geliebt, bei ihr zu sein. Wir haben ganz viele Süßigkeiten gegessen und nächtelang Serien durchgesuchtet. Wenn ich Liebeskummer hatte oder einen Rat brauchte, dann war sie die Erste, der ich alles erzählte.“ Erneut greife ich in Maris' Tüte und ziehe ein paar Nüsse und Rosinen heraus. „Wir waren beste Freunde.“

„Was ist passiert?“, fragt Maris und ich schiebe mir einen Cashewkern in den Mund.

„Sie wurde meine Erziehungsberechtigte und das überforderte uns beide. Bis dahin hat sie mich nur verwöhnt, stand stets auf meiner Seite und musste keine Regeln aufstellen. Und plötzlich änderte sich das. Die

Trauer hatte uns beide im Griff und ich hasste alles – einfach aus Prinzip. Das neue Zuhause, die neue Situation und wahrscheinlich sogar Allory. Zumindest habe ich ihr das Gefühl gegeben." Nachdenklich halte ich inne. Scheiße. Ich war in all der Zeit alles andere als nett zu Allory gewesen. „Sie hat all meine Launen abbekommen. Die Wut, den Hass und die Hilflosigkeit. Allory musste herhalten und es ertragen. Kein Wunder, dass sie froh war, mich los zu sein", erkenne ich und sinke zusammen. Meine Eltern würden sich für mein Verhalten schämen und ich tue es ebenfalls.

„Das ist normal. Ein so großer Verlust ist eine Ausnahmesituation und keiner macht dir einen Vorwurf", beruhigt Maris mich und legt sein Kinn auf meinen Kopf.

„Ich war wirklich gemein. Vielleicht sollte ich mich entschuldigen."

„Gute Idee, du kannst ihr einen Brief schreiben."

„Einen Brief? Bisschen altmodisch, oder? Nicht mal mehr Rechnungen kommen per Post."

„Dann eine Mail? Per WhatsApp oder bei Facebook", sagt Maris lachend. „Sie verzeiht dir, du wirst sehen."

Ich zucke mit den Schultern. Denn da ist auch noch die Tatsache, dass ich ihren Bruder umgebracht habe. Und das wird sie mir niemals verzeihen, genauso wenig wie ich mir selbst.

„Wir machen alle Fehler, das hast du vorhin selbst gesagt. Es ist nur wichtig, wie wir damit umgehen", wiederholt Maris meine eigenen Worte und ich verdrehe grinsend die Augen.

„Zu Fall gebracht mit den eigenen Waffen. Kein schlechter Zug."

„Danke."

„Wirst du mir mehr über dich verraten?", wechsle ich das Thema. Ich brauche etwas Ruhe für meine angespannten Nerven, die immer in Alarmbereitschaft sind, wenn es um meine Familie geht.

„Nein", gibt Maris zu und ich entwinde mich schweren Herzen seinen Armen. Bedauernd blickt er mich an. „Das kann ich nicht."

„Wieso nicht?"

„Weil es deinem Schutz dient."

Ich schnaube. „Das ist nur eine vorgeschobene Ausrede. Jeder Bad Guy sagt das, um vor dem Mädchen die Wahrheit verbergen zu können."

„Bad Guy?", fragt Maris belustigt. „Eigentlich dachte ich immer, ich gehöre zu den Guten."

„Der mysteriöse Kerl halt, du weißt, was ich meine."

„Ernsthaft, Laurie. Es bleibt dabei, ich werde dir nichts zu meiner Existenz, Herkunft oder meinem Auftrag sagen."

„Und wenn ich es errate?"

„Niemals."

„Wer weiß, vielleicht kann ich Gedanken lesen", sage ich, stemme die Hände in die Hüfte und tue so, als würde ich ihn mit meinem Blick durchleuchten.

„Versuche es ruhig."

Ich nicke. „Gut. Du beschützt irgendwas. Nur was? Ein Relikt? So etwas wie eine Tupperdose, in der der heilige Atem Gottes aufbewahrt wird", überlege ich und Maris bricht in schallendes Gelächter aus. „Was denn?" Schmollend verschränke ich die Arme vor der Brust und lehne mich zurück. „Von Harry Styles wurde sogar Kotze vom Boden gekratzt."

„Das ist eklig."

„Stimmt", gebe ich zu und stimme in sein Lachen mit ein. „Also keine Tupperdose. Ein Tor vielleicht? Ach du Scheiße, bist du der Teufel?" Mir wird kalt und ich ziehe die Augenbrauen nach oben. Sofort muss ich an die Amazon-Prime-Serie denken und vergleiche Lucifer Morningstar mit Maris.

„Der Teufel? Du schaust zu viel Fernsehen", meint Maris gelassen und mustert mich. „Also, das Gedankenlesen solltest du noch mal üben, bisher klappt es eher schlecht."

Ich hebe abwehrend die Hände. „Na gut. Gib mir noch eine Chance. Außerdem habe ich jetzt schon einiges ausgeschlossen. Du bist kein Dämon, oder?"

„Wer weiß", antwortet Maris mit einem überlegenen Lächeln auf den Lippen.

„Engel? Geist? Dschinn? Elfe? Gestaltwandler? Vampir? Halbgott? Trickster?", rattere ich eine Reihe an Fabelwesen herunter und achte dabei genau auf Maris' Mimik. Sie verändert sich nie. Egal, welches Wort ich sage, er bleibt entspannt. Mist. So schnell werde ich nicht hinter seine Fassade kommen.

„Laurie, ich meine es ernst."

„Okay." Ich gebe auf. Er hat Gründe für seine Geheimnisse, das weiß ich. Und vielleicht – ganz vielleicht – wird er sich mir offenbaren, wenn er soweit ist.

„Weißt du, ich gehe ein großes Risiko mit dir ein", gesteht er, und ich lehne mich zu ihm, weil seine Stimme kaum mehr als ein Flüstern ist. „Du könntest alles zerstören."

„Das würde ich nie", verspreche ich und merke selbst, wie dumm meine Worte klingen.

Maris schüttelt den Kopf. „Es tut mir leid. Ich muss meine Geheimnisse bewahren."

„Schon gut."

„Danke."

Stille breitet sich aus, und auch wenn ich versprochen habe, aufzugeben, kann ich meine Gedanken nicht zum Schweigen bringen. Was ist Maris? Freund oder Feind? Bad oder Good Guy? Engel oder Teufel? Mein Bauch hat seine Seite gewählt und das Herz gesellt sich dazu, doch der Verstand ist weniger schnell überzeugt und findet keine Ruhe. Er braucht Antworten. „Verrate mir etwas über dich, das niemand weiß."

„Sowas gibt es nicht."

„Wie meinst du das?"

„Ich wurde erschaffen."

Verwirrt mustere ich Maris. Die Erklärung hilft mir leider nicht. „Ja und?"

„Derjenige kennt mich in- und auswendig. Es gibt nichts, das ihn überraschen könnte."

„Du irrst dich. Selbst wenn du mit einem Ziel und bestimmten Eigenschaften entworfen wurdest, musst du dich entwickelt haben. Die Umwelt beeinflusst und formt jeden von uns, das geht an niemandem spurlos vorbei. Oder hat dein Erschaffer dir ein *Mario-Kart*-Gen eingepflanzt?" Ich lache, doch Maris bleibt ernst.

„Glaubst du das wirklich?"

„Natürlich", bekräftige ich. „Wie kannst du etwas anderes denken? Du lebst seit Jahrtausenden und dabei ist dir entgangen, wie du dich verändert hast? Du kannst mir kaum erzählen, dass du seit deiner Erschaffung derselbe bist."

„So habe ich das noch nie betrachtet", gibt Maris zu und scheint seine Lebensjahre vor dem inneren Auge erneut zu erleben. „Vielleicht habe ich eine Wahl", meint er plötzlich, und ich bin mir sicher, dass er mit sich selbst spricht. Seine Worte sind an niemanden gerichtet und vielmehr eine Feststellung als eine Aussage oder Frage.

„Die hat man immer", flüstere ich.

Maris schüttelt den Kopf. „Nein, niemand hat mich gefragt, ob ich erschaffen werden will, oder dich, ob du auf diese Welt kommen magst."

„Stimmt, dennoch war es das Beste, was mir passiert ist."

„Trotz des Schmerzes?"

„Ja", antworte ich, ohne darüber nachzudenken.

„Das ergibt keinen Sinn."

„Kann sein, aber so ist das Leben. Manchmal verstehe ich es selbst kaum. Trotzdem habe ich meine Eltern geliebt und will die Jahre, die wir zusammen hatten, niemals missen. Ohne sie ist die Welt vielleicht dunkel, trotzdem klammere ich mich an die Erinnerungen und das gibt mir Hoffnung für die Dinge, die noch vor mir liegen."

„Hoffnung", flüstert Maris und steht plötzlich vor mir. Verwirrt blicke ich zwischen ihm und dem leeren Platz neben mir hin und her. Wie zur Hölle hat er sich derart schnell bewegt? „Ich bringe dich zurück, es ist spät."

Langsam erhebe ich mich ebenfalls und folge Maris hinaus auf den Flur. Dieses Mal nehmen wir einen anderen Weg zurück in meinen Flügel, doch ich achte kaum darauf, denn ich bin zu müde. Dieser Abend war anstrengend und hat mich auf so vielen Ebenen gefordert und ausgelaugt.

„Gleich hast du's geschafft", verspricht Maris, und ich hake mich bei ihm unter. „Nur noch ein paar Stufen."

„Danke", hauche ich.

„Wofür?"

„Dass du wieder aufgetaucht bist. Ich hab nach dir gesucht", gebe ich zu.

„Laurie, ich gehöre hierher und bin für immer an diesen Ort gebunden."

Mein Kopf kippt zur Seite und ich zwinge mich, meine Lider aufzulassen. „Wo warst du dann die ganze Zeit?"

Kapitel 8

Geheimnisse sind Rudeltiere

Die Antwort bekomme ich nicht mehr mit, zumindest erinnere ich mich am nächsten Morgen nicht mehr daran. Müde strecke ich meine Glieder und greife nach dem Smartphone, um die Uhrzeit zu checken.

War der ganze Abend nur ein Traum? Das Gespräch, der Regenbogen, die bunten Eichhörnchen und dazwischen Maris und ich – meine Erinnerungen kommen mir surreal vor. Trotzdem beschleunigt sich mein Herzschlag, als ich an seine blauen Augen denke, die in der Lage sind, mir bis auf den Grund der Seele zu blicken. Glücklich kuschle ich mich unter die Decke und stelle mir vor, auf Maris' Regenbogen zu schweben. Ich lasse das Gespräch Revue passieren und eine Gänsehaut überzieht meine Arme. Die Wahrheit, dass meine Eltern gestorben sind, kam mir über die Lippen, ich habe sie tatsächlich ausgesprochen und mit jemandem geteilt. Zwar ist der Schmerz genau so intensiv wie vorher, trotzdem habe ich das Gefühl, dass er mich nicht mehr komplett einnimmt, mir stattdessen etwas Luft zum Atmen lässt. Mein Geheimnis hat mich für einen kurzen Moment geschützt, dann verwandelte es sich allerdings in ein dunkles Monster, das mich langsam auffraß. Dank Maris' Hilfe habe ich das Biest in dieser Runde besiegt.

Mein Handy vibriert auf meinem Bauch und ich hebe die Decke soweit an, dass ich aufs Display schielen kann. Mir bleibt die Luft weg. Eine Nachricht von Allory, die am heutigen Morgen einem Zeichen gleicht, denn erst gestern habe ich den Entschluss gefasst, mich bei ihr zu entschuldigen.

Schnell lasse ich die Decke wieder sinken und verstecke das Smartphone. Ich zögere, bin noch nicht bereit, mich meiner Tante zu stellen. Sechs Atemzüge später überwinde ich mich und lese die Nachricht:

Stell schon mal den Tee warm, ich bringe die Kekse mit.

Allory kommt.

Hierher.

Mich besuchen.

Mich!

Ich atme tief ein, halte die Luft einige Sekunden in der Lunge und entlasse sie dann stoßweise. Damit habe ich nicht gerechnet und die Erkenntnis, dass ich mich über die Nachricht freue, trifft mich unvorbereitet. Ja, Allory hat mich weggeschickt, ja, wir hatten unsere Probleme, dennoch ist sie momentan meine einzige Familie. Und die Tatsache, dass sie mich offensichtlich nicht hasst, sondern ihr etwas an mir liegt, rührt mich.

Hoffentlich hat Maris recht und Allory kann mir verzeihen.

Ich setze mich auf, spüre die Aufregung durch meine Adern pulsieren und strecke die Beine aus dem Bett. Was ziehe ich an? Und viel wichtiger: Was soll ich Allory sagen? Eine Entschuldigung ist überfällig, doch wird sie reichen? Kann sie mir vergeben?

Fragen über Fragen ... und wie immer keine Antworten. Das wird zur Gewohnheit und das geht mir gehörig auf den Zeiger.

Um meine Gedanken abzulenken und mich selbst zu beruhigen, stehe ich auf, verbinde die Kopfhörer mit dem Smartphone und lass mich von Alec Benjamin davontragen. Ich schnappe mir einen schwarzen Hoodie und eine Jeansjacke und schlüpfe, nachdem ich beides übergestreift habe, in meine Boots. Leise öffne ich die Tür, damit Samira in Ruhe weiterschlafen kann. Zwar ist sie total der Morgenmensch, trotzdem liebt sie es, samstags auszuschlafen, und das will ich ihr nicht nehmen.

Im Flur ist es dunkel, sicher schlummern die anderen Mädels noch. Es ist wirklich früh, doch das Frühstück sollte bereits hergerichtet sein und vielleicht kann ich dabei über meine Entschuldigung nachdenken.

Auf halbem Weg fällt mir auf, dass ich mein Notizbuch vergessen habe, deswegen schleiche ich zurück, stecke es in meine Bauchtasche und fische einen Stift vom Schreibtisch.

Im gähnend leeren Speisesaal habe ich die freie Platzwahl. Dennoch setze ich mich an unseren gewohnten Tisch und warte, bis das Personal damit fertig ist, um mich herumzuwuseln. Samstags und sonntags gibt es jede Woche wechselnde Leckerbissen zum Frühstück. Manchmal Croissants oder Donuts, ein anderes Mal Waffeln und Pancakes. Heute duftet es nach frischem Gebäck und mir läuft das Wasser im Mund zusammen.

Trotzdem ziehe ich zuerst mein Notizbuch aus der Tasche und öffne eine leere Doppelseite. Ich muss die Gedanken aus meinem Kopf kriegen und sie auf Papier bannen, bevor ich etwas herunterbekomme. Das hilft mir, alles aus einem neuen Blickwinkel zu betrachten und die wichtigen von den unwichtigen Dingen zu trennen.

Doch obwohl ich dachte, mir würde das Hirn platzen, bekomme ich kein einziges Wort heraus. Ich kann mich kaum konzentrieren.

Allory kommt her. Zu mir. Nein, wegen mir.

Meine Mundwinkel heben sich und gleichzeitig beschleunigt sich mein Herzschlag. Ich wische mir die feuchten Hände am Hoodie ab.

Vor meinem inneren Auge sehe ich die ganzen Ereignisse, seit Mom und Dad gestorben sind. Allory und ich waren beide erschöpft und haben unsere Gefühle an den anderen ausgelassen. Deswegen habe ich sie gehasst, nachdem sie mich wegschickte. Sie ist meine einzige Familie, die letzte Person, die mir bleibt. Ihr Verlust hat mir das Herz aus der Brust gerissen und wenn ich ehrlich bin, habe ich die Wut und den Schmerz in Hass verwandelt. Es war einfacher, Allory zu verabscheuen, als sie zu vermissen.

Ich notiere die Worte *Hass*, *Schmerz*, *Wut* sowie *verabscheuen* und *vermissen*. Sie gelangen über den Stift auf das Papier und verlassen meinen Körper, nehmen die Emotionen, die dahinterstecken, mit und lassen eine leere Hülle zurück. Zumindest so lange, bis mir der Duft von frischen Pancakes in die Nase steigt und mich aus meiner Starre reißt. Mechanisch erhebe ich mich, gehe zum Buffet und lade mir Unmengen an Essen auf einen Teller. Ich habe Glück, denn da wirklich viele Bewohner des Internats vegan leben, ist die Auswahl groß. Es gibt Hummus, Auberginenaufstrich, und sogar die Bananenpancakes sind heute ohne tierische Produkte. Jackpot. Alfredo, der gerade eine Ladung Muffins neben die Pancakes stellt, zwinkert mir zu. Heute Nacht lässt er sicher die Küche unverschlossen und ich weiß auch schon, was dort auf uns warten wird – Cupcakes.

Zurück an meinem Platz klappe ich das Notizbuch zu und stecke es in die Bauchtasche des Hoodies. Langsam füllt sich der Speisesaal und ich begrüße ein paar bekannte Gesichter. Mittlerweile kenne ich die meisten Schüler aus meinem Jahrgang. Nur bei den unteren Stufen wird es schwer, da habe ich das Gefühl, viele noch nie gesehen zu haben.

Trotzdem schlinge ich mein Frühstück hinunter und bin nach wenigen Minuten fertig. Da ich nichts mit mir anzufangen weiß und die Mädels weiterhin auf sich warten lassen, gehe ich nach draußen. Ich muss mir die Beine vertreten, die Anspannung loswerden und an etwas anderes denken. Im Treppenhaus sind jetzt mehr Stimmen zu hören, das Internat ist erwacht. Überall wuseln Schüler, Lehrer und Personal herum. Ihre Geschäftigkeit ist wie Zunder für meine Anspannung, deswegen suche ich das Weite. Ich renne die Treppenstufen nahezu nach unten und stoße die Eingangstür auf. Zum Glück habe ich mein Smartphone und die Kopfhörer dabei.

Musik beruhigt mich. Und Laufen ebenfalls. Deswegen stecke ich mir die Stöpsel in die Ohren und lausche meiner Mornings-Playlist, auf der sich vor allem langsame, sanfte Lieder zum Wachwerden finden. Gleichzeitig gehe ich Richtung Kapelle. Doch kurz bevor ich sie erreiche, entscheide ich mich um. Warum kann ich selbst kaum sagen. Vielleicht ist es die Angst, dort am See Lucas zu begegnen, denn momentan will ich wirklich allein sein und lediglich meinen Gedanken nachhängen. Hinter dem Hauptgebäude liegt der Sportplatz mit einem großen Rugbyfeld. Hier kloppen sich die Jungs regelmäßig – und ganz freiwillig – die Knochen aus dem Körper. Ich dagegen kann die Liebe zu einem Sport, der so viele Verletzungen mit sich bringt, nicht nachvollziehen.

Links vom Feld gibt es einen Weg, dem ich folge. Nach einiger Zeit läuft er ins Leere, geht über in einen Feldweg, der nur von Traktoren und Landmaschinen befahren wird. Ich drehe um und komme gerade zum Internat zurück, als Allory aus ihrem Mini steigt.

Es ist zu früh, jetzt habe ich noch nicht mit ihr gerechnet, denn das Programm startet erst in einigen Stunden. Deswegen halte ich inne, atme tief durch und verschränke die Arme vor der Brust. Mit geschlossenen Lidern presse ich die Luft aus meiner Lunge.

Du schaffst das, Laurie. Sie hasst dich nicht, sonst wäre sie wohl kaum hier.

Mit neuem Mut öffne ich die Augen. Allory sieht sich verstohlen um und geht zielstrebig auf den Eingang zu, wo jemand auf sie zu warten scheint, den sie anlächelt.

Verwirrt schiele ich um die Ecke und sehe Direktor Higgins, der Allory freudig begrüßt.

„Miss Gilmore, schön, dass Sie es einrichten konnten“, sagt der Direktor und Allory schüttelt ihm die Hand.

„Natürlich, ich bin gespannt, was Sie besprechen wollen.“

Mir stellen sich die Nackenhaare auf. Besprechen? Wegen mir?

Higgins deutet in die Eingangshalle. „Kommen Sie erst einmal rein, es beginnt sicher gleich zu regnen."

„Danke."

Die beiden gehen hinein und ich folge ihnen in sicherem Abstand. Was soll das? Ist Allory in Wahrheit wegen etwas anderem hier?

Vorsichtig schiebe ich die Tür auf und spähe ins Innere. Meine Tante sieht sich um. Sie war bisher nie hier drinnen, sondern hat mich beim letzten Mal am Eingang abgegeben.

„Schön hier", meint Allory und schlüpft aus ihrem grünen Mantel.

„Danke, darf ich Ihnen den abnehmen?"

„Gern." Allory reicht ihren Mantel dankend weiter und der Direktor führt sie den Flur entlang zu den Lehrerzimmern. „Wie macht sich meine Nichte?"

Higgins wendet sich Allory im Gehen zu. „Wunderbar, sie fügt sich gut ein, hat sogar schon Freunde gefunden und wird sich sicher bald wie zu Hause fühlen."

Meine Tante nickt, bleibt jedoch stumm. Gerne wüsste ich, was sie denkt. Bereut sie es, mich weggeschickt zu haben?

Da der Gang nicht sehr viele Möglichkeiten bietet, um mich versteckt zu halten, muss ich mehr Abstand zwischen uns bringen und die Stimmen werden leiser. Als die beiden um die Ecke biegen, verstehe ich kaum noch etwas. Gleich verschwinden sie im Büro des Direktors und dann habe ich die Chance, sie zu belauschen, vertan. Deswegen haste ich weiter, gebe meine Deckung auf und presse mich direkt an der Ecke gegen die Wand.

„Es war die richtige Entscheidung, Laurie hierher zu geben", bekräftigt Higgins und plötzlich schäme ich mich zu lauschen. So seltsam mir die Situation auch vorgekommen sein mag, scheint sie doch harmlos. Wahrscheinlich muss Allory einige Dinge wegen meines Aufenthalts und der Bezahlung klären. Das Geld, das Mom und Dad mir hinterlassen haben, sollte bis zu meinem Schulabschluss reichen.

„Nachdem sie ihr das Vollstipendium angeboten und die Wichtigkeit ihrer Bildung hervorgehoben haben, hatte ich wohl kaum eine Wahl", meint Allory und ich stutze.

Vollstipendium? Wofür? Ich bin wirklich keine schlechte Schülerin, aber ein Stipendium? Never ever.

„Sie werden es nicht bereuen, Miss Gilmore, und Laurie wird es Ihnen danken. Unser Internat hat einen hervorragenden Ruf", erklärt Higgins, dabei hat er meine Tante längst überzeugt, immerhin bin ich schon hier.

Die Tür klickt und die Stimmen verklingen. Ich bleibe zurück und lehne verwirrt den Kopf zurück. Auf der einen Seite bin ich erleichtert, unentdeckt geblieben zu sein, andererseits hätte ich gerne mehr gehört. Was hat es zu bedeuten, dass Allory offenbar keinen Cent für meinen Aufenthalt am Internat zahlt? Wofür sollte ich ein Stipendium bekommen haben?

„Laurie, kann ich dir helfen?" Mr Hendriks erschreckt mich zu Tode und ich drehe mich so hastig zu ihm, dass ich das Gleichgewicht verliere. Atemlos stütze ich mich an der Wand ab.

„Ähm ... ja, also ... ich habe mich verlaufen.“ *Beruhig dich, Laurie, Stottern macht deine Story kaum plausibler.*

Mr Hendriks legt mir eine Hand auf die Schulter. „Ist mir anfangs auch dauernd passiert. Es brauchte knapp einen Monat, bis ich meine eigene Wohnung ohne Umwege fand.“ Er lacht und blickt einen Augenblick an die Decke. „Wo sollte es denn hingehen?“

„Ich war spazieren und dann auf dem Weg zurück in meinen Flügel. Anscheinend bin ich falsch abgebogen.“ Die Lüge kommt mir leicht über die Lippen, mittlerweile habe ich Übung darin, auch wenn das nichts ist, wofür ich mir auf die Schulter klopfen sollte.

„Dann bist du ganz falsch“, klärt Mr Hendriks mich auf und ich nicke treudoof. In Wahrheit weiß ich genau, wo ich lang muss, um zurück zu unserem Zimmer zu kommen. Trotzdem lasse ich es mir erklären und bedanke mich danach.

Dann verlasse ich mit wild klopfendem Herzen den Gang und eile zurück zum Treppenhaus. Ob Mr Hendriks etwas gemerkt hat?

„Laurie“, durchbricht Samira meine Gedanken. „Kommst du etwa gerade vom Frühstück?“

Meine Zimmergenossin steht einige Stufen über mir und trägt bequeme Joggingkleidung.

„Ja. Ich bin heute Morgen früh aufgewacht und habe die Zeit für einen Spaziergang genutzt. Und du? Gehst du laufen?“

Verwirrt blickt Samira mich an. „Nein, wieso ...“, sie sieht an sich herunter und lacht. „Mir ist die saubere Wäsche ausgegangen. Das ist alles, was mein Kleiderschrank hergibt. Bevor wir unsere Pläne in die Tat umsetzen, muss ich heute unbedingt waschen.“

„Meine Tante kommt zu Besuch“, platzt es aus mir heraus und ich bin froh, den Gedanken endlich mit jemandem teilen zu können.

Samira nimmt meine Hand und drückt sie. „Oh, das freut mich für dich. Dann müssen wir heute wohl ohne dich auskommen.“

„Ob ihr das schafft?

„Es wird uns schwerfallen“, meint Samira theatralisch und legt sich den Handrücken an die Stirn. „Ob wir ohne deine Anwesenheit Spaß haben können? Ich bezweifle es, es wird eine traurige Runde.“

Lachend boxe ich Samira gegen den Oberarm. Ihr Magen knurrt und sie fasst sich an den Bauch. „Oje, ich gehe das Raubtier besser füttern, bevor es ausbricht und um sich schlägt.“

„Gute Idee, wir sehen uns später.“ Ich steige an Samira vorbei, die Stufen nach oben, dann fällt mir etwas ein. „Ach so, Samira?“

„Ja?“

„Wie wird das heute ablaufen? Ich weiß, es gibt ein Programm, aber ehrlich gesagt habe ich nie richtig zugehört.“

Samira wendet sich mir zu. „Du kannst entweder mit deiner Tante an der Internatsführung teilnehmen oder die Zeit mit ihr allein verbringen. Wie du magst. Am Ende essen wir alle zusammen im Speisesaal. Ach, ich freue mich, deine Tante kennenzulernen.“

Ich bedanke mich und mache mich auf den Weg in mein Zimmer. Eine gute Stunde bleibt mir, bis Allory offiziell hier eintreffen sollte. Um den Kopf freizubekommen, nutze ich die Zeit für eine Dusche. Das warme Wasser umspielt meine Haut, während meine

Gedanken kreisen. Bisher habe ich angenommen, dass mein komplettes Erbe für die Ausbildung auf Kingswood Castle draufgeht. Allerdings habe ich Allory nie danach gefragt. Heute wäre der perfekte Zeitpunkt.

Ich trockne mir das Haar mit dem Föhn und schlüpfe in frische Klamotten. Sogar Lippenstift und Wimperntusche trage ich auf, um für Allory hübsch auszusehen.

Dann gehe ich hinaus und setze mich auf eine Bank vor dem Gebäude. Mit meinem Lieblingssong auf den Ohren lasse ich mir die Sonne ins Gesicht scheinen und versuche, nicht die Nerven zu verlieren. Was, wenn meine Tante lediglich hier ist, um mir endgültig Lebewohl zu sagen? Was, wenn sie mich doch hasst und mir niemals verzeihen kann?

Alle paar Sekunden werfe ich einen Blick auf die Uhr und sehe zu, wie die Minuten zäh vergehen. Die ersten Familienangehörigen kommen an. Einige haben Geschenke dabei, andere sehen wenig begeistert aus und wünschen sich mit Sicherheit, an einem anderen Ort zu sein. Trotzdem werden sie von Direktor Higgins in Empfang genommen und hereingebeten. Bevor wir Schüler unsere Familien begrüßen dürfen, gibt es eine kleine Informationsveranstaltung für die Eltern, Geschwister und Angehörigen.

Maris biegt um die Ecke und kommt den Kiesweg aus Richtung der Kapelle entlang. Nachdem er mich gesehen hat, steuert er auf meine Bank zu und setzt sich links neben mich.

„Hey, Unsichtbarer." Mein Magen wird unruhig. Die Erinnerung an seine Arme, die er um mich gelegt hat, kommt hoch und mir steigt Hitze ins Gesicht. Ob es mir lieb ist oder nicht, ich vermisse seine Berührung.

„Hey, was machst du hier draußen?"

„Auf meine Tante warten", gebe ich zu und blicke verunsichert zu Boden.

„Sie kommt?"

„Ja."

„Siehst du", meint Maris und stößt mit seiner Schulter gegen meine. „Dann könnt ihr euch aussprechen."

„Vielleicht", flüstere ich, unsicher, ob ich Maris erzählen soll, was ich vorhin belauscht habe. Womöglich reagiere ich einfach über? Ein anderer Blickwinkel ist sicher gar nicht so schlecht.

Ich sehe zu ihm, doch er scheint weit weg zu sein. „Maris?"

Er nimmt mich nicht wahr. Sein Blick ruht auf dem Internat und die Stirn liegt in Falten.

„Maris?"

Nichts, keine Reaktion.

Sanft lege ich ihm die Hand auf den Unterarm und erstarre. Kälte kriecht von meinem Steißbein die Wirbelsäule nach oben und ich halte die Luft an. Meine Organe ziehen sich zusammen, verschmelzen zu einem eisigen Klumpen und drücken gegen meine Bauchdecke. Ich lege die Hand auf die schmerzende Stelle, den Blick starr nach vorne gerichtet. Das Bild, das sich mir aufdrängt, ist verschwommen, ich fühle es mehr, als dass ich es sehe. Das Internat liegt vor mir, um mich wuseln Menschen herum und ich spüre rechts jemand neben mir. Irgendetwas an dem Geschehen ist seltsam, allerdings bleibt mir verborgen, was es ist.

„Ach du Scheiße", entfährt es mir, nachdem das Bild verschwunden ist und ich wieder klar sehe. „Nicht schon wieder."

Ich fasse mir an den Kopf und stütze meine Ellbogen auf die Oberschenkel, atme hektisch ein und aus. Der Klumpen in meinem Inneren ist verschwunden und alles kehrt an seinen Platz zurück. Allmählich entspanne ich mich und mein Puls beruhigt sich.

„Laurie?“ Maris scheint aus seiner Starre erwacht zu sein. „Alles okay?“

„Ja, es geht schon“, lüge ich und atme tief ein, um mich zu beruhigen.

„Was ist los?“, fragt er und legt seine Hand auf meine Schulter. Ich zucke zusammen, habe Angst, abermals etwas zu sehen, das nur in meinem Kopf existiert. „Es ist erneut passiert“, stellt Maris fest und ich nicke.

„Ja.“

„Was war es diesmal?“

„Schwer zu erklären. Es war ein Gefühl. Unbehagen ...“

„... als schwebe ein Unheil über dir“, beendet Maris den Satz und ich sehe auf.

„Woher weißt du das?“

„Ich kann es ebenfalls spüren. Etwas stimmt nicht. Seit Schulbeginn hat sich die Aura des Internats verändert.“

„Was soll das heißen?“

Maris zuckt mit den Schultern. „Keine Ahnung, ich bin nicht allwissend.“

„Schade.“

„Ja, manchmal wäre es praktisch, aber die meiste Zeit bin ich froh darum.“

„Wieso? Du wüsstest einfach alles, hättest immer die richtige Antwort und müsstest nie ewig über etwas nachdenken.“

Ich beobachte weiter das Treiben auf dem Platz vor uns und lehne mich zurück. Würde ich zu jeder Frage die Lösung kennen, könnte ich mir vielleicht endlich erklären, wieso meine Eltern sterben mussten. Oder woher die Visionen kommen ...

„Stell dir mal vor, wie sinnlos dein Leben wäre“, meint Maris, während ein kleiner Hund über den Kies hechtet. Seine weißen Zotteln wippen mit jedem Schritt auf und ab. „Nichts kann dich überraschen, die ganze Spannung ist verloren und du kennst den Verlauf deines ganzen Lebens.“

Der Hund sprintet auf uns zu und kommt ganz kurz vor meinen Beinen zum Stehen. Ich strecke ihm die Finger entgegen und er schnuppert schwanzwedelnd daran. Sanft fahre ich ihm durchs Fell, während ich über Maris' Worte nachdenke.

„Alles hat Vor- und Nachteile“, gebe ich zu bedenken.

„Für mich überwiegen deutlich die Nachteile“, sagt Maris, und der kleine Hund wendet sich ihm zu, schnuppert an seinem Bein und springt ihm dann auf den Schoß.

„Er sieht dich?“, entfährt es mir.

Maris nickt. „Ja, ich mag Hunde, deswegen zeige ich mich ihm.“

„Für den Rest der Anwesenden bist du allerdings unsichtbar?“

„Wir beide sind es. Wäre etwas komisch, würde dich jemand Selbstgespräche führen sehen, oder?“

„Wahnsinn.“ Langsam hebe ich meine Hand, drehe sie hin und her. Sieht genauso aus wie vorher. Keine durscheinende Haut, kein Schleier, der darüber liegt.

Der Hund bellt, hascht nach Maris' Aufmerksamkeit und ich lache. „Du hast wohl einen neuen Freund."

„Chester kennt mich, er begleitet sein Frauchen seit Jahren."

Einen Augenblick beobachte ich die beiden und muss an Milow denken. Er war ein Daddyhund und zu jeder Schandtat bereit. Neben meinen Eltern vermisse ich ihn am meisten, denn als ich in Allorys Wohnung zog, musste ich ihn zurücklassen. Er blieb bei Blake. Ich frage mich oft, ob es die richtige Entscheidung war. Allwissend zu sein muss himmlisch sein, denn ich wüsste immer den richtigen Weg – oder würde zumindest überhaupt einen sehen. Traurig knete ich meine Finger. „Es war meine Schuld", flüstere ich vollkommen in Gedanken.

„Nein", behauptet Maris und holt mich damit zurück in die Gegenwart. Shit, habe ich die Worte laut ausgesprochen? Er wendet sich mir zu, trotzdem kann er unmöglich wissen, wovon ich spreche.

„Wie bitte?"

„Sie sind nicht deinetwegen gestorben."

„Woher? ... Maris, verschwinde aus meinem Schädel, du hast es versprochen."

Maris lacht und Chester hebt sein kleines Köpfchen. „Ich kann keine Gedanken lesen, Laurie."

„Aber wie ...?"

„Deine Aura ist dunkel vor Trauer. Und Schuldgefühle rieche ich zehn Kilometer gegen den Wind."

„Sie waren meinetwegen unterwegs", keuche ich atemlos und verschränke die Arme vor der Brust. „Ich hatte sie angerufen, damit sie mich von einer Party abholen, weil meine Freundinnen betrunken waren.

Eigentlich hätte ich bei einer von ihnen übernachten sollen, doch der Alkohol hatte sie gemein werden lassen und wir haben uns gestritten. Danach wollte ich nur noch nach Hause. Draußen herrschte ein Gewitter und kurz bevor meine Eltern bei mir ankamen, schlug der Blitz in einen Baum ein, der auf die Straße krachte. Mein Dad riss das Lenkrad herum und der Wagen prallte gegen eine Betonwand ..."

„Sie waren da, weil sie dich geliebt haben, sich um dich sorgten", erklärt Maris sanft, aber ich schüttle den Kopf.

„Wäre ich nicht auf diese blöde Party ..."

„Laurie, hör mir zu. Glaubst du an das Schicksal?", fragt Maris und ich zucke mit den Schultern. „Ich schon. Alles hat einen Grund, alles ist vorherbestimmt. Wären sie nicht an diesem Tag gestorben, dann wenig später. Niemand kann seiner Bestimmung davonlaufen."

„Das ist grausam", schluchze ich.

„Vielleicht, dennoch ist es die Antwort auf deine Frage. Du hättest nichts an ihrem Tod ändern können."

„Wie du schon sagtest, niemand ist allwissend, also ist das reine Spekulation", pampe ich zurück. Ich trage diese Last so lange mit mir herum, dass mir ihr Gewicht vertraut ist und ich Angst davor habe, sie zu verlieren. „Tut mir leid."

„Schon gut, ich verstehe dich."

Chester springt auf, hechtet erneut einmal über den Kies und wird fröhlich von einer blonden Frau begrüßt. Sie nimmt das kleine Kerlchen auf den Arm und trägt es ins Innere.

„Danke“, flüstere ich und strecke das Gesicht in die Sonne. Selbst wenn Maris recht hat, bin ich noch eine Entschuldigung bei Allory davon entfernt, mir selbst zu verzeihen. Trotzdem haben mir seine Worte etwas Frieden geschenkt, mir ein Stück der Last abgenommen, und das werde ich ihm nie vergessen.

Als mein Blick auf das Internat zurückfällt, läuft mir erneut ein Schauer über den Rücken. Die Aura von der Vision ist zwar verflogen, dennoch habe ich ein ungutes Gefühl. „Sind wir in Gefahr?“, frage ich Maris daher.

Er schüttelt den Kopf. „Nicht unmittelbar.“

„Immerhin.“ Mein Smartphone vibriert. Allory. „Mist, ich muss los.“ Trotz meiner Worte bleibe ich sitzen, schließe die Lider und versuche, nicht durchzudrehen. Mit geballten Fäusten erhebe ich mich schließlich.

„Du schaffst das“, bestärkt Maris mich, und ich lächle ihm dankbar entgegen.

„Wird schon schiefgehen.“

Länger zu trödeln bewahrt mich wohl kaum vor dem Unausweichlichen. Irgendwann muss ich mich meiner Tante stellen. Und vielleicht ist dazu genau heute der richtige Zeitpunkt. Denn dank Maris fühle ich mich stark genug, um Allory und meiner Vergangenheit gegenüberzutreten.

Deswegen winke ich Maris zum Abschied und gehe die Stufen zur Eingangstür hinauf. Allory wartet in der Eingangshalle, bewundert die Fresken an den Wänden, während andere Mütter und Väter bereits von ihren Kindern begrüßt werden.

Glück sprudelt durch den Raum, vermischt sich mit dem hellen Lachen der Jugendlichen. Einen Augenblick genieße ich die Stimmung, lasse mich von der Freude tragen und ablenken.

Aber irgendwann muss ich meiner Tante gegenübertreten und je schneller ich es hinter mich gebracht habe, desto eher kann ich wieder frei atmen.

„Allory“, sage ich mit fester Stimme und bin selbst darüber überrascht.

Sie senkt den Blick, sucht einige Sekunden nach mir und ... Tränen glitzern in ihren Augenwinkeln.

„Laurie“, haucht sie, nachdem sie mich entdeckt hat, und streckt ihre Arme nach mir aus. Ohne nachzudenken, laufe ich auf sie zu und lasse mich gegen ihren Oberköper sinken. Sie schließt mich fest in eine Umarmung und wippt uns leicht hin und her.

„Ich hab dich so vermisst“, flüstert sie in mein Haar, und ich kann meine eigenen Emotionen nicht mehr im Zaum halten. All der Ärger, das Unverständnis und die vermeintliche Wut sind verraucht. Zurück bleibt Liebe. Meine Haut ist ganz warm und ich fühle mich unfassbar geborgen. Ein wenig habe ich sogar das Gefühl, Mom und Dad zu spüren.

Mit geschlossenen Lidern nicke ich. „Ich dich auch.“

Als Allory mich nach einiger Zeit freigibt, hat sich die Halle geleert und wir sind die Letzten.

„Es tut mir leid“, platze ich heraus, kann keine Sekunde länger warten.

Allory sieht mich verwirrt an. Ihr rotblondes Haar ist kürzer und ich schäme mich dafür, dass ich das verpasst habe. Hätte ich nur auf eine ihrer vielen Nachrichten geantwortet. „Was denn, Schätzchen?“

„Mein Verhalten“, sage ich und spüre, wie die erste Träne über meine Wange rollt. „Ich ... es ... es tut mir ...

so leid", schluchze ich und versuche die richtigen Worte zu finden, doch ich scheitere. Wahrscheinlich wird keine Silbe, kein Satz stark genug sein, um mein ehrliches Bedauern auszudrücken. „Sie sind meinetwegen gestorben, hätte ich ... bei Amy übernachtet ..." Meine Stimme bricht.

Allory ist sofort wieder bei mir und legt mir die Hände auf die Schultern. „Laurie, alles ist gut. Du konntest nichts dafür."

„Nein, bitte ...", flehe ich. Nicht um Gnade, sondern um Gehör. Sonst erdrückt mich die Last irgendwann, vergräbt mich unter sich und ich verschwinde für immer in der Versenkung. Gut, vielleicht übertreibe ich, aber meine Gefühle spielen verrückt. So viele verschiedene Emotionen fließen durch meine Adern, wollen gespürt und wahrgenommen werden.

„Schätzchen, ich weiß. Es auszusprechen ist unnötig. Ich habe auch Fehler gemacht. Ich hätte mich mehr auf dich einlassen und einstellen müssen. Wir waren beide Gefangene unserer Trauer. Mir tut es ebenfalls leid", offenbart Allory, und ich kann endlich wieder frei atmen. „Und wage es nicht, dir die Schuld für alles zu geben. Es war ein Unfall. Niemand kann etwas dafür."

Erleichtert lege ich meine Stirn an Allorys und schließe die Augen für einige Herzschläge. Endlich ist das Band zwischen uns zurück, das ich meine ganze Kindheit so geliebt habe. Sie ist wie eine Schwester und ich habe ihre Liebe und Fürsorge vermisst. Ja, ich war selbst schuld, habe mir Hass eingeredet, wo vermutlich nie welcher war, anstatt meine Verletzlichkeit zu akzeptieren. Dennoch bin ich froh, dass auch Allory ihre Fehler zugegeben hat. Es zeigt mir, dass sie mich ernst nimmt, und erschafft uns eine Basis, auf der wir neu beginnen können.

„Wieder gut?", fragt Allory lächelnd. Ich nicke. „Okay", meint meine Tante fröhlich und hakt sich bei mir unter. „Dann zeig mir mal dein neues, nobles Zuhause."

Ich wische mir die letzten Tränen weg und ziehe Allory mit mir die Stufen nach oben. Mit jedem Schritt schwebe ich ein Stückchen höher, denn die Erleichterung nimmt mich komplett gefangen. Beinahe lache ich auf, wenn ich daran denke, dass es nur einige Worte brauchte, um die Gefühle, die zwischen uns standen, zu überwinden.

„Wie gefällt es dir hier?" Allorys Worte reißen mich aus meinen Gedanken.

Wir laufen den Gang entlang, durch die Tür zum Mädchentrakt und an den Zimmern der anderen vorbei.

„Tatsächlich gut", gebe ich zu und es entspricht der Wahrheit. In diesem Fall bedarf es keiner Lüge. Auch wenn ich es um jeden Preis verhindern wollte, habe ich die Mädels ins Herz geschlossen. Und auch Lucas und Maris haben sich einen Platz ergattert. Zum ersten Mal, seit mein Leben komplett auf den Kopf gestellt wurde, fühle ich mich normal und lebendig. Ich werde nicht bemitleidet und ausgestoßen, sondern mit offenen Armen empfangen und aufgenommen. Vielleicht lag ich falsch und genau das ist es, was das Leben ausmacht. All die Menschen um sich zu haben, die man niemals verlieren möchte. Die Angst vor dem Verlust hat mich daran gehindert, die schönen Dinge zu sehen, ließ mich alles schlecht reden und nur auf Sparflamme leben. Ich stand im Abseits, schaute zu, wie das Leben um mich herum passierte, wollte aber niemanden an mich heranlassen, mich nie komplett öffnen. Und nun gibt es da meine Freundinnen, Lucas und Maris, der mein Herz innerhalb weniger Sekunden zum Implodieren bringt. Der es schafft, mir das Gefühl von Schuld zu nehmen, das ich seit Monaten mit mir herumgetragen habe. Meine Finger kribbeln und ich balle die Hände zu Fäusten, um es loszuwerden. Hitze steigt bei dem Gedanken an Maris in mir auf, deswegen senke ich den Blick und konzentriere mich auf Allorys Frage.

„Ich habe nette Menschen kennengelernt, und einige davon sind wirklich gute Freunde geworden. Der Unterricht ist hart und es gibt Hausregeln, die sicher aus dem achtzehnten Jahrhundert stammen, aber damit kann ich mich gut arrangieren", fasse ich die letzten zwei Wochen zusammen und kann gar nicht glauben, dass erst so wenige Tage seit meiner Ankunft vergangen sind.

Allory schmiegt sich an meinen Arm. „Das freut mich, Schätzchen."

„Und das ist mein Zimmer", erkläre ich, während ich die Tür zu unserem Reich aufstoße. Samira blickt vom Bett auf, legt ihr Buch zur Seite und erhebt sich. „Samira ist meine Mitbewohnerin", stelle ich sie vor. „Das ist meine Tante Allory."

„Nett, Sie kennenzulernen, Miss Gilmore", sagt Samira lächelnd und reicht Allory höflich die Hand.

„Schätzchen, bitte. Nenn mich Allory."

Samira nickt. „Gern. Ich geh dann mal und lass euch ein bisschen allein."

„Danke." Meine Freundin winkt ab und ich muss mir eingestehen, dass ich unfassbar schlecht darin bin, Leute nicht ins Herz zu schließen. Denn auch wenn ich Samira fernhalten wollte, meine Geheimnisse für mich behalten habe und mich immer zurückhielt, ist sie längst meine Vertraute.

„Was lachst du so?", fragt Allory und geht durch den Raum.

„Ach nichts", antworte ich und unterdrücke das Grinsen. Ich lache über mich selbst. Über meine Gabe, mich zu belügen und mir etwas vorzumachen. Dieses Internat ist vielleicht noch nicht zu meinem Zuhause geworden, dennoch fühle ich mich hier endlich geborgen, habe einen Neustart geschafft und kann mir kaum vorstellen, jemals wieder von hier wegzugehen. Ja, ich vermisse Allory, aber der Alltag auf Kingswood Castle hat mich zurück ins Leben geholt, mir neuen Mut und eine neue Perspektive gegeben.

Vor dem Bett bleibt Allory stehen. „Etwas trist. Wieso hast du deine ganzen gerahmten Prints, Bilder und Collagen zu Hause gelassen?"

Ich zucke mit den Schultern und stelle mich neben sie. „Sie erinnerten mich zu sehr an Mom und Dad und es hat sich falsch angefühlt, Erinnerungen, die ich mit ihnen gesammelt habe, nach Kingswood Castle zu bringen, einen Ort, den sie nie selbst kennenlernen werden."

„Ja, ich verstehe, was du meinst. Aber auch jetzt, in deinem Herzen, sind deine Eltern immer bei dir, Laurie. Sie werden jede deiner Entscheidungen beeinflussen und begleiten. Die Erinnerungen werden nicht verblassen, nur weil du sie an verschiedene Orte mitnimmst."

Gott, wie sehr habe ich diese Gespräche vermisst. „Vielleicht hast du recht."

„Weißt du was?", meint Allory enthusiastisch. „Wir kaufen einfach leere Bilderrahmen und dann kannst du sie mit neuen Erinnerungen füllen. Laurie, es ist wichtig, dass du niemals vergisst zu leben. Ja, deine Eltern sind gestorben, aber du bist am Leben. Verstecke dich nicht in der Vergangenheit, trau dich, in die Zukunft zu blicken, auch wenn es dir ohne sie schwerfällt."

Mein Herz zieht sich zusammen und ich beiße die Zähne leicht aufeinander. Allorys Offenheit tut weh und ist befreiend zugleich. Ich wünschte, wir hätten schon früher derart frei miteinander sprechen können und wären weniger von unserer Trauer gefangen gewesen.

Ich lehne mich an meine Tante. „Danke, dass du gekommen bist. Es tut gut, dich zu sehen."

Allory lacht und legt mir ihren Arm um die Schulter. „So, jetzt haben wir aber genug Trübsal geblasen, oder?" Sie blickt auf die Uhr. „Mist, und die Führung haben wir auch verpasst."

„Nicht so schlimm, wenn du willst, zeige ich dir das Internat. Verlaufen inklusive."

„Das klingt himmlisch und viel besser als der ursprüngliche Plan", feixt Allory. „Ich wollte mich schon immer mal in einem alten Steingemäuer verlaufen. Am besten in den Kerkern."

„O ja, die Kerker sind auch meine liebsten Räume. Rustikal und einfach. Aber im Sommer bieten sie Schutz vor der Hitze. Einfach grandios."

„Perfekt." Allory klatscht in die Hände und geht Richtung Tür. Am Schrank hängt meine Schuluniform und sie bleibt direkt davor stehen. Die Sonne scheint durchs Fenster und lässt die Farben leuchten.

„Grün ... keine deiner Farben. Hättest du nicht eine in Schwarz haben können?"

Ich lache. „Nein. Tatsächlich stört mich die Abwechslung kaum. Etwas Farbe ist ganz gut."

„Waaaas?", spielt Allory die Empörte. „Farbe? Hast du gerade gesagt, du magst die *Farbe*?" Mit großen Augen blickt sie mich an.

Grinsend gehe ich an ihr vorbei. „Falls mich jemals jemand danach fragt, werde ich es abstreiten."

„Schon verstanden", sagt meine Tante und folgt mir hinaus auf den Gang. „Ich mag dein Zimmer. Es ist gemütlich, und Samira hat offene und ehrliche Augen. Sie ist sicher ein Fisch. Und im Aszendenten vielleicht ein Krebs, was meinst du?"

Augenverdrehend zucke ich mit den Schultern. Mit Sternzeichen habe ich mich nie viel beschäftigt und ich glaube kaum, dass der Mond und der Stand der Erde etwas mit meinen Eigenschaften zu tun haben. „Kann sein. Magst du das Internat überhaupt sehen? Es ist eigentlich eine normale Schule und die Unterrichtsräume sind ziemlich unspektakulär. Die Bibliothek ist beeindruckend."

„Puh, Bücher? Lass uns lieber rausgehen. Erzähl mir von deinen neuen Freundinnen." Mit Allorys Antwort habe ich fast gerechnet, denn sie kann mit zwischen den Seiten gebannten Geschichten kaum etwas anfangen. Zwar ist sie unfassbar fantasievoll, doch Bücher sind für sie leblose Wesen ohne Seele.

„Dann schlage ich vor, wir machen einen kleinen Spaziergang und danach gehen wir auf die Suche nach den Mädels und du kannst sie direkt selbst kennenlernen und nach ihren Sternzeichen, Schuhgrößen oder Zahnpastamarken fragen."

„Machst du dich über mich lustig?"

„Niemals."

„Gut, immerhin bin ich deine Tante, älter und somit auch weiser", meint Allory leichthin und öffnet mir die Tür ins Treppenhaus.

Jetzt kann ich das Lachen nicht mehr zurückhalten. Ich hake mich erneut bei ihr ein. In der großen Halle laufen wir Higgins über den Weg. Er nickt uns zu, geht dann weiter in die Richtung seines Büros. Bei seinem Anblick wird mir mulmig zumute. Seine Worte, das Gespräch und Allorys Lüge fallen mir wieder ein. Na ja, eigentlich war es keine Lüge. Ich habe sie nie danach gefragt, sondern bin einfach davon ausgegangen, dass Moms und Dads Vermögen für die Gebühren von Kingswood Castle draufgeht.

Die Sonne empfängt uns draußen und der Kies knirscht unter meinen roten Chucks. Vögel zwitschern und es ist erstaunlich warm für diese Jahreszeit. Trotzdem fröstle ich. Nicht, weil mir kalt ist, sondern weil ich mich entscheiden muss. Spreche ich Allory auf die Sache an oder warte ich bis zum nächsten Mal? Ich will nicht kaputt machen, was wir gerade wiedergewonnen haben. Das Band zwischen uns ist dünn und jede Erschütterung vermag es zu zerreißen. Sie noch mal zu verlieren, würde mich zerstören, dessen bin ich mir sicher.

Trotzdem juckt die Lüge unter meiner Haut. An einer Stelle, die ich niemals zum Kratzen erreichen kann und deren Juckreiz nur die Wahrheit lindern kann. Je mehr ich daran denke, desto stärker wird das Gefühl, bis meine gesamte Haut prickelt. Es belastet mich, lediglich die Hälfte zu wissen und im Unklaren über meine Situation zu sein. Wenn ich dieses Stipendium bekommen habe, sollte ich wissen wofür ... und mich vielleicht anstrengen, um dem auch gerecht zu werden.

„Allory?", platzt es aus mir heraus und meine Tante zuckt zusammen.

„Was hab ich angestellt?"

„Nichts ... ich war nur in Gedanken und da kam das ... also." Mist, bisher habe ich verdrängt, dass ich zugeben muss, gelauscht zu haben. Oder ... vielleicht auch nicht. „Mein Stipendium, wie kam es dazu?"

Ich dirigiere uns zu der Bank, auf der ich zuvor mit Maris gesessen habe. Allory stellt ihre Tasche neben sich und streckt sich. „Was meinst du?"

Möglichst unbeteiligt zucke ich mit den Schultern, gebe mir Mühe, gleichgültig zu klingen. „Na ja, wie sind sie auf meine Fähigkeiten aufmerksam geworden?"

„Dein Physiklehrer hat dich hier beworben, hat er dir das verschwiegen? Ich dachte, du wüsstest es. Wir haben zusammen mit Professor Higgins deinen Aufenthalt in Kingswood Castle besprochen."

Mit großen Augen starre ich Allory an. „Mein Physiklehrer?" Physik? Ist das ein Witz? Ich hasse das Fach und habe mit meinem Lehrer nie mehr als nötig gesprochen. Sicher hätte er mich nie irgendwo beworben. Die Geschichte wird von Sekunde zu Sekunde absurder und ich verstehe nichts mehr. „Physik“, flüstere ich verwirrt.

Allory legt mir ihre Hand auf den Oberschenkel. „Physik war früher keins deiner Lieblingsfächer, deswegen war ich überrascht von deiner guten Leistung und dem Stipendium dafür. Aber wenn ich sehe, wie gut dir der Aufenthalt hier tut, bin ich froh, dass es so gekommen ist.“

Und dann wird mir klar, dass Allory die Lüge glaubt. Sie denkt, das Stipendium und meine Fähigkeiten seien echt. Scheiße. Irgendetwas ist hier faul. Nur was? Welchen Grund sollte Higgins, sollte überhaupt jemand haben, mich als Stipendiatin auszugeben, nur damit ich Kingswood Castle besuche. Das ergibt keinen Sinn.

Plötzlich muss ich an Maris’ Worte denken. Ein Unheil schwebt seit Schulbeginn über dem Internat. Seit *ich* hier bin. Was, wenn ich dieses Unheil mitgebracht habe oder noch über die Schule bringen werde? Nein, unmöglich. Was sollte ich schon tun? Für wen könnte ich gefährlich werden?

Maris, schießt es mir durch den Kopf und ich zucke zusammen. Ich kenne sein Geheimnis. Na ja, nur ein Bruchteil davon, aber zumindest weiß ich von seiner Existenz und das könnte irgendwann sicher zum Problem werden. Aber wieso?

Mann, jetzt wäre ich gerne allwissend, scheiß auf die Konsequenzen.

„Keks?“ Allory reicht mir eine Metalldose voller selbstgemachter Cookies. Mir läuft das Wasser im Mund zusammen und ich greife zu.

„Danke.“

„Behalte den Rest, ich weiß doch, wie gern du meine Kekse magst."

Ich beuge mich zu meiner Tante und drücke sie an mich, erleichtert, wenigstens sie hinter mir zu wissen. Dass sie mir den Rücken stärkt, anstatt mir ein Messer hineinzurammen. „Es tut mir leid", sage ich und entschuldige mich für den Gedanken, dass Allory mich wegen des Stipendiums angelogen haben könnte.

„Was ist es dieses Mal?"

„Dass ich die Kekse nie ausreichend gewürdigt habe", meine ich schnell und beiße in eins der Gebäckstücke. „O Gott, Allory, die sind innen noch ganz weich."

Sie nickt. „Wie du sie am liebsten magst."

„Ich hab dich lieb."

„Ich dich auch."

Kapitel 9

Einmal Ruhe zum Mitnehmen, bitte

Eine Woche später beginnt der Montag eines Wochenanfangs würdig: beschissen. Seit Kurzem steht Langlauf auf meinem Stundenplan, und welche bessere Zeit gäbe es, um zwei Stunden übers Gelände zu laufen? Genau, Montagmorgens, acht Uhr. Schon nach den ersten Metern hüpft das Frühstück in meinem Magen hin und her. Der Toast veranstaltet eine Party und mir wird schlecht. Das nächste Mal sollte ich definitiv weniger in mich hineinschaufeln, zumindest wenn ich es in mir behalten will.

Im Rennen stecke ich mir meine Air Pods in die Ohren und fische unbemerkt nach meinem Handy. Dank den zwei Zöpfen, die ich mir gebunden habe, verschwinden die Kopfhörer und niemand bemerkt den unerlaubten Gebrauch. Ich wähle die Musikapp und drücke auf Shuffle.

Harry Styles begleitet mich durch die Tortur und wechselt sich mit *5 Seconds of Summer* ab.

„Na? Gut geschlafen?" Maris taucht direkt vor mir auf. Er joggt rückwärts vor mir her, und während mir der Schweiß den Körper hinabrinnt, scheint ihm das Tempo kaum Schwierigkeiten zu bereiten.

„Ich hasse dich“, maule ich und keuche ergeben auf. Immerhin dürfte ich mittlerweile fast die Hälfte der Strecke hinter mir haben.

Maris lacht. „Verstehe.“

„Wo warst du?“ Vorsichtig greife ich in meine Tasche und stoppe die Musik.

„Weg.“

Ich verdrehe die Augen und zeige Maris den Mittelfinger. „Schon klar, aber wo genau.“

„Bei dem, was ich beschütze.“

„Aha, es ist also eine Sache. Ein Gegenstand. Vielleicht die Bundeslade? Wie in *Indiana Jones*?“

„Dafür habe ich nicht den passenden Hut. Wobei ich den Menschen schon mal dabei geholfen haben, die Nazis von hier fernzuhalten.“

Meine Augen werden groß und ich stolpere. Manchmal vergesse ich, wie lange Maris bereits lebt, was er alles gesehen haben muss.

„Wahnsinn.“

Er schüttelt den Kopf. „Es gibt Dinge, auf die hätte ich gern verzichtet.“

„Glaube ich dir“, sage ich dennoch beeindruckt. Nicht darüber, dass er die Nazis gesehen hat, sondern angesichts seines immensen Wissens und seiner Lebenserfahrung. „Gab's Probleme?“

„Nein, die Nazis hatten keine Chance.“

„Nicht damals, jetzt. Weil du so lange weg warst.“

Wir biegen in den Wald ein und ich drossle mein Tempo. Rechts oder links? Mist.

Maris deutet nach rechts und ich nicke dankbar.

„Keine Probleme“, antwortet er.

„Aber?“ Meine Lunge brennt und meine Muskeln ziehen. Die Haut juckt und ich würde sie mir am liebsten abkratzen, doch aus Erfahrung weiß ich, dass es das nur schlimmer macht.

„Laurie.“

„Na gut“, gebe ich nach. „Einen Versuch war’s wert.“

„Ich wäre enttäuscht gewesen, hättest du es so stehen lassen, das passt nicht zu dir. Es tut mir leid, dass ich dir nicht mehr sagen kann.“

„Schon okay“, winke ich ab, weil ich wusste, worauf ich mich einlasse. Mal sehen, wie lange ich diese Ungewissheit aushalte, bevor sie mich auffrisst.

„Und wie ich sehe, hast du das Treffen mit deiner Tante überlebt? Das heißt, ihr unbändiger Hass hat dich verschont?“

Ein halbes Lachen kämpft sich nach oben, allerdings klingt es vermischt mit meinem Keuchen eher wie ein Schmerzensschrei. „Nein, sie hat mich nur angeknabbert.“

„Das ist gut.“

„Ja. Wir haben uns ausgesprochen und ...“ Mir fällt ein, was ich belauscht habe. Das mysteriöse Stipendium treibt meinen Herzschlag weiter nach oben. Steht jemand im Schatten, hält alle Fäden in der Hand und zieht ab und zu mal an einem, wenn es ihm passt?

„Und?“, fragt Maris und zieht meine Aufmerksamkeit damit auf sich.

Ich kann es ihm nicht erzählen. Die Angst, dass er sich dadurch von mir fernhält, ebenfalls eine Gefahr in mir sehen könnte, lähmt mich. Ich will Maris auf keinen Fall verlieren. Wie ironisch. Er war der Erste, dem ich mich geöffnet habe, weil er unsterblich ist, und jetzt befürchte ich, ihn wegen ein paar belauschten Worten zu verschrecken. Schließlich gibt es mehrere Arten, auf die man jemanden für immer verlieren kann. Der Tod ist nur die endgültigste, aber womöglich nicht mal die grausamste.

Aber was, wenn ich wirklich eine Gefahr bin? Meine Beine werden schwer und langsam, bis ich innehalte und die Hände auf die Oberschenkel lege. Ich atme gierig ein.

„Laurie? Was ist denn?“, fragt Maris und geht in die Hocke. Seine Augen treffen meine und ich schließe die Lider, um seinem forschenden Blick zu entgehen. Er trifft mich trotzdem bis in meine Seele und mir wird schlecht.

„Ich habe Angst, dich zu verlieren“, gebe ich einen Teil der Wahrheit zu und alles in mir spannt sich an.

Maris legt eine Hand unter mein Kinn und ich öffne die Augen. „Wieso?“

„Weil das der Lauf der Dinge ist.“ Das ist alles, was ich verraten will. Denn ich habe schon viel zu viel gesagt.

„Nicht in meiner Welt. Dort sitzt man einander für eine Ewigkeit auf der Pelle und wird den anderen niemals los.“

Müde sinke ich auf den staubigen Boden. Es ist mir egal, ob ich damit meine Zeit beim Langlauf versaue, ich hasse diesen Sport ohnehin und habe ihn nur ausgesucht, weil der Rest mir noch mehr zuwider war.

„Unsterblich zu sein klingt himmlisch“, stelle ich fest.

Maris wischt meine Antwort mit einer Geste weg und nimmt neben mir Platz. Er zieht die Beine zu sich und stützt sich auf seine Arme. „Du gehst meiner Frage aus dem Weg.“

„Na ja, du hast deine Geheimnisse und ich habe meine", sage ich und verschränke die Arme vor der Brust.

Maris hebt die Hände. „Schon gut, du willst nicht darüber reden. Hab's kapiert." Trotzdem greift er nach meinen Fingern und legt seine darüber. „Seit Jahrzehnten bist du der erste Mensch, mit dem ich spreche. Der mir das Gefühl gibt, normal zu sein ... Vielleicht brauche ich dich viel mehr als du mich?" Mit jedem Wort ist Maris leiser geworden. Er hält den Blick gesenkt und spielt mit meinen Fingern, nimmt sie in seine Hand und drückt sie.

„Danke", antworte ich lächelnd und drücke ihm einen Kuss auf die Wange. Nur einige Zentimeter weiter und ... nein, Maris ist kein Mensch, er ist ... weiß der Himmel was. Mich in ihn zu verlieben wäre vollkommen absurd. Dennoch pocht mir das Herz bis zu den Ohren und mein Blut scheint eine kleine Party zu feiern, denn es kocht in den Adern. Hitze steigt meine Wangen hinauf und ich balle die rechte Hand zur Faust. *Beruhig dich, Laurie.*

„Wofür?", fragt Maris und ich blicke ihn verwirrt an. Worüber haben wir gesprochen?

„Wie bitte?"

„Das Danke."

„Oh, dafür dass du mich aufgemuntert und die Wahrheit dabei etwas verdreht hast." Wir wissen beide, dass Maris mich nicht braucht. Er ist ein unsterbliches Wesen, das die Macht besitzt, Nazis zu besiegen und Gedanken zu kontrollieren.

Trotzdem schüttelt er den Kopf. „Habe ich nicht. Es stimmt."

„Aber du bist unglaublich mächtig, super selbstsicher und verfügst über unerschöpfliches Wissen. Und ohne dein Ego zu sehr streicheln zu wollen, habe ich das Gefühl, du bist das weiseste Geschöpf, dem ich je begegnet bin."

„Macht birgt immer Verantwortung, und diese allein tragen zu müssen, ist unfassbar schwer. Ein Königreich wird nie vom König allein regiert, es gibt immer eine Königin an seiner Seite. Die Macht der Krone ist zu schwer, deswegen hat unsere Monarchie auch ein Parlament hinter sich. Ich habe vor etwas viel Simplerem Angst, Laurie."

„Vor was?", flüstere ich.

„Einsamkeit. Zu vergessen, wie es sich anfühlt, Ängste und Träume mit jemandem teilen zu können."

Jetzt bin ich es, die Maris Finger drückt und ihm den Rücken stärkt. „Okay, du hast recht, Prince Charming", versuche ich die Stimmung zu lockern. Maris' trauriger Blick macht mich fertig und ich ertrage ihn kaum. „Es liegt mal wieder an der Prinzessin, alles zu retten."

„Lachen. Das habe ich ebenfalls vermisst", gibt Maris zu, und mir bleibt meins im Hals stecken. Bisher habe ich die Beziehung zwischen uns nur aus meiner Sicht betrachtet. Doch Maris geht das Risiko, sich mir zu offenbaren und Zeit mit mir zu verbringen, nicht für mich ein, sondern für sich selbst. Er hat mir gerade die Wahrheit gesagt, seine Seele offenbart und sich damit verletzbar gemacht. Jetzt schäme ich mich, ihn belogen zu haben. Er muss wissen, was ich erfahren habe. Und wenn er mich deswegen verlässt, ist er nicht der Mann, für den ich ihn halte.

„Maris“, beginne ich, aber er legt mir den Finger auf die Lippen.

„Pssst.“ Verwirrt sehe ich mich um, ohne meinen Kopf zu bewegen, lausche auf meine Umgebung und eine mögliche Gefahr. Allerdings höre ich nichts außer den Vögeln und dem Wind. Mein Blick kehrt zurück zu Maris. Er lächelt und ich entspanne mich sofort. Zumindest, bis ich kapiere, dass sein Finger noch auf meinen Lippen liegt. Plötzlich sind alle Fasern meines Körpers hellwach. Von der Müdigkeit ist kein Funke mehr übrig, stattdessen pocht mein Herz lautstark in meinen Ohren. „Spürst du es?“, fragt Maris leise.

„Nein.“

„Schließ die Augen“, weist er mich an, und ich tue, wie mir geheißen. Dann nimmt er seine Hand von meinen Lippen, und ich spüre seine raue Haut an meinen Fingern. Er nimmt sie in seine und hebt meine Hand an. Zuerst schwebt sie kurz in der Luft, dann legt er sie auf seinem Pulli ab. Ich nehme seine Brust darunter wahr und erschrecke, zucke zurück. Was hat er vor? Erneut greift er nach meinen Fingern und platziert sie auf seinem Pulli. Dieses Mal legt er seine darüber. Meine Handinnenfläche wird angenehm warm.

„Fühl es“, sagt er und ich versuche es. Es gelingt mir eher schlecht als recht. Mein Puls pocht in meinem Hals und ich habe noch nie etwas derart deutlich gefühlt wie Maris unter meiner Haut. „Mein Herz, es hat jahrelang im Gleichklang geschlagen. Seit ich dich kenne, erinnert es sich daran, dass es auch andere Dinge gibt. Es hoppelt, es setzt aus, es rast.“

Seine Worte sickern in meinen Verstand, werden verarbeitet und bringen mein eigenes Herz dazu, genau das zu tun, was Maris gerade beschrieben hat. Es hoppelt, es setzt aus, es rast. Scheiße, es ist zu spät, ich habe mich längst in Maris verliebt. Seine Sanftheit, seine Ehrlichkeit und das Gefühl, das er mir in seiner Nähe gibt. Durch ihn habe ich endlich zu mir zurückgefunden und Dinge akzeptiert, vor denen ich seit einer Ewigkeit davongelaufen bin. Sein Blickwinkel auf die Dinge verändert mich, macht eine bessere Version aus mir.

Ich öffne die Lider und sehe Maris' Lächeln, das sein Gesicht noch schöner macht. Es verleiht ihm Unbeschwertheit und bringt das Blau seiner Iriden zum Strahlen. Mutig fahre ich die Kontur seines Kiefers nach und ziehe seinen Kopf sanft zu mir. Maris lässt mich gewähren, doch sein Grinsen verrutscht, deswegen halte ich inne, forsche nach der Zustimmung und finde sie in seinem Entgegenkommen. Seine Lippen sind weich und vorsichtig, streifen meine ganz sanft. Begierig, diesen Augenblick nie wieder zu vergessen und ihn für immer zu speichern, schließe ich die Augen. Zusammen heben Maris und ich ab und es fühlt sich an, als würden wir über dem Boden schweben, deswegen vergrabe ich meine Finger in Maris' Haar, halte ihn fest, nicht gewillt, mich von ihm zu lösen. Mein Herz seufzt glücklich, wusste schon längst, dass es Maris gehört. Ich löse mich einige Millimeter, lege meine Wange an Maris' und genieße seine warme Haut an meiner. Glücklich lächle ich und kann kaum glauben, was gerade geschehen ist. Deshalb drücke ich meine Lippen erneut auf Maris', muss mich vergewissern, dass er real ist, wahrhaftig an meiner Seite steht.

„Laurie", erklingt eine keuchende Stimme hinter mir und ich fahre zusammen. Maris ist nur wenige Zentimeter von mir entfernt, dennoch ist zu viel Platz zwischen uns. Die Vollkommenheit des gemeinsamen Augenblicks zerbricht.

„Zoe?"

Neben mir erscheint ein schwarzhaariges Mädchen und geht in die Knie. „Bist du hingefallen?"

Mit zusammengezogenen Augenbrauen mustere ich sie.

„Sorry", entschuldigt Maris sich und ich werfe ihm einen Seitenblick zu. „Du hast mich aus dem Konzept gebracht … ich hab … na ja, vergessen, dich weiterhin zu verbergen." Sie kann Maris nicht sehen. Das habe ich total vergessen.

Ich schüttle den Kopf, konzentriere mich auf Zoe. „Nein, mein Schuh war offen, ich habe ihn nur gebunden."

Erleichterung macht sich auf ihren Zügen breit. „Zum Glück. Lass uns zusammen weiterlaufen. Dann macht's mehr Spaß."

Zoe streckt mir ihre Hand entgegen und ich ergreife sie, lasse mich hoch- und von ihr mitziehen. Automatisch renne ich neben ihr her, während die Zellen in meinem Hirn damit beschäftigt sind, ihre Aufgabe wieder aufzunehmen. Der Kuss … meine Beine werden wacklig und ich stolpere. Shit. Fürs Erste ist es das Beste, ihn zu verdrängen. Zumindest so lange, bis ich allein bin und nur für mich im siebten Himmel schweben kann.

„Geht's dir gut?" Zoe durchbricht meine Gedanken und ich widme mich ihr, um mich abzulenken.

„Ja", antworte ich breit grinsend. „Wieso bist du eigentlich hinter mir?" Skeptisch sehe ich zwischen uns hin und her. „Und wieso kann ich mit dir mithalten?"

Zoe lacht. „Mein Wecker ist kaputt, ich hab verschlafen. Außerdem passe ich mich deinem Tempo an."

Na toll. Frustriert schnaube ich. Ich hasse Langlauf, habe ich das erwähnt?

Einige Meter laufen wir schweigend nebeneinanderher. Zoe ist eine Klasse unter mir und ich konnte mir ihren Namen nur merken, weil der Coach sie *„das Wunderkind"* nannte. Offensichtlich bricht sie reihenweise Rekorde und ist der ganze Stolz des Langlauf-Teams. Das genaue Gegenteil zu meiner Wenigkeit. Wahrscheinlich wünscht sich Coach Jones bereits nach wenigen Tagen, er wäre mir nie begegnet.

„Das letzte Stück werde ich noch mal anziehen", informiert Zoe mich und joggt voraus. Schon nach einigen Herzschlägen ist sie aus meinem Sichtfeld verschwunden. Beneidenswert.

Ich atme bewusst, zähle die Schritte und schalte die Musik wieder ein. Bloß nicht an Maris denken, ansonsten werde ich niemals zurück nach Kingswood Castle finden.

An der nächsten Gabelung stellt sich jedoch heraus, dass nicht Maris mein eventuelles Verschwinden zu verschulden hat, sondern mein Orientierungssinn. Rechts oder links?

Keine Ahnung. Jeder klare Gedanke wird von Maris' Lippen überschattet.

Scheiß drauf, ich biege rechts ab. Die Bäume stehen hier dichter und das Sonnenlicht wird spärlicher, trotzdem habe ich die richtige Abzweigung gewählt. Zumindest denke ich das.

Als ich an den See gelange, atme ich erleichtert auf. Ein Blick auf die Uhr offenbart die ernüchternde Wahrheit: Ich komme zu spät zur nächsten Stunde.

Trotzdem steige ich, nachdem ich das Schloss erreicht habe, schnell noch unter die Dusche, wasche mir den Schweiß von der Haut und fühle mich wie in Watte gepackt. Meine Wangen tun vom Grinsen bereits weh, dennoch bleiben sie an Ort und Stelle und denken gar nicht daran, herabzusinken.

Maris hat mich geküsst.

Ich habe Maris geküsst.

Die Hormone putschen mich auf und ich habe das Gefühl, alles zu schaffen. Was offensichtlich eine Lüge meines Körpers ist, denn meine Muskeln sind wabbelig wie Kaugummi und jede Bewegung schmerzt. Trotzdem kann ich unter dem warmen Wasserstrahl keine Sekunde stillstehen. Ich wippe leicht im Takt zu Harry Styles' *Lights up* und summe die Melodie vor mich hin. Die Klänge und der Text treiben mich weiter an und ich kann mein Glück beinahe mit den Händen greifen.

Nach einigen Minuten stelle ich das Wasser ab, greife nach meinem Bademantel und steige in den kalten Raum. Ich fröstle, deswegen schnappe ich mir mein Zeug und eile in unser Zimmer. Dort rubble ich mich trocken, schlüpfe in eine frische Uniform und trockne mir das Haar. Normalerweise haben wir zwischen Training und dem restlichen Unterricht fünfundvierzig Minuten Zeit, um zu duschen und uns eine Pause zu gönnen. Doch dank meiner Trödelei und der wunderbaren Begegnung mit Maris bleiben mir kaum noch zehn

Minuten, bis die nächste Stunde beginnt. Ich föhne mir das Haar halb trocken und binde es dann zu einem Dutt. Mit dem Schulbuch, einem Block und meinem Mäppchen bewaffnet renne ich über den Gang.

Ich betrete den Raum nur Sekunden vor dem Lehrer, sinke schweratmend auf meinen Platz und frage mich, wie zur Hölle ich mich die nächste Stunde mit etwas anderem als mit Maris beschäftigen soll.

Die Antwort lautet: gar nicht ... Meine Notizen sind spärlich. Trotzdem verlasse ich den Unterrichtsraum mit einem fetten Grinsen. Und das, obwohl ich weiß, dass ich den ganzen Stoff am Nachmittag nachholen muss.

„Hey, Laurie", ruft Aurora über den Flur winkend. „Was hast du jetzt?"

„Geschichte und du?"

„Mathe."

„Vorher brauche ich aber etwas zu trinken, sonst zerfällt meine Kehle zu Staub", meine ich und beobachte Professor Higgins dabei, wie er gerade aus seinem Unterrichtsraum kommt. Er unterhält sich mit einem Schüler über Botanik und sein strahlendes Gesicht verrät, dass er vollkommen in dem Thema aufgeht. Als wir seinen Weg kreuzen, nickt er uns freundlich zu.

Als Aura sich bei mir einhakt, erschrecke ich, denn ich hatte sie für einen Moment vergessen. „Ich begleite dich."

„Klar", antworte ich nachdenklich und kaue auf meiner Unterlippe herum. Die Begegnung mit Mr Higgins erinnert mich daran, dass ich vergessen habe, Maris von dem Stipendium zu erzählen.

Im Speisesaal angekommen, steuere ich auf die Getränke zu und greife nach einem Orangensaft. Aura hingegen nimmt sich lediglich ein Mineralwasser ohne Kohlensäure und steckt es in ihren Rucksack.

„Sag mal“, beginne ich einer Eingebung folgend. Higgins kann ich wohl kaum nach dem Stipendium fragen, zumindest solange ich nicht weiß, was es damit auf sich hat. Er würde mich sofort durchschauen und ... keine Ahnung, was dann passiert. Vielleicht muss ich das Internat verlassen. Und das ist wirklich das Letzte, was ich möchte. Aber womöglich kann mir jemand anderes helfen. „Wie ist das eigentlich mit den Stipendien auf Kingswood Castle?“

Aura sieht mich fragend an, während wir die Stufen wieder nach oben zu den Klassenräumen steigen. Der Teppich dämpft unsere Schritte und da wir spät dran sind, ist es sonst vollkommen still.

„Was meinst du?“

„Na ja.“ Eventuell hätte ich mir vor dem Gespräch überlegen sollen, wie ich die Sache möglichst unverfänglich angehe. Sei's drum, jetzt habe ich keine Wahl mehr. „Also, die Familie einer Freundin sucht gerade ebenfalls nach einem Internat, da die Eltern für ein Jahr nach Deutschland ziehen, um dort zu arbeiten.“ Ich verdrehe innerlich die Augen über meine schlechte Notlüge, Aura hingegen hört mir aufmerksam zu und so fahre ich fort. „Natürlich habe ich ihr direkt Kingswood Castle empfohlen. Allerdings sind die Aufnahmegebühren hoch und ...“ Ich lasse den Rest des Satzes in der Luft hängen.

„Ah, verstehe“, entgegnet Aura und streicht sich das blonde Haar hinters Ohr. Sie drückt die Glastür zu den

Klassenräumen auf. Einige Schüler stehen auf dem Gang zusammen und unterhalten sich, andere gucken aus dem Fenster, warten auf die nächste Stunde oder das Unterrichtsende.

„Es ist wahnsinnig schwer, ein Vollstipendium zu bekommen", erklärt Aurora und bleibt vor einem Klassenzimmer stehen. Sie lehnt sich an die Wand neben der Tür. „Die meisten haben einen Platz seit ihrer Geburt reserviert, weil die gesamte Familie bereits das Internat besucht hat. Deswegen gibt es lange Wartelisten und Stipendiaten müssen eine Reihe von Tests und Aufsätzen absolvieren."

„Tests?"

„Ja, im betreffenden Fachgebiet und den anderen Fächern, um den tatsächlichen Wissenstand des Schülers abzufragen. Außerdem musst du einen Text verfassen über deine Träume und Erwartungen."

Nichts davon habe ich getan. „Wie viele Stipendien vergibt Kingswood Castle jährlich?"

Aura zuckt mit den Schultern, während der Gang immer leerer wird. „Keine Ahnung. Vielleicht eins? Meine Familie und die der anderen Mädchen besuchen das Internat seit vielen Generationen. Deswegen war es eine kleine Attraktion, als du neu dazukamst."

„Laurie?", ruft Mr Dorian und ich drehe mich hastig um. „Kommen Sie?"

Nickend entferne ich mich einige Schritte von Aura.

„Viel Glück", ruft sie mir hinterher und ich werfe ihr einen fragenden Blick über die Schulter zu. „Für deine Freundin. Ich hoffe, sie finden etwas."

„Ach so, ja. Danke, du hast mir wirklich geholfen."

„Vielleicht kannst du auch einfach mit Professor Higgins sprechen, er weiß sicher eine Lösung oder kennt andere gute Internate."

Ich halte inne. „Ja, das mache ich", ... sicher nicht. Trotzdem setze ich ein Lächeln auf und winke ihr zu. Dann eile ich zu Mr Dorian. „Entschuldigung, ich brauchte noch etwas zu trinken", erkläre ich und halte meinen Orangensaft nach oben.

„Und ein kleines Schwätzchen, wie mir scheint." Er grinst, scheucht mich ins Klassenzimmer und beginnt den Unterricht. Man kann viel über die Regeln des Internats sagen, doch die Lehrer sind wirklich entspannt und der Alltag macht Spaß, obwohl ich dreiviertel der Zeit mit Lernen verbringe.

Auch in dieser Stunde folge ich Mr Dorians Ausführungen nur mit halbem Ohr. Mein angebliches Stipendium wird immer absurder. Ich habe keine Tests absolviert, musste keinen Aufsatz schreiben oder ein Gespräch mit jemandem darüber führen, wieso ich Kingswood Castle besuchen will. Vor einigen Monaten wusste ich ja noch nicht einmal, dass das Internat existiert.

Wieso also sollte ich ein Stipendium bekommen haben?

Meine Gedanken bringen mich nicht weiter, drehen sich im Kreis und finden keine Lösung. Wie auch, es ergibt null Komma null Sinn. Am Ende aber bleibt ein Gedanke wie Ahornsirup in meinen Gehirnwindungen kleben: Wer hat ein Interesse daran, dass ich an dieser Schule bin? Und wer hat die Macht, die Aufnahmebedingungen für mich auszusetzen?

„Laurie?"

Verwirrt blicke ich auf und Mr Dorian mustert mich interessiert.

„Teilst du uns die Antwort auf Frage drei mit?"

Frage drei? Ich bin überrumpelt und mir stecken die Worte im Hals fest. Hilfesuchend sehe ich auf mein Pult. Vor mir liegt ein Arbeitsblatt mit Fragen. Die ersten beiden scheinen bereits beantwortet zu sein. Nummer drei bezieht sich auf den zweiten Weltkrieg und ich muss sofort an Maris denken. Trotzdem presse ich eine Erklärung hervor. Mr Dorian nickt schließlich und nimmt sich einen anderen Schüler vor.

Ich dachte mein Leben wäre chaotisch gewesen, *bevor* ich an diese Schule gekommen bin. Tja, da lag ich wohl falsch. Es kommen immer neue unglaubliche Infos über diesen Ort und die Menschen, die hier leben, ans Tageslicht und langsam weiß ich nicht mehr, wohin mit all dem Wissen.

Der Gong ertönt und ich packe mechanisch mein Zeug zusammen, erhebe mich und verlasse den Klassenraum. Der heutige Tag gleicht einer Achterbahnfahrt. Und jedes Mal, wenn ich an Maris denke, glüht meine Haut und meine Wangen werden ganz heiß. Gleichzeitig schlägt mir mein Herz bis zum Hals und ich habe das Gefühl, keine Luft zu bekommen. Ob er dieses Mal wieder für ein paar Tage verschwinden wird? Hoffentlich nicht, denn ich muss ihm unbedingt von dem Stipendium erzählen. Vielleicht ist es ihm möglich, das Wirrwarr zu entflechten.

Die Schüler steuern auf den Speisesaal zu und ich folge ihnen. In der Tür merke ich jedoch, dass die vielen Menschen und das das Stimmengewirr momentan zu viel für mich sind. Die Mädels sitzen an unserem Tisch und unterhalten sich ausgelassen, lachen und machen Blödsinn. Bevor mich eine von ihnen sieht, trete ich den Rückzug an und lasse mich gegen die Wand neben der Tür sinken. Zwar würde ich mich gerne mit jemandem unterhalten, gleichzeitig brauche ich aber auch Ruhe, um meine Gedanken zu ordnen. Zu meinen Freundinnen zu gehen, ist daher keine Alternative. Deswegen stoße ich mich von der Wand ab, atme tief ein und gehe nach draußen. Kühle Luft schlägt mir entgegen und ich genieße den leichten Wind, der mir um die Uniform weht. Die Royals kommen mir entgegen und auf der letzten Stufe kreuzen sich unsere Wege. Sie beachten mich kaum, doch Lucas lässt sich zurückfallen.

„Alles gut?", flüstert er, nachdem die anderen im Inneren verschwunden sind. Hektisch blickt er zwischen der Tür und mir hin und her.

Ich schüttle den Kopf. „Treffen wir uns nachher am See, Brokkoli?"

Mit dem Namen entlocke ich ihm ein nervöses Grinsen, dennoch nickt er und ich merke sofort, dass mir die Aussicht, den heutigen Abend mit ihm als meinen Ruhepol verbringen zu können, guttut. Lucas hat mit all dem Übernatürlichen und Mysteriösen nichts zu tun, trotzdem versteht er meine Gefühle, das weiß ich. Er ist der Fels in der Brandung. Natürlich sind da auch meine Freundinnen, doch ihnen müsste ich zu viel erklären, sie würden wissen wollen, was mit mir los ist. Lucas hingegen akzeptiert meine Launen. Einfach so. Und das schätze ich sehr. Er ist mir in der kurzen Zeit ein unfassbar guter Freund geworden, auf den ich nie mehr verzichten möchte.

Nachdem Lucas den anderen gefolgt ist, gehe ich Richtung Wald und sammle schöne bunte Blätter, genieße die frische Luft und die Sonne, die mir aufs Haar scheint. Ihre Strahlen wärmen mich etwas, dennoch kommen sie kaum gegen den kühlen Herbstwind an. Die bunten Blätter, die ich aufhebe, werden eine tolle Collage ergeben und das erste Erinnerungsstück, das ich an meine Wand hänge. Es wird mich immer an den Tag erinnern, als ich Maris zum ersten Mal geküsst habe. Denn genau darauf will ich mich heute konzentrieren.

Zwischen den Ästen raschelt es und ich zucke zusammen. Ich bleibe augenblicklich stehen und drehe meinen Kopf in die Richtung, aus der das Geräusch kommt. Ein braun-graues Eichhörnchen springt zwischen den Blättern über den Boden, und ich muss über meine Panik lachen. Es hat meine Anwesenheit ebenfalls bemerkt und betrachtet mich neugierig mit seinen großen dunklen Augen. Zwischen den kleinen Händchen hält es eine Nuss und seine Nase zuckt aufgeregt. Langsam greife ich nach meinem Smartphone. Das Sonnenlicht glitzert im Fell des kleinen Tierchens und verleiht ihm etwas Magisches. Beinahe bilde ich mir ein, es könnte meine Gedanken lesen, mich verstehen, und als wisse es genau, was ich vorhabe. Denn es hält still, legt den Kopf schräg und mustert mich. Ich drücke den Auslöser und Sekunden später hüpft es davon, klettert einen Baum nach oben und verschwindet im Wald. Trotzdem hat mich die Szene entspannt und mir die Kraft gegeben, den Rest des Tages zu überstehen und aus meinem Gedankenkarussell auszusteigen.

Es gibt etwas anderes zwischen all dem Chaos: die normale Realität.

Nach dem Unterricht gehe ich nicht in die Bibliothek, sondern in mein Zimmer, breite die Blätter auf meinem Bett aus und lasse mich davor auf die Knie sinken. Meine gesammelten Schätze sind wunderschön und reichen von dunkelgrün über gelb bis hin zu einem satten rot. Ich wähle die schönsten aus, versuche sie nach Farben sortiert anzuordnen und nehme mir dann einen Klebestift von Samiras Schreibtisch. Damit klebe ich alles auf ein weißes Papier und lege dann meine Schulbücher darauf, damit es sich nicht wellt, während es trocknet.

Allory hat versprochen, mir einige Bilderrahmen zu schicken, und sobald diese eintreffen, werde ich es rahmen und an die Wand hängen.

Ich greife nach meinem schwarzen Notizbuch. Mittlerweile sind etliche Seiten mit Gedanken rund um Maris gefüllt und ich erinnere mich, wieso ich so gerne Tagebuch geschrieben habe. Auf einer freien Seite notiere ich all die Gefühle, die ich empfinde, wenn ich an den Kuss denke. Schnell ist der Platz verbraucht. Maris löst derart viel in mir aus, dass ich die Emotionen kaum voneinander trennen kann, daher tut es gut, diese aufzuschreiben, zu sammeln und mit etwas Abstand zu genießen. Denn das tue ich. Auch wenn Maris Geheimnisse vor mir hat, ein Wesen ist, dessen Macht ich nicht mal im Ansatz verstehe und begreife, hat er sich in mein Herz geschlichen und mir das gegeben, wonach ich seit Monaten auf der Suche war: mein Selbst. So absurd es klingen mag, er hat es geschafft, dass ich mich endlich wieder wie ich selbst fühle und mir zugestehe, etwas anderes als Trauer zu empfinden.

Am frühen Abend verschwindet die Sonne langsam und lässt die Dunkelheit in den Raum einziehen. Ich wechsle von der Schuluniform in etwas Bequemeres. Anstatt jedoch wie üblich nach einem schwarzen Hoodie zu greifen, schlüpfe ich in den dunkelgrünen, der auf dem Rücken das Schulwappen trägt. Mit einer schwarzen Leggins lässt er sich sogar gut kombinieren und zusammen mit den Stiefeln sehe ich beinahe wie eine Pfadfinderin aus.

Auf dem Gang begegne ich Samira. „Alles gut? Du hast das Mittagessen verpasst."

„Ja, ich hatte Kopfweh und habe mich deswegen etwas hingelegt. Jetzt geht's mir besser."

„Das ist gut, kommst du mit mir in den Gemeinschaftsraum?", fragt Samira, aber ich schüttle den Kopf.

„Vielleicht hilft mir frische Luft, die letzten Nachwehen des Schmerzes zu vertreiben", entschuldige ich mich. Mittlerweile ist meine Laune zwar besser, doch die Treffen mit Lucas sind selten und ich möchte dieses nicht verpassen.

„Okay, aber komm danach unbedingt dazu, wir suchen uns Kleider aus."

„Kleider?"

„Ja, für den Kingswood-Castle-Day."

Ach ja, ich erinnere mich. Eine weitere seltsame Tradition der Schule. Einige Wochen nach Schulbeginn wird eine Willkommensfeier veranstaltet. Es gibt einen feierlichen Gottesdienst, ein drei Gang-Menü im Speisesaal und später eine Disco in der großen Halle, zu der alle Schüler eingeladen sind. Sogar ein DJ wird engagiert. Das kommende Jahr soll damit begrüßt werden, eine Tradition, die es laut Aurora schon zu der Zeit gab, als ihr Großvater das Internat besucht hat, denn er erzählt ihr noch heute von rauschenden Festen.

„Ist gut, ich werde nachkommen“, antworte ich, unsicher, was ich davon halte, denn seit dem Tod meiner Eltern war ich auf keiner Party. Dabei liebe ich es, mich zur Musik zu bewegen.

Maris wird nicht mit mir tanzen können, schießt es mir durch den Kopf und zum ersten Mal wird mir klar, was es bedeutet, in ein unsterbliches und unsichtbares Wesen verliebt zu sein. Die rosarote Brille verrutscht einen Augenblick, bis ich sie wieder an Ort und Stelle schiebe, nicht gewillt, sie abzusetzen.

Schnell verabschiede ich mich von meiner Freundin und gehe hinaus, lenke meine Gedanken gezielt ab und hüpfe die Treppen hinunter.

Lucas sitzt wie immer mit dem Rücken zu mir am See. Allerdings ist jemand bei ihm. Kira steht, die Hände in die Hüfte gestemmt, am Ufer und schaut auf ihren Freund herunter.

„Du musst diese Treffen sein lassen“, herrscht sie ihn an und mein Herz bleibt stehen. Ich verstecke mich hinter einigen aufgestapelten Holzstämmen und luge vorsichtig hervor. Die zwei sind zwar einige Meter entfernt, dennoch trägt der Wind ihre Stimmen zu mir herüber.

„Kira, er wird nicht auftauchen“, entgegnet Lucas, zieht seine Beine heran und legt den Kopf darauf ab. Wohin sein Blick gerichtet ist, bleibt mir verborgen, trotzdem spüre ich seine Unruhe mit voller Kraft. Beinahe so stark wie bei unserem ersten Treffen.

Kira stampft mit dem Fuß auf, verschränkt die Arme vor der Brust. „Na und? Es ändert nichts daran. Ob er da ist oder nicht, Laurie darf es niemals erfahren! Ich habe langsam keine Lust mehr, immer den Moralapostel zu mimen."

„Dann lass es! Denn weißt du, worauf ich absolut verzichten kann? Auf das hier. Die Gefangenschaft und unsere vorherbestimmten Wege."

„Es ist unser Schicksal."

„Scheiß auf Schicksal", brüllt Lucas und ich fahre zusammen. Nie hätte ich gedacht, dass er zu einem derartigen Ausbruch überhaupt fähig ist. Bisher kenne ich ihn als den ruhigen, besonnenen Jungen, der dieselbe Traurigkeit in sich trägt, die auch mich bis vor Kurzem ausgefüllt hat.

Er steht auf und baut sich vor Kira auf. „Es reicht. Ich will nicht länger darauf warten, dass er auftaucht, denn das wird er nicht. Wir sind Gefangene dieses Lebens, dazu verdammt, etwas zu tun, das sinnlos ist."

„Sinnlos?", Kira schnaubt. „Wir retten die Menschheit."

„Wodurch? Herumsitzen und abwarten?"

„Was sollen wir deiner Meinung nach sonst tun?"

„Ein normales Leben führen. Ohne das Gerede von Tod, Verdammnis und all dem Zeug."

Tod? Verdammnis? Mein Herzschlag beschleunigt sich und ich drücke mich gegen das Holz. Wovon sprechen die beiden?

„Wir verschwenden unsere Jugend mit der Warterei auf etwas, das niemals eintreten wird. Versteh es endlich. Er hat uns Menschen vergessen, wir sind ihm egal und der Ernstfall, für den wir trainieren, wird niemals eintreten. Das muss ein Ende haben, Kira. Wir müssen endlich frei sein dürfen."

„Lucas", haucht Kira und ich lese das Wort vielmehr von ihren Lippen ab. Sie legt ihm eine Hand auf den Oberarm, die er sofort abschüttelt.

„Nein, Kira. Du verstehst nicht. Mitleid ist das Letzte, was ich will."

„Lucas, bitte, steh für unsere Sache ein. Deine Zweifel verschlimmern alles nur."

„Oh, wag es nicht! Ich trage keine Schuld daran, dass diese Mission ein Himmelfahrtskommando ist."

Mission? In meinem Hirn rattert es. Reden die beiden von Maris? Wissen sie um seine Existenz? Und die wichtigste Frage: Sind sie Freund oder Feind?

Kira weicht zurück. „Himmelfahrtskommando? Lucas, wir sind etwas Besonderes. Wir sind in der Lage, die Menschheit zu schützen."

Schützen? Wovor? Vor Maris? Oder dem, was er beschützt? Womöglich ist es doch kein Gegenstand, sondern ein Geschöpf? Das würde erklären, wieso Maris so oft weg ist. Immerhin braucht das Ding sicher Futter. Leider würde das bedeuten, dass Lucas und Maris auf verschiedenen Seiten stehen. Mein Hirn raucht und ich frage mich, was an diesem Tag alles noch passieren soll? Liebes Schicksal, gönn mir bitte ein paar Minuten Ruhe ...

Doch das Schicksal zeigt mir den Mittelfinger in Form von einer wutschnaubenden Kira und einem verletzten Lucas. Die beiden starren sich in Grund und Boden.

Kira bricht die Stille zuerst. „Du bist nun mal in diese Familie geboren, Lucas. Du kannst nicht ändern, was du bist. Deswegen musst du deine Freundschaft zu Laurie beenden. Egal, wie du zu unserer Sache stehst."

Am liebsten würde ich Kira für ihre Worte in den Hintern treten. Wofür hält sie sich, Lucas vorzuschreiben, mit wem er befreundet sein darf. Ich wage zu behaupten, dass Lucas mir in den wenigen Wochen, die wir uns kennen, mehr von seinen wahren Wünschen und Hoffnungen offenbart hat als Kira in den letzten Jahren. Doch ein Wutausbruch gegen Kira würde Lucas nur weiter in Schwierigkeiten bringen, deswegen bleibe ich, wo ich bin.

Die Furie dreht sich um und stapft davon. Sobald sie außer Sichtweite ist, sinkt Lucas zu Boden, zieht die Beine zu sich heran und umschlingt sie mit den Armen. Sein Rücken zittert und ich höre das Schluchzen laut und deutlich. Einen Herzschlag bleibe ich noch in meinem Versteck, versuche meine Gedanken zu ordnen und meinen Puls zu beruhigen, allerdings ertrage ich Lucas' Schmerz keine Sekunde länger. Es spielt keine Rolle, ob ich Antworten auf meine Fragen habe, auf welcher Seite Lucas steht und was er vorhat. In diesem Moment zählt nur er. Der Lucas, den ich kennengelernt habe. Der Lucas, der mir das Gefühl von Verständnis gegeben hat. Der Lucas, der zu einem wichtigen Teil meines Lebens geworden ist. Ich werde ihn nicht verurteilen, ohne seine Sicht der Dinge zu kennen. Und bis er in der Lage ist, mir diese zu schildern, werde ich ihm beistehen.

Vorsichtig trete ich hinter den Stämmen hervor und blicke mich nach Kira um. Sie kommt nicht zurück, deswegen gehe ich geradewegs auf Lucas zu, sinke neben ihm auf die Knie und lege meine Arme um ihn.

„Psst", flüstere ich, meine Stirn gegen seinen Kopf gelehnt. „Alles wird gut."

Meine Stimme – oder die Umarmung – bringen ihn noch heftiger zum Weinen und ich spüre, wie mir selbst die Tränen über die Wangen laufen. Seine Schulter vibriert an meiner Brust und ich fröstle trotz der zusätzlichen Körperwärme. Lucas' Schluchzen durchbricht die Stille immer wieder und entlässt den Schmerz, der sich derart lange in seinem Inneren gesammelt haben muss. Mein Herz bricht und ich wünschte, ich hätte Kira vorhin wirklich in den Allerwertesten getreten.

„Ich bin da", lasse ich Lucas wissen und fahre seinen Oberarm auf und ab. Irgendwann verklingt die Qual und ein Wimmern bleibt zurück. Sein Körper beruhigt sich, zittert kaum noch und ich bewege uns langsam vor und zurück. Als mir die Beine einschlafen, lasse ich ihn los, setze mich neben Lucas und lege meinen Kopf an seine Schulter.

„Danke", haucht er nahezu tonlos und spielt mit einem Grashalm. „Du hättest das nicht sehen sollen."

„Was ist passiert?"

„Nur ein kleiner Streit."

„Danach sah es aus", entgegne ich sarkastisch.

„Ich hab mich einfach reingesteigert."

„Über was haben Kira und du gestritten?"

Lucas versteift sich, der Grashalm fällt ihm aus den Fingern. „Woher weißt du, dass es Kira war?"

„Hab sie weggehen sehen", lüge ich und begreife, dass ich keine Antwort aus Lucas bekommen werde, wenn ich zum Angriff übergehe.

„Oh, ach so." Er entspannt sich, greift erneut nach einem Halm. „Ja, es ging um etwas Familiäres."

„Scheiße, sie ist aber ... also ...", ich atme tief ein und plustere die Backen auf. Damit verschaffe ich mir etwas Zeit, um meine Wortwahl zu korrigieren. „Ähm, bist du in Kira verliebt?"

Dass es jemand der Royals ist, dürfte klar sein, denn Lucas verriet, dass sie sich seit seiner Kindheit kennen. Und da gibt es nicht so viele Möglichkeiten.

„Nein", gibt er zu und ich entspanne mich.

„Gut", hauche ich und reiße dann die Augen auf, weil mir klar wird, wie gemein das klingt. „Kira hasst mich, es wäre ziemlich kompliziert, wäre sie deine Angebetete und ihr würdet irgendwann zusammenkommen, oder?"

Lucas wischt meine Bemerkung weg und ich bohre weiter. „Dann habt ihr euch wegen etwas anderem gefetzt. Der gleiche Grund, aus dem du neulich Abend hier saßt, als wir uns kennenlernten?"

Er nickt. „Sie verstehen es nicht."

„Was denn?"

„Meine Sehnsucht nach Freiheit."

Ich hebe den Kopf, blicke Lucas direkt an. „Bist du denn gefangen?"

„Auf gewisse Weise schon."

Ich hebe einen Stein auf, drehe ihn im Sonnenlicht. „Wie meinst du das?"

„Stell dir vor, deine ganze Familie besteht aus Juristen. Und jeder deiner Geschwister, dein Vater, deine

Mutter, selbst deine Cousinen studieren Jura. Nur du hast daran kein Interesse, sondern willst viel lieber Künstler werden. Oder Arzt, keine Ahnung, einfach selbst entscheiden."

„Und das verwehren sie dir?", hake ich nach.

Traurig nickt Lucas. „Mein Leben ist bereits festgelegt. Meine ganze Jugend folgt einem Konzept."

„Wieso?"

„Weil ich in die falsche Familie geboren wurde."

„Ich verstehe nicht ganz. Musst du denn unbedingt Jurist werden? Gibt es keine andere Lösung?", frage ich. Meine Eltern haben mir immer versichert, dass ich alles werden könnte. Selbst ein Einhorn. Zu meinem dreizehnten Geburtstag hat mir Mom daher ein Horn und ein Kostüm genäht. Den ganzen Tag habe ich Glitzer verstreut und mich wie der Gott auf Erden gefühlt. Deswegen fällt es mir schwer, Lucas' Ängste nachzuvollziehen.

„Der Jurist ist nur ein Sinnbild."

Ich verdrehe die Augen. „Schon klar."

Wofür es wohl steht? Was ist Lucas' wahre Mission? Wofür opfert er seine Jugend?

Den Stein zwischen den Fingern drehend, beobachte ich einen Grashüpfer, der vor uns am Ufer entlangspringt. Plötzlich bin ich unglaublich wütend. Wieso lassen mich alle im Unklaren und glauben, mir nicht die Wahrheit sagen zu können? Immer höre ich irgendwelche ausweichenden Geschichten, die mir keine Antworten liefern, sondern nur mehr Fragen aufwerfen. Aufgebracht biete ich meinen Gefühlen ein Ventil, schmeiße den Stein in einem hohen Bogen ins Wasser und schrecke einige Vögel in der Umgebung auf. Leere bleibt in mir zurück, ich sinke zurück und muss mich auf meine Arme stützen.

Gegenüber von uns wuselt etwas durchs Unterholz. Das Eichhörnchen vielleicht? Ob es wohl eine ganze Eichhörnchen-Familie in diesem Wald gibt? Meine Gedanken schweifen ab, wissen kaum noch, was wahr ist und was Lüge, wem sie vertrauen können und wer auf der Seite des Bösen steht. Mein Bauch hingegen hat damit keine Schwierigkeiten, denn er verlässt sich auf Lucas. Nur, auf wen höre ich? Kopf oder Bauch? Verstand oder Herz? Lucas oder Maris? Wird es darauf hinauslaufen?

Nein, das darf es nicht.

Niemals.

„Und dabei geht es nur um dich?“, hake ich nach. Irgendwie muss ich schließlich herausfinden, was Lucas plagt. „Oder wird jemand anderes mit deiner Entscheidung verletzt?“

„Wie meinst du das?“

„Na ja, wirkt sich dein Entschluss auf andere aus?“

Lucas überlegt. „Schon.“

„Und verletzt du jemanden damit?“

Skeptisch mustert er mich. Ich muss vorsichtig sein, ansonsten wird Lucas sich verschließen und dann bekomme ich keine einzige Antwort mehr aus ihm heraus.

„Indirekt“, antwortet er schließlich und ich bin genau so schlau wie zuvor. So komme ich nicht weiter.

„Du willst es für dich behalten, verstehe“, entgegne ich missmutig und verschränke die Arme vor der Brust, ziehe die Beine zu mir und lege meine Ellbogen auf die Knie.

So komme ich nicht weiter.

Lucas dreht sich zu mir. „Es tut mir Leid, Laurie, mehr Details preiszugeben wäre zu gefährlich."

„Was soll deine Familie schon machen? Mich kidnappen, oder was? Wir sind doch nicht bei der Mafia."

„Schlimmer", murmelt Lucas und ich horche auf, sehe zu ihm.

„Schlimmer? Ist das ein Scherz? Bin ich etwa in Gefahr? Ist ..." Shit, beinahe hätte ich Maris verraten. Ich kralle mir die Nägel in die Oberarme und zwinge mich zur Ruhe, ansonsten entschlüpft mir nur etwas, das ich am Ende bereue. Trotzdem fasse ich eine Entscheidung: Maris muss davon erfahren. Wir haben das nahende Unheil gesehen, und vielleicht hängt alles von Lucas' Entscheidung ab. Möglicherweise gehört er zu den Bösen, hadert aber mit seiner Rolle und möchte das Richtige tun?

„Dir wird nichts geschehen, ich verspreche es", meint Lucas und ich nicke. „Niemand wird zu Schaden kommen, nicht meinetwegen jedenfalls."

Seine Worte beruhigen mich und ich lehne erneut den Kopf gegen seine Schulter. Mein Herz hat sich längst entschieden und den Verstand in die Knie gezwungen. Lucas ist einer von den Guten, das muss er einfach sein. Trotzdem bin ich alles andere als blauäugig, deswegen halte ich an dem Entschluss fest, Maris zu unterrichten.

Ich kann Lucas' Probleme und seinen Schmerz nicht lindern, geschweige denn nehmen, aber ich kann sie gemeinsam mit ihm tragen, so wie er mir zur Seite stand, als es mir schlecht ging. Deswegen bin ich für ihn da, gebe ihm die Normalität, die er sich so sehr wünscht. Möglicherweise wird mich das früher oder später in Schwierigkeiten bringen, dennoch sind wir Freunde und das bedeutet, wir halten zusammen, egal was kommen mag.

Kapitel 10

Die Probleme können dann jetzt weg, ich bin fertig damit

Mein Notizbuch liegt offen vor mir und ich nutze die frühen Abendstunden, um das Gedankenkarussell auf Papier zu bannen. Seit meinem Kuss mit Maris und Lucas' Streit mit Kira sind drei Tage vergangen. Drei Tage ohne Maris, drei Tage in der Ungewissheit, was auf uns zukommt. Drei Tage voller Theorien, Fragen und dem Alltag, der sich immer wieder zwischen alles drängt.

Deswegen muss ich Ordnung in das Chaos bringen. Die Worte sprudeln aus mir heraus und ich schreibe sie wahllos auf die rechte Seite, versehe einige mit Pfeilen oder Fragezeichen.

Monster? Kreatur

Lucas ...

Freund oder Feind

Stipendium, wieso?

Möglicherweise hängen einige der Dinge überhaupt nicht miteinander zusammen und sind nur zufällige Gegebenheiten. Trotzdem schreibe ich alles auf, was mir einfällt.

Ich setze Maris' Namen neben den von Lucas. Wie stehen die beiden zueinander? Wissen sie überhaupt von der Existenz des anderen? Oder hat Lucas lediglich familiäre Probleme und ich interpretiere viel zu viel in die Sache hinein?

Schön wär's. Mein Gefühl sagt etwas anderes.

„Laurie", japst Samira atemlos, während die Zimmertür hart gegen die Wand knallt. Ich zucke zusammen, schlage hektisch mein Notizbuch zu und lege die Hand darauf. Sehr unauffällig. Wirklich, DiCaprio, für die Darbietung hättest du einen Oscar verdient ...

„Ich hab dich gesucht", keucht Samira. „Komm." Sie streckt mir die Hand entgegen.

„Was ist? Ist was passiert? Geht's allen gut?" Alarmiert stehe ich auf und verstaue das Notizbuch unter einem Stapel Schulbücher. Niemand sollte die Worte lesen, ansonsten finde ich mich schneller in der Klapse wieder, als mir lieb ist.

„Dein Kleid, du musst es aussuchen, jetzt!" Meine Zimmergenossin lässt keine Widerrede zu, greift nach meinem Oberarm und zieht mich hinter sich her. Ich stolpere und kann mich gerade noch an Samira abstützen.

„Dir bedeutet dieser Ball vielleicht nichts, dennoch ist er Tradition und du drückst dich keine Sekunde länger davor, ein Kleid zu wählen."

Wäre die Situation nicht derart absurd, hätte ich die Augen verdreht, denn während ich mich mit übernatürlichen Wesen, bevorstehendem Unheil und einer mysteriösen Clique beschäftige, geht der normale Wahnsinn für Samira und die anderen Mädels weiter. Das Wichtigste in ihrem Leben ist es momentan, das richtige Kleid zu finden, und ich beneide sie darum, würde Maris dafür aber niemals aufgeben. Er ist mir wichtiger, als es ein Kleid jemals sein könnte. Andererseits vermisse ich die Normalität ...

„Was hast du dir ausgesucht?", frage ich. Etwas Zeit mit meinen Freundinnen wird mir guttun und die Probleme laufen nicht weg, das ist ja das Tückische an ihnen.

„Hättest du die letzten Abende mit uns verbracht, dann wüsstest du das", meint Samira und ich höre ihren Unmut deutlich heraus. „Geht's dir wirklich gut, Laurie? Ich mache mir Sorgen."

Mit einem schlechten Gewissen greife ich nach Samiras Hand und drücke sie. „Danke, das weiß ich zu schätzen. Die letzten Wochen waren eine große Umstellung, deswegen musste ich mich sortieren. Alles gut, versprochen." Die Lüge brennt auf meinen Lippen und ich presse sie zusammen, um sie zu vertreiben.

Samira nickt. „Ist gut. Aber du brauchst dennoch ein Kleid", entgegnet sie lächelnd und zieht mich in den Gemeinschaftsraum. Francesca sitzt auf einem der Sofas und flechtet Auroras langes blondes Haar zu einem französischen Zopf, während Diana und Maren auf ein Tablet starren.

„Wir haben dir bereits mehrere Möglichkeiten ausgesucht", informiert mich Samira und ich grinse. „Hoffentlich gefällt dir was."

„Schau", meint Diana und reicht mir das Tablet. „Das hier ist mein Favorit und ich glaube, du wirst es lieben."

Auf dem Display hat sie das Bild eines schwarzen Spitzenkleides aufgerufen. Die Ärmel sind lang, allerdings durchsichtig, genau wie das Oberteil, das jedoch an den richtigen Stellen etwas mehr Stoff hat. Kurz über der Taille geht es in einen langen schwarzen

Tüllrock über, der bis zum Boden reicht. Keine Frage, es ist wunderschön, dennoch sehe ich mich nicht darin. Es ist zu ... sexy.

„Bevor du was sagst, musst du meine Alternative anschauen", meint Samira und nimmt mir nervös das Tablet aus der Hand. „Ich glaube, es würde dir wunderbar stehen. Zwar ist es nicht schwarz, aber zu deinem dunklen Haar ... Laurie, du wärst die Königin, versprochen."

Ich ahne Übles und ziehe die Brauen zusammen. Am liebsten würde ich einfach eine schwarze Leggins und einen weiten Hoodie tragen. Darin fühle ich mich wohl.

Samira gibt mir das Gerät zurück, hält allerdings ihre Hand über das Bild. „Bereit?", fragt sie und ich grinse.

„Es geht um ein Kleid", entgegne ich.

„Nein, Laurie. Nicht ein Kleid, *das* Kleid."

Diana schnaubt. „Ich hätte meine Wahl besser präsentieren sollen."

Samira streckt ihr die Zunge raus und ich setze mich aufs Sofa neben Francesca. „Okay, ich bin bereit."

„Gut." Meine Zimmergenossin nimmt die Finger vom Display und geht direkt vor mir in die Knie.

Ihr Kleid ist ... etwas, das ich niemals selbst ausgesucht hätte. Wahrscheinlich wäre es mir nicht einmal aufgefallen, denn es ist so weit weg von meiner Lieblingsfarbe, wie es nur geht. Der cremefarbene Stoff fällt leicht und luftig zu Boden. Das Kleid hat Dreiviertelärmel und reicht ebenfalls bis zum Boden. Große bunte Blumen zieren es, während es um die Taille mit einem dünnen Gürtel zusammengerafft ist. Das dunkle Haar des Models steht in krassen Kontrast zu dem hellen Kleidungsstück. Es ist traumhaft, wirkt mystisch und weich. Gleichzeitig präsentiert es den Körper nicht, wie es das schwarze tut, sondern ... nun ja, kleidet ihn.

„Es ist wunderschön", hauche ich ehrlich berührt und kann meine eigenen Worte kaum fassen. Ob es Maris gefällt?

„Ha, ich wusste es!" Samira streckt siegesgewiss die Faust in die Luft und strahlt über das ganze Gesicht. Die Nervosität ist ihr von den Zügen gefallen und ihre Freude überträgt sich auf mich.

„Vielleicht ist es ein bisschen zu viel? Zu overdressed?", bemerke ich skeptisch, weiß jedoch gleichzeitig, dass es genau dieses Kleid sein muss. Kein anderes wird mich derart glücklich machen.

Samira wischt meine Bedenken beiseite. „Ach Quatsch. Es ist perfekt."

„Danke", sage ich und schaue mich in der Gruppe um. „Deine Wahl war toll, Diana."

„Nur meine war eben besser", entgegnet Samira, und Diana knufft sie in den Oberarm.

Francesca befestigt Auras Zopf mit einem Gummi. „Ich kann es kaum erwarten. Nur noch wenige Tage."

„Wer bereitet eigentlich den Abend vor?", hake ich nach, während Samira sich neben mich quetscht.

„Die Lehrer", erklärt sie. „Zusammen mit den A-Levels-Absolventen des Vorjahres. Zwar haben sie das Internat eigentlich hinter sich gelassen, dennoch kommen sie an diesem Tag ein letztes Mal hier zusammen und feiern mit allen ihren Abschluss."

„Es gibt alkoholfreie Cocktails, leckeres Essen und eine tolle Party", meint Aura. „Und die Lehrer drücken ein Auge zu, denn wir dürfen mit den Jungs tanzen, sogar eng umschlungen."

Wir reden über die männlichen Wesen am Internat, analysieren ihre Vorzüge und ich genieße das Thema, das so gar nichts mit Dämonen, Beschützern, Unsterblichkeit oder Kira zu tun hat.

Diana offenbart, dass sie sich in einen Jungen aus ihrem Mathekurs verliebt hat, und Francesca zieht sie damit auf. Ich lache, bis mir der Bauch davon wehtut.

„Frag ihn, ob er auf dem Fest mit dir tanzen will", schlägt Maren vor und ihr kurzer Bob schwingt leicht hin und her.

Diana kichert. „Niemals, dazu bin ich zu schüchtern." Röte glänzt auf ihren Wangen und ich senke den Blick. Mir wird schlecht. Maris wird nicht auf dem Ball sein. Zumindest wird ihn keiner außer mir sehen und das heißt, dass der Tanz mit ihm ausfällt. Traurig erhebe ich mich und gehe zum Fenster. Der Mond scheint hell vom Himmel und erleuchtet den Innenhof.

Wird das meine Zukunft sein? Ein Leben mit jemandem, den niemand außer mir sehen kann? Wie zur Hölle soll das funktionieren? Zwar könnte Maris sich den anderen zeigen, doch wird er es tun? Unwahrscheinlich, denn wie ich es verstanden habe, wäre das ein großes Risiko für ihn und das Ding, das er beschützt.

Wenn er überhaupt dasselbe für dich empfindet, flüstert eine biestige Stimme in meinem Innern und mein Herz verkrampft sich.

Er hat mich geküsst, schreie ich ihr siegessicher entgegen, doch sie lacht nur. *Als ob das etwas heißt*, antwortet sie trocken.

Auf der anderen Seite des Schlossgeländes sehe ich, wie sich die Tür zur Kapelle öffnet und eine Gestalt heraustritt. Sie geht über den Kies direkt auf das Fenster zu, aus dem ich herabschaue, und schließlich erkenne ich ihn. Maris bleibt unter meinem Fenster stehen und blickt mich an. Sein Lächeln ist warm und bringt die Stimme in meinem Inneren augenblicklich zum Schweigen. Automatisch breitet sich ein Grinsen auf meinen Lippen aus und ich winke ihm zu, hebe dann den Zeigefinger, um ihm zu signalisieren, dass ich zu ihm eile. Er nickt und zeigt nach links. Zwar sehe ich nicht, auf was er deutet, dennoch weiß ich sofort, dass er auf der Bank vor dem Haupteingang auf mich warten wird.

„Mir schwirrt der Kopf", lüge ich meine Freundinnen an und verabschiede mich von ihnen. Ich drücke sie zum Abschied, bedanke mich für das wunderschöne Kleid und bitte Samira es für mich zu bestellen. Dann zwinge ich mich, möglichst langsam das Zimmer zu verlassen und stürme los sobald die Tür hinter mir ins Schloss fällt.

Der Gang und das Treppenhaus sind leer, alle sind auf ihren Zimmern oder im Gemeinschaftsraum. Deswegen nehme ich immer zwei Stufen auf einmal und stoße die Tür ins Freie auf.

Maris sitzt auf der Rückenlehne der Bank und grinst mich an. „Du hast aber lang gebraucht", witzelt er, während ich schweratmend näher komme.

„Musste mich noch von meinem Liebhaber verabschieden", meine ich gelassen. „Der wollte mich einfach nicht gehen lassen."

Maris zieht mich zu sich, sodass ich vor ihm auf der Bank knie und schließt mich in die Arme. Den Kopf an meinem Scheitel, drückt er mir einen Kuss aufs Haar.

Sein Herz pocht gegen meine Wange und ich erkenne mein eigenes darin. Wie konnte ich bloß an Maris' Gefühlen zweifeln?

Glücklich schmiege ich mich an ihn und genieße seine Wärme, das Gefühl von Geborgenheit und Nähe. Nach einer Weile lässt er mich frei und ich drehe mich, setze mich zwischen seine Beine und lehne mich mit dem Rücken gegen ihn.

„Ich hab nur wenige Minuten, Laurie", sagt Maris und ich drehe mich so, dass ich ihn ansehen kann. Die Füße strecke ich auf der Bank aus.

„Wieso?", frage ich, greife nach Maris' Fingern und verschränke meine damit.

„Etwas geht vor sich und solange ich im Ungewissen bin, woher die Schwingung kommt, die ich seit einigen Wochen wahrnehme, muss ich vorsichtig sein und kann ihn nicht lange alleine lassen."

Ich nicke. „Es ist Lucas, oder?", lasse ich die Bombe platzen und fröstle dabei. Die Worte mussten raus, bevor ich es mir anders überlege.

„Wie bitte?"

„Er ist das Unheil."

Maris lacht und ich starre ihn ungläubig an. Macht er sich lustig über mich? Eingeschnappt löse ich unsere Hände und schiebe meine unter die Oberschenkel.

„Unmöglich, Laurie."

„Und woher weißt du das so genau?", motze ich. „Er und Kira haben sich gestritten. Dabei hat Lucas von Freiheit gesprochen und seinem Wunsch alles hinter sich zu lassen. Außerdem redeten sie über jemanden und es klang stark nach dir."

Der Wind spielt mit meinem Haar und ich bekomme eine Gänsehaut. Vielleicht hätte ich eine Jacke überwerfen sollen.

„Zieh deine Knie zu dir", weist Maris mich an. Ich mustere ihn skeptisch, tue dann aber trotzdem wie mir geheißen. Er legt seinen linken Arm unter meine Oberschenkel und den rechten hinter meinen Rücken. Dann rutscht er an der Rückenlehne nach unten und setzt mich auf seinen Schoß. Dankbar lehne ich mich an seinen Oberkörper und erschaudere. Seine Wärme ist angenehm und ich spüre seine Haut so unfassbar gern an meiner eigenen.

„Lucas hat nichts damit zu tun", bekräftigt Maris seinen Standpunkt und schürt damit meine Verwirrung.

„Wie kannst du dir so sicher sein?"

„Es ... ich ...", beginnt er und stockt dann.

„Wag es ja nicht! Ich will nichts mehr von Geheimnissen hören. Du kannst mir vertrauen."

„Das weiß ich Laurie, dennoch bringt Wissen Macht mit sich und diese kann im Zweifel gegen dich verwendet werden."

„Gemein", murre ich.

„Lucas hat es schwer, dennoch stellt er keine Gefahr dar."

Maris ist überzeugt von seinen Worten und das lässt nur einen Rückschluss zu. „Dann bin ich die Gefahr."

„Ja, du bringst mich um den Verstand", meint Maris lachend und zieht mich noch enger an sich. Leider ist mir die Fröhlichkeit abhanden gekommen.

„Ernsthaft, ich muss dir etwas sagen", beharre ich und wünsche, dieses Gespräch bereits hinter mir zu haben.

Vor wenigen Minuten hatte ich noch Angst, nie vor anderen mit Maris tanzen zu können, nun fürchte ich ihn zu verlieren und das bringt mich beinahe um. Dennoch nehme ich all meinen Mut zusammen. Die Sache weiter hinauszuzögern verschlimmert alles nur und am Ende bringe ich die Worte möglicherweise gar nicht mehr über die Lippen.

„Ich habe angeblich ein Stipendium bekommen, bloß weiß ich nichts davon", beginne ich und bin überrascht, dass Maris sofort begreift.

Seine Arme versteifen sich. „Wer bezahlt es?"

„Keine Ahnung, das Internat?"

„Niemals, ich dachte ... also .... Du gehörst zu keiner der Familien, oder? Wie ... scheiße, das ändert alles."

„Was meinst du?", frage ich ängstlich und mustere Maris genau. Seine Pupillen bewegen sich rastlos hin und her, ohne, dass er etwas zu fokussieren scheint.

„Jemand hat dich zu mir geführt."

Das habe ich befürchtet. Und tief in mir wusste ich, dass es die einzig sinnvolle Erklärung ist. Allerdings konnte ich die Wahrheit nicht zulassen, zu schwer wiegen ihre Konsequenzen.

„Warum?", flüstere ich.

„Es liegt im Verborgenen. Hinter einem Schatten, der sich mir entzieht."

„Was bedeutet das?", frage ich ohne die Antwort wirklich wissen zu wollen.

„Es ändert alles, Laurie."

Maris lehnt den Kopf in den Nacken und blickt in den Himmel. Ob sich dort die Lösung versteckt? Irgendwo hinter all den Sternen?

Mit geschlossenen Lidern lehne ich meine Wange gegen Maris' Brust. Dieser Moment wird mir bleiben, egal was gleich geschehen wird. Ich werde mich an seine Arme um meinen Oberkörper, seine Wärme auf meiner Haut und das Prickeln in meinem Bauch erinnern.

„Du verlässt mich", mutmaße ich. Es ist ein Gefühl, das mich gefangen nimmt, keinen anderen Gedanken zulässt.

Maris' Kinn findet den Weg zurück zu meinem Scheitel und einen Augenblick glaube ich, dass er meine Vermutung abstreiten, dass alles gut wird.

„Mein Herz gehört dir, Laurie", flüstert Maris und drückt mich an sich. „Doch mein Leben ist nicht frei. Ich habe keine Wahl. Verzeih mir."

Plötzlich ist seine Wärme verschwunden. Ich lehne gegen das Holz der Bank und schlinge meine eigenen Arme um mich, als würde ich ansonsten auseinanderbrechen. Stille Tränen laufen mir übers Gesicht, tropfen auf meine Hose. Die Zeit steht still und ich konzentriere mich vollkommen auf das Ein- und Ausatmen. So lange, bis mich die Kälte äußerlich dasselbe fühlen lässt, wie innerlich: Taubheit.

Maris ist weg.

Und wenn ich ehrlich bin, verstehe ich ihn. Hier geht etwas vor sich und offensichtlich sieht auch Maris, das unsterbliche, allwissende Geschöpf nicht, was es damit auf sich hat. Nur eins ist sicher: sein Auftrag und das was er beschützt schweben in Gefahr. Und das kann er keinesfalls zulassen.

Mechanisch erhebe ich mich, schwanke und greife nach der Bank. Meine Beine versagen mir den Dienst und ich sinke zurück auf die Sitzfläche.

Scheiße, ich habe vergessen, wie unbändig der Schmerz des Verlustes ist, denn ich musste ihn nicht länger alleine ertragen. Doch jetzt kehrt er mit voller Wucht zurück und fordert gespürt zu werden. Trotzdem heiße ich ihn willkommen, empfange ihn wie einen alten Freund und lasse mich in seine Dunkelheit fallen.

„Laurie?"

Jemand rüttelt an meiner Schulter.

„Shit! Wach auf", befiehlt die Stimme. „Du bist eiskalt. Kannst du mich hören?"

Kira fasst mir an die Stirn, während ich meine Lider einen Spaltbreit hebe.

„Okay, komm schon, wir müssen rein, sonst erfrierst du."

„Gut", hauche ich und bewege meine steifen Glieder. Zeitgleich legt sich Kira meinen Arm über die Schulter und hievt mich hoch. Sie schleift mich zur Treppe.

„Laurie? Ich brauch deine Hilfe, du bist zu schwer", sagt Kira und ich nicke, spüre endlich wieder etwas in meinen Beinen und mache einen unbeholfenen Schritt. Dennoch lehne ich mich schwer an ihren Körper und lasse einen Großteil meines Gewichts von ihr tragen. Wir brauchen eine halbe Ewigkeit bis nach oben und ich habe mehrmals das Gefühl den Halt zu verlieren, allerdings hält mich ein leichter Widerstand gegen Kira gedrückt und somit aufrecht. Beinahe, als hätte die Luft Mitleid mit mir und sich deshalb verfestigt.

Keine Ahnung wie, doch Minuten später falle ich in mein Bett und versinke in allem, aus dem ich mich die letzten Wochen so mühsam herausgekämpft habe.

Denn auf eins kann ich zählen: Der Schmerz, er ist bei mir, verlässt mich niemals.

Kapitel 11

Wenn dir das Schicksal den Mittelfinger zeigt, male einen Schnurrbart drauf

„Laurie, wach auf. Du träumst nur." Samira steht neben meinem Bett und ich wünsche so sehr, dass sie recht hat.

Sekunden nachdem ich meine Augen öffne, strömt die Wahrheit auf mich ein und ich schmiege mich an Samira und drücke sie fest an mich.

„Laurie", erschrickt sie und sinkt schwerfällig auf meine Bettkante. Es gleicht einem Wunder, dass sie in meinem Klammergriff ohne Verletzungen davonkommt. „Was ist denn los?"

„Sie sind weg. Sie alle." Im Gegensatz zur vorherigen Nacht ist die Taubheit in meinen Gliedern komplett verschwunden. Stattdessen bekomme ich keine Luft mehr. Meine Lunge verweigert den Dienst und zeigt mir den Mittelfinger. Da kann sie einen Club mit dem Schicksal gründen.

„Wer denn?", fragt Samira und legt mir die Hand auf die Schulter.

Keuchend atme ich ein. Ich kann ihr nicht einmal die Wahrheit sagen. „Meine Eltern", offenbare ich daher ein anderes Geheimnis. Eines, das ich nie hatte teilen wollen. „Sie sind gestorben."

„Heute Nacht?", entfährt es Samira schockiert.

Ich schüttle den Kopf. „Vor Monaten, es war ein Autounfall."

„Shit, das ... tut mir leid", meint sie und ich löse mich von ihr und schlüpfe bis über die Nasenspitze unter der Decke. Die Trauer, um das Leben, das sie nie führen werden, ist zurück, vermischt sich mit dem Verlust der letzten Nacht. Beides erdrückt mich, nimmt mir die Hoffnung, schränkt mein Sichtfeld ein wie Scheuklappen. Mir ist übel und ich friere unfassbar, deswegen schlinge ich die Arme um mich und ziehe die Decke enger an meinen Körper. Doch das ist sinnlos, die Kälte kommt von überall, vor allem aber aus meinem Inneren und ich zittere so sehr, dass die Zähne aufeinander klappern.

„Du bist ganz weiß im Gesicht", meint Samira nach einer Weile. Sie legt mir eine Hand an die Wange, dann an die Stirn. „Ich hol die Krankenschwester, du glühst nahezu."

Bevor ich protestieren kann, verlässt sie den Raum und darüber bin ich erleichtert. Ich gebe mich erneut der Dunkelheit in meinem Herzen hin und versinke im Selbstmitleid. Wieso habe ich mich ausgerechnet in einen Unsterblichen verliebt? Wieso ist mein Leben so kompliziert? Und wieso zur Hölle muss ich der Mittelpunkt in all dem sein?

Müde öffne ich die Lider, als Stimmen laut werden. Das Licht wird angeschaltet und obwohl ich friere, ist meine Decke schweißfeucht.

„Na, wie geht's dir?", fragt Schwester Claire, aber ich schüttle nur den Kopf, habe keine Kraft zu antworten. Gleichzeitig vergrabe ich meine Nase in der Decke, um ihr nicht ins Gesicht zu niesen. „Das sieht nach einer schweren Erkältung aus. Ich verordne dir strikte Bettruhe und weise die Küche an dir heißen Tee zu bringen. Morgen gibt es dann eine leckere Kraftbrühe, die wird dich stärken und deine Lebensgeister wecken."

Meine Konzentration ist gleich null und so folge ich ihr nur mit halbem Ohr. Trotzdem nicke ich und nehme ihre Hand auf meinem Scheitel wahr. Die Geste beruhigt mich und ich gleite erneut in einen traumlosen Schlaf.

***

Die nächsten Tage bestehen aus kurzen wachen Phasen und vielen Träumen, die mich keine Ruhe finden lassen. Unendlich viele Male renne ich Maris hinterher, bekomme ihn jedoch nicht zu fassen. Außerdem erlebe ich die Beerdigung meiner Eltern immer und immer wieder, so lange, bis ich meine Augen nicht mal mehr schließen muss, um erneut mittendrin zu sein.

Mein Zimmer habe ich zur Sperrzone erklärt. Natürlich darf Samira ein- und ausgehen, wie sie mag, doch anderer Besuch ist das letzte, was ich momentan brauche. Die Mädels habe ich direkt am ersten Abend verbannt und auch jetzt, Tage später mit klaren Gedanken, will ich keinen sehen. Der Verlust tut einfach weh. Mein ganzer Körper schmerzt innerlich wie äußerlich und egal ob Herz, Hirn oder Seele, alle sind sich einig: sie wollen ihre Ruhe.

Am letzten Tag meines Krankenstandes schäle ich mich unter der Decke hervor und trete den Gang zur Dusche an. Egal wie groß der Schmerz ist, die Welt dreht sich unerbittlich weiter. Und sie erwartet von mir, dass ich mitmache oder untergehe. Ich habe mich bereits das letzte Mal fürs Leben entschieden und auch dieses Mal werde ich nicht aufgeben.

Mit einem Handtuch auf dem Kopf schlurfe ich dreißig Minuten später zurück und halte verwirrt in der Tür zu unserem Zimmer inne. „Was machst du hier?"

Lucas sitzt auf meinem Bett, dreht mir den Kopf zu, sodass ich sein Gesicht sehen kann. Sein Haar hängt ihm vor die Augen, trotzdem erkenne ich die dunklen Ringe darunter. „Kira hat mir erzählt, was geschehen ist. Und heute habe ich zufällig aufgeschnappt, dass es dir besser geht ... also ..."

„Kira?", frage ich verwirrt und ziehe die Stirn in Falten.

„Sie hat dich draußen vor dem Eingang entdeckt und auf dein Zimmer gebracht, weißt du das nicht mehr?"

Ich schüttle den Kopf. Das letzte, an das ich mich erinnere ist die leere Bank an meiner Schulter. Der Rest versinkt im Chaos meiner Gedanken. Vermutlich wäre die Erkältung ohne Kiras Eingreifen in etwas viel schlimmeres ausgeartet. Da ist wohl ein Danke fällig.

„Was war denn los?", will Lucas wissen, aber ich schüttle den Kopf. Alleine seine Anwesenheit ist mehr, als ich ertrage. Ich spüre sein Interesse, die Neugier und Sorge. Doch zum ersten Mal, seit wir uns kennen, sind seine unausgesprochenen Fragen zu viel. Anstatt mich geborgen und aufgehoben zu fühlen, wird mir überdeutlich klar, dass ich falsch lag. Lucas Geheimnisse sind zu groß für mich. Sie ziehen mich langsam in den Abgrund und ich sehe keinen anderen Weg ihnen zu entkommen, als mich von ihm fernzuhalten. Zumindest so lange, bis das Chaos in meinem Kopf wieder schweigt.

„Bitte geh“, weise ich ihn tonlos an und schmeiße meinen nassgeschwitzten Pyjama in den Wäschekorb.

„Was?“

„All die Geheimnisse, all dieses Halbwissen und die Lügen, Lucas. Du bist mein Freund, aber jetzt brauche ich Zeit, um dieses Chaos zu sortieren und das kann ich nicht, wenn ich mich gleichzeitig ständig frage, ob du mir die Wahrheit sagst oder deine Worte nur wieder eine Metapher für irgendetwas sind.“

Ich habe es so satt. Vielleicht bin ich selbstgefällig, immerhin habe ich ebenfalls einige Dinge aus meiner Vergangenheit vor meinen neuen Freunden verheimlicht, doch mein Körper ist auf Selbstschutz gepolt und ihm ist es egal, wer verletzt wird.

Er steht auf, aber anstatt mich anzuschreien oder mich für meine Anschuldigungen zu rügen, kommt er schweigend auf mich zu. Direkt neben mir bleibt er stehen und legt seinen Kopf einige Sekunden auf meinen Scheitel. Es ist beinahe die gleiche Geste, mit der ich ihn vor einigen Tage getröstet habe. Dann verlässt er den Raum und ich breche zusammen.

Mit dem Rücken gegen die Tür gelehnt lasse ich mich zu Boden sinken. Tränen trüben mir die Sicht und verstopfen meine Nase. Die letzten Wochen liegen in Scherben vor mir und scheinen unwiederbringlich verloren. Zurück bleibt eine Erinnerung, die ich für immer in meinem Herzen tragen werde. Das Gefühl, angekommen zu sein.

Nach einigen Minuten kommt mir meine Entscheidung, Lucas wegzuschicken, dumm vor und ich wünsche ihn zurück auf mein Bett. Wenn ich ehrlich zu mir bin, wollte ich nur etwas von meinem eigenen Schmerz abgeben, ihn dieselben Dinge fühlen lassen, die ich gerade durchmache. Meine Wut, die Furcht und die Trauer brauchten ein Ventil und Lucas war zur falschen Zeit am falschen Ort.

Ich schäme mich für meinen Egoismus und schreibe Lucas eine Nachricht. Dann lösche ich die Zeilen, ohne sie abzuschicken. Das ist etwas, das ich persönlich klären muss.

Im Schnelldurchlauf föhne ich mir das Haar einigermaßen trocken und flechte es dann zu einem Zopf. Fröstelnd ziehe ich noch einen dicken Wollpulli aus meinem Schrank und streife ihn über den Hoodie. Als letztes schlüpfe ich in die Stiefel und mache mich auf den Weg.

Schon der Flur stellt eine Herausforderung dar, denn mein Immunsystem zeigt mir ebenfalls den Mittelfinger. Es ist damit das neueste Mitglied im Club, neben dem Schicksal und meiner Lunge.

Die letzten fünf Tage habe ich ausschließlich in meinem Bett verbracht und versucht nicht einzugehen. Mein heutiges Bewegungspensum gleicht daher dem Aufstieg des Mount Everest. Und dafür ist meine Lunge keineswegs bereit. An der Tür ins Treppenhaus mache ich eine Pause, stütze mich auf die Klinke und atme tief durch.

Zu den Royals bin ich bisher nur einmal gegangen und da war ... nein, ich muss ihn aus meinen Gedanken verbannen, sonst verdüstert er sie. Und das brauche ich gerade am allerwenigsten. Denn jetzt, nachdem ich wieder einigermaßen klar bei Sinnen bin, sehe ich ein Licht am Horizont. Die Hoffnung ist zurück und langsam verziehen sich die Schatten. Eigentlich ist die Lösung ziemlich einfach: wer auch immer mein Stipendium bezahlt, weiß welche Verbindung ich zu dem Übernatürlichen in Kingswood Castle habe und er kann offenbaren, welche Gefahr ich darstelle. Sobald das geklärt ist, kann Maris zurückkehren. So viel zur Theorie. Wie ich meinen Plan in die Tat umsetze ... wir werden sehen.

Zuerst stellt der Weg zu Lucas und meine Entschuldigung allerdings eine nahezu unüberwindbare Hürde dar.

Als Maris und ich vor ein paar Wochen in den Flügel der Royals unterwegs waren, sind wir nach oben gegangen, doch die Tür war verschlossen, öffnete sich nur mit seiner Hilfe und darauf kann ich mich gerade nicht verlassen. Deswegen gehe ich einen Stock tiefer und schleife mich über den Gang. Das Glück ist auf meiner Seite und ich begegne niemandem. Im nächsten Treppenhaus nehme ich eine Stufe nach der anderen und arbeite mich langsam aber sicher nach oben. Keuchend öffne ich die Tür zum royalen Flügel und erfreue mich einige Sekunden an dem Wortspiel. Gott, ich bin wirklich fertig mit den Nerven.

Die Tür zum Gemeinschaftsraum der Jungs steht offen und ich luge hinein. Keine Spur von Lucas, nur Manuel sitzt auf dem Sofa und spielt Mario Ka... Nein! Ich stoppe den Gedanken, der sich anbahnt, trete einen Schritt zurück und konzentriere mich auf die anderen Türen. Am Ende des Gangs höre ich Stimmen aus einem der Zimmer und schleiche näher. Durch einen Spalt fällt Licht in den Flur und ich lege die Hand an das Holz, um zu Klopfen.

„Danke“, höre ich aus dem Inneren und mein Herz bleibt stehen. Maris?

Kira lacht, allerdings klingt es wie das Fauchen eines Raubtiers. „Deswegen zeigst du dich mir? Um dich dafür zu bedanken, dass ich deine Geliebte gerettet habe? Ist das dein Ernst?“

„Woher weißt du von uns?“

Ein Schnauben dringt zu mir. „Ich habe euch beobachtet. Kurz bevor du sie zurückgelassen hast, löste sich der Zauber, der um euch lag und mir die Wahrnehmung vernebelte.“

Mutig schiebe ich die Tür weiter auf, um hinein zu spähen. Die beiden stehen sich gegenüber. Während Kira die Arme vor der Brust verschränkt hält, hängen Maris' Schultern nach unten. Ich sehe ihm an, dass es ihm schlecht geht, und ich würde ihn am liebsten in meine Arme ziehen, ihm erklären, dass ich das Problem lösen werde und wir am Ende glücklich auf unserem Regenbogen sitzen werden. Stattdessen bleibe ich an Ort und Stelle und versuche so wenig Geräusche wie möglich von mir zu geben.

„Nein, ich komme nicht deswegen. Du musst sie in Zukunft beschützen“, eröffnet Maris ihr und mein Puls beschleunigt sich. „Sie könnte in Gefahr sein, aber ich habe eine Aufgabe zu erfüllen.“

Ungeduldig geht Kira auf und ab. „Was hat das zu bedeuten?“ In ihren Worten ist die Wut immer noch deutlich zu hören und ich würde gern dazwischen gehen.

„Ich weiß es nicht, Kira. Sie könnten alle in Gefahr sein, deswegen muss ich zurück. Das Tor darf keinesfalls ungeschützt sein. Eine Gefahr schwebt über dem Internat. Seit Jahrhunderten spüre ich zum ersten Mal, dass sich etwas verändert hat. Und Laurie hängt in der Sache drin. Jemand bezahlt ihr Stipendium.“

„Wieso hast du dich ihr gezeigt, während du dich vor uns seit einer Ewigkeit versteckst?“, fordert Kira zu wissen.

Maris schüttelt den Kopf. „Habe ich nicht, sie kann mich sehen.“

„Sie ... was?“ Entgeistert mustert Kira Maris. „Das ist unmöglich! Es würde bedeuten ...“

„Nein, keine Kräfte, ich vermute, sie ist ein Medium. Sie sieht Dinge ...“

„Dinge?“, unterbricht Kira ihn, und ich muss an all die Visionen denken, von denen ich dachte, *er* würde mir die Bilder schicken. Sind es in Wahrheit meine eigenen Fähigkeiten? „Du meinst, sie sieht die Zukunft? Wie ein Orakel?“, stellt Kira Vermutungen an, die mir absurd erscheinen.

Erneut schüttelt Maris den Kopf und ich hätte mich gerne gesetzt. Meine Beine zittern, dennoch zwinge ich sie zum Stillhalten. „Es sind eher Gedankenfetzen, als könnte sie manchmal in meinen Kopf blicken.“

„Das ist ...“

„Unmöglich“, beendet Maris ihren Satz. „Offensichtlich nicht.“

„Aber ...“

„Hör zu, Kira, ich habe keine Zeit dafür. Ich brauche deine Unterstützung, und zwar jetzt. Kann ich mich darauf verlassen? Wirst du dich um sie kümmern?"

Einige Sekunden ist es still und ich unterdrücke ein Husten, aus Angst, dass die beiden meinen röchelnden Atem hören.

„Ich bin doch kein Babysitter", murmelt Kira, allerdings klingt ihr Widerstand halbherzig und Maris betrachtet sie flehend. „Ist gut, ich hab sowieso keine Wahl, oder?"

Er legt ihr die Hände auf die Schultern und sie senkt ergeben den Kopf. „Das werde ich dir niemals vergessen."

Dann ist er verschwunden und ich halte es keine Sekunde länger aus. Schwer und unfassbar laut quält sich ein Husten meine Kehle hinauf, schüttelt meinen ganzen Oberkörper durch.

Kira reißt die Tür auf und bleibt wie angewurzelt stehen. „Wenn man vom Teufel spricht. Was willst du hier?"

„Mich bedanken", gestehe ich ehrlich und lehne mich an den Türrahmen. Es ist definitiv zu früh für mich, wieder am Unterricht teilzunehmen. Ich werde mich noch mal bei Schwester Claire melden. „Ohne dich hätte ich sicher mehr als eine Erkältung. Danke."

„Du hast das gerade gehört, oder?", mutmaßt Kira und ich nicke. Lügen haben keinen Sinn. Vielleicht bekomme ich auf diese Art sogar etwas mehr aus ihr heraus.

„Und du kannst ihn ebenfalls sehen?"

„Ja, allerdings nur, wenn er es zulässt."

„Aber ich dachte ... er ... also.“ Mein Hirn stellt die Arbeit ein, als hätte es seine ganze Kapazität in den letzten Minuten verbraucht.

Kira verdreht die Augen über meinen erbärmlichen Zustand. „Kippst du gleich um?“

Ein Kopfschütteln.

„Zurück auf dein Zimmer gehen und keine Fragen mehr stellen wirst du allerdings auch nicht?“

Noch ein Kopfschütteln.

„Dachte ich mir. Dann komm erst mal rein und setz dich.“

Sie deutet auf ihren Schreibtischstuhl und ich nehme das Angebot dankend an. „Wieso weißt du von seiner Existenz?“

„Das ist unser Geheimnis. Wenn er es vor dir verborgen hat, werde ich ebenfalls schweigen.“

Entmutigt sinke ich gegen die Rückenlehne. „Bist du ein Mensch?“

„Im Grunde.“

Stöhnend lege ich mir einen Arm über die Augen. „In Rätseln zu sprechen ist euch allen in die Wiege gelegt worden, was? Oder zählt das zu den Aufnahmebedingungen von Kingswood Castle?“

Kira lacht. „Lucas hat recht, du bist witzig.“

„Ich muss zu ihm“, entfährt es mir, in Gedanken bei der Entschuldigung, die ich Lucas schulde, doch mit jedem Atemzug verlässt meinen Körper ein bisschen mehr Kraft.

„Zu Maris? Das kannst du knicken, der kommt so schnell nicht wieder.“

Das habe ich kapiert. „Nein, zu Lucas. Ich hab ihn ziemlich angeschnauzt.“

„Der ist rausgegangen."

Sicher sitzt er am See, mit den Beinen an die Brust gezogen und dem Kinn auf die Knie gestützt. Ich kann ihn förmlich vor meinem inneren Auge sehen. „Wirst du mir *irgendetwas* über Maris, seine Aufgabe oder dein Beinahe-Menschsein verraten?"

„Auf keinen Fall."

Ja, das habe ich vermutet. Wäre auch zu einfach gewesen. „Ich hasse dieses Internat. Gibt es eigentlich irgendetwas, das kein Geheimnis ist?"

Kira lacht. „Das sagt das größte von allen."

„Wie bitte?"

„Du bist ein Mensch, oder?"

„Soweit ich weiß."

„Dennoch siehst du Maris, der für alle, selbst uns, unsichtbar ist und von niemandem, dem er sich nicht zeigt, gesehen werden kann. Wer ist hier also das Mysterium?"

Mit schiefgelegtem Kopf lasse ich meinen Blick durch das Zimmer schweifen. Es ähnelt unserem, allerdings steht nur ein Bett im Raum. „Der Unterschied ist bloß, dass ich selbst nichts darüber weiß. Ich verberge es unabsichtlich, während ihr euch absichtlich hinter den Schatten versteckt."

Dann fällt plötzlich der Groschen durch mein verrotztes Hirn und es dauert einige Augenblicke, bis ich meine Gedanken in Worte fassen kann. „Deswegen habt ihr diese Privilegien, oder? Ihr gehört alle dazu ... selbst ... selbst Lucas."

„Wovon redest du jetzt schon wieder?"

„Deine Freunde, die Royals, ihr gehört zusammen. Ihr alle seid übernatürliche Wesen."

„Und wieso kommt Maris dann lediglich zu mir?"

Skeptisch mustere ich sie. Wer ist Kira? Was für Kräfte besitzt sie und vor allem: Kann ich ihr vertrauen?

Maris tut es, also bleibt mir wohl kaum eine Wahl.

Die Müdigkeit überrollt mich und ich hieve mich hoch. „Danke, wirklich. Wahrscheinlich stehe ich auf deiner Freundschaftsliste ziemlich weit unten, dennoch hast du mir, ohne zu zögern, geholfen. Das weiß ich zu schätzen."

„Gern", entgegnet Kira und scheint es zu meiner Überraschung ernst zu meinen. Mit einem Nicken verlasse ich ihr Zimmer. Zum Glück ist mein Verstand vollkommen damit beschäftigt, mich heil in mein Bett zurückzubringen und verdrängt die Gedanken an Maris und seine Verbindung zu Kira fürs Erste.

„Huch, was machst du denn hier?", fragt Lucas, der mir im Gang entgegenkommt.

„Mich bedanken. Und bei dir entschuldigen."

Lucas reicht mir seine Hand und ich nehme sie gern, stütze mich auf ihn. „Ist schon in Ordnung. Du meintest es nicht so."

„Stimmt", gebe ich zu und schließe Lucas fest in eine Umarmung. „Trotzdem tut mir leid, was ich gesagt habe." Schwindel übermannt mich und ich schwanke.

„Laurie", ruft Lucas, während meine Beine wegknicken.

„Geht gleich wieder", beharre ich, doch Lucas' Ausruf hat die anderen Royals auf den Plan gerufen. Plötzlich stehen alle im Flur und sehen auf mich herab.

Cassandra ist die erste, die ihre Sprache wiederfindet. „Was ist hier los?“ Elegant streicht sie sich eine weißblonde Strähne hinters Ohr. Ihr Blick ist stechend.

„Laurie wollte sich bei Kira bedanken“, meint Lucas schnell und hilft mir auf. Doch die Welt dreht sich weiterhin um mich. Wo war noch gleich oben? Und wieso bewegt sich der Boden?

Cassandra greift stützend nach meinem Oberarm und mich durchfährt ein elektrischer Schlag. Einige Herzschläge lang ist es dunkel, dann verlassen ihre Finger meine Haut und die Helligkeit kehrt zurück.

„Sie ist eine von uns“, entfährt es Cassandra und ich lehne mich schwer gegen Lucas, als Cassandra sich leicht nach vorne beugt, bis ihre Nase nur noch wenige Zentimeter von meiner entfernt ist. Neugierig mustert sie mich. „Du weißt, was wir sind.“

Ich schüttle wahrheitsgemäß den Kopf, behalte angestrengt meinen Mageninhalt bei mir und konzentriere mich auf den Körper neben mir. Er gibt mir Halt, zeigt mir, dass die Welt eigentlich stillsteht. Dann verschwindet der Schwindel so schnell, wie er gekommen ist. Ich atme erleichtert auf und kann mich endlich wieder dem Gespräch widmen, dennoch bleibt mein Hirn weiterhin in Watte gepackt.

„Nein, Maris hat mir nichts verraten“, murmle ich schließlich.

Neben mir versteift sich Lucas. „Maris?“

„Ja, er war hier“, informiert Kira ihre Freunde.

„Unfassbar“, haucht Lucas.

Nach einem Augenblick, in dem keiner die richtigen Worte zu finden scheint, wendet sich Manuel an

Cassandra. „Hast du die Zukunft gesehen, als du Laurie berührt hast?"

Sie nickt. Dieses Gespräch verlangt mir meine gesamte Aufmerksamkeit ab. Wieso musste ich auch krank werden?

„Laurie war in meiner Vision Teil unserer Gruppe, ich hab deutlich gefühlt, dass sie eine von uns ist. Ihre Kräfte waren spürbar", erklärt Cassandra, und ich zwinge meine Lider dazu, offen zu bleiben.

„Leute", unterbreche ich die aufflammende Diskussion. „Ich pack das nicht."

Elena eilt auf mich zu. „Oh, ich mach das", sagt sie, nimmt meine Hand und verschränkt ihre Finger mit meinen. Zuerst bin ich überrumpelt, doch ein sanftes Lächeln liegt auf ihren Lippen und ich erwidere es. „Nicht loslassen, ja?"

Gespannt blicke ich auf unsere Hände. Ein Kribbeln arbeitet sich von den Fingerspitzen ausgehend meinen Arm hinauf und nimmt schlussendlich meinen gesamten Körper ein. Neue Kraft durchströmt mich, verdrängt die Müdigkeit und den Rest der Erkältungssymptome.

„Abgefahren", entkommt es mir.

„Gern geschehen", meint Elena.

„Wie machst du das? Und was bist du?"

Anstatt zu antworten zuckt sie lediglich mit den Schultern.

„Halt", schaltet Kira sich erneut ein und ich verdrehe die Augen. „Es steht uns nicht zu, sie einzuweihen."

„Aber Cassandras Vision", gibt Lucas zu bedenken und lässt mich los.

Elena führt mich in den Gemeinschaftsraum der Jungs und wir setzen uns nebeneinander aufs Sofa. Der Rest der Royals platziert sich um uns herum.

„Maris hat mir sein Vertrauen geschenkt und ihr könnt das ebenfalls“, ergreife ich Partei für mich selbst.

Kira schnaubt. „Nicht genug, um dir die Wahrheit zu sagen.“

„Er wusste allerdings nicht, was Cassandra gesehen hat, und wenn tatsächlich Kräfte in mir schlummern, sollte ich wissen, worauf ich mich vorbereiten muss, oder?“ Zwar glaube ich Cassandras Worten nicht – ich wüsste doch, würde ich irgendwelche Fähigkeiten in mir tragen, die übermenschlich sind –, allerdings kommen sie mir gerade recht.

„Sie hat recht.“ Lucas' Worte kommen mir zur Hilfe und ich grinse ihn an. Die neue Kraft, die dank Elena durch meine Adern fließt, gibt mir Mut und Zuversicht.

Cassandra nickt. „Denke ich auch.“

Der Reihe nach stimmen die Royals zu, Kira zuletzt. Geschlagen seufzt sie. „Nun gut. Was willst du wissen?“

„Was seid ihr?“, platzt die erste Frage, die mir durch den Sinn geht, heraus, tausend weitere in der Warteschlange.

„Die Nachkommen der Götter“, sagt Cassandra und ich lache, allerdings erwidert es niemand.

„Scheiße, du meinst das ernst.“ Ich habe mit vielem gerechnet – Dämonen, Engeln, Vampiren, aber Götter? Niemals.

Kapitel 12

Die Wahrheit ist die neue Lüge

Auf einmal ist mein Kopf wie leergefegt. Diese Antwort habe ich derart lange herbeigesehnt, dass ich jetzt, wo ich sie habe, nichts damit anzufangen weiß. Sie überfordert mich, nimmt den ganzen Raum meiner Gedanken ein und legt meine Denkfähigkeit lahm.

„Ich glaub, wir haben sie kaputtgemacht“, meint Phil grinsend, während Lucas seine Hand vor meinen Augen auf und ab bewegt. Die Geste nehme ich wahr, doch mein Körper verweigert eine Reaktion.

„Da könntest du recht haben“, erwidert Lucas und legt seine Finger auf mein Schienbein. „Laurie?“

„Götter“, flüstere ich.

„Halbgötter, um genau zu sein“, verbessert Cassandra mich, und einige Zellen meines Hirns nehmen ihre Funktion wieder auf.

„Na ja“, wirft Kira ein, und ich habe das Gefühl, sie hat wirklich gern recht, „wenn du es *ganz* genau willst, dann nur noch Mini-Halbgötter.“

Ich reibe meine Handflächen aneinander, um meine eiskalten Finger anzuwärmen. „Wie kann man ein Mini-Halbgott sein?“

„Die Götter können seit Jahrzehnten nicht mehr auf die Erde kommen. Wir stammen ihrer Linie ab und haben diese rein gehalten."

„Rein?"

„Alle Mitglieder meiner Familie haben ihre Wurzeln von Hestia", erläutert Lucas. „Jeder in meiner Familie hat Hestias Blut in sich. Es gibt keine Vermischung, das heißt, es wird genauestens darauf geachtet, dass wir bei der Partnerwahl jemanden wählen, der das gleiche göttliche Blut in sich trägt."

„Bitte?", entfährt es mir, nachdem er endet. „Aber ist das nicht ... Inzest?"

Cassandra schüttelt den Kopf. Ihre ruhige Art, Dinge zu erklären, tut mir gut. „Die Götter waren gerne auf der Erde. Sie haben viele Nachkommen gezeugt, liebten die Aufmerksamkeit der Menschen und haben keinen Hehl daraus gemacht, wer sie sind. Es gründete sich daraufhin eine Organisation, die die Götter auf Erden geradezu angebetet hat. Frauen und Männer boten sich als Liebespartner an. Kinder wurden gezeugt, Familien gegründet." Cassandra rutscht aufgeregt auf ihrem Platz herum. Sie erzählt diese Geschichte offensichtlich zum ersten Mal – jedenfalls zum ersten Mal einem Menschen. „Irgendwann brachte die Anwesenheit der übernatürlichen Wesen das Gleichgewicht der Erde ins Schwanken. Moira verbot den Göttern, die Erde jemals wieder zu betreten. Daraufhin beschloss die Organisation, die Blutlinien der Halbgötter rein zu halten, um die Fähigkeiten, die in ihnen schlummerten, die göttliche Macht sozusagen, zu erhalten. Alle Mitglieder verpflichteten sich dazu."

Erschüttert sehe ich zu Lucas. Endlich verstehe ich all die Metaphern. Er wird niemals frei sein. Sein ganzes Leben ist vorherbestimmt von etwas, das er nie selbst für sich gewählt hätte. „Das ist furchtbar“, sage ich und blicke mitfühlend in die Runde.

„Es ist unser Leben, Laurie. Wir haben eine wichtige Aufgabe“, schaltet sich Kira ein und ich verenge meine Augen zu Schlitzen. Klar, dass sie es nicht versteht ...

Aber das Thema ist ein anderes und da ich Angst habe, die Royals – irgendwie passt der Name jetzt noch besser – könnten es sich anders überlegen und mir die Auskunft verweigern, muss ich jetzt so viel wie möglich herausfinden.

„Du hast Hestia erwähnt. Sie gehört zu den ...“

Kira schnaubt. Das kann sie gut, deswegen tut sie es anscheinend gern und oft. „Olympischen Götter? Zeus, der sagt dir aber was?“

Ich nicke, verdrehe die Augen und kann kaum fassen, dass Maris gerade sie mit meinem Schutz beauftragt hat. „Okay und ihr stammt alle von Hestia ab? Ach du Kacke, ist jeder hier am Internat ein Halbgott?“

„Nein“, beruhigt Cassandra mich. „Zumindest nicht so wie wir. Durch alle Schüler fließt Götterblut, allerdings wurden ihre Linien nicht rein gehalten. Sie haben sich weiter mit Menschen vermischt. Maris könnte ihre Kräfte zwar erwecken, aber bei uns ist es einfacher.“

„Kräfte? Okay, halt, stopp und zurückspulen. So bringt das nichts. Ich brauche etwas mehr Kontext. Ansonsten ruft eine deiner Antworten nur tausend neue Fragen auf den Plan“, gebe ich zu und hoffe, mein Glück damit nicht überstrapaziert zu haben. Ihre Offenbarung ist unfassbar und hätte ich die Macht von Maris nicht selbst erlebt, würde ich denken, sie erlauben sich einen Scherz mit mir. Ich wünschte, er wäre hier und stünde mir zur Seite.

„Du hast recht", meint Cassandra und ich atme erleichtert auf. „Vielleicht stellen wir zuerst uns und unsere Göttereltern vor und dann erzähle ich dir unsere Geschichte. Danach bist du dran, denn wir wissen immer noch nicht, wer und vor allem was du bist."

„Abgemacht, allerdings wirst du von meiner Story enttäuscht sein."

Sie lacht. „Meine Wurzeln entspringen Hades und du kannst mich Cassy nennen, Cassandra klingt so ... na ja, erwachsen irgendwie. Hades ist der Gott der Unterwelt, wacht über die Seelen dort und hat, wenn du mich fragst, seinen schlechten Ruf kaum verdient. Aber möglicherweise bin ich da voreingenommen. Dank ihm kann ich das." Von einem Augenblick auf den anderen ist Cassy weg. Einfach verschwunden. „Abgefahren, oder?", hallt ihre Stimme zu mir und ich blinzle. Mein Hirn ist mit der Verarbeitung des Gesagten ohne dazugehörigen Körper überfordert. Dann ist sie zurück, sitzt immer noch an Ort und Stelle. „Die Schatten, ich beherrsche sie und kann sie heraufbeschwören. Das lässt mich verschwinden."

Bevor ich eine Frage dazu stellen kann, und o Gott ich habe unendlich viele, beginnt Elena zu sprechen. „Phil und ich sind Zwillinge. Wir teilen uns die Kraft von Demeter. Sie wird die Mutter der Erde genannt, deswegen können wir Leben erschaffen. Nicht, was du jetzt denkst, sondern wir sprechen mit Pflanzen, verstehen sie und helfen ihnen beim Wachsen. Deshalb kann ich dir neue Kraft verleihen und deine Krankheitssymptome lindern. Allerdings funktioniert es bei Menschen nur, solange wir Körperkontakt haben."

Hestia, Hades, Demeter, sage ich die Götter im Kopf auf, um die Namen zu behalten.

Mein Blick schweift weiter. Manuel mustert den Boden. Er hat bisher geschwiegen und zeigt sich mir von einer ganz anderen Seite. Denn er ist ruhig und zurückhaltend, weniger der Draufgänger und Schönlingschnösel, für den ich ihn bisher gehalten habe. „Hera. Sie hat mich mit ihrer Schönheit gesegnet." Der Sarkasmus trieft von seinen Worten. „Menschen mögen mich, sie vertrauen mir schnell und verraten mir ihre Geheimnisse. Hera ist die Göttin der Familie, sie schützt sie und hält ihre Hand wachend über sie. Daher meine Superkraft: Ich kann uns abschirmen, eine Art Schutzschild um uns legen und uns damit vor direkten Angriffen bewahren."

Neugierig nicke ich, halte mich sonst zurück und versuche so viel wie möglich in meinen Schädel zu bekommen, um nichts zu vergessen.

Kira ist die Nächste. „Mein Element ist das Wasser. Als Poseidons Gotteskind beherrsche ich den Wind, und das Meer ist mein Verbündeter, lässt mich unter seiner Oberfläche atmen."

„Wie ein Fisch", meint Phil lachend und streckt Kira die Zunge raus.

„Nein, wie eine Wassergöttin, du Idiot."

Lucas bleibt übrig. Die Lüge, die er mir am See aufgetischt hat, schmerzt mich, aber ich verstehe die Notwendigkeit. Ob es die Wette mit dem Brokkoli wirklich gibt?

„Wie erwähnt fließt Hestias Blut durch meine Adern. Sie ist eine der unbekannteren Göttinnen, dennoch wurde sie sehr geachtet. Ihre Aufgabe ist es, das olympische Feuer am Leben zu halten. Daher bin ich wohl das Gegenteil von Kira. In mir schlummert die Hitze des Feuers und ich beherrsche es." Vor meinen Augen entfacht er eine winzige Flamme in seiner Handfläche. Ich erinnere mich an unseren ersten Zusammenstoß und reibe mir unwillkürlich über den Oberarm. Lucas lacht. „Ja, ich hab dich verbrannt. Tut mir leid, aber der Zusammenprall kam überraschend, ich hatte meine Kraft nicht unter Kontrolle."

„Schon okay", meine ich und lasse die Götter Revue passieren. Hades, Hera, Hestia, Poseidon, Demeter. Fehlt da nicht einer? „Was ist mit Zeus?"

„Kein gutes Thema", meint Cassandra. Ich warte auf eine weitere Erklärung – vergebens. Lucas mustert seine Knie, als wären sie ein wertvoller Schatz, während Manuel zu Boden blickt, und auch die anderen weichen meinem Blick aus. Nun gut ... Fürs Erste lasse ich es dabei, denn es gibt tausend andere Fragen, die auf eine Antwort warten.

„Deswegen lebt ihr hier so unbehelligt, oder?", bemerke ich, und endlich ergibt das Desinteresse meiner Freundinnen Sinn.

Kira nickt. „Es ist Magie."

„Wie funktioniert das?"

„Keine Ahnung", gibt Lucas zu und zuckt mit den Schultern. „Es ist ein göttlicher Zauber, er hält uns lästige Fragen vom Hals und erzeugt bei anderen – auch bei Götterkindern, deren Blutlinien sich vermischt haben – eine Gleichgültigkeit, was uns angeht. Trotzdem bleiben wir Halbgötter, und das Übernatürliche beeindruckt die Menschen, deswegen bewundern sie uns."

Langsam fügen sich die Puzzleteile zu einem Bild, doch einige wichtige Antworten fehlen noch.

„Und Maris? Wessen Gotteskind ist er?", frage ich.

Cassandra räuspert sich. „Maris ... ja ... Lass mich anders beginnen. Ich hab dir erzählt, dass die Götter auf die Erde konnten, wie es ihnen beliebte. Bis das Gleichgewicht in Gefahr war." Bestätigend nicke ich und Cassandra lächelt. „Gut, weißt du wer Moira ist?"

„Eine Griechin?", rate ich und Kira – was auch sonst – schnaubt.

„Nein, du Hirni", belehrt sie mich, bis Cassy sie mit ihren Augen zum Schweigen bring. Wow, das ist eine Superkraft, die ich auch gerne hätte.

„Laurie hat doch recht", stellt sich Cassy auf meine Seite, und ich strecke Kira die Zunge raus. Nicht sehr erwachsen, aber verdient. „Sie ist die Göttin des Schicksals. Jedes Wesen, auch die Götter, bekommen zu ihrer Geburt einen Schicksalsfaden, den sie gewebt hat. All die Fäden befinden sich in dem Raum zwischen Menschen- und Götterwelt. Es ist ein Durchgang, so eine Art Verbindung. Die Tore standen offen, doch die Erde folgt anderen Gesetzen. Sie verträgt nur ein gewisses Pensum an Übernatürlichkeit und die Anwesenheit von Zeus, Hestia und den anderen hat dieses überstrapaziert. Der Raum der Schicksale drohte zu zerbrechen." Schockiert ziehe in die Luft ein. „Moira sieht das Schicksal voraus und wusste daher um die Zerstörung beider Welten, wenn die Götter weiterhin auf der Erde blieben. Daher schloss sie die Tore. Gleichzeitig erschuf sie ein Wesen, einen Gott, der auch das Menschliche in sich trug und somit für das Gleichgewicht im Raum der Schicksale sorgt. Er bewacht den Durchgang und die Fäden, die alles bestimmen. Daher gehört er in keine der Welten, wurde in einer Zwischenebene erschaffen und kann nur dort für längere Zeit verweilen."

Fuck. FUCK. F. U. C. K. Sag es nicht. Bitte sag es nicht! Aber natürlich bleibt mein unausgesprochenes Flehen unerhört, denn das Schicksal hat diese Geschichte schon längst geschrieben.

„Maris ist ein Zwischenwesen, ein Gott, der die Essenz des Menschlichen versteht", fährt Cassy fort. „Das macht ihn stärker als die anderen Götter, denn er trägt die beiden Welten vereint in sich. Gleichzeitig zwingt ihn das allerdings auch in ein Leben, das von Einsamkeit beherrscht wird, da er der Einzige ist, den Moira im Raum der Schicksale duldet."

Der Schock sitzt schwer auf meiner Brust, drückt sie zusammen und macht das Atmen unmöglich. Trotz Elenas Kraft ist mir unfassbar kalt und ich habe das Gefühl, brechen zu müssen. Maris ist nicht einfach ein Gott, nein, er beschützt die Schicksalsfäden der Menschen, wacht sozusagen über ihr ganzes Leben. Selbst das stärkste Wesen, das ich in ihm gesehen habe, ist ein Pups gegen diese Wahrheit. *Konzentration, Laurie, du brauchst Antworten. Durchdrehen ist gerade keine Option.*

„Und dieser Raum, das Tor zu den Schicksalen, befindet sich in Kingswood Castle?"

Cassy tippt sich an die Nase. „Gut erkannt, Sherlock. Und wir sind sozusagen der irdische Schutz, den Maris braucht, da seine Kraft auf Erden schwächer ist. Unsere Magie dagegen erwacht nur an diesem Ort."

Mein Schädel platzt. „Wovor beschützt ihr das Tor? Die Menschen haben längst vergessen, dass es die Götter gibt und wenn überhaupt, denken sie doch nur an den einen christlichen Gott. Niemand beschäftigt sich mit griechischer Mythologie."

„Autsch", meint Lucas und grinst mich an. Entschuldigend zucke ich mit den Schultern. „Du hast recht, seit Jahrzehnten gab es keinen Angriff mehr, trotzdem schlummert dort draußen eine Gruppe, die vom Raum der Schicksale weiß, von dem Tor zum Olymp, sonst wäre Maris nicht in der Lage, unsere Magie zu erwecken."

„Das musst du mir näher erklären", sage ich und lehne meinen Kopf müde gegen die Rückenlehne des Sofas.

Cassandra erhebt sich, holt eine Flasche Wasser und trinkt einen Schluck. „Es gab schon immer Menschen, die die Götter verabscheuten, ihre Macht fürchteten und sie deshalb für sich selbst beanspruchen wollten. Versuche, das Tor zu durchschreiten und auf den Olymp zu gelangen, scheiterten, weil die Götter es selbst verhinderten. Bis sie den Olymp nicht mehr verlassen konnten. Als der Durchgang versiegelt wurde, gab diese Gruppe jedoch nicht auf, denn es kursieren immer wieder Mythen, dass das Schicksal geändert werden könnte, hätte man den eigenen Lebensfaden nur selbst in der Hand. Nach einem Versuch, das Tor zu öffnen, entschlossen sich unsere Vorfahren, Maris zur Seite zu stehen und den Übergang zu schützen. Kingswood Castle wurde gegründet und Maris erweckt seit jeher in jeder Generation die Kräfte der jeweiligen Götterkinder." Cassy setzt sich zurück auf ihr Kissen und verschränkt die Beine zu einem Schneidersitz. „Es gibt viele Fanatiker, die um die Götterwelt wissen, und es gibt Götterkinder, die den Olymp als ihr Erbe ansehen und deswegen versuchen, dorthin zu gelangen."

Eine Gänsehaut breitet sich auf meinem Rücken und den Armen aus. „Wie oft hat in den letzten Jahren jemand versucht auf den Olymp zu kommen?"

„Gar nicht", meint Elena und ich drehe mich leicht zu ihr.

„Dennoch erweckt Maris jede Generation eure Kräfte? Wieso?"

Cassy räuspert sich. „Wir müssen uns vorbereiten, für den Fall der Fälle, deswegen trainieren wir mit unseren eigenen Lehrern, denn seit dem letzten Kampf vor mehreren Jahrzehnten verbirgt Maris sich stets vor allen Götterkindern, die kommen und gehen. Also – bis heute."

„Woher wusstest du dann, wer er ist?" Ich wende mich Kira zu, die ihre Fingernägel mustert.

„Wir spüren die Macht der anderen, außerdem stand er wie aus dem Nichts vor mir. Wer sollte er sonst sein?"

Cassandra nickt. „Sein Erscheinen bringt mich zu der Frage – was hat sich verändert?"

„Laurie", antwortet Kira an meiner statt und die Blicke der Royals brennen auf meiner Haut. „Sie kann ihn sehen, sie durchbricht sein Schutzschild."

„Niemals", haucht Lucas und Phils Augen werden derart groß, dass eine Mangafigur sich eine Scheibe davon abschneiden könnte.

„Doch", versichert Kira.

„Wer bist du?", fordert Cassy zu wissen, aber ich schüttle den Kopf.

„Ein Mensch. Kein Götterblut, nichts. Einfach nur ich. Jedenfalls soweit ich weiß.“

„Unmöglich“, meint Manuel, und ich weiß nicht, ob ich in Tränen oder Gelächter ausbrechen soll. „Was hat Maris gesagt?“

„Etwas kommt auf uns zu und er vermutet, dass Laurie mit drinsteckt.“

Nun schnaube ich – habe ich mir bei Kira abgeschaut. „Das ist wohl kaum die ganze Wahrheit. Jemand bezahlt mein Stipendium, daher denkt Maris, dass derjenige – im Gegensatz zu mir – weiß, dass etwas Übernatürliches in mir schlummert. Dass derjenige mich genau an Ort und Stelle haben will. Weshalb ist mir jedoch ein Rätsel. Und da es Maris' Aufgabe ist, die Schicksale um jeden Preis zu schützen, und er diese über alles andere stellt, ist er dort, wo er hingehört: in der Zwischenebene und sorgt dafür, dass den Fäden nichts geschieht.“

„Was für ein Unheil?“, fragt Phil, und ich zucke die Schultern. „Dann müssen wir es herausfinden, immerhin ist das *unsere* Aufgabe.“

Aufregung wabert durch das Zimmer und mich überkommt eine unfassbare Müdigkeit. Irgendjemand hat das Licht im Raum angeschaltet, denn draußen ist es mittlerweile dunkel.

„Laurie sollte ins Bett“, meldet sich Elena und Cassy nickt. „Sorry, aber ich spüre deine Erschöpfung überdeutlich“, flüstert sie mir ins Ohr und zieht mich mit sich.

„Eine Frage noch“, unterbricht Cassy uns. „Egal, ob Halbgott oder nicht, auf welcher Seite stehst du?“

„Maris'", erkläre ich, ohne zu zögern, und Cassy nickt. Sie scheint mit der Antwort zufrieden zu sein.

Plötzlich ist Lucas an meiner Seite. „Ich bringe Laurie zurück."

Elena mustert ihn skeptisch. Logisch, sie weiß ja nicht, dass wir Freunde sind. Dann zuckt sie mit den Schultern und gibt meine Hand frei. Augenblicklich spüre ich die Veränderung. Mein Hirn ist wie in Watte gepackt und die Ränder meines Sichtfelds sind unscharf. Die Symptome der Krankheit, die offenbar noch in mir wüten, sind sofort zurück. Ich lehne mich an Lucas und verabschiede mich von den anderen.

„Ich hätte gern eine Portion von Elena zum Mitnehmen", witzle ich im Flur, obwohl mein Magen wegen all der Offenbarungen rumort.

„Wie geht's dir?"

„Bescheiden."

„War ganz schön viel, oder?"

„Ach das ... hm, ich glaube, die Infos konnte ich bisher nicht verarbeiten. Sobald alles angekommen ist, sag ich Bescheid."

Lucas lacht, sein Griff um meinen Arm wird allerdings fester. „Es tut mir leid, dass ich dich angelogen habe."

„Schon gut, Brokkoli. Es war notwendig, oder? Und mir ist klar, dass die Größe des Geheimnisses nichts für eine Freundschaft ist, die noch so frisch war, wie unsere. Daher verzeihe ich dir. Für die Zukunft will ich aber eins klarstellen: Die Wahrheit ist die neue Lüge, ja?"

„Verstanden."

Als wir uns die Treppen zum Mädchentrakt hochschleppen – also Lucas mich –, fällt mir etwas ein, das Cassandra gesagt hat und ich halte inne. „Schicksalsfäden werden bei der Geburt vergeben."

„Genau, Moira weist jedem Wesen seine Lebensgeschichte zu."

Das bedeutet, dass die Schicksale feststehen. Es gibt kein Entkommen. Meine Beine geben erneut nach und ich frage mich, ob sie jemals wieder in der Lage sein werden, das Gewicht, das diese Offenbarung mit sich bringt, zu tragen. „Alles ist vorherbestimmt."

Lucas hält mich aufrecht, gibt mir den nötigen Halt, und wir schaffen es gemeinsam nach oben. Dort setze ich mich auf die letzte Stufe. Der Unfall meiner Eltern stand seit ihrer Geburt fest und nichts, das ich getan hätte, hätte das ändern können, richtig?

Freude und Schock geben sich die Hand, denn gleichzeitig wird mir bewusst, dass auch mein Leben einem Konzept folgt, das jemand anderes geschrieben hat. War es Moira, die mich zu Maris führte? Weiß sie von meiner Existenz? Kann sie das Rätsel um das Stipendium und das drohende Unheil lösen?

Kapitel 13

Jeder Plan wartet auf einen Halbgott, der ihn zerstört

Dank meiner Erkältung verbringe ich das ganze Wochenende im Bett und habe unfassbar viel Zeit, um alles, was die Royals mir erzählt haben, zu verdrängen. Denn darin bin ich gut. Würde ich jemals zur Königin gekrönt, mein Reich hieße Verdrängistan. Wochenlang habe ich versucht hinter die Geheimnisse zu blicken und nun, wo die Antwort vor mir liegt, ist sie zu groß. Deshalb beschloss mein Hirn, zuerst die Erkältung zu besiegen und sich danach dem übrigen Chaos zu widmen. Leider habe ich diesen Plan ohne Cassy geschmiedet.

Als ich am Montagmorgen den Speisesaal betrete, winke ich den Mädels zu und gehe direkt zum Buffet. Mein Magen knurrt theatralisch, nimmt mir die letzten Tage, in denen ich kaum etwas herunter bekommen habe, übel. Deswegen fülle ich mir eine große Schüssel mit Cornflakes und bedecke sie mit einer dicken Schicht Cashewjoghurt. Gelächter dringt an mein Ohr und ich muss mich nicht umdrehen, um zu wissen, dass meine Freundinnen sich über den nahenden Kingswood-Castle-Day unterhalten. Es gibt kein anderes Thema mehr. Zwar hat das den Vorteil, dass ich oft unbeteiligt am Tisch sitzen kann, ohne dass es jemandem auffällt, trotzdem nervt es mich. Wer tanzt mit wem, wer trägt welches Kleid, wer wird seinen ersten Kuss bekommen ...

Ich schnappe mir einen Orangensaft und drehe mich um. Auf dem Weg zu unserem Tisch betreten Lucas und die anderen den Raum. Eine Sekunde verstummen die Gespräche, dann nimmt jeder seinen Faden wieder auf. Und zum ersten Mal seit meiner Ankunft auf Kingswood Castle sehe ich die Aura der Halbgötter förmlich vor mir. Vielleicht spüren die Menschen intuitiv, dass etwas an den Halbgöttern anders ist, etwas, das sie abhebt. Deswegen halten sie sich fern und umgeben sich lieber mit ihresgleichen.

„Laurie", ruft Elena fröhlich und winkt mir von der anderen Seite des Speisesaals zu.

Beinahe lasse ich meine Schüssel fallen. Ist der Teufel in sie gefahren? Allerdings gibt Elena sich damit nicht zufrieden, kommt auf mich zu und drückt mir einen Kuss auf die Wange.

„Bist du irre?", entfährt es mir, während ich sie ungläubig mustere. Im Raum ist es komplett still und die ganze Aufmerksamkeit liegt auf mir.

Cassy kommt lachend auf mich zu. „Du bist doch jetzt eine von uns."

„Und das stellst du dir so einfach vor?", entgegne ich und weiche gekonnt den Blicken meiner Freundinnen aus. Scheiße, wie erkläre ich das nur?

„Klar", sagt Cassy und zuckt mit den Schultern. „Was ist das Problem?"

„Das Problem? Das Problem?“ Mir bleibt die Luft weg und ich frage mich, ob sie das ernst meint. „Bisher gehörte ich zu den Normalsterblichen.“

Die Royals umringen mich, und ich schüttle den Kopf. Sie haben keinen Schimmer, was ich meine. „Die anderen bewundern euch, sie schauen zu euch auf und schmachten den ein oder anderen an. Ihr seid die coolen Kids, jeder will so sein wie ihr.“

„Natürlich, wir sind Götter auf zwei Beinen“, meint Kira und ich verdrehe die Augen. „Das war ein Scherz, Dummy.“ Sie geht an mir vorbei und Lucas beugt sich zu mir.

„Nimm's ihr nicht übel, sie hasst Veränderungen.“ Verdattert blicke ich ihn an. Klar, weil sie gerade erfahren hat, dass Menschen wirklich existieren ... ach nee, das war ja alles ein bisschen anders. Egal, Kira ist eben Kira.

Elena hakt sich bei mir ein und sofort habe ich das Gefühl, Bäume ausreißen zu können. „Setzt du dich zu uns?“

„Niemals“, kommt es mir über die Lippen und ich presse sie schnell zusammen. „Ich meine, das würde ich gern, doch bisher saß ich bei meinen Freundinnen und ...“

„Schon gut“, unterbricht Lucas mich.

Elena stampft mit dem Fuß auf und erinnert mich dabei an ein kleines Kind. „Nein, ist es nicht.“

„Elena“, rügt Cassy sie und lächelt mich milde an. „Es ist deine Entscheidung.“

Ich hebe die rechte Hand beschwichtigend, während ich in der linken meine Schüssel balanciere. Mittlerweile umgibt uns Flüstern und Tuscheln. Egal, wofür ich mich also entscheide, ich muss mir eine Erklärung für die Szene einfallen lassen, denn eins ist sicher, sobald ich an unserem Platz auf meinen Stuhl sinke, werden mich meine Freundinnen mit Fragen löchern. „Es ist nur ... also, ich glaube Samira und die anderen nehmen es mir übel, wenn ich mich einfach zu euch setze."

„Bring sie doch mit", meint Manuel schulterzuckend und geht an mir vorbei, nimmt sich einen Apfel und wirft ihn immer wieder hoch.

„Mitbringen", echoe ich.

„Jaaa", freut sich Elena. „Gute Idee."

„Aber ... na ja, darf ich das denn?"

Lucas legt mir einen Arm um die Schulter und spätestens jetzt ist es offiziell: Ich bin das Gesprächsthema des ganzen Saals. Aus der Nummer komme ich ohne tausend Lügen keinesfalls raus. „Wieso nicht?", meint er und mir fallen beinahe die Augen aus dem Kopf. Wer hat mich denn versteckt und wollte die Freundschaft um jeden Preis geheim halten? Anscheinend sieht man mir die Gedanken an. „Du wirst in Zukunft Zeit mit uns verbringen und das können wir schlecht vor allen verbergen. Also müssen wir uns sowieso eine Lüge einfallen lassen." Er beugt sich näher zu mir. „Ich hab den anderen gestern gebeichtet, dass wir schon lange befreundet sind, und wir haben überlegt, wie wir mit der neuen Situation umgehen. Am besten erzählen wir so viel von der Wahrheit wie möglich. Nur das Götterzeug, das sollten wir weglassen."

„Ach, wirklich", meine ich lahm. „Ernsthaft. Ihr stellt euch das viel zu einfach vor. Es sitzt sonst nie jemand bei euch."

Kira – was auch sonst – schnaubt. „Es hat auch noch nie jemand gefragt, ob er sich setzen darf. Die Idioten gehen uns seit jeher aus dem Weg."

„Kira", rügt Cassy sie, und ich habe das Gefühl in ihr die Mutterfigur der Gruppe zu sehen. Sie hält alles zusammen, bringt die anderen dazu, sich zu benehmen, und hat immer einen Rat.

„Ist doch wahr", brummt Kira und steuert auf den Tisch zu, an dem sie immer sitzen.

Mir ist plötzlich heiß. Ein Blick zu den Mädels offenbart mir das ganze Ausmaß dieser Szene. Sie starren mich in Grund und Boden. Von Verwirrung über Unglaube bis hin zu Bewunderung kann ich alle Gefühlsregungen in ihren Gesichtern erkennen. Und plötzlich finde ich die Idee, sie zu den Royals einzuladen, ziemlich verlockend, denn so verschaffe ich mir Zeit. Zeit, die ich definitiv brauche, da ich mir gerade keine adäquate Lüge aus den Gehirnwindungen schütteln kann.

„Gut", bestimme ich und drücke den Rücken durch. „Kein Wort über übernatürlichen Kram", stelle ich klar und alle nicken, immerhin ist es in ihrem Interesse. Nur Kira verdreht die Augen. Deswegen drehe ich mich zu ihr. „Kein herablassendes Geschwätz über Götter auf zwei Beinen."

Sie salutiert vor mir. „Aye, aye, Captain."

Meine Mundwinkel ziehen sich gegen meinen Willen nach oben und ich grinse. Vielleicht mag ich Kira doch, allerdings muss ich ihr das ja nicht direkt auf die Nase binden. Danke, Mundwinkel, ihr miesen Verräter.

„Ich komme mit", meint Elena und ich lächle sie an.

„Okay, dann los."

Zusammen gehen wir zu meinen Freundinnen, und erneut ist es mucksmäuschenstill im Saal. Kaum angekommen, trete ich verlegen von einem Fuß auf den anderen. „Wollen wir heute vielleicht dort drüben sitzen?"

Bitte, bitte, sagt einfach ja. Keine Fragen, bloß keine Fragen. Meine Brust zieht sich zusammen und macht mir das Atmen schwer. Außerdem fällt die Frühstücksschüssel beinahe zu Boden, so feucht sind meine Finger.

Samira räuspert sich. „Drüben?"

„Ja, bei uns", kommt Elena mir zur Hilfe.

„Bei euch", echot Samira und ich kann ihr die Reaktion kaum verdenken.

Zu meiner Überraschung erhebt sich Francesca und stellt sich, ihren Teller in den Händen, zu mir. „Klingt lustig."

Dankbar nicke ich ihr zu, und meine Lunge öffnet sich langsam, lässt wieder Luft ins Innere.

Die anderen brauchen noch einen Augenblick, dann stehen sie nacheinander auf und folgen uns zum Tisch der Royals. Kurz vorher stolpere ich. Nur Elenas schneller Reaktion und ihrem Griff um meinen Oberarm verdanke ich es, nicht auf die Nase zu fliegen. Ich blicke auf und sehe direkt in die Augen von Erin. Ihr wütender Blick verrät, dass sie sich gerade wünscht, ich hätte mir bei unserer ersten Begegnung wirklich ein Loch in mein Gesicht gestochen. Denn wären ihre Iriden aus Gift und hätte sie die Fähigkeit, mich damit umzubringen, ich wäre sofort tot umgefallen. Da sie allerdings keine Halbgöttin ist – thank God oder eher Gods –, ist sie dazu nicht in der Lage. Deswegen setze ich ein zuckersüßes Lachen auf und schreite an ihr vorbei.

Der Rest des Frühstücks verläuft zum Glück ohne weitere Zwischenfälle und nach anfänglichen Startschwierigkeiten finden meine Freundinnen und die Royals sogar ein gemeinsames Gesprächsthema: der Kingswood-Castle-Day. Kann mich bitte jemand erschießen?

Kapitel 14

Göttlichkeit liegt in der Luft

Da ich noch nicht fit genug bin, um am Lauftraining teilzunehmen, habe ich nach dem Frühstück genug Zeit, um die neue Situation in Ruhe zu verarbeiten. Ach was, wem mache ich etwas vor? Dafür wird die Freistunde niemals reichen. Trotzdem bleibe ich sitzen, als die anderen den Speisesaal verlassen und sich auf zum Unterricht machen. Lucas zwinkert mir zu und ich schüttle lächelnd den Kopf.

„Hey, dein Kleid ist angekommen", reißt Samira mich aus meinen Gedanken. Ich habe gar nicht bemerkt, dass sie noch neben mir sitzt.

„Du solltest los, sonst kommst du zu spät."

„Schon gut, ich bin doch im Festkomitee, daher bin teilweise vom Unterricht befreit." Verschmitzt grinst sie mich an. „Und jetzt nutze ich das, um dir dein wunderschönes Kleid zu zeigen."

Samira nimmt meine Schüssel vom Tisch, stellt sie auf ihren Teller und räumt beides ab. Danach folge ich ihr auf unser Zimmer. Meine Nerven sind zum Zerreißen gespannt und ich warte auf den Moment, in dem sie mich nach den Royals fragt. Mit jeder Stufe beschleunigt sich mein Herzschlag und kurz vor der Tür halte ich es keine Sekunde länger aus, denn plötzlich habe ich ein schlechtes Gewissen. Nicht nur Lucas hat mich angelogen, sondern ich auch Samira. Na ja, ich habe es vielmehr einfach nie angesprochen ... trotzdem brennt meine Haut, als hätte ich Samira und die anderen verraten.

„Es tut mir leid", beteuere ich und greife nach Samiras Fingern.

„Was denn?"

„Dass ich dir die Freundschaft verschwiegen habe. Eigentlich kenne ich nur Lucas wirklich gut und er bat mich, es niemandem zu erzählen. Da ich neu war, habe ich es getan, und nachdem wir beide uns dann anfreundeten ... die anderen habe ich gestern erst ... es tut mir leid, es war keine böse Absicht", ende ich und lasse den Kopf hängen. Eine lahmere Entschuldigung gab es wohl selten, zumal es eigentlich eher ein Versuch war, mich zu verteidigen, und das, ohne irgendetwas von dem zu offenbaren, was ich für mich behalten muss. „Es tut mir leid", wiederhole ich daher die Kernaussage, die vollkommen der Wahrheit entspricht.

„Hey, Laurie", meint Samira und ich hebe den Blick. „Ist doch okay. Klar war ich zuerst überrascht und vielleicht auch enttäuscht, aber ehrlich, ich verstehe dich. Es ist alles neu für dich und du weißt nicht, wem du vertrauen kannst. Freundschaften müssen sich entwickeln und ich mag dich wirklich gern."

„Ich mag dich auch", unterbreche ich sie schnell. „Sehr sogar. Du bist mittlerweile meine beste Freundin und in Zukunft erzähle ich dir alles, abgemacht?"

Samira grinst von einer Backe zur anderen. „Abgemacht", sagt sie und hält mir ihren kleinen Finger hin. „Kleiner Fingerschwur?"

Mist. Da habe ich den Mund eindeutig zu voll genommen, denn im Grunde werde ich ihr nie die ganze Wahrheit sagen können. Kurz schließe ich die Lider, hasse das Geheimnis, von dem ich nun ein Teil bin, von ganzem Herzen und wünsche mir, Maris wäre ein normaler Mensch. Gleichzeitig schelte ich mich für den Gedanken. Maris ist, wer er ist, und genau das macht ihn zu etwas Besonderem. Genau das macht ihn zu dem Mann, in den ich mich verliebt habe.

Trotzdem dreht sich mir jetzt schon der Magen um, wenn ich an all das denke, was uns bevorsteht.

Ich reiche Samira meinen Finger. „Freundinnen für immer“, schwöre ich und weiche so aus.

Samira verhakt ihren Finger mit meinem und danach fallen wir uns in die Arme. „Beste Freundinnen“, haucht sie mir ins Ohr, bevor sie sich von mir löst und mich hinter sich herzieht. Wir betreten den Gang in unserem Flügel und es ist vollkommen still. Kein Wunder, immerhin sitzen alle im Unterricht.

Die Sonne scheint durch die Fenster und ich sehe den Staub in der Luft tanzen.

Maris ist der Gott des Schicksals oder zumindest bewacht er es. Langsam sickert die Information, die ich bisher im hintersten Winkel meines Schädels versteckt hatte, in meine Gedanken.

„Sag mal, glaubst du ans Schicksal?“, frage ich Samira nachdenklich. Früher habe ich Gottesdienste besucht und zu Gott gebetet. Vor dem Unfall dachte ich fest, er hätte einen Plan für uns, danach war ich mir allerdings nicht mehr sicher.

Samira sieht mich über die Schulter hinweg an. „Was meinst du?“

„Kannst du dir vorstellen, dass unser Schicksal bereits geschrieben steht?"

Nachdenklich hält Samira vor unserer Tür inne. „Ich denke, dass alles aus einem bestimmten Grund geschieht. Nichts ist sinnlos, allerdings glaube ich schon, dass wir eine Wahl haben."

„Eine Wahl?"

Sie drückt die Klinke herunter und tritt ein. Innen steht ein großes Paket auf meinem Schreibtisch und ich gehe zu ihm.

Samira folgt mir, nimmt die Schere aus ihrer Schublade und reicht sie mir. „Stünde das Schicksal schon geschrieben, könnten wir unser Leben nicht selbst bestimmen, oder? Und das bezweifle ich."

„Wieso?"

„Weil ich es mir grausam vorstelle. Irgendjemand muss die Schicksale ja vergeben und derjenige soll dann entscheiden, wer reich wird und wer bei der Geburt stirbt? Ist doch scheiße", erklärt sie und mir läuft es eiskalt den Rücken hinunter. „Wow, das war ganz schön deep", meint sie lachend. „Und jetzt mach auf, ich will wissen, wie das Kleid an dir aussieht."

Zwanzig Minuten später starre ich immer noch auf meine Silhouette im Spiegel. Der Stoff schmiegt sich an meine Haut und die helle Farbe steht in einem tollen Kontrast zu meinem Haar. Wenn Maris mich nur so sehen könnte, vielleicht hätte er sich seine Flucht dann zweimal überlegt. Selbst in Gedanken kann ich nicht gehässig sein und schäme mich sofort dafür. Mir ist klar, dass Maris eine unfassbar schwere Aufgabe hat und gehen musste. Er hatte keine Wahl, da er im Gegensatz zu uns Menschen für etwas Bestimmtes geschaffen wurde. Sein ganzes Leben dreht sich um diesen Raum, um den Übergang von der Menschen- in die Götterwelt. Trotzdem vermisse ich ihn. Mir fehlt die Wärme seiner Anwesenheit. Das Kribbeln, weil er jeden Moment irgendwo auftauchen könnte. Seine Stärke und seine Küsse, ja, vor allem seine Küsse.

„Genug geschmachtet", reißt Samira mich aus meinen Gedanken und ich erschrecke kurz, bis ich checke, dass sie mich und mein Spiegelbild meint. „Hilfst du mir? Ich muss in den Keller und den Bestand der Lampions checken."

Nickend schäle ich mich aus dem Kleid, schlüpfe in meinen Kingswood-Castle-Hoodie und den Rock der Uniform. Mein neues Kleidungsstück lege ich sanft auf mein Bett und streiche zum Abschied über die Oberfläche. Seufzend folge ich Samira auf den Gang.

Der Keller ähnelt mehr einem Verlies und mir läuft ein Schauer den Rücken hinunter, als Samira die schwere Holztür ins Innere drückt. Die Temperaturen liegen hier um mindestens zehn Grad niedriger, was sicher an den dicken Steinmauern und der Lage unter der Erde liegt.

„Du entzündest jetzt aber keine Fackel, oder?", frage ich fröstelnd. Deswegen schlinge ich die Arme um mich und fahre mir wärmend über die Ärmel.

Licht erhellt einen schmalen Gang, von dem Durchgänge in kleine Räume führen. „Nein."

Samira geht voraus, lässt zu meiner Beruhigung jedoch die Tür offen stehen. Auf halber Strecke biegt Samira links in einen Raum ein und schaltet auch hier das Licht an. Vor uns stapeln sich Kisten über Kisten. Aus manchen lugt etwas heraus, andere sind zugeklebt.

Zwischendrin stehen Stühle und andere abgedeckte Möbel.

„Auf geht's", weist Samira mich an und geht zum ersten Karton. „Es sollten mehrere Kisten voll sein. Wenn du eine findest, sag Bescheid, wir müssen den Zustand der Lampions überprüfen."

Fenster besitzt der Raum keine, daher ziehe ich zusätzlich mein Handy aus der Tasche und betätige die Taschenlampe. Damit leuchte ich in einige der Schachteln. Die erste ist mit Federboas gefüllt und mir kommt eine kleine Staubwolke entgegen, als ich sie öffne. Hustend schließe ich den Deckel und schiebe sie zur Seite.

„Laurie", ertönt plötzlich Maris' Stimme hinter mir, und ich erschrecke mich beinahe zu Tode. Das Handy fällt mir aus der Hand, direkt auf den Fuß. Ich drehe mich herum und kicke mein Smartphone damit einige Meter von mir.

Maris blickt mich von dem Durchgang aus an. Auf seinen Lippen liegt ein Lächeln, während er zu meinem Smartphone geht, es aufhebt und mir reicht. Ungestüm falle ich ihm um den Hals, drücke ihn fest an mich. Es tut unfassbar gut, ihn zu sehen, dabei war er erst einige Tage weg. Trotzdem fühlt es sich an, als käme er von einer langen Reise nach Hause. Nach Hause zu mir.

Ich nehme sein Gesicht in meine Hände und betrachte es einen Augenblick, dann drücke ich meine Lippen auf seine. Warm und weich löst sich meine Angst, ihn nie wiederzusehen, in Luft auf. Mit geschlossenen Lidern lasse ich mich fallen, genieße die Zweisamkeit. Meine Haut kribbelt am ganzen Körper, während die Freude durch meine Adern tanzt und eine Party zu Ehren Maris' Rückkehr schmeißt.

Viel zu früh löse ich mich von ihm, stelle mich auf die Zehenspitzen und lege meine Stirn an seine. Bilder durchzucken mich. Ein Geflecht aus bunten Farben umringt uns, vibriert leicht und bringt mich selbst in Schwingungen, so lange, bis ich glaube, ein Teil davon zu sein. Und vielleicht bin ich das sogar. Ob es die Schicksale sind, die zu Maris sprechen? Es scheint mir beinahe, als wären es meine eigenen Gedanken, doch mittlerweile weiß ich, dass sie Maris gehören. Ob er mich absichtlich in seinen Geist lässt oder es seiner Aufregung geschuldet ist, vermag ich nicht zu beurteilen.

„Was machst du hier?", entfährt es mir, dann erinnere ich mich an Samira und drehe ihr ruckartig den Kopf zu. Sie steht mit dem Rücken zu uns, ihre Arme hängen in der Bewegung fest. Schnell gehe ich zu ihr. „Was hast du gemacht?"

Maris hebt abwehrend die Hände. „Ihr geht's gut, ich hab nur die Zeit angehalten."

„Nur die Zeit angehalten? Für sie oder für alle?"

Sanft rüttle ich an Samiras Unterarm, nichts passiert, keine Reaktion. Ich blicke skeptisch zwischen ihr und Maris hin und her. „Ihre Atmung ..."

„Die Zeit steht für sie still. Wieso sollte ihr Herz also weiterschlagen?"

„Scheiße, Maris, bist du sicher?"

„Ob ich ... natürlich, bin ich sicher", entgegnet er und ich höre die Enttäuschung aus seiner Stimme. Es liegt nicht am fehlenden Vertrauen Maris gegenüber, eher daran, dass diese Szene vollkommen surreal ist.

„Gut", meine ich und drehe mich wieder zu Maris um und lasse Samira hinter mir. „Wenn du das kannst, wieso hast du es bei unserem ersten Treffen nicht genutzt, anstatt …" Ich fasse mir an den Hals, lasse den Satz in der Luft hängen.

„Du hast mich komplett überrumpelt, Laurie. Und bevor ich einen klaren Gedanken fassen konnte, standen wir im Wald und ich war fasziniert von der Tatsache, dass du mich sehen kannst. Da war es dann zu spät."

Mein Herz klopft bei seinen Worten und ich grinse ihn an. „Was tust du hier? Du solltest doch die Schicksalsfäden beschützen."

Verlegen blickt Maris zu Boden. „Es bringt mich um den Verstand, nicht zu wissen, ob du mich weiterhin … ob du … na ja, also ich habe gestern gespürt, dass du vor Kiras Zimmer standest."

„Aber wieso …"

„Weil ich wollte, dass du es endlich weißt", unterbricht Maris mich. „Noch nie in meiner langen Existenz fiel es mir derart schwer, meine wahre Natur vor jemandem zu verbergen. Jedes Mal, wenn ich dich gesehen habe, jedes Mal, wenn du mich danach gefragt hast, musste ich mich dazu zwingen, alles vor dir zu verschweigen. Die Wahrheit brannte auf meiner Seele und die Lüge in meinem Herzen. Aber ich war zu feige, hatte zu große Angst vor deiner Reaktion. Deswegen habe ich gestern geschwiegen, habe dich wissen lassen, dass Kira eine Rolle spielt, und gehofft, dass sich alles aufklärt und du hinter die Wahrheit kommst."

Ich lache. „Kein guter Plan. Kira hat dichtgehalten. Aber der Zufall kam uns zu Hilfe. Und Cassys Vision."

„Welche Vision?", will Maris wissen und setzt sich auf einen der Kartons.

Mit einem abschließenden Blick zu Samira folge ich ihm. Wenn Maris die Zeit anhalten kann, zu was ist er noch in der Lage? „Gestern Abend hat sie mich berührt und da passierte es. Cassy hat mich in der Zukunft gesehen, ich war Teil der Royals und hatte ebenfalls übernatürliche Kräfte", erkläre ich, was mich zu einem anderen Thema bringt. „Gibt es eigentlich einen Grund, wieso du lieber dein Leben in Einsamkeit fristest, als dich ihnen zu offenbaren? Sie können dich sehen, Maris, sie wissen sogar, wer du bist, du musst keine Geheimnisse vor ihnen haben."

„Ja, aber nach einigen Jahren verschwinden sie, werden abgelöst von einer anderen Generation und blicken nie wieder zurück. Es ist frustrierend, wie ein Hoffnungsschimmer, nach dem ich greife, ihn aber Mal um Mal verliere, verstehst du?"

Und das tue ich. Ich kann seine Empfindungen so gut nachvollziehen, weil ich sie in der Trauer um meine Eltern selbst erlebt habe. Hoffnung ist ein Arschloch. Manchmal zumindest. „Das tue ich, trotzdem hättest du nicht allein sein müssen."

„Nein, aber der Verlust ist zu groß", erklärt Maris und ich gehe zu ihm, setze mich neben ihn und rutsche so lange mit dem Popo herum, bis es bequem ist. Ich fahre mir durchs Haar und mir wird bewusst, dass auch unsere Beziehung unter keinem guten Stern steht. Maris ist unsterblich, meine Uhr hingegen tickt und tickt und tickt, so lange, bis ich auf mein Ende zugehe. Und Maris wird dabei sein, mich überleben und erneut in die Einsamkeit abtauchen. Die Vorstellung bricht mir das Herz.

„Wieso kommst du dann überhaupt auf die Erde?“, frage ich.

„*Mario Kart*“, sagt er lächelnd, doch es wirkt aufgesetzt. „Es ist langweilig da, wo ich herkomme.“

„Maris“, flehe ich ihn an. „Du musst dich Dingen öffnen. Menschen – oder Halbgötter in dem Fall – kommen und gehen. Einige werden mehr hinterlassen als andere, aber jeder von ihnen wird ein Kapitel in deinem Leben sein und erst alles zusammen macht eine Geschichte daraus. Wenn du ihnen aus dem Weg gehst, werden deine Seiten leer bleiben und du wirst vieles verpassen, für das es sich lohnt zu existieren.“

Jede Silbe meine ich genau, wie ich sie sage. Auch wenn ich irgendwann diese Schule verlasse oder später tot sein werde, hat Maris es verdient, von Leuten umgeben zu sein, die ihn berühren, seinem Sein einen Sinn geben.

Er nimmt meine Finger in seine, küsst die Fingerknöchel und legt sie sich dann an die Wange. „Du hast recht.“

„Das höre ich gern“, meine ich, und Maris lacht und lässt meine Hand frei.

„Vielleicht bist eher du die allwissende Göttin.“

„Das wiederum bezweifle ich.“

„Du weißt also nicht, woher deine Fähigkeit stammt, das Übernatürliche zu sehen?“, fragt Maris, und ich ziehe die Augenbrauen hoch.

„Nein.“

„Keine Götter in der Familie?“

Mit dem Kopf schüttelnd spiele ich mit dem Band der Kapuze meines Hoodies. Es gehen mir so viele Fragen durch den Kopf, dass ich nicht weiß, welche ich zuerst stellen soll. Hätte ich bloß eine Liste gemacht.

Wirst du wieder verschwinden? Das wäre sicher die wichtigste Frage, jedoch kann ich mir diese selbst beantworten, daher lasse ich sie auf den Boden meines Hirns sinken und in der Versenkung verschwinden. Ich will Maris' Antwort dazu sowieso nicht hören.

„Bist du schon mal jemandem wie mir begegnet?"

„Du meinst jemandem, der mich sehen konnte, obwohl ich mich abgeschirmt habe?" Ich nicke und Maris schüttelt den Kopf. „Nicht mal die Halbgötter sind in der Lage, mein Schild zu durchbrechen."

„Was hat das zu bedeuten?"

„Keine Ahnung, aber wir finden es heraus. Mach dir keine Sorgen."

„Ist das dein Ernst? Es gibt kaum etwas anderes, das mich jemals mehr beunruhigt hat, Maris. Ich bin wahrscheinlich eine Gefahr für dich und somit für die Schicksale der Menschen."

Maris legt einen Arm um mich und ich kuschle mich an ihn. Aus dieser Perspektive wirkt zwar alles genau so einschüchternd wie vor einigen Sekunden, allerdings kann ich es dank Maris' Nähe besser verkraften. Er ist bei mir, stärkt mir den Rücken.

„Das glaube ich nicht", sagt er und ich schiele zu ihm. „Dazu müsstest du wissen, wer du bist, was du bist und was der Plan ist."

„Womöglich ist gerade das das Gefährliche daran, dass ich keinen Schimmer von diesen Dingen habe. Eine Halbgöttin außer Kontrolle ... wozu wäre die wohl fähig?"

„Du bist keine Halbgöttin", stellt Maris klar. „Das würde ich spüren."

„Und du spürst bei mir ..."

„Nichts."

„Nichts?"

„Nein, du bist einfach leer."

„Na wunderbar."

Maris lacht. „Das war keineswegs böse gemeint."

„Schon gut", winke ich ab. „Manchmal ist es von Vorteil, keine Kräfte zu besitzen."

„Das habe ich nie gesagt. Irgendetwas schlummert in dir, allerdings kann ich es nicht greifen."

„Toll", schnaube ich. Ich bin also eine tickende Zeitbombe. Meine Laune sinkt in die Tiefe, was ich damit auszugleichen versuche, indem ich mich noch enger an Maris drücke. Funktioniert leider nur semigut. Dann fällt mir etwas ein. „Du bist der Gott des Schicksals. Such einfach nach meinem und schau es dir an. Dann wissen wir, was auf uns zukommt, und können es abwenden."

„Unmöglich", erklärt Maris. „Ich bin nicht der Gott des Schicksals, das ist meine Mutter. Sie hat mich lediglich erschaffen, um über die Fäden und den Ort, an dem sie ihr Geflecht entspinnt, zu wachen."

Die Position wird unbequem und ich korrigiere meinen Sitz, löse mich von Maris, greife aber nach seinen Fingern und verschränke meine mit seinen. „Und das bedeutet?"

„Die Schicksale verbergen sich vor mir. Es liegt nicht in meiner Macht, sie zu sehen. Das Einzige, das sie tun, ist zu mir zu sprechen."

„Wie meinst du das?"

„Moira erschafft Schicksale und weist sie zu. Ich hingegen beschütze sie nur und weiß daher nicht, was einem Menschen geschehen wird. Es ist eher wie eine Vibration, die ich spüre, oder Farben, die ich verschiedenen Menschen und Situationen zuordnen kann. Da sind Stränge, die ich fühle, die sich um mich herum bewegen und wie ein lebendiges Wesen ständig wachsen, sich neu verzweigen. Stell dir vor, du hast eine wahrsagende Kugel, siehst aber nicht, was sie wahrsagen wird. Dennoch erkennst du etwas in ihr. Stimmungen, Auren, Entscheidungen, allerdings keine konkreten Bilder."

Ich reibe mir über die Augen und versuche mir vorzustellen, wie die Schicksale aussehen, und dank Maris' Gedanken, in die er mir einige Male Einblick gewährte, kann ich das sogar. Trotzdem ist mein Hirn überfordert und plötzliche Wut überkommt mich.

„Das bedeutet, es ist vollkommen nutzlos, dass die Schicksale seit der Geburt eines Menschen feststehen, denn du kannst sie nicht entziffern." Mit jedem Wort werde ich lauter. „Wir Menschen haben keine Wahl, müssen mitansehen, wie unsere Familien sterben, wie wir falsche Entscheidungen treffen und in den Abgrund springen. Vollkommen für'n Arsch, denn es bringt uns jetzt, wenn es einmal von Vorteil wäre, rein gar nichts." Auf einmal sind all die Gefühle, die ich die letzten Tage verdrängt habe, zurück und ich springe auf, ertrage ihre Last auf der Seele kaum. Sie drückt mir die Luft aus der Lunge und bringt meine Hände dazu, unkontrolliert zu zittern. Wie irre gehe ich im Raum auf und ab.

„Wieso mussten sie sterben? Damit ich hierherkomme? Ist es mein Schicksal, das sie umgebracht hat?“, spreche ich eine Furcht aus, die, seit ich die Wahrheit kenne, an meiner Substanz kratzt. „Es war umsonst, Maris. Sie sind umsonst gestorben.“

Tränen laufen mir über die Wangen und meine Sicht verschwimmt, besteht lediglich aus farbigen Schlieren. Plötzlich friere ich und meine Zähne klappern aufeinander. Ich presse sie zusammen und versuche die Kontrolle zu behalten. Vergebens.

Etwas bewegt sich, kommt auf mich zu, doch ich gehe rückwärts, unfähig, die Erlösung einer Umarmung zu ertragen. „Laurie“, beginnt Maris und ich unterbreche ihn, indem ich meine Hand hebe.

„Ist es wahr? Sind sie tot, weil ich nach Kingswood Castle kommen sollte? Ist es doch meine Schuld?“

„Keine Ahnung. Es tut mir leid, ich weiß es ...“

„Nein“, schreie ich. „Sag es nicht.“ Die Wut lähmt meinen Verstand, übernimmt die Kontrolle und taucht mein Blickfeld in ein dunkles Rot. Vielleicht wäre es besser gewesen, ich wäre nie geboren worden, zumindest würden dann Mom und Dad noch leben. Alles in mir fühlt sich taub an und steht gleichzeitig in Flammen, als wäre ich in meiner persönlichen Hölle gefangen, geschrieben von meinem eigenen Schicksal.

Verzweifelt sinke ich auf die Knie, hämmere mit den Fäusten auf den kalten Betonboden. Der unbändige Zorn braucht ein Ventil. „Dann dreh die Zeit zurück“, flehe ich Maris an. „Ich ertrage es keine Sekunde länger, sie getötet zu haben.“

„Das liegt außerhalb meiner Macht“, erklärt er und seine Stimme dringt nur gedämpft zu mir. Das Blut rauscht in meinen Ohren und erstickt mit jedem weiteren Herzschlag mehr Geräusche der Umwelt. „Niemand kann die Zeit zurückdrehen oder das Schicksal austricksen. Nicht einmal die Götter. Und glaub mir, sie haben es versucht. Sogar Zeus." Die letzten Worte erahne ich mehr, als dass ich sie höre. Mein Schluchzen übertönt Maris und ich wünschte, ich könnte seine Nähe zulassen, mich in seinen Armen verstecken und die schreckliche Wahrheit aussperren.

Erneut nähert sich Maris mir und zum ersten Mal, seit wir uns kennen, ist seine Anwesenheit wie Gift für mich. „Halt", sage ich daher, doch er hört nicht auf mich, facht meine Wut weiter an. Wieso entscheidet eigentlich jeder über meinen Kopf hinweg, ungeachtet dessen, was *ich* will? Mit den Handflächen haue ich auf den Beton und wiederhole meinen Befehl.

Plötzlich poltert und kracht es einige Meter vor mir. Geschockt hebe ich den Kopf, wische mir die Tränen aus den Augen und blinzle so lange, bis ich wieder klar sehe.

„Scheiße, was ist passiert?", frage ich Maris und springe auf die Beine. Er liegt am anderen Ende des Raums, in seinem Rücken die zusammengedrückten Kartons, als hätte ihn jemand hart gestoßen.

Mühsam erhebt er sich, streckt die Arme und lässt die Knöchel knacksen. „Du hast mich weggeschleudert ..."

„Wie bitte?", entkommt es mir verwirrt und ich merke, wie die Wut verpufft und eine Leere zurücklässt, die ich momentan unfähig bin zu füllen.

Maris mustert mich und streicht sich das dunkle Haar aus dem Gesicht.

„Ich hab dich nicht mal berührt", stelle ich klar.

„Wind“, murmelt er und ich denke an Kira, die mir gestern erzählt hat, das Element zu beherrschen. Allerdings spielt es momentan keine Rolle für mich, was geschehen ist. Ich gehe langsam zu Maris, falle gegen seine Brust und sauge seinen Geruch in meine Lunge. Sobald er die Arme um mich schließt, fallen meine Lider aufeinander und ich lasse die Wut und Trauer los, entspanne mich. Der dunkle Schatten, den Tod meiner Eltern verursacht zu haben, schwebt über mir und verdunkelt meine Sicht, wird mich den Rest meines Lebens begleiten.

„Laurie, es ist nicht deine Schuld“, flüstert Maris in mein Ohr und drückt mir einen Kuss aufs Haar. „Das Schicksal verändert sich. Entscheidungen werden getroffen und können die Richtung ändern. Ja, Moira weist bei der Geburt die Fäden zu und gibt eine Richtung vor. Aber auf jedem Weg gibt es Abzweigungen, Steine und Gräben. Der Tod deiner Eltern ist genauso wenig deine Schuld wie sonst jemandes. Es war ein tragischer Unfall, niemand kann etwas dafür, wahrscheinlich nicht einmal Moira. Wenn du jedoch jemandem die Schuld geben willst, dann ihr. Sie ist meine Erschafferin, meine Mutter sozusagen, und wir sind in dem Alter, in dem wir unseren Eltern für alles die Schuld geben dürfen, oder? Ich tue es jedenfalls“, meint Maris und ich spüre das Lachen auf seinen Lippen an meinem Ohr.

„Du bist viel älter“, entgegne ich.

„Man ist so alt, wie man sich fühlt, und ich bin siebzehn.“

„Danke, Maris“, hauche ich und löse mich von ihm, sehe die eingedrückten Kisten. „Was zur Hölle war das?

Habe ich dir weh getan? Und wie hab ich das geschafft?" Jetzt, wo die Wut über meine Hilflosigkeit verraucht ist, kann ich wieder klar denken. Mom und Dad sind tot. Das ist eine feststehende Tatsache, mit der ich leben muss. Allerdings hat Maris recht. Wie ich es tue, kann ich beeinflussen. Es hat keinen Sinn, mir die Schuld zu geben. Ich saß weder am Steuer noch habe ich für das Gewitter gesorgt, das den Baum zum Umkippen brachte. Der Schmerz wird durch die Erkenntnis zwar keineswegs weniger, dennoch lässt er sich leichter ertragen und schnürt mir nicht länger die Luft zum Atmen ab.

Maris löst sich von mir und ich betrachte meine Hände, denke an den Schlag auf den Boden.

„Deine Aura, Laurie, sie verändert sich."

„Was? Wie ist das möglich?" Ob es heute wohl einen Satz geben wird, den ich anstatt mit einem Fragezeichen mit einem Ausrufezeichen beenden werde?

„Poseidons Blut", erklärt Maris. „Es fließt durch deine Adern."

„Hä?", entkommt es mir und mein Mund bleibt offen stehen. Poseidon? Der Gott des Meeres? Sein Blut soll in meiner Familie liegen? Überall sind Fragezeichen und ich sehe kein Ende.

„Ich habe mich geirrt. Du *bist* eine Halbgöttin."

Stille beherrscht den Raum, nimmt ihn vollkommen ein und es bleibt kein Platz für uns. Zumindest fühlt es sich so an.

„Das ist ein Scherz, oder?", entgegne ich entgeistert. „Dann müsste ich ..." Kräfte haben. Scheiße. „Wieso blieb dir das bis jetzt verborgen?"

Maris zuckt mit den Schultern. „Keine Ahnung. Möglicherweise, weil du bisher nicht um dein Erbe wusstest und es sich selbst vor dir versteckt hat?"

Etwas an meiner Umwelt hat sich verändert. Es ist ein Flüstern, das ich höre, eine Anwesenheit, die ich dauerhaft wahrnehme, allerdings nicht sehe. Ich blicke mich um, versuche die Herkunft der Schwingungen auszumachen.

„Du spürst ihn", stellt Maris fest.

„Wen?"

„Den Wind." Maris greift nach meiner Hand und zieht mich hinter sich her. „Die anderen müssen das erfahren."

„Was ist mit Samira?", frage ich und stolpere hinter ihm her.

„Ihre Zeit wird gleich weitergehen."

„Aber wird sie mich nicht vermissen?"

„Nein, ich habe die Realität angepasst."

Aha. Klar, die Realität angepasst, dumme Frage, hätte ich selbst drauf kommen können.

Als ich die letzten Treppenstufen mehr nach oben falle, als sie zu gehen, umgibt uns plötzlich Dunkelheit, so abrupt, dass ich das Gefühl habe, den Boden unter den Füßen zu verlieren. Ich presse die Lider aufeinander, blinzle dagegen an. Keine Chance, die Schwärze ist undurchdringlich.

„Maris", kreische ich, doch seine Finger, die meine fest umklammern, beruhigen mich.

„Gleich vorbei", sagt er und die Schatten lichten sich. Verwirrt blicke ich mich um. Wir stehen direkt vor der Tür zum Gemeinschaftsraum der Royals. Maris stürmt hinein, allerdings ist er leer. Zumindest für eine Sekunde, dann stehen die anderen um uns herum.

„Was zur Hölle?“, entfährt es Phil, und Elena fasst sich an die Brust.

„Ich hab euch hergebracht, es hätte zu lange gedauert, eine Einladung zu schicken“, meint Maris und die Stimmung ist angespannt. „Die Zeit läuft ab und ich sollte zurück. Vorher müsst ihr allerdings etwas wissen.“

Cassy nickt. „Maris, es ist schön, dich kennenzulernen. Wir fühlen uns geehrt, dass du dich offenbarst und unseren Schutz annimmst.“

„Keine Zeit für Floskeln“, unterbricht Maris sie. „Heben wir uns den traditionellen Quatsch für ein anderes Mal auf.“

Manuel lacht und beugt sich zu Lucas. „Ich mag ihn.“

Mit einem giftigen Blick bringt Cassy Manuel zum Schweigen und Maris fährt fort. „Laurie ist ein Kind Poseidons. Sie beherrscht den Wind und –“

„Niemals“, faucht Kira, und ich sehe überrascht zu ihr. Mir war klar, dass sie wohl kaum Freudensprünge machen würde, aber ihre Reaktion ist ein bisschen überzogen. „Wieso? Wieso hast du ihre Kräfte erweckt? Es gibt nie zwei von uns.“

Was soll das bedeuten?

„Maris?“, frage ich, aber er schüttelt den Kopf.

„Ich habe nichts getan, Kira. Jemand anders zieht die Fäden.“

„Moira“, entfährt es Cassy, und mein Blick fliegt zu ihr. „Welches Ziel verfolgt sie?“

„Keine Ahnung“, gesteht Maris. „Wahrscheinlich werden wir es früher herausfinden, als es uns lieb ist.“

„Heißt das, ich bin keine Gefahr mehr für uns alle?“, hake ich nach und halte den Atem an.

„Auch das vermag ich nicht zu sagen“, entgegnet Maris. „Deine Anwesenheit ist seltsam, ein Zustand, der vorher noch nie dagewesen ist. Ich erwecke die Kraft der Halbgötter in Kingswood Castle jede Generation neu. Es gibt immer einen Vertreter jeder Blutlinie.“

„Na und? Zwei sind besser als einer“, meine ich in dem Versuch, die Stimmung aufzulockern. Und scheitere kläglich.

Kira verschränkt die Arme vor der Brust. „Das kann unmöglich wahr sein, wir können sie nicht einfach in unseren Kreis aufnehmen. Du bist vollkommen verblendet von deiner rosaroten Brille“, wirft sie Maris an den Kopf. „Was, wenn sie die Böse ist? Was, wenn ihr einziges Ziel es ist, das Tor zu finden und es zu öffnen? Endlich zeigst du dich uns und dann nur, weil du dich in einen Menschen verliebt hast?“

„Sie ist eine Halbgöttin, Kira“, meint Cassy und legt ihrer Freundin die Hand auf den Oberarm. „Ihre Aura ...“

„Ihr könnt mich mal“, giftet Kira und eilt aus dem Raum.

Die Zurückgebliebenen sind wie versteinert, und wäre die Szene nicht so absurd gewesen, hätte ich gelacht, denn es war Kira, die Lucas ein schlechtes Gewissen eingeredet hat, weil er sich seiner Aufgabe entziehen wollte. Und nun tut sie es.

„Mir war ja bewusst, dass sie mich hasst, aber das ...“, gebe ich zu und blicke Kira hinterher. Es bleibt still, keiner rührt sich. Hat Maris die Zeit angehalten? Nein, Lucas’ Brust hebt und senkt sich. Es ist der Schock über

Kiras Reaktion, die anscheinend keiner hat kommen sehen, der ihre Glieder lähmt.

„Ich mach das", sage ich daher und folge Kira. Gerade noch rechtzeitig trete ich aus der Tür, sehe sie ins Treppenhaus gehen und die Stufen nach unten nehmen. Wir lassen Kingswood Castle hinter uns und rennen beinahe den Kiesweg entlang. In diese Richtung bin ich noch nie gegangen.

„Kira", rufe ich, doch sie dreht sich nicht um, macht keine Anstalten stehen zu bleiben. „Kira, bitte."

„Lass mich in Ruhe", schreit sie mich über die Schulter blickend an.

„Was habe ich dir getan?"

Ihr Lachen dringt zu mir, es klingt falsch und abgehackt. Mittlerweile haben wir das Internat weit hinter uns gelassen und passieren die kleine Mauer, die das gesamte Gelände umgibt. Ich folge Kira durch das große Eisentor, das eigentlich immer offen steht.

„Kira, jetzt bleib stehen!" Ah, da ist es, das Ausrufezeichen, auf das ich den ganzen Tag gewartet habe. Man sollte aufpassen, was man sich wünscht, sonst kann es sein, dass man hinter jemandem herhechtet, der einen offensichtlich verabscheut.

Die Sonne steht hoch am Himmel, verbreitet eine angenehme Wärme und bringt mich unter dem flauschigen Hoodie zum Schwitzen. Ich keuche wie eine alte Dame und spüre die Nachwirkungen der Erkältung in jeder Faser meines Körpers. Als Kira vom Kiesweg abbiegt und der Untergrund sich in hügelige Wiese verwandelt, protestieren meine Muskeln heftig. Trotzdem zwinge ich sie zum Weitergehen. Irgendetwas treibt mich an, sagt mir, dass wir dieses Gespräch jetzt führen müssen, sonst wird es zwischen uns hängen wie das hässliche Portrait von Amy und Penny in Pasadena.

„Kira", rufe ich und rutsche genau in dem Moment aus. Mit den Armen in der Luft fuchtelnd suche ich nach Halt. Und finde ihn, allerdings nicht in Kira, sondern im Wind. Ein kleiner Sturm umgibt mich, wirbelt Blätter auf und pustet Kira das Haar ins Gesicht. Gleichzeitig hält er mich aufrecht, bis ich wieder festen Stand gefunden habe, dann flacht er ab und verebbt schließlich ganz. Sein Flüstern verstummt und ich nicke dankbar in die Luft.

Kira hat sich in der Zeit zu mir umgedreht und das Schauspiel beobachtet. „Weißt du, wir wurden unser ganzes Leben dazu erzogen, eine Aufgabe zu erfüllen, wurden gedrillt unsere Fähigkeiten zu schulen und zu perfektionieren. Aber wirklich daran geglaubt, dass wir jemals gebraucht werden, hat wahrscheinlich keiner. Und das war okay, denn es hatte nichts mit uns zu tun. Maris hat sich seit Jahrzehnten verborgen. Seit ... na ja, seit Irina eben. Und ich konnte das verstehen, ehrlich. Trotzdem war es unsere Aufgabe, auf unseren Einsatz zu warten. Wir waren die Halbgötter, die an seiner Seite stehen, sollte er uns brauchen. Wir hätten geglänzt und unsere Eltern stolz gemacht." Kira kommt näher und ich blinzle gegen das helle Sonnenlicht an. Ihre Hände sind zu Fäusten geballt, deswegen bin ich auf alles vorbereitet. Hilfesuchend blicke ich mich um. Vielleicht war es nicht meine beste Idee, gedankenlos hinter Kira herzulaufen. Allerdings habe ich ihre Wut und vor allem ihre Angst gespürt. Es erschien mir falsch, sie damit alleine zu lassen.

„Und tatsächlich", fährt Kira fort, den Blick gen Boden gerichtet, sodass ihre Mimik im Schatten ihres Haars verborgen liegt. „Maris zeigt sich uns, deinetwegen zwar, doch das war mir egal. Ich konnte ein Teil der Organisation sein, aktiv etwas leisten. Es ergab endlich einen Sinn, verstehst du? Die Gefangenschaft, die Bürde, so leben zu müssen, wie meine Eltern es für mich vorgesehen haben, ergab endlich einen Sinn."

Verwirrt runzle ich die Stirn. „Was?" Kiras Worte überraschen mich, passen kaum zu ihren Handlungen. Sie war es, die Lucas so sehr unter Druck gesetzt hat, nur weil er frei sein wollte. Und jetzt ist es ausgerechnet sie, die genauso empfindet?

„Dann kommst du, entpuppst dich als Poseidons Kind und plötzlich bin ich überflüssig. Es gab noch nie zwei unserer Sorte in Maris' Nähe. Er wird mich wegschicken. Er braucht mich nicht länger, wenn er dich haben kann. Dann war alles umsonst. Das Training, die Schmerzen, all die Tränen. Ich verliere das Einzige, das mir Halt gegeben hat, die Menschen, die meine Familie geworden sind."

Kiras Angst ist greifbar und eine Gänsehaut breitet sich auf meinen Armen aus, während die Luft um uns herum knistert. Erneut werden Blätter durch die Luft gewirbelt und Staub brennt mir in den Augen. Ich höre das aufgebrachte Flüstern des Windes, spüre seine Wut und schütze mein Gesicht mit den Händen. Diesmal ist es jedoch anders. Das Murmeln kommt nicht aus mir heraus, es ist eher etwas, das ich von außen wahrnehme. Als ob dieses Mal jemand anders den Wind beherrscht. Jemand, der ebenfalls Poseidons Kräfte in sich trägt – Kira.

„Das siehst du falsch", schreie ich gegen den kleinen Sturm an. „Maris würde dich niemals zwingen, die Schule zu verlassen. Wenn jemand weiß, wie es sich anfühlt, einsam zu sein, dann er. Denn das ist der wahre Grund, wieso er sich von euch ferngehalten hat. Er hatte Angst, euch zu verlieren, und verkraftet es nicht länger, Generation für Generation Menschen zu verlieren, die ihm ans Herz gewachsen sind." Jetzt bin ich es, die sich in Rage redet, denn keiner von den Royals schätzt Maris als Menschen ... also im übertragenen Sinne. Für sie ist er lediglich der Gott, der ihre Kräfte erweckt, ihnen eine Aufgabe gibt. Niemand interessiert sich für seine Wünsche, seine Träume, seine Ängste. „Ihr verschwindet irgendwann von diesem Ort, lebt danach euer Leben, während er hier für immer gefangen ist und sich eigentlich nur nach Normalität sehnt. Etwas, das er nie kennengelernt hat."

Kira fürchtet sich vor der neuen Situation und ich mag mir nicht ausmalen, wie ihr Leben bisher ausgesehen hat, dennoch gibt es immer zwei Seiten.

Bis auf den Wind, der an meinen Kleidern zieht und mir das Haar wild ins Gesicht wirbelt, ist es still. Kira hat den Blick gesenkt. Dennoch scheint ihre Wut weiterhin da zu sein, der Sturm ist der beste Beweis dafür.

„Hör zu", versuche ich sie daher zu beruhigen. „Mir ist klar, dass ich sicher die Allerletzte bin, von der du so etwas hören willst, aber du reagierst gerade über. Wir sind alle gemeinsam in dieser Situation." Der Wind wird stärker, trotzdem gehe ich den Weg weiter, denn manchmal ist Angriff die beste Verteidigung. Mit den Armen vor dem Gesicht luge ich zu Kira und laufe langsam auf sie zu. „Es mag sein, dass Poseidons Blut durch meine Adern fließt, das sollte uns allerdings nicht zu Gegnern machen, sondern zu Verbündeten."

Kira lacht. „Du bist wirklich noch nie mit Halbgöttern in Verbindung gekommen, oder? Es ist eine Ehre, diese Schule als Maris' Beschützer besuchen zu dürfen, deswegen herrscht ein ständiger Konkurrenzkampf innerhalb der eigenen Blutlinie."

„Wählt Maris euch aus?", frage ich nach und Kira schüttelt den Kopf.

„Nein, Moira weist uns das Schicksal ebenso zu wie allen anderen. Eine Seherin wird zu jeder Geburt eines Gotteskindes hinzugerufen. Sie verkündet die frohe Kunde oder bringt Schmach über die Familie." Nach Kiras Erklärung verstehe ich langsam, wieso sie derart heftig reagiert hat, und bin unfassbar froh, normal aufgewachsen zu sein. „Aber wie du weißt, kann sich alles ändern. Eine falsche Entscheidung, eine falsche Abzweigung kann alles zerstören. Deswegen sind meine Freunde die einzigen, auf die ich mich verlassen kann, wir haben es uns geschworen."

„Der Brokkoli", murmle ich und bin überrascht, als Kira nickt, denn ich hätte nicht gedacht, dass sie mich hören kann. „Gut, wenn du willst, dann schwöre ich ebenfalls, mich niemals zwischen dich und die anderen zu drängen. In Wahrheit gibt es kaum etwas, das mir ferner liegt, Kira", gestehe ich und bin endlich so nah, dass ich meine Hand um ihre Faust schließen kann. Ihre Finger sind eiskalt und vollkommen verkrampft. „Dank Maris und Lucas habe ich zurück ins Leben gefunden. Sie geben mir Halt und ich würde mich freuen, dich und die anderen Royals irgendwann ebenfalls zu meinen Freunden und meiner Familie zählen zu können. Lass uns gemeinsam in den Kampf ziehen, ja? Ich bin niemals unter deinesgleichen aufgewachsen, kenne den Leistungsdruck und die Machtstreitigkeiten nicht und will kein Teil davon sein, verstehst du? Ich bin ich. Vielleicht fließt göttliches Blut durch meine Adern, aber im Herzen bin ich ein Mensch."

„Es tut mir leid". Kira überrumpelt mich mit ihrer Entschuldigung und ihre Finger entspannen sich endlich. Eine Träne läuft ihr über die Wange und ihr vom Wind verwehtes Haar bleibt daran kleben. „Die Angst, das hier zu verlieren, füllt mich komplett aus und ich weiß nicht, wie ich damit umgehen soll. Bisher gab es wenigstens eine Konstante in meinem Leben, meine Freunde. Wir haben jede Situation zusammen durchgestanden, uns den Rücken gestärkt, wenn unsere Eltern uns wieder enttäuscht hatten."

„Deswegen hast du Lucas eine Standpauke gehalten", mutmaße ich und blinzle gegen den aufgewirbelten Staub an. Kiras Inneres muss sich beruhigen, erst dann wird sich der Sturm legen.

„Ja, ich wollte ihn nicht verlieren. Schon gar nicht an dich, aber vor allem fürchtete ich, dass jemand anderes seinen Platz einnehmen könnte."

Das Konzept der Halbgötter und ihre Lebensweise ist ein Mysterium für mich. Und sobald wir eine ruhige Minute haben, werde ich die tausend Fragen, die ich dazu habe, stellen. In Gedanken schreibe ich sie alle in mein Notizbuch, allerdings habe ich die Hälfte sicher wieder vergessen, bis wir zurück am Internat sind.

„Ist es denn wirklich so einfach, einen von euch zu ersetzen?", will ich wissen und hätte jetzt gern Maris an meiner Seite, er könnte sicher Klarheit bringen.

Kira zuckt mit den Schultern und mir wird bewusst, dass die Frage taktisch nicht sinnvoll war. „Theoretisch schon. Es gibt viele Halbgötter. Du würdest sie als Medien bezeichnen. Sie sind besonders empathisch, spüren, wenn Gefahr droht, oder können andere in ihren Entscheidungen beeinflussen. Trotzdem haben sie nicht dieselben Fähigkeiten wie wir Edelblüter, da sich die Blutlinien immer weiter ausdünnen. Maris gibt uns Zugang zu seiner Göttlichkeit und macht uns damit zu etwas Besonderem. Wir ziehen unsere Kraft aus ihm."

„Krass", entfährt es mir und mein Herzschlag beschleunigt sich. Auf der einen Seite bin ich unfassbar stolz auf Maris und seine Aufgabe, auf der anderes Seite wünsche ich mir, er hätte ein anderes Schicksal. Nicht um meinetwillen, sondern um seinetwegen.

„Dann sind wir jetzt Freunde?", blödle ich herum, um uns von dem schweren Thema abzulenken.

Ein Lächeln stiehlt sich auf Kiras Lippen. „Nennen wir es einen Waffenstillstand."

„Gut, ich wollte dir sowieso nicht um den Hals fallen."

„Du kannst den Sturm jetzt abschalten, Laurie, ich hab mich wieder eingekriegt. Aber nur mal so, ich hätte dir nie weh tun können. Der Wind war vollkommen überzogen", meint Kira und ich lasse ihre Hand los.

„Was meinst du?", entfährt es mir, denn Kiras Worte ergeben keinen Sinn. „Das bin ich nicht. Ich dachte deine Wut facht den Sturm an."

„Nein", offenbart Kira und mir bleibt das Herz stehen, nur um daraufhin wie wild loszupreschen. Verwirrt blicke ich mich um, werfe sogar einen Blick in den Himmel. Wer weiß, vielleicht schaut Poseidon von einer Wolke herunter und erlaubt sich einen Scherz mit seinen streitenden Nachkommen. Nichts.

„Wer sollte …“, beginne ich, als ich eine weitere Präsenz wahrnehme. Es ist nicht Kira, die sich einen Scherz mit mir erlaubt, jemand anderes ist hier und erzeugt dieses Chaos.

Mittlerweile werden richtige Erdklumpen aus dem Boden gerissen und in einem Kreis um uns herumgewirbelt. Kira streckt ihre Arme Richtung Boden, sodass die Handflächen gen Gras zeigen und augenblicklich beruhigt sich der Sturm. Der Sand, das Gras und die Erde fallen nach unten und ich atme tief ein in dem Versuch, die Situation einzuschätzen. Anspannung liegt auf Kiras Zügen und ihre Muskeln treten deutlich hervor. Es kostet sie all ihre Kraft, gegen den Unbekannten anzutreten.

„Komm, wir gehen Richtung Internat zurück“, flüstere ich, doch Kira schüttelt den Kopf.

„Wer auch immer das ist, unsere Kräfte sind einander ebenbürtig. Lasse ich jetzt nach, wird uns der Wind von den Füßen fegen.“

„Was dann?“

„Du musst mir helfen“, fordert Kira.

Panisch werfe ich die Arme in die Luft. „Ich? Wie denn?“

„Kontrolliere den Wind.“

Na klar, als ob das so einfach wäre. Bisher habe ich es nur zwei Mal getan und da war es mehr Glück.

„Konzentriere dich“, weist Kira mich an. Meine Glieder sind versteift, haben vergessen, wie Bewegung funktioniert. „Laurie“, herrscht die Halbgöttin mich an, und ich zucke zusammen, als ich die Furcht in ihrer

Stimme höre. Ein Stein fliegt knapp neben meinem Kopf vorbei und holt mich aus der Trance. „Du musst dich auf den Wind konzentrieren“, erklärt Kira. „Fühle ihn in der Luft, an deiner Kleidung, auf deiner Haut und in dir. Er spricht zu dir. Er ist kein Feind, sondern ein Verbündeter.“

Ich schließe die Augen und tue, wie mir geheißen, dann trifft mich etwas hart in den Bauch. Sofort rebelliert mein Magen und ich reiße die Augen auf. „Es klappt nicht, Kira.“

„Okay, dann musst du etwas anderes für mich tun, in Ordnung?“

Nickend richte ich mich auf und stehe jetzt so nah neben Kira, dass sich unsere Oberarme berühren.

„Lauf, Laurie. Renn zum Internat und hole die anderen.“

„Nein, vergiss es“, entgegne ich, während sich die Erde immer mehr mit dem Wind vermischt. „Wir gehen zusammen.“

„Dann haben wir keine Chance.“

„Ich lasse dich nicht zurück.“ Erneut schweift mein Blick über die Ebene, bleibt nirgends hängen. Es gibt einige Büsche und Bäume, hinter denen sich jemand verstecken könnte, doch wieso sollte er das tun? Kennen wir ihn womöglich? Ist das der Grund?

Kira flüstert etwas in einer Sprache, die ich nicht verstehe. Es klingt nach einem Gebet und ich frage mich unwillkürlich, welchen Gott sie um Hilfe bittet. Poseidon? Oder Maris? Letzterer ist an Kingswood Castle und das Tor zur Götterwelt gebunden, er muss die Schicksale beschützen, egal was kommt.

„Laurie, jetzt geh schon. Wir brauchen die anderen.“

„Was, wenn genau das der Plan ist? Was, wenn es mehrere sind und sie dich dann überwältigen?“, schreie ich gegen das Sturmrauschen an und schlucke den Staub hinunter, der mir dabei in den Mund fliegt. „Wieso sonst sollte unser Angreifer sich verbergen?“

„Tust du jemals, was man dir sagt?“

„Selten, jedenfalls nicht, ohne es zu hinterfragen.“

Hektisch werfe ich einen Blick über die Schulter. Es sind einige Meter bis zum Kiesweg, dann noch mal ein ganzes Stück hin zum Tor. Ich schätze innerhalb der Mauer sind wir sicher, zumindest stehen dort unsere Chancen besser, Maris auf uns aufmerksam zu machen.

„Los, lass uns gehen“, treibe ich Kira an.

„Moment“, presst sie zwischen den Lippen hervor. Ihre Lider sind verengt und sie fokussiert einen Punkt uns gegenüber. Ein letztes Mal frischt der Sturm auf, bis Kira ihre Hände hebt und sie parallel zu sich hält. Der Wind schnellt in die Richtung, in die sie zeigt, und lässt von uns ab.

„Jetzt“, ruft Kira und wir rennen, so schnell, dass meine Lunge nach wenigen Schritten brennt. Den Weg haben wir in wenigen Sekunden erreicht, allerdings ist der Untergrund durch den Kies und unser Tempo rutschig. Ich konzentriere mich darauf, einen Fuß vor den anderen zu setzen und auf den Beinen zu bleiben. Etwas Hartes trifft mich in die Seite. Taumelnd haste ich weiter und ignoriere auch den zweiten Schlag direkt zwischen die Schulterblätter.

„Weiter“, treibt die Halbgöttin mich an, und ich bin plötzlich dankbar für das Lauftraining.

Plötzlich wird mir schwindelig. Mein Kopf wurde hart von etwas getroffen und die Umgebung verschwimmt vor meinen Augen. Schatten hüllen mich ein, durchdringen meine Sicht. Kira greift nach meiner Hand und zieht mich hinter sich her. Mit jedem Schritt wird es dunkler, bis ich das Sehvermögen komplett verliere. Wie in Watte gepackt rutsche und haste ich weiter. Dann knicken meine Beine ein. Wo ist oben? Wo unten? Mein Inneres brennt und schreit nach Erholung, deswegen gönne ich mir eine Pause und bleibe einfach liegen.

Wieso habe ich mich überhaupt so verausgabt? Der Grund ist mir entfallen, also bette ich meinen Kopf auf die Arme und drifte davon.

Als ich das nächste Mal die Augen öffne, brennt das helle Sonnenlicht so sehr, dass mein Schädel dröhnt. Spitze Steine stechen mir in die Wange und ich wische sie von meiner Haut. Allesverschlingender Schmerz bohrt sich durch mein Hirn, veranlasst mich dazu, den Kopf erneut auf meine Arme sinken zu lassen. Müde beobachte ich einen kleinen Käfer, der über die Steine Richtung Wiese krabbelt und dann zwischen den Grashalmen verschwindet. Am Ende des Weges erkenne ich das Internat, zumindest die Dachgiebel davon, denn das Gebäude ist noch einige hundert Meter entfernt.

Plötzlich durchzuckt mich die Erinnerung. „Kira“, hauche ich und hieve meinen Oberkörper hoch. Nichts, sie ist verschwunden. Hinter mir steht das Tor offen. Ich komme mühsam auf die Beine, humple bis zur Mauer und beuge mich darüber.

Keine Kira.

Fuck, was ist nur passiert?

„Laurie“, höre ich Lucas und drehe mich um.

„Ist sie bei euch?“, frage ich flehend.

„Wer?“, fragt Maris, der plötzlich hinter dem Halbgott auftaucht.

Keuchend stütze ich mich gegen die Mauer, schlage mit der Hand dagegen und entlasse dabei das Adrenalin und die Angst aus meinen Adern in die Freiheit. „Kira“, flüstere ich erneut. „Wo ist sie?“

Mit einem Mal steht Maris neben mir, legt seine Hand an meine Wange und betastet die schmerzende Stelle seitlich an meinem Kopf. „Was ist passiert?“

In knappen Worten erzähle ich ihnen von den letzten Minuten, während Maris mich hochhebt und zum Internat trägt. An der Bank vor dem Eingang setzt er mich auf die Sitzfläche und lässt sich vor mir auf die Knie. „Wir kümmern uns gleich um Kira, okay? Vorher sehe ich mir aber deine Verletzungen an.“

Ich nicke und Lucas verschwindet ins Innere des Gebäudes, um die anderen zu holen.

„Wo tut es weh?“, fragt Maris und ich mache eine Geste, die meinen ganzen Körper einschließt. Selbst mein Herz schmerzt, vielleicht sogar am meisten. „Okay, dann beginne ich mit deinem Kopf. Es erzeugt keine Schmerzen, allerdings wird es kribbeln.“

Maris schließt die Augen, bewegt ganz leicht die Lippen, während mir warm wird. Beinahe unerträgliche Hitze breitet sich in mir aus, durchfließt mich in Wellen und ebbt erst an der Stelle am Kopf ab, wo mich der Stein getroffen hat.

„Hast du gesehen, wer es war?“, will Maris wissen und öffnet die Lider. Seine blauen Augen mustern mich forschend und ich bilde mir ein, dass sie von feinen goldenen Fäden durchzogen werden. Mit dem Zeigefinger fahre ich über die Falten, die seine Stirn zeichnen, und ich bin unendlich froh, ihn an meiner Seite zu wissen. Ich beuge mich nach vorne und schließe ihn in die Arme, drücke ihn an mich und genieße die Nähe. Im Gegensatz zu der Hitze, die mich wenige Sekunden zuvor durchfahren hat, ist Maris' Körperwärme angenehm, fängt mich auf und heilt meine Wunden auf eine Art, wie keine göttliche Macht es vermag.

„Sie ist verschwunden, oder? Sie haben sie mitgenommen?", flüstere ich, lasse Maris dabei aber nicht los. Er fährt mir sanft über den Rücken, und ich sauge seinen Geruch ein und lasse mich fallen.

„Laurie, du musst mir sagen, wen du gesehen hast", stellt Maris eine Gegenfrage, und ich löse mich von ihm.

„Niemanden. Es war eher eine Energie oder Präsenz."

„Da war kein anderes Wesen?"

Ich schüttle den Kopf und presse meine Finger gegen die Oberschenkel. Erneut wird mir schwindlig und die Angst um Kira hängt wie eine Gewitterwolke in der Luft. „Zumindest nicht, bis wir gerannt sind, danach habe ich kaum etwas mitbekommen."

Maris setzt sich neben mich, legt einen Arm um meine Schultern und zieht mich zu sich. „Alles wird gut", verspricht er.

„Maris, wer war das?"

„Ich weiß es nicht."

„Laurie!", ruft Cassy und rennt durch die Eingangstür, die Treppen hinab und zu uns. „Geht's dir gut?" Die anderen Royals folgen ihr und sogar einige Lehrer und den Direktor erkenne ich. Scheiße, damit ist die Ruhe wohl vorbei. Gleichzeitig bin ich froh, dass nach dem ersten Schock Bewegung in uns kommt. Wir müssen Kira finden.

Lucas erklärt erneut die Umstände und Higgins weist alle an, sich aufzuteilen. Offensichtlich kennen er und die anderen anwesenden Lehrer das Geheimnis der Halbgötter, denn Higgins teilt Zweiergruppen ein, in der durch mindestens einen Anwesenden göttliches Blut fließt. Überrascht mustere ich die Erwachsenen, bin dem Irrglauben erlegen, dass niemand am Internat von den Royals weiß. Dämlicher Gedanke, denn immerhin unterrichtet sie jemand in ihren Fähigkeiten. Die Erwachsenen neben Higgins kenne ich nur vom Sehen, daher sagen mir ihre Namen nichts. Vielleicht sind es Lehrer oder lediglich Angestellte, die sich um andere Dinge im Internat kümmern. Es spielt keine Rolle, sie sind hier und helfen.

„Dann los“, bestimmt Higgins und mir fällt auf, dass er mich und Maris vergessen hat. Ich will gerade protestieren, da legt Maris den Finger an meine Lippen und nimmt ihn erst weg, nachdem die anderen sich aufgemacht haben. „Du hast genug getan, Laurie, deswegen habe ich uns rausgehalten. Deine Gesundheit ist genauso wichtig wie Kiras.“

„Mir geht's gut, ich kann helfen.“

„Aber ich nicht.“

Ich nicke bedauernd. Maris kann die Schicksale unmöglich unbeaufsichtigt lassen. „Warte hier auf mich.“

„Vergiss es. Ich will mir nie wieder Sorgen um dich machen müssen, Laurie. Als ich Lucas' Rufen und seine Angst in der Stimme gehört habe, wäre ich beinahe wahnsinnig geworden. Deswegen war ich sofort an deiner Seite. Verstehst du? Ich will dich nicht verlieren."

Mein Herz beschleunigt sich mit jedem seiner Worte und klopft mir bis zum Hals. Ich spüre sein Pochen überall in meinem Körper und obwohl die Situation beschissen ist, bin ich glücklich. Maris ist zu einem der wichtigsten Menschen in meinem Leben geworden und seine Aussage zeugt davon, dass er meine Gefühle erwidert. Ich küsse ihn, spüre seine Sehnsucht und sein Verlangen. Gleichzeitig jedoch die Zurückhaltung und Vorsicht. Mit geschlossenen Augen greife ich in sein Haar, nehme ihm die Möglichkeit, sich von mir zu entfernen, denn Nähe und Liebe sind genau das, was ich momentan brauche.

Wir bleiben so lange auf der Bank sitzen, bis die Gruppen zurückkehren. Higgins und Cassy sind die Letzten.

„Nichts", verkünden sie, und ich erhebe mich unruhig, kaue auf meiner Unterlippe und lasse die Ereignisse vor meinem inneren Auge ablaufen.

„Wir sollten die Polizei einschalten", sagt ein blonder Mann, der mit Lucas unterwegs war.

Higgins sieht zu Maris. „Was meinst du?"

Es ist seltsam, denn für mich ist Maris ein siebzehnjähriger Junge und ich vergesse immer wieder, dass ein Gott in ihm schlummert. Die anderen jedoch tanzen vollkommen nach seiner Pfeife und das, obwohl es Maris offensichtlich unangenehm ist, denn er hält sich weitestgehend zurück.

„Keine gute Idee", überlegt Maris. „Sie werden hier herumschnüffeln und dabei stoßen eventuell die falschen Leute auf etwas, das ihnen besser für immer verborgen geblieben wäre."

„Wir klären das am besten intern“, schaltet sich eine ältere Dame mit dicker Brille ein. „Und, na ja ... könnte es ... also ich meine, versteht mich nicht falsch, aber vielleicht gab es nie einen Feind?“

„Wie bitte?“, entfährt es mir und ich wende mich ihr abrupt zu. „Wollen Sie damit sagen, ich hätte mir alles nur eingebildet, oder wie?“

Sie hebt abwehrend die Hände. „Kira neigt zu solchen Szenen, vielleicht hat sie dir die andere Person nur vorgespielt und kommt gleich um die nächste Ecke.“

„Also, verstehen Sie mich nicht falsch“, entgegne ich und nehme dabei ihre Wortwahl auf. „Aber Sie haben gehörig einen an der Klatsche.“

„Laurie!“, weist Higgins mich zurecht, und ich hätte ihm am liebsten die Zunge rausgestreckt. Hat die sie noch alle?

„Es war real“, bekräftige ich, und das Flüstern des Windes wird lauter. Er protestiert in mir, würde ihnen gerne ins Gesicht pusten.

„Das bezweifle ich nicht, allerdings kann Kira den Wind ebenfalls beherrschen, und wenn du keinen anderen Menschen gesehen hast ...“

„Welchen Grund sollte sie haben, so etwas zu tun?“, kommt Lucas mir zur Hilfe.

„Sie war unglücklich, haderte mit ihrem Schicksal und sie hasst Veränderungen. Wenn es stimmt, was du erzählst, und Laurie eine Tochter Poseidons ist ... dann hatte sie womöglich Angst vor ihr“, erklärt die Frau und schiebt ihre Brille hoch.

„Kira?“, entkommt es Lucas grinsend. „Christa, kennst du uns überhaupt?“

„Besser, als du denkst, Lucas“, entgegnet sie, und ich runzle die Stirn. Leider hat Christa in dem Punkt recht, dass Kira unzufrieden war. Dennoch gab es da eine Präsenz, die ich ganz deutlich wahrgenommen habe.

„Nein“, bestimme ich und gehe unruhig zwischen den Anwesenden hin und her, während Maris weiterhin auf der Bank sitzt. Neben ihm hat es sich Elena bequem gemacht. Die Arme auf die Oberschenkel gestützt, lässt sie den Kopf hängen. „Da war jemand“, sage ich. „Kira und ich haben uns gerade mit der neuen Situation angefreundet und beschlossen, zusammen zu kämpfen.“

„Beruhig dich“, meint Lucas neben mir und legt mir eine Hand auf die Schulter. „Wir glauben dir.“

„Ja“, stimmt Cassy ihm zu und auch die restlichen Royals nicken.

Higgins räuspert sich. „Wie dem auch sei, wir müssen ihre Eltern informieren. Außerdem sollten wir einen größeren Suchtrupp zusammenstellen und die Umgebung erneut abgehen.“

„Was erzählen wir den anderen?“, fragt der Blonde und Higgins zuckt mit den Schultern.

„So wenig von der Wahrheit wie möglich. Kira ist aus familiären Gründen vorrübergehend zu ihrer Familie gefahren. Wann sie zurückkehrt, wissen wir nicht.“

„Ja, es wäre besser, wenn niemand ungemütliche Fragen stellt“, gibt Christa zu bedenken und Higgins nickt.

„Das fühlt sich falsch an“, flüstere ich und setze mich neben Maris. Müde sinke ich gegen ihn. Wie sind wir in wenigen Tagen von *Endlich sehe ich Hoffnung am Ende des Horizonts* über *Ich muss dich verlassen* zu *Du bist ein Gotteskind und wirst angegriffen* gelangt? Ist das ein Traum? Hoffentlich. Sicher wache ich gleich auf, Maris neben mir und wir lachen beide über diese Geschichte. Ich kneife mich in den Oberarm und ... nichts.

Scheiße, kein Traum.

„Es ist momentan die beste Lösung, Laurie“, erklärt Higgins, und ich frage mich, für wen. „Es hilft niemandem, wenn wir die Polizei hier haben und irgendjemand hinter die wahre Identität der Halbgötter oder gar Maris kommt. Da draußen gibt es Gefahren, die wir so weit wie möglich von Kingswood Castle fernhalten müssen.“

„So schwer es mir fällt“, meint Cassy. „Aber ich stimme zu.“

Auch Maris nickt und ich lehne meinen Kopf an seine Schulter. „Gut.“ Ich gebe mich geschlagen und verlasse mich darauf, dass die Halbgötter wissen, was sie tun. Immerhin ist Kira vor allem ihre Freundin.

„Sind wir an der Schule sicher?“, fragt Elena und spielt mit dem Saum ihres Pullis. Im Gegensatz zu den anderen kann sie ihre Unruhe am wenigsten verbergen.

„Das ist der Moment, auf den ihr euer Leben lang trainiert wurdet“, beginnt Higgins. „Ihr seid unsere Sicherheit.“

„Aufmunternd“, meint Lucas und Sarkasmus trieft von seinen Worten. Obwohl Higgins recht hat, sind die Royals vor allem eins: Teenager. Vielleicht wurden sie dafür ausgebildet, aber der Ernstfall ist etwas ganz anderes als schlichtes Training.

„Wir schaffen das“, übernimmt Cassy den Job von Higgins und macht eine viel bessere Figur dabei.

„Ohne die Gefahr zu kennen?“, wirft Elena ein und ihr Zwillingsbruder geht zu ihr, legt ihr von hinten die

Arme um den Oberkörper. Sofort entspannt sie sich, dennoch kann ich ihre Angst nachvollziehen. Immerhin war ich vor wenigen Stunden noch mittendrin anstatt nur dabei.

„Es spielt keine Rolle, wer oder was es auf uns abgesehen hat", sage ich. „Wir können die Situation sowieso nicht ändern. Das Einzige, was uns bleibt, ist, nach vorne zu schauen. Und Cassy hat recht. Wir schaffen das, wir kommen mit allem klar, was sich uns in den Weg stellt." Ich betrachte die kleine Gruppe Jugendlicher, von der ich nun ein Teil bin, und selbst jetzt, wo die Umstände alles andere als einfach sind, sehe ich ihren Zusammenhalt. Ihre Liebe füreinander. Sie offenbart sich in Phils Armen um seine Schwester. In Lucas, der Cassys Hand hält, und Manuel, der besorgt zwischen seinen Freunden hin und her schaut. „Zusammen sind wir stark und können jede Hürde überwinden. Solange wir daran nie zweifeln und dieses Wissen nie vergessen, kann uns niemand etwas anhaben."

„Laurie hat recht." Maris stärkt mir den Rücken und ich schenke ihm ein Lächeln. „Ihr seid, wer ihr seid, und das nicht umsonst. Vertraut auf eure Fähigkeiten. Fürs Erste ist die Gefahr vorüber, dennoch sollten wir wachsam bleiben."

Die Schulglocke unterbricht uns und im Inneren des Gebäudes wird es laut. Mädchen und Jungs drängen in die Gänge, auf dem Weg zur nächsten Stunde.

„Wir sollten zu unseren Aufgaben zurückkehren", meint Higgins und macht sich bereits auf den Weg. „Ich werde Kiras Eltern informieren. Und auf den Rest wartet der Unterricht."

„Unterricht?“, frage ich überrascht. Meint er das ernst? Als ob ich mich jetzt konzentrieren könnte.

Cassy dreht sich ebenfalls zum Gehen. „Alltag ist die beste Ablenkung. Wir können gerade nichts für Kira tun, außer zu warten, bis der Suchtrupp kommt, und währenddessen den Auftrag zu erfüllen, an dem ihr Herz hing.“

Ihre Freunde folgen ihr, nur Maris und ich bleiben zurück. Der Tag steckt mir schwer in den Knochen und hat mich sicher zwanzig Jahre meines Lebens gekostet. „Ich komme mir so hilflos vor“, gestehe ich.

„Geht mir auch so. Es macht mich wütend, dass ich an diesen Ort gebunden bin und euch nicht beschützen konnte. Dabei steckt ein Gott in mir. Ein verdammt nutzloser Gott.“

Die Glocke läutet erneut. Eigentlich sollte ich jetzt im Matheunterricht sitzen. Allerdings habe ich in den letzten Tagen sowieso so viel Stoff verpasst, dass es eine halbe Ewigkeit dauern wird, diesen aufzuholen. Da macht die eine Mathestunde wohl keinen Unterschied mehr. Wobei es genau das ist, was wir jetzt brauchen. Normalität. Dadurch lösen sich unsere Probleme nicht, ganz im Gegenteil. Sie sind noch da, wenn wir mit geladenen Akkus und neuem Mut zurückkehren, wieder in die übernatürliche Welt abtauchen.

Ich lege Maris die Finger auf den Oberschenkel und sofort beginnt meine Handinnenfläche zu kribbeln. „Gib uns fünf Minuten Normalität, okay? Wir tun so, als wären wir zwei ganz normale Teenager. Frisch verliebt und wild herumknutschend. Ohne den ganzen Halbgötter-Schicksals-Mist, ja?“

„Frisch verliebt und wild herumknutschend?“, wiederholt Maris grinsend und mir steigt die Hitze in die Wangen. „Finde ich gut.“

Glücklich küsse ich Maris, gebe den ganzen Ameisen in meinem Körper endlich, was sie kaum noch erwarten konnten. Mein Magen bekommt Flügel, dreht eine Runde durch meinen Bauch und bringt mein Herz auf Hochtouren. Die Temperatur um uns herum steigt ins Unermessliche und ich schwitze in dem dicken Hoodie. Maris legt seine Hand an meine Taille und ich erschaudere, würde seine Haut gern an meiner spüren, ohne den ganzen Stoff zwischen uns.

Nie hätte ich gedacht, mein Herz so schnell zu verlieren, doch Maris hat es sich genommen und ich habe dafür im Gegenzug etwas bekommen, von dem ich dachte, es für immer verloren zu haben: eine Familie. Menschen, die für mich da sind und mich ebenfalls Teil ihres Lebens sein lassen. Natürlich ersetzen sie Mom und Dad nicht, das ist unmöglich. Aber ich habe die verloren geglaubte Hoffnung wiedergefunden und das verdanke ich einzig und allein meinen Freunden.

Kapitel 15

Das Ende ist eben auch nur ein Anfang

Der Bass dröhnt durch den Raum, bringt den Boden zum Vibrieren und verwandelt die Eingangshalle in einen Ballsaal. Die Fenster sind mit dunklen Stoffbahnen abgehängt und unter der Decke schweben hunderte bunte Luftballons. Überall lachen und tanzen Schüler.

Ernst blicke ich auf das Schauspiel, umklammere den Griff des Geländers. Mir ist nicht nach Feiern zumute, denn im Gegensatz zu meinen Mitschülern weiß ich, was wirklich mit Kira geschehen ist. Und anscheinend geht es den Royals genauso. Lucas und Cassy drängen sich in eine Ecke und haben die Köpfe zusammengesteckt, während Elena und Phil unbeteiligt an ihren Gläsern nippen. Nur Manuel tanzt in der Menge und verausgabt sich vollkommen. Jeder von uns geht anders mit der Situation um und das ist vollkommen in Ordnung.

Die Kingswood-Castle-Tradition ausfallen zu lassen, war leider keine Option, denn gerade jetzt, wo es sowieso schon Gerüchte wegen Kiras plötzlichem Verschwinden gibt, müssen Lucas und die anderen sich normal verhalten.

Trotz der Umstände muss ich zugeben, dass die Lehrer und Schüler einen tollen Job geleistet haben. Das

Ambiente ist wunderschön. Es erinnert mich an eine verzauberte Märchenwelt, hinter der überall verborgene Wünsche schlummern und Feen nur darauf warten, diese zu erfüllen. Im schummrigen Licht setze ich mich auf die oberste Stufe des Aufgangs und raffe meinen Rock. Alle haben sich herausgeputzt und Samira schwebt in ihrem hellrosa Kleid über die Tanzfläche. Nachdenklich lege ich die Arme auf meinen Knien ab und stütze das Kinn darauf.

Momente wurden zu Erinnerungen und machten eine neue Laurie aus mir. Eine, die heute hier sitzt und auf ihre Freunde hinabblickt, mit Hoffnungen und Träumen.

„Laurie, was machst du da?" Samira reißt mich aus meinen Gedanken und überbrückt den letzten Meter zwischen uns.

„Mir ist nicht so nach Party", gestehe ich.

Meine Freundin stemmt die Hände in die Hüfte. „Vergiss es, das ist ein Ort der Positivität und vertreibt deshalb all deine negativen Gedanken, verstanden? Komm, wir gehen tanzen."

Ohne auf eine Antwort zu warten, packt Samira mein Handgelenk und zieht mich hinter sich her. Wir erreichen die Tanzfläche gerade, als der DJ einen Remix von Louis Tomlinsons *Don't let it break your heart* spielt. Samira wirft ihre Arme in die Luft und beginnt, laut mitzusingen. Lachend schüttle ich den Kopf über sie. Ich liebe es, wie sie sich selbst und die Welt um sich herum wahrnimmt, und bin unfassbar froh, sie kennengelernt zu haben. Denn ohne sie und die anderen Mädels wäre ich nun nicht an diesem Punkt, sondern würde mich wahrscheinlich weiterhin in meinem Bett vergraben und der Vergangenheit nachtrauern.

„Komm schon“, fordert Samira mich auf und verschränkt ihre Finger mit meinen.

Don’t let it break your heart, Laurie.

Und das werde ich nicht, denn die Welt dreht sich weiter und wir geben nicht auf. Wir werden Kira finden, koste es, was es wolle. Sie gehört zu unserer Familie und wir sind es ihr schuldig.

Francesca und Diana gesellen sich dazu und unser Kreis wird größer. Als Manuel in meine Reichweite kommt, schneide ich eine Grimasse und werfe ein imaginäres Lasso nach ihm. Er geht auf das Spiel ein, lässt sich einfangen und zu mir ziehen.

Das Lied wechselt, der Beat wird stärker und unsere Bewegungen wilder. Irgendwann wandert mein Blick zu den anderen Royals. Sie haben ihre Ecke noch immer nicht verlassen und ich ertrage ihre mutlosen Blicke kaum. Sicher erscheint es ihnen ebenso falsch zu feiern wie mir. Doch die Bewegung, der leere Kopf und meine Freunde um mich herum haben mich überzeugt, dass es genau das ist, was ich brauche. Energie tanken, nach dem Licht in der Dunkelheit greifen.

Deswegen tanze ich durch den Raum. „Komm“, sage ich zu Lucas und strecke ihm meine Hand entgegen. Er schüttelt energisch den Kopf und blickt zu Cassy, die ein dunkelblaues Kleid trägt, das ihre weiblichen Kurven betont.

„Kommt“, wiederhole ich an alle gerichtet. „Es tut gut, versprochen.“

„Ich vermisse Kira“, entgegnet Elena und Phil legt ihr direkt den Arm um die Schultern.

„Ja", stimmt Cassy zu, doch ich gebe nicht auf. Wir brauchen diesen Abend, die Hoffnung und Energie, denn wer weiß, was als Nächstes kommt. Wir sollten die wenigen ruhigen Momente genießen und sie nutzen, um Kraft zu tanken.

„Es erscheint mir falsch, Spaß zu haben, während Kira ... weiß Gott wo sitzt und –", meint Lucas, allerdings unterbreche ich ihn.

„Nein, das will ich nicht hören. Kira geht es gut und wir finden sie bald." Wen versuche ich damit zu überzeugen? Ihn oder mich? Wahrscheinlich uns alle. „Nachdem meine Eltern gestorben sind, hatte ich jedes Mal, wenn ich fröhlich war, ein schlechtes Gewissen. Ich dachte, ich würde sie betrügen und hintergehen, weil ich etwas tat, wozu sie nie wieder in der Lage sein würden. Womöglich ist es egoistisch, heute zu tanzen, aber es ist auch eine Gelegenheit, unsere Akkus zu laden. Kira hat am wenigsten davon, wenn wir uns vergraben und einigeln. Die Welt dreht sich weiter und das ist hart und wunderbar zugleich."

Die Musik wummert im Hintergrund und ich würde mich am liebsten direkt wieder im Takt wiegen, den übernatürlichen Mist vergessen und einige Augenblicke abschalten.

„Laurie hat recht", kommt mir Phil zu Hilfe und stellt sich auf meine Seite. Er zieht Elena mit, die uns zwar zweifelnd anblickt, sich den Protest jedoch spart.

„Gut", gibt sich Lucas geschlagen und so warten wir schlussendlich nur auf Cassys Entscheidung.

Als sie nickt, hüpfe ich ihr entgegen und versuche etwas von meiner Unbeschwertheit auf sie zu übertragen. Sekunden später bewegen wir uns auf der

Tanzfläche, lassen die Beats den Takt angeben. Die Essenz von Freiheit liegt in der Luft und solange ich den geschützten Raum zwischen meinen Freunden nicht verlasse, bilde ich mir ein, dass alles gut ist. Dass es keine Halbgötter oder eine verschwundene Kira gibt, sondern nur meine Familie, meine Freunde und mich.

Lucas macht neben mir den Roboter, während Phil ihn mit dem Busfahrermove zu übertreffen versucht und Samira lacht ausgelassen. Sogar Cassys Lippen zieren ein Lächeln. Mit geschlossenen Augen lässt sie sich von der Musik tragen, als wäre sie der Wind. Die Szene ist Balsam für meine Seele, kittet die Risse, die sie die letzten Tage bekommen hat, und tröstet mein angeschlagenes Herz über Maris' Abwesenheit hinweg.

„Durst", ruft Samira und wir gehen zur Bar und bestellen uns zwei Sex on the Beach. Alkoholfrei versteht sich. Higgins würde niemals zulassen, dass wir seine wundervolle Schule mit schlechtem Benehmen besudeln, immerhin sind wir minderjährig.

„Lucas ist total süß, oder?", meint Samira und ich verschlucke mich beinahe an meinem Getränk. „Oh, hast du ein Auge auf ihn geworfen?"

Lachend schüttle ich den Kopf. „Nein, er ist wie ein Bruder für mich. Es kam nur überraschend, weil ich dachte, du schwärmst für Manuel."

„Der ist hübsch, stimmt, aber nicht mein Typ."

„Gut zu wissen", sage ich grinsend und betrachte Lucas. Der dunkle Anzug steht ihm wirklich gut und bringt nicht nur seine markanten Wangenknochen zur Geltung, sondern auch seine männliche Statur. Ihm fehlt jedoch der mysteriöse Ausdruck in den Augen, den ich an Maris so sehr liebe. Das Geheimnis hinter jeder seiner Bewegungen und die Art, wie er mich betrachtet.

Wehmütig über Maris' Abwesenheit lenke ich meine Gedanken zurück zu Samira. „Leider hat er seine Herzdame bereits gefunden."

„Wer ist sie?"

„Ich fürchte, das ist seine Sache, Samira."

„Unglücklich verliebt?"

„Ja."

„Dann habe ich ja noch eine Chance", meint sie und ich grinse. Zwar weiß ich, dass Lucas niemals jemanden außerhalb seiner Blutlinie lieben darf, der Moment erscheint mir allerdings falsch, um Samiras Träume zu zerstören.

Bei dem Anblick der Royals und meiner Mädels, die zusammen über die Tanzfläche hüpfen, schüttle ich grinsend den Kopf. Wie sehr haben sich zuerst alle gegen diese Freundschaft gesträubt und jetzt kommt es mir fast so vor, als wäre sie vorherbestimmt gewesen.

Während das Lied wechselt und Samira ihr leeres Glas auf der Anrichte abstellt, entdecke ich Maris. Beinahe hätte ich meinen Cocktail fallen gelassen, doch die Schockstarre kommt mir zugute und so krampfe ich die Finger um den Becher.

„Geh schon mal vor", weise ich Samira an. „Ich setze eine Runde aus."

„Sicher?"

„Ja."

„Okay, du weißt, wo du uns findest", verabschiedet sie sich und tänzelt zu den anderen, deren Körper von der Musik beherrscht werden.

Langsam laufe ich zu Maris. „Was machst du hier?"

„Dich in diesem wunderschönen Kleid bewundern“, entgegnet er und ich senke verlegen den Blick.

„Ernsthaft, Maris, du solltest im Raum der Schicksale sein.“

„Lass uns rausgehen“, schlägt er vor, und ich habe ganz vergessen, dass die Menschen im Raum ihn nicht sehen können. Zumindest nehme ich das an, denn es ist einfacher, als zu erklären, wer er ist.

Während wir die Stufen hinuntergehen, greift Maris meine Hand, verschränkt unsere Finger miteinander, und sofort habe ich die kühle Nachtluft vergessen, denn Wärme breitet sich von meinem Arm über meinen ganzen Körper hinweg aus.

„Du bist wunderschön“, flüstert Maris und schenkt mir ein Lächeln. „Einer Göttin würdig.“

„Halbgöttin“, korrigiere ich und boxe ihn gegen den Oberarm. „Aber ehrlich, du solltest zurück.“

Er schüttelt den Kopf. „Nein, ich bin genau da, wo ich sein will.“

„Wollen und sollen sind zwei verschiedene Dinge, Herr Beschützergott.“

Wir gehen über den Kiesweg Richtung Kapelle und ich hebe den Blick. Die Sterne leuchten vom Himmel, spenden uns neben dem Mond Licht.

„Manchmal muss man Prioritäten setzen“, entgegnet Maris und ich halte inne und bringe ihn ebenfalls dazu, stehen zu bleiben.

„Ich *bin* eine Gefahr für dich“, murmle ich. „Du lässt zu, dass sich unsere Gefühle zwischen dich und dein Schicksal drängen.“

Maris fährt mir über die Wange, zieht eine Spur von meinem Haaransatz bis zu meinem Kinn und ich genieße die Berührung. „Nein, Laurie, du bist das Beste, das mir seit Langem passiert ist. Wie könntest du etwas gefährlich werden, das ich erst seit deiner Ankunft wieder richtig ernstnehme? Ohne dich hätte ich mich weiterhin vor den Halbgöttern verborgen, dabei sind es ihr Schutz und ihre Unterstützung, die ich in einer Krisensituation brauche."

Maris' Offenbarung treibt meinen Puls in die Höhe und befreit hunderte, ach was, tausende Schmetterlinge in meinem Bauch. Gleichzeitig drängt sich Kira in meine Gedanken.

„Aber vielleicht wäre Kira noch da, wäre ich nie aufgetaucht?"

„Das ist deine geheime Gabe, oder? Egal, was geschieht, du glaubst, es ist deine Schuld, Laurie." Wir gehen weiter, rechts an dem Seitenflügel vorbei, Richtung Garten. Als wir das Tor zum Garten erreichen, halte ich einen Moment inne und nehme die Schönheit dieses Ortes in mir auf, der durch die steinernen Säulen abgerundet wird, die zu beiden Seiten des Garteneingangs stehen. Am oberen Ende münden die kleinen Pfeiler in einer Art Vase. In der Mitte des Gartens steht der Pavillon. Er wird von einer hohen Buchshecke umgeben. Leider ist es mittlerweile zu kalt und die ganze Blumenpracht ist längst verblüht, stattdessen liegen herbstlich bunte Blätter auf der Wiese und dem schmalen Kiesweg. Am Pavillon, der aus dünnen Eisenstäben besteht, ranken sich dichte Efeuhecken bis zum Dach hinauf. Der Garten wirkt nahezu magisch wie aus einer anderen Zeit.

„Wollen wir uns setzen?", fragt Maris und deutet auf eine Bank direkt neben dem Durchgang, durch den wir gerade eingetreten sind. Zuerst möchte ich widersprechen, möchte viel lieber im Pavillon Platz nehmen, doch dort würde mir der Blick auf eben diesen fehlen, deswegen nicke ich.

Sobald wir sitzen, kuschle ich mich an meinen Freund. „Vielleicht habe ich diese Gabe von Poseidon", witzle ich in dem Versuch, unserem Gespräch die Ernsthaftigkeit zu nehmen.

„Da kennst du ihn aber schlecht."

„Gar nicht, genaugenommen. Wie ist er so?"

„Überheblich. Das sind sie alle, aber Poseidon besonders. Seine Leidenschaft und Stimmungsschwankungen kennen keine Grenzen. Er kann in der einen Minuten zu Tode betrübt sein und in der nächsten wieder Himmel hoch jauchzend."

Ein bisschen erinnert mich das an Kira. „Absurd. Ich habe nie in Erwägung gezogen, dass es mehr als einen Gott gibt. Jetzt sind es sogar fünf."

„Eigentlich ... also, die Götter haben ja auch Nachkommen miteinander. Die konnten nur die Erde nie betreten."

„Abgefahren", gebe ich zu.

„Wie geht es deinem Kopf?", fragt Maris und drückt einen Kuss auf meinen Scheitel.

„Der ist hart und hohl, da konnte nicht viel passieren", antworte ich lachend und Maris schnaubt. „Wie sieht's bei den Schicksalen aus, alles tutti?"

„Ja, keine Vorkommnisse. Die Eintönigkeit regiert."

Ich blicke, den Kopf gegen Maris gelehnt, über die Beete und Hecken. Vögel kreisen zwitschernd über dem Pavillon. „Glaubst du eigentlich ans Schicksal?"

Maris lacht. „Was ist das für eine Frage? Ich wache über das Schicksal von Millionen von Menschen. Deswegen muss ich nicht daran glauben, sondern habe sie direkt vor meiner Nase."

Unsicher drehe ich eine Strähne zwischen meinen Fingern. „Schon klar. Aber denkst du, dass alles vorherbestimmt ist oder dass es Zufall war, dass ich hier gelandet bin?"

Minutenlang herrscht Stille und ich lege die Hand an Maris' Brust, beobachte, wie sie sich hebt und senkt.

„Ehrlich gesagt habe ich mir nie Gedanken darüber gemacht. Es ist, wie es ist, oder? Es gibt die Fäden, deren Anfang meine Mutter spinnt, trotzdem spüre ich von Zeit zu Zeit, dass einige sich ändern. Nichts geschieht ohne Grund, Laurie, davon bin ich überzeugt. Ob das Vorherbestimmung ist oder etwas anderes, vermag ich nicht zu sagen. Und es ist mir egal, zumindest im Moment."

„Mir auch", gestehe ich und küsse Maris.

„Allerdings wäre es dumm, zu glauben, dass du durch einen Zufall nach Kingswood Castle gekommen bist. Irgendjemand hat dafür gesorgt, dass du ausgerechnet an dieser Schule ein Stipendium bekommst. Und ich weiß auch, wer es eingefädelt hat."

Überrascht löse ich mich von Maris und bringe Abstand zwischen uns. „Wer ist es?"

„Moira. Endlich macht es Sinn."

„Ach ja?", frage ich und lasse mich gegen die Rückenlehne sinken. Ich verstehe schon wieder nur Bahnhof. Wieso sollte die Schicksalsgöttin mich nach Kingswood Castle bringen wollen?

„In jeder Generation gibt es einen Halbgott jeder Blutlinie. Mit Kiras Verschwinden, wären wir unterbesetzt. Du bist quasi der Ersatzspieler“, erklärt Maris und meine Gehirnwindungen explodieren.

Er hat recht. Es ist, als hätte Moira gewusst, dass Kira etwas zustoßen würde, und derweil für ein neues Gotteskind mit Poseidons Blut gesorgt.

„Deine Kräfte sind erwacht, kurz bevor Kira entführt wurde. Das kann kein Zufall sein“, fährt Maris fort, und meine Augenbrauen wandern nach oben.

Genau wie beim letzten Mal, als ich endlich des Rätsels Lösung hatte, überfordert mich die Wahrheit vollkommen. Moira hat mich ausgewählt, um ein Teil ihres Plans zu sein. Ob sie wusste, dass ich mich in ihren Sohn verlieben würde? Wahrscheinlich.

Danke, flüstere ich innerlich und hoffe, die Schicksalsgöttin kann mich hören.

Die Temperatur in Kombination mit der Erkenntnis, dass Moira mein Stipendium eingefädelt hat, lassen mich frösteln und ich ziehe die Schultern hoch.

„Du solltest zurück“, meint Maris, aber ich schüttle den Kopf.

„Nicht ohne dich.“

Er steht auf, reicht mir die Hand und zieht mich zu sich. Anstatt allerdings zurückzugehen, bleiben wir an Ort und Stelle. Um uns herum tanzen plötzlich hunderte Glühwürmchen, die wie Sterne funkeln, und ich blicke überrascht zu Maris auf. Lächelnd streicht er mir eine Strähne aus dem Gesicht. „Ich glaub, wir haben den Teil von neulich mit frisch verliebt und wild knutschend noch nicht ausreichend praktiziert.“

„Von mir aus kann's losgehen", entgegne ich an seiner Brust.

„Tanzt du mit mir, Laurie?"

„Ohne Musik?"

Ein langsames Lied erklingt wie aus dem Nichts und ich grinse.

Dieser Abend ist perfekt.

Unsicher legt Maris seine Hände an meine Hüfte und ich schmiege mich noch näher an ihn. Genau hier, genau jetzt fühle ich mich unbesiegbar und egal, was kommen mag, wir werden es durchstehen – gemeinsam.

Epilog

Mitte des 14. Jahrhunderts

„Du kannst das Tor nicht ohne unsere Erlaubnis schließen“, brüllt Vater mich an.

Wütend stemme ich die Hände in die Hüfte. „Ich kann und ich habe.“ Schwerer als die Wut wiegt die Enttäuschung, die mich ausfüllt. Trotz meiner Gabe, alle möglichen Variationen der Zukunft zu sehen, misstraut er mir. Stellt meine Fähigkeiten infrage und zweifelt an meiner Entscheidung.

Hera schnaubt. „Moira, du überschätzt deine Kompetenz.“

„Es steht dir nicht zu, uns etwas vorzuschreiben“, belehrt Hades mich und ich verdrehe die Augen. Die Eitelkeit der Götter widert mich an. Sie würden die Zerstörung der Erde in Kauf nehmen, nur damit sie weiterhin Spaß mit den Menschen haben können.

Dabei übersehen sie ein Detail: Auch ihre Welt würde durch den Verlust des Gleichgewichts zugrunde gehen. Ich greife nach Zeus’ Fingern, lege sie widerstrebend an meine Schläfe und schließe die Augen.

Die Bilder der Zukunft bauen sich vor ihm auf, er sieht, was ich gesehen habe. Eine Realität, die unter bestimmten Voraussetzungen eintreten könnte und das Ende für uns alle bedeuten würde.

Vater zieht seine Finger zurück, reißt die Augen auf, während die anderen Götter außer sich sind. Sie fluchen und toben, fordern ihre Rechte.

„Genug", brüllt er die anderen Götter an.

Sie beugen sich seinem Befehl, wie sie es immer tun – zumindest vorerst. Überdeutlich erkenne ich den Widerwillen in ihren Pupillen.

„Moira hat ihre Gründe. Sie ist die Schicksalsgöttin, unser aller Dasein liegt in ihrer Hand."

Zufrieden lächle ich, trotzdem ist mir klar, dass nur die Ruhe vor dem Sturm einkehrt. Denn wenn die Götter eins haben, ist es Zeit, und ich bin mir sicher, dass sie diese nutzen werden, um Zeus' Befehl zu umgehen. Und das muss ich mit allen Mitteln verhindern, sonst wird ihr göttlicher Hochmut uns am Ende alle zerstören.

ENDE

weiter geht's in Band 2...

Danksagung

Dieses Projekt anzunehmen, war von Anfang an die dümmste Idee, die ich seit Langem hatte. Dennoch bereue ich es nicht. Keine Sekunde. *Der Fluch der Götter* hat mich so oft an meine Grenzen gebracht, dass ich all die Momente, in denen ich dachte, ich schaffe es nicht, nicht zusammenzählen kann. Trotzdem war es all das wert. Es hat mir einen Traum erfüllt, mich gefordert und mir gezeigt, wer an meiner Seite steht.

Deswegen geht ein großes Danke an meine Familie. Ich bin zur richtigen Zeit in die richtige Familie geboren worden und dafür bin ich für immer und ewig dankbar. Ihr liebt alles, was ich produziere, einfach weil es von mir kommt. Und ihr liebt mich, das ist wohl die größte Herausforderung von allen. :D Ich liebe euch bis zum Mond und zurück.

Wenn ich jemals ein Brokkoli-Versprechen leiste, dann an Lisa Rosenbecker und Jenny Pieper. Danke für die Schreibabende, die Motivation und all die Liebe, die auch ihr in dieses Projekt gesteckt habt. Ohne euch wäre es nur halb so episch! Ich hab euch lieb, ihr Kartoffeln.

Danke an den dp Verlag. Ihr glaubt an mich und diese Reihe, das bedeutet mir viel. Liebe Anne, ich weiß, du hattest großen Respekt vor diesem Projekt (ich auch) und ich hoffe, es (also ich :D) war am Ende gar nicht so schlimm. Danke für alles, an euch alle <3.

Danke, liebe Janina, für deine Hilfe, diesen Roman zu dem zu machen, was er ist. Lektorate sind mein Kryptonit, das ist kein Geheimnis, aber dieses hat mir Spaß gemacht.

Da der erste Eindruck zählt – auch Bücher bleiben davor nicht verschont –, geht ein fettes Danke an Vivien Summer.

Und zuletzt: Danke liebe LeserInnen. Danke, dass ihr euch immer wieder auf neue Abenteuer einlasst. Danke, dass ihr euch immer wieder mit uns Autoren in unsere Romane verliebt. Bleibt, wie ihr seid.

Wenn du noch mehr über mich oder meine Bücher erfahren möchtest, dann schau doch mal auf www.alexandra-fuchs.net vorbei. Oder besuche mich auf meiner Instagramseite.

Das könnte dir auch gefallen

Das Flüstern der Dunkelheit
Jenny Pieper
E-Book-ISBN: 978-3-96817-057-2
Print-ISBN: 978-3-96817-072-5

Manchmal hält das Schicksal mehr für dich bereit, als du je ahntest …

Lennas Alltag ist eine Qual – immer wieder zeigen ihr Visionen eine unumgängliche, dunkle Zukunft. Seit Jahren muss sie dabei zusehen, wie den Menschen, die sie liebt, schreckliche Dinge passieren. In der Hoffnung, die Visionen hinter sich zu lassen, reißt sie an ihrem 18. Geburtstag aus. Doch ausgerechnet eine ihrer Vorhersehungen sorgt dafür, dass sie in jener Nacht stirbt. Nach ihrem Tod erwacht sie in Ankrov, einer Stadt in der Zwischenwelt, die von Gestaltwandlern beherrscht wird – den Krähen. Hier muss Lenna sich erneut ihren Visionen und bisher unbekannten Gefahren stellen. Als wäre das nicht schon herausfordernd genug, bringt nun auch ihr Mentor ihre Gefühle völlig durcheinander. Und er ist mehr in ihr altes Leben verwickelt, als sie ahnt … Ist ihr Tod vielleicht erst der Anfang?